HAFFMANS KRIMINALROMANE
BEI HEYNE

JOE GORES

Der Mann aus dem Totenreich

ROMAN

AUS DEM AMERIKANISCHEN
VON
SEPP LEEB

WILHELM HEYNE VERLAG
MÜNCHEN

HAFFMANS KRIMINALROMANE BEI HEYNE
Herausgegeben von Gerd Haffmans und Bernhard Matt
Nr. 05 / 159. Im Juli 1997.

Umwelthinweis:
Dieses Buch wurde auf
chlor- und säurefreiem Papier gedruckt

Printed in Germany 1997
Konzeption und Gestaltung: Urs Jakob
Umschlagillustration: The Image Bank / Pete Turner, München
Umschlaggestaltung: Atelier Ingrid Schütz, München
Satz: Wolfgang Taschner, Wörthsee
Druck und Bindung: Ebner Ulm

ISBN 3-453-12615-7

Für meine geliebte
DORI,
die durch Schlangen watete,
damit ich alles auf die Reihe bekam –

und zur Erinnerung an

SHENZIE

I am a rock, I am an island.
And a rock feels no pain,
And an island never cries.
Paul Simon

No man is an island, entire of
itself; every man is a piece
of the continent, a part of the main.
John Donne

I
EDDIE
Bagdad am Bay

DAS PRIMÄRE KLARE LICHT,
IM AUGENBLICK DES TODES GESEHEN

O Hochgeborener, nun ist für dich die Zeit gekommen, den Weg zu suchen. Deine Atmung wird bald versiegen. Das klare Licht ist wie der leere und wolkenlose Himmel. Erkenne dich selbst in diesem Augenblick; verweile in diesem Zustand.

DAS TIBETANISCHE TOTENBUCH

1

Sherman Rare Books war ein schmaler, nobler Laden gegenüber dem Seiteneingang des St. Francis Hotels in der Post Street. Das Scherengitter vor dem zurückversetzten Eingang, nachts fest verriegelt, war jetzt, am Vormittag, für den Publikumsverkehr beiseite gezogen. Die Bücher standen in verschlossenen Hartholzeinbauschränken; in den Nischen dazwischen hingen Originalölgemälde. Ein Ort der Ruhe, üppig in seiner Einrichtung, seinen Teppichen und seinem Mobiliar, wo das Buch selbst mindestens so wichtig war wie sein Verkauf.

Eddie Dain saß, ohne sich dessen bewußt zu sein, im Lotussitz auf einem alten Chippendalestuhl. Er war achtundzwanzig Jahre alt, hatte ein markantes, beinahe sioux-ähnliches Gesicht und tiefliegende, hellblaue Augen, war einsdreiundachtzig groß, schlank und drahtig, fünfundsechzig Kilo schwer. Eine gelenkige Bohnenstange mit einem scharfen Verstand. Er hatte alle seine Arbeiten von Richard Feynman mit kritischen Anmerkungen spicken lassen, solange er bei ihm am Cal-Tech studiert hatte. Dain trug ein weißes Baumwollhemd, eine Waschlederhose, Joggingschuhe und einen Anorak.

Aus dem Telefonhörer kam Maries Stimme. »T – T1sch.«

»K – Kt1«, sagte Eddie in den Hörer.

Maries Stimme antwortete: »T – T2.«

Für Eddie war sie immer noch dasselbe bezaubernde Wesen, das am Cal-Tech in sein Leben getreten war, das ihm beste Freundin, fantastische Geliebte und schließlich Frau geworden war. Selbst jetzt noch, nach fünf Jahren, bekam er jedesmal weiche Knie, wenn er sie ansah, linste er immer noch wie ein geiler Teenager unter ihren Rock oder in ihre Bluse.

»Und?« fragte sie.

»Ich denke nach«, sagte er, der alte Jack-Benny-Spruch aus dem Radio.

Beim Nachdenken trommelte er mit den Fingern zufrieden auf Doug Shermans alten Eichenschreibtisch, ohne auf die Partie zu achten, die Sherman mit vergilbten Elfenbeinfiguren nachgestellt hatte. Er war immer noch jung genug und naiv genug, um alles im Leben als ein Spiel zu betrachten.

»T schlägt B«, sagte er schließlich.

Doug Sherman stand mit dem Rücken zu Eddie an dem kleinen Tisch hinter dem Schreibtisch und nahm den dampfenden Papierfilter aus dem Melitta-Filterhalter. Sherman war groß, hager, um die Vierzig, mit einem Tipptopp-Haarschnitt, so elegant wie die Prägedruck-Vorsatzblätter seiner alten Bücher. Das schmale Gesicht unter dem kahl werdenden Scheitel strahlte mit den schönen Augen und den empfindsamen Lippen traurige Gelassenheit aus. Sein Anzug war erster Klasse.

»Was hältst du davon?« fragte Marie am Telefon. »KB schlägt T.«

»Das soll wohl ein Witz sein?« Doch dann begann Eddie nachzudenken. »Ach so. Okay, T – D1.«

Sherman fragte Eddie. »Kaffee?«

Ohne sich umzudrehen, schüttelte Eddie den Kopf. Währenddessen kicherte Marie in sein Ohr: »T – D1? Ein miserabler Zug, Baby. B – K6.«

Sherman setzte sich in seinen Drehstuhl und beugte sich über die dampfende Tasse, sog mit halbgeschlossenen Augen das Aroma ein. Er nahm einen Schluck. Dann lehnte er sich zurück und seufzte in feinschmekkerischem Wohlbehagen.

»Du hast keine Ahnung, was dir entgeht«, sagte er zu Eddie. »Französische Röstung, guatemaltekische Mischung. Absolut fantastisch.«

»Das ist Marie auch«, sagte Eddie, und dann in den Hörer. »T – L1.«

»Was hast du gerade gesagt?« fragte Marie.

»T – L1.«

»Nein – irgendwas von mir und fantastisch im selben Atemzug.«

»Ach so – ich hab' Doug gerade gesagt, du bist eine fantastische Köchin, aber eine lausige Schachspielerin.«

»Was du nicht sagst? B schlägt T, D schach.« In ihrer Stimme schwang ein Lachen mit.

»Mist!« Er kündigte seinen letzten Zug in Form einer Frage an. »Äh ... K schlägt D?«

»Jetzt geht's dir an den Kragen, Freundchen! T – TS. Und weißt du, was das heißt?«

Eddie lachte entzückt. »Ich stürze mich in mein eigenes Schwert.«

»Da ich eine fantastische Köchin bin, nehme ich an, du kommst zum Abendessen nach Hause.«

Eddie hängte auf, küßte einen Zeigefinger und hielt ihn an das Telefon. Da er Shermans Blick auf sich ruhen spürte, grinste er verlegen.

»Und wie wär's jetzt mit einer Tasse Kaffee?« fragte Sherman.

»Weißt du, was ich will? *Das tibetanische Totenbuch*. Sehr schön, sehr alt, sehr ledergebunden. Die Oxford-Press-Erstausgabe, die sich Alexandra Neel in Kalbsleder hat binden lassen. Ich weiß, irgendwo gibt es dieses Buch, und ich weiß, daß du es auftreiben kannst. In ein paar Wochen miete ich in Point Reyes zu Maries Geburtstag ein Strandhaus. Kerzen, Blumen, gedämpfte Beleuchtung ...«

»Und *Das tibetanische Totenbuch*. Zum Geburtstag.« Sherman schüttelte erst den Kopf, dann lachte er leise. »Zwischen den Observierungen bekommt Privatdetektiv Eddie Dain dann von seiner Frau die schlüpfrigen Stellen vorgelesen ...«

»Hat sich ja wieder mal voll gelohnt, diese Observierung von Grimes«, sagte Eddie bedauernd. »Er geht im St. Francis Yacht Club unter meinen Augen an Bord seines Boots und ...« Er warf die Arme hoch. »*Wumm!* Kein Grimes mehr.«

»Oder zu viel Grimes«, sagte Sherman mit makabrem Humor. »Schön über alles verteilt. Alle anderen glauben, irgendwelche Gase, die sich im Maschinenraum angesammelt haben, hätten sich entzündet, als Grimes auf den Startknopf drückte, aber tut das auch Eddie, der große Detektiv? Nein. Für ihn ist es kein Unfall. Eddie, der große Detektiv, wird die Bösewichter in ihrer Räuberhöhle aufspüren ...«

»Wohl eher in ihrer Chefetage.« Eddie grinste; so sah er wie achtzehn aus, statt wie achtundzwanzig. Er beugte sich über den Schreibtisch. »Ich will unbedingt dieses Buch für Maries Geburtstag.«

»Eddie, deine Marie ist sehr süß, sehr intelligent, sehr nett – aber sie hat auch einen typisch kalifornischen Esoterikspleen. Sie beschäftigt sich mit tibetanischem Buddhismus, sie kann Taiji, sie kann Iyengar Yoga, sie kann ...«

»... Informatik und Computertechnik, sie schmeißt das Büro, weil ich die meiste Zeit im Außendienst bin, sie kümmert sich um unseren dreijährigen Sohn, sie schlägt mich beim Schach, vor allem beim Telefonschach, und sie ...«

»Schon gut, schon gut.« Die Handflächen nach vorn gestreckt, hielt Sherman die Hände hoch, um die Wortflut einzudämmen. »Ich hab' schon verstanden. Sie schlägt dich beim Schach, du schlägst mich beim Schach, und ich würde fast alles darum geben, dieses brettlose Telefonschach zu beherrschen, das ihr zwei Kindsköpfe mit so lässiger Idiotie spielt. Sie ist die erstaunlichste Frau, die je geboren wurde, okay? Trotzdem weiß ich nicht, ob ich dir innerhalb der von dir gestellten Frist diese spezielle Ausgabe des *Tibetanischen Totenbuchs* beschaffen kann, die du haben willst.« Er hielt inne und deutete auf das Schachbrett auf seinem Schreibtisch. »Aber jetzt *dazu* ...«

Doch Eddies Blick war auf die zwei Meter hohe

Standuhr gefallen, die in einer dunklen Ecke des Ladens mit ihrem trägen Pendelkiefer die Zeit kaute. Als er aufstand, entfaltete er sich wie ein Storch.

»In einer Viertelstunde muß ich bei der Mordkommission sein.«

Sherman lockte: »Gaprindishvili gegen Kushner. Riga, neunzehnhundertzweiundsiebzig? Sie stand bestens da, bis sie die Grünfeld-Verteidigung zugunsten der Nimzo-indischen aufgab, und dann hat Kushner …«

Eddie, bereits auf dem Weg zum Ausgang, machte plötzlich einen Schlenker und verrückte eine der schwarzen Figuren, als er am Schachbrett vorbeikam.

»Kushner kann ganz offensichtlich nur so gezogen haben«, sagte er. »T – T6. Und genauso offensichtlich mußte Gaprindishvili danach aufgeben.«

Mit erbitterter Konzentration studierte Sherman das Schachbrett. »Warum aufgeben? Warum ganz offensichtlich? Warum könnte sie nicht …«

»Das kannst du ja selbst rausfinden.« Er ging über den dicken Perserteppich zur Tür, auf deren Glasscheibe in eleganter Schrift spiegelverkehrt DOUGLAS SHERMAN – RARE BOOKS zu lesen war. Er fügte hinzu: »Denk an Tibet.«

»Schon gut, verdammt noch mal«, rief ihm Sherman hinterher. »Du kriegst dein *Tibetanisches Totenbuch* schon. Zum vollen Preis!«

Aber er sprach bereits mit den Wänden. Nach kurzem Zögern stieß er den schwarzen König mit dem Finger um, schüttelte traurig den Kopf und schenkte sich noch eine Tasse Kaffee ein.

Bei der Kriminalpolizei von San Francisco ist ein Inspector zwischen einem Detective und einem Lieutenant anzusiedeln, vergleichbar etwa mit einem Warrant Officer bei der Army. Inspector Randy Solomon legte Eddie nahe: »Trink eine Tasse von unserem Kaffee. Tötet den Aids-Virus ab.«

Der Mordkommissionskaffee, in einer schmuddeligen Maschine neben dem Eiswasserbehälter aufgebrüht, war so grauenhaft, daß sich sogar Polizisten aus San José und Danville irgendwas aus den Fingern sogen, das sie mit der Mordkommission San Francisco »besprechen« mußten, bloß um eine Tasse davon zu bekommen. Wenn sie es überlebten, so ging die Legende, durften sie nach Hause zurückkehren und fortan die Straßen ihrer Stadt von Verbrechergesindel säubern, weil sie erwiesenermaßen hart wie Stahl waren: Kugeln und Klingen glitten wirkungslos an ihnen ab.

»Doug Sherman hat mir erzählt, das SFPD sei bisher in der Sache noch nicht weitergekommen«, sagte Eddie.

»Wie findet dieser Kerl bloß immer alles so schnell raus?« brummte Solomon leicht gereizt.

Er war in Hemdsärmeln, sehr groß, sehr gut gebaut, ein Afroamerikaner mit der Farbe von *caffe latte,* mit seinen mageren einsdreiundachtzig leicht so groß wie Eddie, aber vierzig Kilo schwerer, und kein Gramm davon um die Gürtellinie. Seine Stimme war *basso profundo,* sein Lachen brachte Fensterscheiben zum Scheppern. Er hatte Eddie vergangenes Jahr auf dem Handballplatz des YMCA kennengelernt, und inzwischen spielten sie drei Tage die Woche miteinander.

»Doug kennt alle Welt, er ist das geborene Tratschmaul, Frauen mögen ihn«, sagte Eddie. »Die Leute erzählen ihm alles mögliche. Der perfekte Mittelsmann.«

»Wieso verkauft der Kerl nicht einfach bloß Bücher?«

»Zensur«, sagte Eddie. »Polizeiliche Brutalität. Pfui.«

Sie gingen in eines der Verhörabteile, die ab Hüfthöhe verglast waren: Stimmen, Telefone und ratternde Drucker machten im Bereitschaftsraum eine Unterhaltung so schwierig wie die Auferstehung. Randy setzte sich auf einen Stuhl aus Chrom und schwarzem Plastik und verschränkte seine wurstdicken braunen Finger über dem Bauch. Er seufzte.

»Jedenfalls haben Close und Bill den Fall Ronald Grimes übernommen – nicht, daß es sich dabei überhaupt um einen richtigen Fall handelt, außer im Sturschädel unseres Sherlock hier …«

»Da täuschst du dich, Randy, mein Fall ist noch lange nicht geklärt. Für unsere Post-Junkbonds-Ära hat Roland Grimes auf viel zu großem Fuß gelebt.«

Randy wand sich, damit die kurzläufige Policeman's Special in seinem Gürtelholster endlich aufhörte, sich in seine Hüfte zu bohren.

»Korrigier mich, wenn ich was Falsches sage, aber hat dich sein Partner nicht angeheuert, um rauszukriegen, ob Grimes von den Kundenkonten ihrer Brokerfirma was in die eigene Tasche abgezweigt hat? Das hat Grimes nicht, oder? Also hat sich die Sache doch.«

»Damit fängt die Sache erst an. Irgendeine illegale Einkommensquelle *hatte* Grimes, soviel ist klar. Als ich anfing, mich ein bißchen umzuhören, starb er bei einem vermeintlichen *Unfall* auf seiner Motorjacht. Im Schlaf – meinetwegen. Bei einer Explosion auf seinem Boot – von wegen!«

Seufzend wuchtete Randy seine Körpermasse aus dem Stuhl. »Komm, Sherlock, lad mich doch zum Mittagessen ein, damit ich dich aufklären kann.«

Sie hatten den Lift ganz für sich allein, bis auf ein Pärchen, das noch kaum die zwanzig überschritten hatte und so verzweifelt ineinander verschlungen war, als wäre die nach unten schwebende Liftkabine ein Raumschiff, das sie aus ihrem Raum-/Zeitkontinuum katapultierte. Er trug schwarzes Leder, schwere Stiefel und Akne; sie hatte Tränenflecken auf den eingefallenen Wangen.

»Sein Vertrag ist verlängert worden, aber er läßt sich trotzdem versetzen«, murmelte Randy. Sie standen der Tür zugewandt, um dem Paar so viel Privatsphäre zu lassen, wie das in der Liftkabine eben möglich war. »Warum halst du dir eigentlich diese ganze Scheiße auf? Mit einer schönen Frau zu Hause, die dich liebt, einem süßen Kind, einem guten Job als Computerrechercheur. Mann, wenn ich solche Voraussetzungen hätte, wäre ich schon längst unten im Silicon Valley und würde haufenweise Geld scheffeln ...«

»Tatsächlich?« fragte Eddie skeptisch. »Warum bist du dann bei der Polizei?«

Randys Geste schloß seinen Körperbau, seine dunkle Haut, sein hartes, breites Ebenholzgesicht mit ein. »Was soll ich denn sonst tun?«

»Alles mögliche. Du bist Polizist, weil du *gut* in deinem Job bist. Weil er dir Spaß macht. Weil du nicht anders kannst.«

Sie gingen über Terrazzoboden und traten durch massive, messinggerahmte Türen in den strahlenden, windigen Maitag hinaus und marschierten schnurstracks über die Bryant Street zum Boardman Place.

Eddie fuhr fort: »Und ich kann auch nicht anders. Ich bin gern Detektiv. Ich wollte noch nie einer von unzähligen anderen Mikrochips in der Silicon-Valley-Szene sein, und deshalb habe ich angefangen, für Kommilitonen am Cal-Tech diese Computerrecherchen anzustellen. Als ich mit der Uni fertig war, sind wir hier hochgezogen, ich hab' einfach weitergemacht, und mit einem Mal konnte ich davon leben. Bloß waren meine Kunden keine Studenten mehr – und es waren auch herzlich wenig reine Recherchen. In der Hauptsache waren meine Brötchengeber Privatdetektive, die von irgendwelchen Anwälten angeheuert wurden, für Gerichtsverhandlungen Geschworene oder Zeugen zu überprüfen, oder manchmal sogar die eigenen Mandanten.«

An einem *Bondsmen*-Büro vorbei gingen sie die Boardman hinunter zu einer *Taqueria* mit einem riesigen Schild über dem Eingang: ABIERTO 24 HORAS. In dem engen, überfüllten Lokal spielte eine Jukebox mexikanische Musik mit jeder Menge trauriger Bläser. Eine stämmige, aztekisch braun aussehende Bedienung brachte statt Speisekarten Tecates an ihren

Tisch; sie kannte das Restaurant schon lange und bestellte ohne zu grübeln das Tagesgericht. Es roch nach heißem Öl, brutzelnden Tortillachips, Chili und Salsagewürzen.

Solomon ließ nicht locker. »Aber wenn du es am Computer schneller und billiger machen kannst, als diese Typen ›zu Fuß‹, warum …«

»Ich habe meine eigene Lizenz als P. I., um mir den Mittelsmann sparen zu können – ursprünglich hatte das rein finanzielle Gründe. Aber dann habe ich gemerkt, daß der Außendienst auch Spaß macht. Im Grunde genommen steht noch immer der Computer im Mittelpunkt meiner Arbeit, aber er kann nun mal nicht im genau richtigen Moment die richtige Frage stellen. Sobald ich die nötigen Antworten habe, klinke ich mich mit meinem Laptop über das Autotelefon in den Datenspeicher meines großen Rechners zu Hause ein.«

Die Bedienung kam mit großen Tellern voller Enchiladas, Tacos, Burritos, *refritos y arroz* und Salat zurück, die sie mit ihrem zweiten Bier hinunterspülten. Randy zeigte mit einer Gabel voll Bohnen in Eddies Richtung.

»Also, Sherlock, wie sieht dein nächster Schritt in Sachen Grimes aus? Ein bißchen Klinkenputzen? Mit Lupe und Sherlock-Holmes-Mütze im Jachthafen auf der Lauer liegen?«

»Im Moment überhaupt nichts – ich habe andere Fälle, um die ich mich kümmern muß. Aber irgendwann werde ich die Datenspeicher abgrasen – *irgend jemand* hat ihn hopsgehen lassen, da muß es Spuren geben, die der Computer rausfiltern kann.«

»Du täuschst dich ganz gewaltig, wenn du meinst, irgend jemand hätte Grimes aus dem Verkehr gezogen. Eine defekte Benzinleitung hat ihm das Leben gekostet, nichts anderes.«

Eddie schüttelte den Kopf. »Es war ein professioneller Mordanschlag.«

»Du meinst, die Brandspezialisten haben was übersehen?« fragte Randy vorwurfsvoll. »Die Explosion ist im Maschinenraum erfolgt, genau da, wo man sie vermuten würde. Rechtsmediziner, Feuerwehr, Versicherung – alle außer Eddie Dain sagen, es war ein Unfall.«

»Haben die vielleicht ein Wahrscheinlichkeitsprogramm für dieses spezielle Modell und dieses Baujahr von Chris-Craft durchlaufen lassen, um zu sehen, wie sich Rumpfform und Maschinenraumgröße auf eine Explosion auswirken würden, die durch eine lecke Treibstoffleitung verursacht wird?«

»Warum sollten sie das, wenn alles darauf hindeutet ...«

»Ich hab' es gemacht – ich hab' das Programm dafür selbst entwickelt.« Mit einem aufgeblähten Bohnenburrito fuchtelte Eddie vor Randys Nase herum. »Der Entzündungspunkt war siebzig Zentimeter von der Stelle entfernt, wo er bei Benzindämpfen sein sollte, und ein paar Intensitätswahrscheinlichkeits-Screenings, die ich habe durchlaufen lassen, deuten auf Plastiksprengstoff C-4 hin. Das heißt ...«

Mit einer ungeduldigen Handbewegung brachte Randy ihn zum Schweigen.

»Augenblick mal, Sherlock. Wenn es ein Anschlag war, warum von Profis? Warum nicht von einem talentierten Amateur?«

»Weil euer ganzer Verein von professionellen Gesetzesvertretern glaubt, es war ein Unfall. Ich schätze, nur ein Profi kann bis auf den Computer alle austricksen. Wenn wir aus Point Reyes zurückkommen, werde ich mir mit Marie die ganzen Daten vornehmen, um diese Spuren zu finden, und dann ...«

»Bist du eigentlich schon mal auf die Idee gekommen, das könnte gefährlich werden, falls du tatsächlich recht hast? Wenn da wirklich jemand seine Finger im Spiel hat, und du kommst ihm auf die Schliche ...«

»Dann rufe ich die Polizei«, sagte Eddie.

Er lachte, biß kräftig von seinem Burrito ab und spritzte sich vor lauter Lässigkeit ziegelfarbene Pintobohnen und rote Soße über die Brust seines frischgewaschenen weißen Baumwollhemds.

2

Als Eddie nach der Fahrt über die Golden Gate Bridge in ihrem bescheidenen Dreizimmerbungalow im Tamalpais Valley in Marin ankam, befand sich die Familie in Auflösung. Oder zumindest befand sich der dreijährige Albie (zu Einsteins Ehren Albert getauft) in Auflösung. Marie war wie gewohnt die Ruhe selbst.

»Ein Kätzchen«, erklärte sie.

Marie war so alt wie Eddie und recht groß; barfuß nur zehn Zentimeter kleiner als seine einsdreiundachtzig und genauso schlank wie er, mit einem geschmeidig schönen Körper, wie ihn manche Frauen durch intensives Yoga bekommen. Entgegen dem gegenwärtigen Trend trug sie ihr karamellfarbenes Haar lang und glatt den Rücken hinunterfallend, und die klaren hellbraunen Augen unter den strengen Brauen waren zu groß und zu weit auseinanderstehend, um als vollkommen gelten zu können – aber dafür hatte sie die sanft gerundeten Wangen und den Knospenmund einer Märchenprinzessin.

»Ein Kätzchen?« Eddie zog sein burritofleckiges Hemd aus und sah sich in der engen Küche um. Albie, der an seinem Hosenbein hing, erzählte ihm auch davon. »Ich sehe kein Kätzchen.«

»Es kommt schon wieder zurück«, sagte Marie mit ruhiger Ergebenheit.

»Woher willst du das wissen, wenn ...«

»Albie weiß es.«

Er glaubte ihr. Marie war ein sinnliches Wesen, mit einem sehr feinen Gespür für ihren Körper und die Körper derer, die sie liebte. Im Bett kamen sie so intensiv und so oft, daß er sich manchmal fragte, ob an ihren Reinkarnationsideen nicht doch etwas dran war: Eine Liebe, die seelisch so erfüllend und körperlich so intensiv war, mußte einfach mehrere Lebzeiten in die Vergangenheit zurückreichen.

Aber als er jetzt die Burritoflecken abbürstete, bevor er das Hemd in den Wäschekorb warf, sagte er: »Selbst wenn die Katze noch mal auftaucht, können wir sie nicht einfach behalten. Das ist dir doch klar, Schatz, oder?«

»Ich weiß.«

»Wenn es eine streunende Katze ist, ist sie schmutzig und vielleicht krank …«

»Ich weiß.«

»Dann müssen wir Albie einfach klarmachen, daß …«

»Ich weiß.« Dann küßte sie ihn. Es war ein langer Kuß, der in ihm den Wunsch weckte, Albie früh ins Bett zu stecken. Sie machte einen Schritt zurück, tätschelte seinen Hosenlatz, stieß einen Pfiff aus und lachte: »Weißt du was, mein Großer, Starker. *Du* erklärst Albie, warum er das Kätzchen nicht behalten kann, und dafür kriegst du später eine Belohnung von mir.«

»Das ist unfair!« protestierte Eddie.

Aber nach dem Essen saßen er und sein Sohn auf der Rotholz-Veranda, die er vor einem Jahr gebaut hatte, zur selben Zeit, als er zwischen der Einfahrt und der Garage, die sie in ein Büro umfunktioniert hatten, eine zweieinhalb Meter hohe Mauer hochgezogen hatte. Die Tür in der Wand war abgeschlossen, und Marie konnte Albie durch das Bürofenster im Auge behalten, wenn sie am Computer arbeitete und er im Garten spielte.

Die Veranda war niedrig; ideal, um auf dem Rand zu sitzen und die Füße im Gras baumeln zu lassen. Albie saß neben ihm, blickte ernst zu ihm hoch und schwang die pummeligen Beine hin und her, während Eddie erklärte, warum sie das Kätzchen nicht behalten könnten.

»Selbst wenn es zurückkommt, gehört es wahrscheinlich jemand, der gern möchte, daß es wieder zu ihm heimkommt.«

»Es ist schwarz und weiß«, sagte Albie.

»Oder vielleicht war seine Mutter eine streunende Katze. Dann wird es auch selbst eine Wildkatze werden und gar nicht bei uns bleiben wollen, weil …«

»Seine Schnurrhaare sind weiß.« Albie hielt die Hände dreißig Zentimeter auseinander. »So lang.«

»Das ist aber wirklich lang«, bestätigte ihm Eddie und schüttelte ungläubig den Kopf. »Aber wilde Katzen haben alle möglichen Krankheiten …«

»Mami sagt, es ist ein richtiger gestiefelter Kater. Schwarze Beine, weiße Pfoten.« Und für den Fall, daß Eddie in Sachen Bücher genauso ahnungslos war wie bei Katzen, fügte er hinzu: »Wie in dem Märchen.«

»Aber auch ein gestiefelter Kater kann …«

Er verstummte, weil sein Sohn von der Veranda gesprungen war und auf seinen krummen Stummelbeinen zur Mauer hinüberlief. Durch den fünf Zentimeter hohen Spalt unter dem Zaun, durch den das Regenwasser ablaufen konnte, ragte ein kleiner schwarzer Arm mit einer weißen Pfote und machte Bewegungen, als winkte er ihnen zu.

»Da ist es wieder!« jubelte Albie. Er kauerte nieder und tätschelte mit einer Hand die Pfote. Die winzige Pfote krümmte sich um seinen Finger und hielt sich ohne Krallen daran fest. Das Kätzchen begann zu miauen. Mitleiderregend.

»Mach die Tür auf, Daddy!« rief Eddies Sohn. Mitleiderregend.

Wenn er die Tür aufmachte, das wußte Daddy, war alles verloren. Wenn er die Tür nicht aufmachte, das wußte Daddy, war alles verloren. Deshalb erklärte Macho-Daddy mit Nachdruck: »Aber es bleibt in der Küche, bis es stubenrein ist. Und gleich morgen kommt es zum Tierarzt und …«

Marie stand in der dunklen Küche, beobachtete, wie ihr Mann ihrem Sohn wegen des Kätzchens Anweisungen erteilte, und lachte leise in sich hinein. Und obwohl sie dem Kätzchen zum Schlafen eine Schachtel mit einem alten Handtuch zurechtmachen und es füttern und sich natürlich auch sonst darum kümmern mußte, bekam Eddie die versprochene Belohnung, als sie schlafen gingen. Sogar mehr als einmal, und danach sagte sie ihm, daß sie ihn liebte, weil er zwar nach außen hin ein harmloser Katzenfreund war, im Bett aber ein Tiger.

Das Kätzchen war klein und mager, schwarz und weiß, und voller Flöhe und Milben und rachitisch vor Unterernährung, und darum stand sein Leben zwei Wochen lang auf der Kippe. Milch konnte es zwar bei sich behalten, aber es bekam davon jedesmal sofort Durchfall. Ruhr, Staupe, eine schwere Flohallergie, eine Augeninfektion ... Solange nicht feststand, ob es über den Berg kam, konnten keine Pläne gefaßt werden.

Nach zehn Tagen war die Ruhr durchgestanden. Die Staupe war geheilt. Die Augen klärten sich. Das Kätzchen lief, statt zu torkeln. Es *miaute,* statt zu winseln. Plötzlich war es ein zierliches, schwarzweißes Fellknäuel mit riesigen Augen geworden, das ausgelassen durchs Haus tollte.

Von dem Tag an, da sie wußten, es würde überleben, nannten sie es Shenzie. Shenzie war ein Suaheli-Wort, das Eddie von Randy Solomon hatte, und das verrückt bedeutete – aber verrückt auf eine harmlos versponnene, lustige Art, die genau auf den kleinen Kater zutraf.

Nachdem er über den Berg war, sah ihnen Shenzie immer beim Schachspielen zu. Er saß dann auf dem Rand des Couchtisches, auf dem das Schachbrett aufgebaut war, und hatte seinen dünnen schwarzen Schwanz mit der weißen Spitze lose um ein Tischbein geschlungen.

»Meinst du, er will Schach lernen?« fragte Eddie.

»Er sieht zu, wie es geht«, erklärte Marie voller Überzeugung. »Er möchte Hände statt Pfoten. Er möchte Ingenieur werden.«

Shenzie gehörte natürlich Albie, aber nachts, wenn Eddie wegen eines seiner vernachlässigten Fälle unterwegs war, Albie schlief und Marie arbeitete, lag er unter dem Bildschirm auf dem Computer und schlief ein – schnurrend. Wenn sie im Bett las, stieg er auf ihre Brust und schlief ein – schnurrend.

»Bei mir macht er das nie«, sagte Eddie finster. »Außer Albie bist du der einzige Mensch auf der ganzen Welt, dem er so vertraut, daß er auf ihm einschläft.«

»Wir können ihn nach Point Reyes mitnehmen!« krähte Albie.

Aber diesmal blieb Eddie hart. »Nein, können wir nicht«, sagte er. »Das könnte ein bißchen zu anstrengend für ihn werden – er ist immer noch ein bißchen wacklig auf den Beinen. Oder er könnte sich im Wald verlaufen, und wir finden ihn nicht mehr. Und das möchtest du doch nicht, oder, Tiger?«

»Nein, aber …«

»Oder er wird im Meer ganz naß und kriegt eine Lungenentzündung.«

»Nein, aber …«

»Onkel Randy kümmert sich um ihn, solange wir weg sind«, sagte Marie mit tröstlicher Endgültigkeit. »Dann kannst du dich schon darauf freuen, wieder zu ihm nach Hause zu kommen.«

»Okay«, kapitulierte Albie herzig. Er küßte Shenzie auf die Schnauze und steckte ihn in den Plastiktransportkoffer. Shenzie streckte sofort eine schwarzweiße Pfote durch eins der Luftlöcher. Dieses spezielle Pfotenwinken war einer seiner besten Tricks.

Als das Monatsgehalt seiner Frau noch in den gemeinsamen Topf wanderte, hatte Randy Solomon gerade genug für die Anzahlung auf ein hohes, schmales viktorianisches Haus in der Buchanan, gleich oberhalb der Fell, zusammenkratzen können. Nachdem ihn seine Frau verlassen hatte (die Scheidungsrate von Polizisten ist katastrophal), schaffte er es, das Haus zu behalten, und es sogar innen und außen streichen und renovieren zu lassen.

Eddie stieg die Außentreppe hoch und drückte auf den altmodischen Klingelknopf. Shenzie hatte er im Transportkoffer dabei. Randy machte die Tür auf und trat zurück, um Eddie hereinzulassen.

»Das ist also der berühmte Shenzie, hm?« In den letzten zwei Wochen hatte er beim Handball einiges von dem kleinen Kater zu hören bekommen.

»Wie er leibt und lebt.« Eddie stellte den Tragekoffer auf die Couch und machte ihn auf.

Das geschmackvolle Wohnzimmer war im afrikanischen Stil eingerichtet. Eine Ecke wurde von einem schmalen, einszwanzig hohen Ebenholzkopf beherrscht, der von den Pare in Tansania geschnitzt worden war; ihm gegenüber stand eine mit Zebrafell bespannte Kamba-Trommel, deren Spannbänder aus gerollten Antilopenlederstreifen waren. Auf dem Fernseher prangten anmutige Kraniche, von Massai aus Rinderhörnern geschnitzt; außerdem gab es Kisii-Hocker, aus runden Baumscheiben herausgehauen und mit winzigen bunten Perlen verziert, die in kunstvollen Mustern in das weiche Holz gedrückt waren. An einer freien Wand hingen ein langer Kalenjin-Speer und ein Messer in einer Scheide aus rotem Leder.

Eddie sah sich um, wie immer beeindruckt, und öffnete den Transportkoffer. Mit einem wütenden *Miau!* sprang der zarte gestiefelte Kater Shenzie heraus. Randy lachte, daß die Fenster schepperten, und hatte das winzige Fellknäuel blitzschnell in seine Arme hochgeschaufelt, um es mit dem Kopf nach unten an seinen Brustkorb zu drücken.

»Shenzie, mein Freund, dich gibt's heute zum Abendessen!« Aber Shenzie wußte sehr wohl, was eine zarte Berührung war, und schnurrte bloß. Randy lachte wieder und bückte sich, um ihn auf dem Boden abzusetzen. Er fragte Eddie: »Hast du noch Zeit für ein Bier?«

»Marie und Albie warten draußen im Auto.«

Shenzie streifte um Randys Fußgelenk.

Er lachte wieder. »Schätze, Shenz' und ich, wir kommen prima klar.«

»Vielen Dank, daß du ihn zu dir nimmst, Randy – wirklich. Ich hab' dir aufgeschrieben, wie du das Haus in Point Reyes findest, wenn du meinst, du kannst dir mal ein Wochenende freinehmen ...«

Schnaubend zerknüllte Solomon den Zettel. »So, wie sich die Leute in dieser Stadt gegenseitig abmurksen, kriege ich bestimmt nicht frei. Und wenn, dann verbringe ich meine Zeit lieber damit, hinter irgendwelchen Röcken herzujagen als hinter Schnepfen oder irgendwelchem Meeresgetier ...«

Er begleitete Eddie zur Tür, doch dann blieb er plötzlich mit ernster Miene stehen.

»Um ganz ehrlich zu sein, Sherlock, ich mache mir etwas Sorgen wegen diesem Fall von dir. Halb hast du mich schon überzeugt, daß vielleicht doch jemand das Boot von diesem Grimes in die Luft gejagt hat. Wenn du recht hast, haben wir es mit einem Auftragsmord zu tun.«

»Das will ich doch hoffen«, sagte Eddie grinsend.

»Das ist überhaupt nicht komisch, Hoss. Wenn ...«

»Wenn ich einem professionellen Killer auf die Schliche komme, während ihr und die Versicherungen und die Feuerwehr an einen Unfall geglaubt habt, bin ich der heißeste Schnüffler der ganzen Stadt.«

»Oder der toteste. Vergiß lieber nicht, womit ein Killer sein Geld verdient.«

»Der weiß doch nicht mal, daß es mich überhaupt gibt«, grinste Eddie.

»Mann, du bist wirklich unmöglich.« Randy lachte und hielt Eddie seine Riesenpranke hin. »Unternimm auf keinen Fall was, solange du in Point Reyes bist, ja? Warte, bis ...«

»Wir nehmen nicht mal den Laptop mit. Aber wenn wir zurückkommen – dann geht's rund!« Er schickte sich zum Gehen an, drehte sich aber noch einmal um. Shenzie hockte auf dem Fernseher und beschnupperte mit stirnrunzelndem Argwohn die Hornvögel. »Im übrigen sind professionelle Killer keine Supermänner, Randy – nur Typen mit einer etwas seltsamen Vorstellung davon, was Spaß macht.«

Mit besorgter Miene stand Randy in der offenen Tür und sah zu, wie Eddie die Treppe zu seinem Wagen mit den zwei Mountainbikes auf dem Dachgepäckträger hinunterhüpfte. Er winkte Marie zu, sie winkte zurück. Den kleinen Albie konnte er hinten in seinem Kindersitz sehen.

Seufzend ging er ins Haus zurück. Shenzie sprang aus dem Hinterhalt seinen Knöchel an. »He, du verrücktes Vieh! Wenn du von diesem Fuß einen ordentlichen Tritt willst, dann beiß nur weiter schön rein!«

Shenzie kümmerte sich nicht darum. Mit wild aufgerissenen Augen warf er sich auf die Seite und versuchte mit heftig strampelnden Hinterbeinen Randys Lederschuh, Größe siebenundvierzig, aufzuschlitzen, während er gleichzeitig mit den Vorderpfoten an der auf Hochglanz polierten und daher sehr glatten Spitze Halt suchte.

Shenzie war also schon mal *per definitionem* verrückt.

Aber Randy gefiel das. Er mußte so lachen, daß er fast hinfiel. Er mochte diesen kleinen Mulattenracker. Mulatte – schwarz und weiß. Alles klar?

Vielleicht würde er sich irgendwann auch mal so eine Katze wie Shenzie zulegen. Mit den Viehern hatte man wesentlich mehr Spaß, als er gedacht hatte. Seit seine Frau ihn verlassen hatte, war das mit dem Spaß so eine Sache. Nichts als Arbeiten, Ficken, wenn er dazu kam, und ab und zu, für ein paar Scheinchen extra, ein Nebenjob am Wochenende.

3

Das Leben in dem rustikalen Häuschen in Point Reyes wurde rasch wundervolle Routine. Eng aneinandergeschmiegt in dem altmodischen Doppelbett aufwachen, träges Geflüster, bis neugierige Hände und Münder vertraute Lustpunkte fanden, dann die aufsteigende Kurve der Leidenschaft, bis sie außer Atem zurücksanken, während sich Albie im Zimmer nebenan in seinem Bettchen zu regen begann.

Kein Telefon. Kein Computer. Keine Freunde. Kein Fernsehen. Nur Bücher. Unglaubliche Salzmarschen zum Wandern. Manchmal, in der Dämmerung, wenn der Nebel vom Meer hereinzog, im Windschutz eines angespülten Baumstamms ein Treibholzfeuer am Strand, begleitet von den Versuchen, die nächtlichen Geräusche im Dunkeln zu identifizieren.

»Das ist ein ... großer Vogel!« rief Albie zum Beispiel.

»Ein Baumfrosch«, sagte Marie, die auf einer Ranch an der kalifornischen Küste aufgewachsen war, mit großer Autorität. Sie hielt Zeigefinger und Daumen etwa einen Zentimeter auseinander. »Ungefähr so groß.«

»Aber er hört sich doch viel größer an!«

Einmal hörten sie einen Hund bellen, aber Marie sagte, es sei ein Fuchs – ein grauer, rote gebe es am Meer nicht. Am nächsten Morgen sah Eddie, der schon vor Morgengrauen auf war, die Spuren des Tiers: zierliche, kleine Pfotenabdrücke, kaum größer, als Shenzie sie machen würde. Ein Fuchs.

An anderen Abenden, wenn Albie schlief und der Wind in den Bäumen hinter dem Haus seufzte, gähnten sie über dem Schachbrett, bis sie schließlich auch ins Bett plumpsten. Nur um zu merken, wie die Müdigkeit wie durch ein Wunder verflog, für samtene Momente im Dunkel der Nacht, für leise Schreie der Erfüllung, die ihren Sohn nie weckten.

Perfekte Urlaubstage, und Maries Geburtstag war der perfekteste von allen. Er brach klar und warm und strahlend an, ohne einen Fetzen Nebel, und Eddie, mit nackten Beinen vor dem offenen Kühlschrank, rief die Dinge für den Einkaufszettel aus.

»Ich finde, heute abend genehmigen wir uns zur Feier des Tages Steaks. Und gebackene Kartoffeln ...«

»Kein Backrohr.«

»Na schön, dann schreib Alufolie für die Kartoffeln auf, damit wir sie in die Glut legen können. Und Maiskolben, falls sie in dem kleinen Laden welche haben ...«

»Und soviel frischen Rosenkohl, wie sie haben.«

Eddie wandte sich seinem Sohn zu, der auf die Huckepack-Fahrradfahrt zum Laden wartete. »Iß deinen Brokkoli, Liebling«, sagte er.

»Ich sage, es ist Spinat, und ich rühre das Zeug nicht an«, sagte Marie wie der kleine Junge in dem alten *New Yorker*-Comic. Sie lachten, und Albie juchzte; obwohl er den Witz nicht verstand, mochte er ihn aus irgendeinem Grund fast so sehr, wie er Rosenkohl nicht ausstehen konnte.

Für die vier Meilen Holperfahrt zu dem kleinen Laden nahm Eddie seinen Sohn Albie mit seinem riesigen Fahrradhelm, der fast so groß war wie er selbst, auf die Schultern. Und machte ihm klar: Aber nur noch ein Jahr.

»Was nur noch ein Jahr?« fragte der Kleine auf Eddies Schultern.

»Bis du deine erste Symphonie komponierst. Das hat Mozart getan, als er vier war.«

Albie überlegte. Ohne zu wissen, was eine Symphonie war, sagte er schließlich: »Mal sehen.«

Als Eddie zurückkam, Albie immer noch auf seinen Schultern und die Einkäufe in den Fahrradtaschen am

Gepäckträger, brachen sie zu einem Ausflug durch die Salzmarschen zum Strand auf. Der schmale Weg führte durch eine großes Gebiet mit Essigkraut, einer schmächtigen Pflanze, deren holzige Teile ähnlich wie Eiskraut Wasser speichern.

Ein Schatten schoß über sie hinweg, so daß sich Eddie und Marie unwillkürlich duckten. Mit einem leisen Flopp und weit nach vorn gestreckten Fängen schlug er zehn Meter weiter auf den Boden und flatterte mit einem in seinen Krallen zappelnden Nagetier wieder auf. Es war ein schöner, dreißig Zentimeter langer Vogel mit gekrümmtem Schnabel und auffallend gestreiftem Schwanz.

»Daddy! Schau!«

»Ja, Albie. Das ist ...« Er wandte sich Marie zu.

»Eine Weihe«, sagte sie. »Mit einer Zwergmaus.«

»Wird der Vogel die Maus totmachen?« wollte Albie wissen.

»Davon lebt er leider«, sagte Marie bedauernd.

Nach einer Weile machte das Essigkraut leuchtend-orangen Flecken von schmarotzendem Teufelszwirn und Melde mit ihren harten, dreieckigen Blättern Platz. Marie brach einen Stengel ab, damit sie draufbeißen und das Salz schmecken konnten.

»Könnte die Weihe mich auch töten?« fragte Albie unvermittelt.

»Auf gar keinen Fall, Tiger, du bist viel zu groß für sie«, sagte Eddie. »Hier gibt es überhaupt nichts, was groß genug ist, um dich zu töten.«

»Dann ist ja gut«, sagte Albie.

Da in der vergangenen Nacht starker Wellengang gewesen war, fanden sie am Strand große Riementangstränge, deren seltsame, breit gezackte Bänder aussahen, als wären sie aus grünem Blech gestanzt. Die Zehnmeterstiele, handgelenksdick, hatten Knospen wie Stierhoden. Das Ganze roch nach Salz und Meer und, keineswegs unangenehm, nach dem Tod der winzigen Meerestiere, die sich an der riesigen Tangpflanze festgeklammert hatten, als die an Land gespült worden war. Der Anblick der zerfetzten, gezackten Blätter erinnerte Eddie an eins von Maries Lieblingsgedichten.

»Auf daß die Seele klatsche, singe, und lauter singe«, rezitierte er. »Für jeden Fetzen ihrer sterblich' Hülle …«

»Bloß daß diese Fetzen da zu etwas gut sind«, sagte sie. »Sie platzen unter der Wucht der Wellen, damit die Haftscheiben nicht von den Felsen gerissen und nach unten gezogen werden. Bei denen hier hat allerdings auch das nichts genützt.«

Eddie legte seinen Arm um sie. »Laß uns immer aneinander festhalten«, sagte er mit plötzlichem unerklärlichem Nachdruck.

Sie lachte zu ihm hoch. »Okay, mein großer Junge – für immer.«

»Na, dann ist es ja gut«, ahmte er grinsend Albies Kommentar zu dem Zwischenfall mit der Weihe nach.

Gegen die schwindende Ozonschicht mit Bullfrog Faktor 36 eingeschmiert, sonnten sie sich auf einer winzigen Sandfläche, die nur bei Ebbe aus dem Wasser kam, und unternahmen vereinzelte Vorstöße in die kalte Brandung. Albie wollte jedesmal mit hineingetragen werden und war begeistert bei der Sache, bis sie schließlich, kreischend vor halb erfrorenem Gelächter, aus dem eisigen Wasser spurteten.

In Badetücher eingewickelt, beobachteten sie einen Schwarm Strandläufer, die hinter jeder zurückweichenden Welle her meerwärts rannten und vor jeder nahenden Welle zurückhasteten und sich fast in militärischer Marschordnung bewegten, wenn sie über den Sand flitzten, um mit spitzen, leicht gekrümmten Schnäbeln nach winzigen Lebewesen zu picken.

Schließlich aßen sie Sandwiches, tranken heißen Tee aus einer Thermoskanne und wurden von heiserem Krächzen aus einem Nickerchen gerissen, als Möwen mit zwei Krähen um einen toten, augenlosen Streifenbarsch stritten. Sonnenheiß und salzverkrustet tasteten sie sich in der schräg einfallenden Spätnachmittagssonne durch die sogenannte Schwarzzone aus Flechten und blaugrünen Algen zu einem Tidebecken vor. Der gallertartige Überzug, der die Algen zwischen ihren zweimonatlichen Springtide-Wässerungen feucht hielt, war ein schlüpfriger Untergrund.

Albie, ohnehin ganz auf Tasten und Fühlen eingestellt und überhaupt nicht zimperlich, war hier in seinem Element, und natürlich bildete für ihn der Aufenthalt an den Tidebecken den Höhepunkt eines Tags am Wasser.

»Mami, was ist das?«

Er hockte auf den Algen und hielt Marie ein winziges, spiralenförmiges Gehäuse hin. Er hatte längst gemerkt, daß Eddie keine große Hilfe war, wenn es darum ging, am Strand etwas zu identifizieren, sei es lebendig oder tot.

»Das ist eine Kreiselschnecke«, erklärte sie ihm. Sie kauerte neben ihm nieder. »Sie kratzen die Algen von den Felsen und fressen sie.« Sie drehte das Gehäuse um und deutete auf die Öffnung. »Siehst du? Lauter Zahnreihen.«

»Massenhaft Zahnreihen«, sagte Albie ernst.

»Tausende«, bestätigte Marie. »Wenn die Zähne von den Felsen abgenutzt sind, fährt die Schnecke einfach neue nach vorn – gerade so, als wären die Zähne auf einem Förderband.«

Die Entenmuschelzone war hauptsächlich von Seepocken bevölkert: dichtgedrängte, steinharte, weiße Zapfen, die die Felsen fast weiß erscheinen ließen.

»Wenn eine Muschel stirbt, wird ihr Gehäuse von Kreiselschnecken in Beschlag genommen, oder von winzigkleinen Krebsen oder Napfschnecken ...«

Bei Einbruch der Dunkelheit, wieder zurück in der Hütte, türmte Eddie Briketts in den Grill und bräunte die Steaks, während in Folie gewickelte Kartoffeln in der Glut buken und Maiskolben in ihren eigenen Hüllblättern rösteten. Zu Albies Freude: kein Rosenkohl. Dafür gab es Eis und eine Schokoladentorte mit einer einzigen Kerze, und Glückwunschkarten und kleine Geschenke, die sie für Marie ausgesucht hatten.

Als schließlich die Teller abgeleckt und gespült und die Reste im Kühlschrank verstaut waren, entfachte Eddie das Feuer, das er bereits im gemauerten Kamin vorbereitet hatte. Albie war plötzlich einfach auf die Seite gesunken und eingeschlafen, und Marie trug seinen kleinen schlaftrunkenen Körper in sein Schlafzimmer, während Eddie nach draußen ging, um den Müll im Mulchhaufen zu vergraben. Baumfrösche trillerten, Zweige raschelten, irgend etwas Größeres kroch durch das Gestrüpp, das den sandigen Pfad säumte, der von der Hauptstraße herführte.

Unter dem kalten, fahlblauen Licht des abnehmenden Monds sah er zur Hütte zurück. Der Rauch aus dem Kamin kringelte sich im Abendwind. Aus den Fenstern schimmerte Licht. Er schauderte, fühlte sich irgendwie einsam, obwohl alle, an denen ihm wirklich etwas lag, da drinnen waren – bis auf Shenzie.

Nachtwächter, was ist mit der Nacht?

Er ging in die Hütte zurück, hungrig auf Marie. Sie hielt ihm geballte Fäuste entgegen, in denen Schachfiguren verborgen waren.

»Links«, sagte Eddie.

Sie machte die Hand auf. »Du kriegst schwarz.«

»Schwarz ist gut. Schwarz liegt mir.« Er setzte sich an den Tisch und unternahm einen schamlosen Bestechungsversuch. »Wenn ich gewinne, kriegst du dein *richtiges* Geburtstagsgeschenk.«

Sie grinste lüstern. »Und wenn du verlierst?«

Er holte das Buch heraus, von Doug Sherman schön eingepackt, und legte es neben dem Schachbrett auf den Tisch.

»Kriegst du auch dein *richtiges* Geburtstagsgeschenk.«

»Ah! Sieg für Marie an allen Fronten!«

Doch als sie sich ans Brett setzte, ihr Gesicht im flackernden Feuerschein noch bezaubernder, konzentrierte sie sich zu stark auf ihren üblichen Eröffnungszug und sprach zu beiläufig und ohne aufzusehen.

»Weißt du, Liebling, vielleicht hat Randy recht.« Als er nicht sofort reagierte, sah sie ihm in die Augen. »Vielleicht betrachtest du diese Grimes-Geschichte wirklich ein bißchen zu sehr als Spiel.«

»Du weißt ganz genau, daß alle Ermittlungen nur ein Spiel sind, Liebling – Zug, Gegenzug, genau wie beim Schach.«

»Aber was ist, wenn es für jemand anderen mehr als ein Spiel ist?«

»Ach, du und Randy.« In gespieltem Ärger schüttelte er den Kopf.

»Du hast Randys Gesicht nicht gesehen, als wir losgefahren sind. Ich schon. Er macht sich Sorgen, Eddie. Ernsthafte Sorgen.«

Er langte über das Schachbrett nach ihrer Hand. »Also gut, wenn wir zurück sind, schließe ich den Fall Grimes ab, stelle die Rechnung aus – und vergesse das Ganze. Randy sagt ja auch, ich bin ursprünglich nur engagiert worden, um rauszufinden, ob er was in seine eigene Tasche abgezweigt hat.«

Ihre Augen leuchteten. Sie drückte seine Hand. Er grinste sie an, griff nach dem Geschenk und gab es ihr.

»Aber nachdem das geklärt wäre …«

Der ernste Moment war vorbei. Marie machte Geschenke immer gleich auf. Erst begann sie ganz behutsam, als wollte sie das Geschenkpapier aufheben, doch dann verlor sie plötzlich – wie Albie manchmal – die Beherrschung und riß das Papier in Fetzen, egal, wie schön es war.

Ein alter Mann ist nur ein schäbig Ding,
ein zerlumpter Mantel auf einem Stock …

Sie wurde ganz still und starrte auf das ledergebundene *Tibetanische Totenbuch*. Immer und immer wieder wendete sie es in ihren Händen, mit Augen wie riesigen Sternen.

»O mein Gott, Eddie«, hauchte sie, »das ist ja Alexandra Neels eigene Ausgabe! O mein Gott! Das ist das schönste ... ich weiß gar nicht ...«

Mit überfließenden Augen stand sie auf und breitete die Arme aus, um ihn zu umarmen.

Krachend schlug die Tür der Hütte gegen die Wand. Zwei stämmige Männer, deren Silhouetten sich gegen das Mondlicht abzeichneten, stürmten mit abgesägten Schrotflinten herein, die schweren Stiefel bumsten über die blanken Bodenbretter. An einem Finger das Aufblitzen eines silbernen Rings. Sonnenbrille, rotblondes Haar. Der andere mit Skimaske.

Eddie sprang trotz der plötzlichen, sirupzähen Trägheit blanken Entsetzens auf, während es in ihm schrie: Nein nein nein, halt, es ist doch nur ein Spiel, ich muß ja meine Ermittlungen nicht weiter ...

Er hörte das Krachen, spürte aber nicht, wie die Schrotladung seine Schulter zerfetzte, seine Brust aufriß, seitlich aus seinem Hals Blut schießen ließ und seine Wange wegriß, so daß seine Zähne bis zum Kiefergelenk freigelegt wurden.

Im Fallen riß er den Tisch um, stürzte zu Boden, und die Flinte spie bereits wieder gelbe Flammen und schleuderte Marie zurück, aufwärts, ihr Mund war unmöglich weit aufgerissen, ihre Augen wild, ihr Haar ein Unterwasser-Zeitlupenschlenker, das schwarze Loch zwischen ihren Brüsten rot erblühend, ihre Füße unter der Wucht ihres Todes vom Boden abhebend. Ihr Gesicht knallte einen Meter neben seinem auf den Boden, und ihre toten Augen starrten mit lebloser Geduld in die seinen.

Schwach drang Albies Stimme durch Baumwollstoff den Flur herauf.

»Mami! Mami!« Voller Angst.

Nein, Albie hatte nie Angst gekannt. Durfte keine Angst kennenlernen. Wie ein Krebs kroch Eddie auf die Stimme zu. Er konnte den Kopf nicht heben, so daß er nur Albies pummelige Beine in der Tür auftauchen und stehenbleiben sah, als er sich im Raum umblickte.

Eine Frage diesmal. »Mami?«

»*Lauf,* Albie, *lau ...*«

Der zweite Schütze fegte Albies Beine wieder den Flur hinunter, außer Sichtweite. Kein Blut, keine Schrotkörner, die durch die Haut drangen. Nur die verschwindenden Beine, als der Türrahmen von den Rändern der Schrotladung zersplittert, zernarbt und zerfetzt wurde.

Eine Stimme krächzte schockiert: »Das kann doch nicht ... Herr im Himmel ... Das kann doch nicht ...«

Der erste Schütze feuerte noch einmal, fast beiläufig. Die doppelte Ladung spülte Eddies Körper wie ein mächtiger Wasserschwall gegen die Tischbeine. Eine rote Pfütze breitete sich unter seinem Brustkorb aus. Seine Finger schlossen sich um das vom Tisch gefallene *Tibetanische Totenbuch,* umklammerten es.

Sein Gesichtsfeld verengte und verdunkelte sich. Seine Ohren versagten ihm den Dienst. Die Stimmen kamen durch Stahlwolle.

»Sind ... sind ... sie alle ... tot?« Zweiter Schütze.

Erster Schütze: »Klar. Wir sehen nach, ob er irgendwelche Unterlagen hier hat, einen Computer ... dann fackeln wir die Bude ab ...«

Dunkelheit. Stille.

Stille. Dunkelheit.

Das kann doch nicht ... Herr im Himmel ... Das kann doch nicht ...

Keine Stimme. Ein Gedanke. Ein Bett. Beißender antiseptischer Geruch. Das *Schusch-schusch* gummibesohlter Schuhe, draußen auf dem Flur.

Er wußte, er war in einem Krankenhaus. Er wußte bloß nicht, warum.

Dann Stimmen. Richtige Stimmen.

»Herrgott noch mal, wann kann ich ihn endlich sehen? Jede Stunde …«

»Jede Stunde, die er lebt, ist ein Wunder – bei dem Blutverlust und so, wie die ihn zugerichtet haben. Er ist nur noch am Leben, weil ein Nachbar die Flammen gesehen und ihn ins Freie gezogen hat, bevor das Haus eingestürzt ist. Im Moment kann er sich sowieso an nichts erinnern, Inspector. Warum geben Sie nicht endlich Ruhe? Und lassen ihn in Frieden?«

»Und wenn ich ihn sehen will, weil wir Freunde sind?«

Geräusche. Bewegung. Die Stimmen kamen in Stereo, weil sie auf beiden Seiten seines Betts waren.

»Wird er sich wieder an irgendwelche Einzelheiten erinnern können, Doktor?«

»Bei einem so massiven Trauma, wer kann das schon sagen? Eigentlich müßte er tot sein, vielleicht bleibt er gelähmt … Allein seine Überlebenschancen sind bestenfalls fifty-fifty, was wollen Sie da jetzt schon über sein Erinnerungsvermögen sagen?«

»Fifty-fifty? Ich an seiner Stelle würde es schaffen«, sagte Randys Stimme nachdenklich. »Ich habe noch zu viel, für das es sich zu leben lohnt, um jetzt schon meinen Abgang zu machen.«

»In seiner Verfassung, was könnte er da schon noch groß …«

»Den Tod, Doc.« Pause, dann fügte Randys Stimme leise hinzu: »Ich an seiner Stelle würde den Tod einer Menge Leute planen.«

Als er das hörte, als er begriff, daß es stimmte, starb Eddie.

Und ließ nur noch Dain am Leben.

Nicht, daß Eddie davon etwas mitbekam. Das einzige, was funktionierte, war sein altes Eidechsenhirn, das sich irgendwo ganz unten auf der Großhirnrinde verkrochen hatte. Hunger, Angst, Überleben – das waren die Dinge, von denen das Eidechsenhirn etwas verstand. Und in diesem Moment zählte nur eins davon: Überleben. Wenn der Organismus überleben konnte, würde sich alles weitere von selbst geben.

Denn jetzt wußte ein Teil von Dain, wofür es sich zu leben lohnte.

Für den Tod einer Menge anderer Leute.

II

DAIN

Stadt des Windes

DAS SEKUNDÄRE KLARE LICHT,
DAS MAN UNMITTELBAR NACH
DEM TOD SIEHT

O du von edler Geburt, meditiere über deine eigene Schutzgottheit, als ob sie das Spiegelbild des Mondes im Wasser wäre – sichtbar, doch nicht existent. Meditiere über sie, als wäre sie ein Wesen mit einem materiellen Körper.

DAS TIBETANISCHE TOTENBUCH

4

Gewicht, fünfundvierzig Kilo. Zwei Jahre lang Schmerzen.

Ständig. Tief und pochend, wie Trommeln. Oder hoch und schrill, wie glühendheiße Eisen, vom wohltätigen Sadismus der Medizin liebevoll auf seine Haut gedrückt.

Erst die Knochen. Stifte hier, Stahlstäbe da.

Dann Muskeln und Sehnen. Langsame, sorgfältige Rekonstruktionen.

Schließlich die Haut. Operieren, warten, bis das Narbengewebe verheilt ist, wieder operieren.

Jetzt die Krankengymnastik. Diesen Finger bewegen. Mit der Zehe wackeln. Super! Können Sie diesen Arm bewegen? Trägt dieses Bein …

Nein nein, schon in Ordnung. Hinfallen gehört zur Therapie. Eins, zwei, drei, vier, ausruhen. Warten Sie, bis sich der Puls beruhigt hat … Eins, zwei …

Zwei Jahre. Gewicht wieder bei den ursprünglichen 65 Kilo.

5

Das Jahr danach, Las Vegas. Erst hatte er an Phoenix oder Santa Fé gedacht – einfach irgendwo in der Wüste. In Las Vegas war er schließlich nur deshalb gelandet, weil dort mehr Busse hingingen. Heiße Sonne, trockene Luft; die Schmerzen ausbrennen, die ihn oft an den Punkt brachten, daß er auf dem Rand der Badewanne saß und eine Rasierklinge an die Innenseite seines Handgelenks drückte.

Nicht bloß die körperlichen Schmerzen, obwohl auch die schon schlimm genug waren.

zwei stämmige Männer stürmten mit abgesägten Schrotflinten herein

Alptraumfragmente.

die Flinte spie gelbe Flammen und schleuderte Marie zurück, aufwärts

Rasierklinge. Zwei Ritzer über die Handgelenke und …

Albies Beine verschwanden, als der Türrahmen zersplitterte

Bloß – das waren keine Alpträume. Das waren Erinnerungen, die ihm Gott sandte. Der halb ausgeformte Gedanke, wegen ihres Tods etwas unternehmen zu müssen, fing klein an, wuchs mit den Träumen.

Um zu tun, was zu tun war, mußte er überleben. Deshalb fing er an, jeden Morgen vor Tagesanbruch aufzustehen und an der Straße entlang in die Wüste hinauszugehen. Eine halbe Meile, dann zurück. Eine Meile. Nach einer Weile führte das zu einem leichten Trab. Zwei Meilen, vier. Joggen war der nächste logische Schritt, die Haut gebräunt, Beine und Arme arbeiteten, der Schweiß lief, drei, fünf, acht, zwölf Meilen am Tag.

Nach sechs Monaten suchte er sich andere Disziplinen. Fitness-Studio. Boxschule. Karate-Dojo.

Gewicht: 70.

Trug ein Buch, um seine Hände zu stärken – das schwerste, das er hatte, war eine ledergebundene, angesengte Ausgabe des *Tibetanischen Totenbuchs.* Von seiner Hand umkrallt, als er vom Feuer weggezerrt wurde.

Das kann doch nicht … Herr im Himmel … Das kann doch nicht …

Deshalb – nicht nur zur Stärkung seiner Hände, auch zur Stärkung seiner Entschlossenheit. Bis er am letzten Morgen des ersten Jahres in Las Vegas, drei Jahre, nachdem es passiert war, körperlich so weit war. Emotional war er möglicherweise immer noch verkorkst, möglicherweise konnte er an nichts davon ohne schwarzschwirrenden Haß zurückdenken, aber körperlich war er so weit genug, um …

Um was zu tun? Um die Leute zu finden, die es getan hatten, natürlich. Was danach kam, war noch verschwommen, aber …

He – wie wollte er sie finden? Wie fand man zwei anonyme Killer, die vor drei Jahren den Auftrag erhalten hatten, einen umzubringen … den *Auftrag!*

Jemand hatte ihnen den Auftrag erteilt. So simpel war das, und doch war er in den ganzen drei Jahren nicht darauf gekommen. Der Auftraggeber war einfacher zu finden als die Killer, weil er nicht anonym war. Mußte etwas mit Grimes zu tun haben …

Mußte außerdem Verbindungen zum organisierten Verbrechen haben. Zur Unterwelt. Otto Normalverbraucher, egal, wie sauer er war, kannte niemand, der ein Boot in die Luft jagen konnte, so daß es sogar für die Spezialisten wie ein Unfall aussah. Kannte keine Kerle mit abgesägten Schrotflinten, die gegen Bezahlung …

Dann wurde ihm klar, warum er nach Las Vegas gekommen war. Hier hatte immer noch die Mafia das Sagen, ganz gleich, wie viele Schichten Zuckerwatte man drumwickelte. Die alten Männer, die Golf spielten, die jungen Männer, die sie mit wachsamen, käuflichen Augen beschützten. Nur weil er hier war, um wieder auf den Damm zu kommen, hatte Dain sie im vergangenen Jahr beobachtet. Ohne es zu wissen, hatte er die Spieler, die Spielregeln kennengelernt. Hatte die Beobachter beobachtet, ohne selbst beobachtet zu werden, weil er nicht gewußt hatte, daß er beobachtete.

Vielleicht war er jetzt so weit, zur Tat zu schreiten und nicht mehr nur zu beobachten.

Gewicht: 80.

Seine Vorteile: Es war ihm egal, ob er lebte oder starb; er kümmerte sich in dieser Phase des Spiels nicht um Fragen von Recht und Gesetz; er war ein Genie am Computer; er war körperlich fit. Emotional vielleicht noch nicht, aber wenigstens würde er etwas *tun* gegen das, was ihm angetan worden war. Letztes Plus: Sie hatten keine Ahnung, wer er war.

Sogar als Eddie Dain war er bloß eine Fliege gewesen, die eins mit der Klatsche draufbekam. Um so mehr mit einem neuen Namen, einem Vegas-Namen ... Travis. Travis ... Holt. Das war gut. Keine raffinierte Tarnung nötig, aber warum unvorsichtig sein? Fensterglasbrille, farbige Kontaktlinsen, Haartöner, ein ordentlich gepflegter Spitzbart.

Passend zum neuen Namen ein grundsolides neues Leben. Der Laptop manövrierte Travis Holt in die Unterlagen anderer Leute. Verhalf ihm zu toten Eltern, Schulbildung, einer ziemlichen Niete von einem Bruder namens Jimmy. Steckte ihn in die Las Vegas National Guard – letzteres nur eine Vorsichtsmaßnahme, falls er untertauchen mußte, ohne Wellen zu schlagen.

Als Travis Holt war er nichts weiter als ein Typ, der ein Casino suchte, in dem sie einen Buchhalter für ihre reguläre Buchführung brauchten. Großer, kräftiger Kerl, dreißig, vielleicht auch zweiunddreißig, an die 90 Kilo, blitzschnell, trank nicht, rauchte nicht, spielte nicht, war nicht hinter Weibern her. Oder Kerlen. Wenn er nicht arbeitete, ging er irgendwo joggen oder in ein Fitneßstudio. Typischer Fitneßfreak. Fuhr, kaum zu glauben, total auf Computer ab. Und zwar voll. Der Mafia-Detektiv, der ihn überprüfte, witzelte, daß er wahrscheinlich sein Spiegelbild in seinem Computerbildschirm anglotzte, wenn er sich nachts einen runterholte.

Travis Holt brauchte nur sechs Monate, um sich in dem Casino, das ihn angestellt hatte, unersetzlich zu machen. Kreative Ideen in Sachen Buchführung. Jederzeit für Überstunden zu haben.

Immer bereit, als Urlaubsvertretung einzuspringen. Und ein richtiger Zauberkünstler, was Zahlen anging. Schon bald mußten sie ihm Zugang zu den heiklen Unterlagen gewähren.

Gefährlich? Quatsch, natürlich nicht. Sie hatten ihn bis zurück zur Wiege überprüft. Keine Angehörigen mehr außer einem Bruder in Vero Beach, Florida; so eine Art Fischer, wenn er arbeitete, was nicht oft der Fall war. Aktenkundiger Säufer, hält es in keinem Job lange aus …

Abgesehen davon, Herrgott noch mal, bringt uns Holt Dinge über Zahlen bei, daß sich die Wirtschaftsprüfer gar nicht mehr einkriegen. *Legitime* Möglichkeiten, Geld in Umlauf zu bringen, es zu verlieren, zu finden, in Waren und Dienstleistungen umzuwandeln – bis es aus den Bahamas zurückfließt, ist es so sauber wie das neueste Vollwaschmittel. Und er weiß ganz genau, wenn er sich mal an Daten ranmachen sollte, die ihn nichts angehen, hinterläßt er Spuren, die direkt zu seinem Terminal führen, wir hauen ihn kopfvoran in den Wüstenboden und stecken ihm die Füße in Brand.

Der ist nicht so blöd, sich mit uns anzulegen.

Natürlich war er nicht so blöd, weil er alles über die verdeckten Codes wußte, die Alarm schlugen, wenn sich jemand Zugang verschaffen wollte. Aber das kümmerte ihn nicht. Einmal drinnen, nahm seine Besessenheit noch zu. Manchmal, wenn er nachts in seinem Büro allein war und den Mann zu finden versuchte, der seine Familie hatte ermorden lassen, dachte er, er würde verrückt werden. Aber nicht mal das kümmerte ihn. Die Suche gab ihm ein Ziel, machte seine Alpträume erträglicher.

Was den Zugang anging, den die Gangster für ausgeschlossen hielten, hatte er an der Cal-Tech alles über die Hintertüren gelernt, die es in jedem Computersystem gab. Er hatte Viren entwickelt, die Sicherheitschecks außer Kraft setzten und wieder neu installierten, wenn er fertig war. An der Cal-Tech hatte er seinen eigenen Computer gebaut, seine eigene Computersprache entwickelt, seine eigene Software kreiert und sich nur aus Jux in die Hälfte aller Sicherheitsgroßrechner in Washington eingeschlichen.

Spätabends also, an den Wochenenden, wenn er Überstunden machte, trieb es sein Computer mit denen der Unterwelt, steckte ihren Systemen seine Zunge in den Rachen, leckte ihre Daten auf. Die Bücher hinter den Büchern, die abgezweigten Konten auf den kleinen Inseln vor der Küste, die geheimen Saunatreffen, bei denen Millionen verschoben wurden ... Beim FBI wären sie total aus dem Häuschen gewesen, wenn sie gewußt hätten, was er wußte, aber das interessierte ihn nicht. Sollte das FBI sich um seinen eigenen Dreck kümmern. Ihn interessierte nur, den Alpträumen, die durch seinen Schlaf ritten, Namen zu geben.

die Tür schlug gegen die Wand zurück, zwei stämmige Männer mit Schrotflinten in den Händen stürmten herein, schwere Stiefel auf blanken Bodenbrettern ...

Lange nach Mitternacht, fast vier Jahre, nachdem es passiert war, fand er, tief im Bauch des Ungeheuers, einen Namen, der mit jener Juninacht verflochten war.

Mario Pucci. Los Angeles.

Puccis Spezialität war es, auf anderer Leute Motorboote Drogen aus Mexiko hochzuschmuggeln. Wie dem von Ron Grimes. Er und Ron Grimes hatten sich sogar vom Jachtclub gekannt, hatten miteinander gepokert. War es da nicht ganz natürlich, daß Grimes Drogen für ihn anschipperte? Aber vielleicht hatte ihm die Küstenwache einen kleinen Schreck eingejagt, und er hatte Panik gekriegt, wollte aussteigen ... oder er hatte den Hals nicht voll kriegen können ...

Ein Anruf von Pucci, ein Spezialist setzt sich ins Flugzeug, und Grimes' Boot fliegt mit Grimes an Bord in die Luft. Unfall. Erledigt. Aber dann hatte, ohne daß Pucci etwas davon wußte, Grimes' Kompagnon aus Angst, das Schwarzgeld könnte von den gemeinsamen Geschäftskonten stammen, einen Privatdetektiv namens Eddie Dain engagiert. Dieser Privatdetektiv fand heraus, daß dem nicht so war – und machte dann mit seinem Computer auf eigene Faust weiter, wie ein kleiner Junge mit einem neuen Spielzeug; er dachte, das Ganze wäre nichts als so ein blödes Scheißspiel, wollte nicht aufhören, seine Nase in Dinge zu stecken ...

Dain sah sich im Computerbildschirm gespiegelt, schwer atmend, schwitzend wie im Fieber. Er hatte die Bemerkung des Privatdetektivs in dem Bericht über Travis Holt gelesen: daß er sein Spiegelbild im Bildschirm anstarrte, wenn er sich einen runterholte ... War das, was er hier tat? Geistige Onanie mit diesem Scheißkasten?

Auf jeden Fall benahm er sich nicht wie ein normaler Mensch.

Herrgott noch mal, er war ja auch kein normaler Mensch. Er war ein Mann, der in Stücke geschossen und wie ein Puzzle wieder zusammengesetzt worden war. Ein Mann, dessen Frau und Kind mit ihm in Stücke geschossen und dann ohne eine Chance, wieder zusammengesetzt zu werden, verbrannt waren. Alles, was er tat, war okay, war gerechtfertigt ...

Aufgeregt drückte er auf weitere Tasten. Doch als die Maschine wieder sprach, erlosch das Feuer in seinen Augen, sein Kiefer sackte nach unten und er sank in seinen Stuhl zurück.

Mario Pucci war vor zwei Jahren in einem Nobelhotel in Beverly Hills auf seiner Geliebten gestorben. Hatte in niemandes Computer irgendwelche Hinweise hinterlassen, wen er beauftragt haben könnte, dieser lästigen Fliege in Point Reyes mit der Klatsche eins draufzugeben.

Es war vorbei. Aus und vorbei. Die Sache war mit Pucci gestorben. Er konnte nirgendwo mehr suchen. Nichts mehr tun. Hatte keinen Grund, weiterzuleben. Ganz automatisch zog er sich aus dem Labyrinth zurück, stellte die umgangenen Fallen neu, speicherte die legitimen Dateien ab, schaltete seinen Computer aus, als käme er wieder zurück. Aber er wußte, es war aus und vorbei.

Draußen in der Wüste ging gerade die Sonne auf. Leer, strahlend, still. Saguarokakteen, Josuabäume, Felsen, Sand. Der Ruf eines fernen Falken, trockenes Stöhnen des Windes. Ein guter Tag zum Sterben. Er stieg aus seinem Wagen, rannte in gleichmäßigem Tempo in die Wüste hinaus. Er würde laufen, bis er starb, wie der Bote, der die Nachricht vom Sieg in Marathon überbrachte. Er hatte eine Niederlage eingesteckt, aber sein Tod in der Wüste würde genauso gut, genauso sauber werden. Ein Hemingway-Tod: Würde in Bedrängnis.

Meilen von der Straße entfernt, wo sich umgestürzte Felsen zu einem Grat türmten, der von einem Josuabaum beschattet wurde, fiel er schließlich hin. Stürzte kopfvoran in den Sand. Eine Minute, zehn, zwanzig. Aber er starb nicht sauber in der Wüste. Er starb überhaupt nicht. Ihm war bloß heiß, und er fühlte sich verschwitzt, müde, reizbar. Er wälzte sich auf den Rükken. Lag da, die Arme von sich gestreckt, mit wogender Brust, und stierte in den klaren, blauen Himmel. Hoch über ihm, mit reglosen Schwingen, wegen der Entfernung winzig klein, kreiste ein Truthahngeier in der Thermik und hielt mit Feldstecheraugen nach totem Fleisch Ausschau.

Was hatte er getan? Zu gut trainiert? Einen Körper und einen Willen geschmiedet, der keine Verzweiflung kannte? Bloß war Mario Pucci, wie die Mahlzeit des Geiers, totes Fleisch. Und mit Pucci war auch Dains geplante Rache totes Fleisch. Bei diesem Gedanken rannen ihm Tränen übers Gesicht, versickerten im Sand.

Schließlich setzte er sich auf, die Arme immer noch ausgestreckt. Rappelte sich hoch. Begann zu irgendeiner stummen inneren Musik zu tanzen. Schneller und schneller, wie unter Drogen, sich windend, rhythmisch, sinnlich. Improvisierend, daß der Schweiß stob.

Wenn er sich nicht zu Tode laufen konnte, würde er sich zu Tode tanzen.

Er wirbelte im Kreis, fiel hin, sprang auf, mit entrücktem Blick, außer sich. Jetzt konnte er jeden Moment tot umfallen. Hitzeschlag. Er rannte eine beinahe senkrechte Felswand hinauf und machte einen perfekten Rückwärtssalto, eine elegante Parabel, landete im Sand und schnellte mit einer Rolle rückwärts pfeilgerade in die Höhe, landete geduckt – und erstarrte.

Trockenes, tödliches Klappern. Auf einem unbeschatteten Felsen lag in der jungen Sonne eine riesige Klapperschlange, anderthalb Meter lang, rotbraun mit fahlem Rautenmuster. Noch ein bißchen träge nahm sie bereits die eingerollte Angriffshaltung ein, der Schwanz vibrierte sichtbar, die vertikalen Pupillenschlitze in den hellgelben, lidlosen Augen waren gegen das direkte Sonnenlicht fast geschlossen. Eine rote Diamantklapperschlange. Genug Gift in den Zähnen, sagten alte Wüstenfüchse, um einem Stier den Garaus zu machen.

Er starrte sie reglos an. Das war sogar noch besser. Total sicher. Sollte ihn die Schlange doch töten.

»Na, mach schon, verdammt noch mal!« stieß er hervor.

Die Schlange zischte, rührte sich aber nicht.

Er begann sich wieder zu bewegen, langsam, ganz langsam, um die Schlange herum. Forderte sie heraus. Jetzt, jeden Moment ...

Die Schlange zischte und rasselte zur Warnung, stieß aber nicht zu.

Dain sprang vor und zurück, wie ein tänzelnder Boxer, der im Ring seinen Gegner attackiert. Genau das war es, ein Spiel. Früher hatte er begeistert – und unglaublich gut – Spiele gespielt. Schach. Mit seinem Computer. Mit Maries und Albies Leben. Jetzt, in diesem Spiel, ging es darum, die Schlange zu ärgern, damit das Spiel so ausging, wie er wollte.

Verspätet schlug die Schlange zu. Weil sich der Mann bereits entfernte, verfehlte sie ihn, schoß in voller Länge über den Felsen und landete im Sand. Dain brüllte noch einmal, mit wildem Blick.

»Ja! Los! Mach doch endlich!«

Nachdem ihr Kampfgeist geweckt war, stieß die Schlange immer wieder zu – so schnell sie sich einrollen und vorschnellen konnte. Aber Dain war jenseits jeder Rationalität, besessen von diesem Spiel. Einmal trafen die Giftzähne der Schlange seine Schuhsohle, als er, ein Bein ausgestreckt, herumwirbelte. Er brüllte wie im ... was? Wahnsinn, vielleicht.

Er versuchte eine Pirouette, verlor im weichen Sand den Halt und stürzte genau in dem Moment, in dem sie wieder zuschlug, mit ihren Giftzähnen dreißig Zentimeter über seinen niedergehenden Kopf hinwegstieß. Sie landete auf ihm, er bäumte sich auf und wälzte sich herum, warf die verwirrte Schlange ab, während sie, noch halb im Flug, versuchte, sich zusammenzurollen und wieder zuzuschlagen.

Gift tropfte von ihren Zähnen, um ihr Timing war es geschehen. Ihre Angriffe wurden langsamer. Sie verausgabte sich wie eine Kobra im Kampf gegen einen Mungo. Was genau das ist, worauf der Mungo wartet.

Hier, jetzt, war dieser Mann der Mungo, pure Energie. Nun machte sich das jahrelange Training in jeder nur erdenklichen Disziplin bezahlt. Er wirbelte um die Klapperschlange herum, ließ blitzschnell seine Hand vorschnellen, um ihren glatten, geschmeidigen, harten Körper zu zwicken, sprang sofort wieder zurück; er war zu schnell, die Schlange zu erschöpft, das unvermeidliche Zusammenrollen und Zuschlagen kam nicht einmal auf zehn Zentimeter an ihn heran, *Dain gewann das Spiel.*

Überhitzt blieb die Schlange schließlich im heißen Sand liegen. Wäre sie ein Pit Bull Terrier gewesen, hätte sie hechelnd auf dem Bauch gelegen. Der Mann hielt inne, die Hände auf den Knien, den Kopf gesenkt, in tiefen, keuchenden Atemzügen nach Luft schnappend. Er hatte gewonnen!

Gewonnen? *Nein!* Verloren hatte er! Er sollte doch sterben ...

Dann merkte er, daß seine Feldflasche voll Wasser an seinem Gürtel war. Wenn er wirklich vorgehabt hätte, in der Wüste zu sterben, warum hatte er dann die Feldflasche umgeschnallt? Er nahm sie vom Gürtel, machte sie auf. Goß süßes, kühles Wasser über die Schlange, dann über seinen Kopf, seine Kehle hinunter. Nach langen Momenten glitt die Klapperschlange zwischen einem Kreosotbusch und ihrem Sonnenfelsen hindurch und verschwand.

Dain salutierte ihr hinterher. Er begann zu seinem Wagen zurückzugehen, der in der Ferne in der Wüstenhitze glänzte. Begann zu traben. Zu laufen. Der Tanz mit der Schlange hatte seinen Wahnsinn ausgeschwitzt. Nicht mehr länger ein mit Blindheit geschlagener Saulus auf der Straße nach Damaskus. Die Schuppen waren ihm von den Augen gefallen, und mit ihnen die Blindheit.

Pucci war tot, aber die zwei Männer, die er engagiert hatte, waren es aller Wahrscheinlichkeit nach noch nicht. Und außerdem war Pucci sicher nicht direkt an sie herangetreten, sondern über einen Mittelsmann.

Dains Erregung wuchs, aber er mußte gewissen Realitäten ins Auge sehen. Er hatte eine ernste Sache für ein Spiel gehalten. Er war ein Computerfreak gewesen, der Sam Spade spielen wollte. Marie und Albie waren tot, weil er ein Trottel gewesen war. Das hieß es erst mal akzeptieren, und dann von da an weitermachen.

Und auch akzeptieren, daß er trotz seines neuen Designerkörpers in seinem tiefsten Innern weiterhin bloß Eddie Dain war. Mit seinem neuen Panzer aus Muskeln und Reflexen um den alten Wesenskern hatte er sich für den Terminator gehalten. Aber er war Eddie Dain, und Eddie Dain brächte das nicht fertig.

Außer er konnte den anderen Leuten glaubhaft machen, daß er so abgebrüht, so unzugänglich war, wie er aussah. Dann vielleicht ...

Daß er aus dem Leben ein Spiel gemacht hatte, hatte Marie und Albie das Leben gekostet, aber wenn er nun aus dem Tod ein Spiel machte? Er war eine Art Privatdetektiv gewesen, als es passiert war; jetzt mußte er die Unterwelt davon überzeugen, daß er beim Aufspüren von Leuten der Größte überhaupt war. Er war clever, und er konnte fantastisch mit dem Computer umgehen: Er würde lernen, wie man Leute fand, die sonst niemand finden konnte.

Zur Unterwelt. Im Zuge seiner monatelangen Tätigkeit für das organisierte Verbrechen hatte er festgestellt, daß die Mafiabosse ganz normale Geschäftsleute geworden waren. Da war es nicht weiter schwer für ihn, sich mit einer geheimnisvollen Aura zu umgeben, sich als der Mann darzustellen, zu dem die Unterwelt kam, wenn sie jemand suchte, den sonst niemand aufspüren konnte. Allerdings brauchte er einen eigenen Mittelsmann, um sich mit dem Nimbus umgeben zu können, der erforderlich war, um so nah an die Achillesferse der Macht vorzudringen, daß er eines Tages irgendwo auf drei ganz bestimmte Männer stieß.

Würde er sie erkennen, wenn es so weit war? Würden sie ihn erkennen? Er wußte es nicht; es war ihm egal; aber er wußte, hier würde er sie nicht finden.

Deshalb mußte er als erstes spurlos aus Las Vegas verschwinden.

Eine Woche später erging an Travis Holt der Befehl, sich bei der 72. Military Police Company der National Guard zu einem zweiwöchigen »Sommerlager« einzufinden, wie die jährlichen Reserveübungen genannt werden. Holt legte den Einsatzbefehl brav seinem Boß in der Casino-Buchhaltung vor; die 72. hatte im Golfkrieg gekämpft und irakische Kriegsgefangene bewacht und war deshalb in Vegas eine angesehene Einheit. Man erteilte ihm bereitwillig die Erlaubnis, an der Übung teilzunehmen, ohne ihm dafür etwas von seinem Urlaub abzuzwacken.

Zehn Tage nach Beendigung der Reserveübung – im Casino dachten sie, Holt machte Urlaub – teilte sein Bruder aus Vero Beach der Geschäftsleitung in einem handschriftlichen Brief mit, Travis Holt sei beim Sommer-Wüstenmanöver der 72. bei einem Unfall ums Leben gekommen. Für den Fall, daß irgendwelche Gehaltszahlungen ausstünden, möchte man sie doch bitte an den trauernden Bruder überweisen.

Zum Glück hatte Holt seine Ideen bereits an die Erbsenzähler weitergegeben, so daß sein Tod kein sonderlich schwerer Schlag für das Casino war. An den Bruder ging ein Brief hinaus, in dem man ihm versicherte, nein, es stünden keine Gehaltszahlungen mehr aus, und mit einem kollektiven Kopfschütteln über schmierige Verwandte war für das Casino der Fall Holt erledigt.

Wer machte sich schon über Tote Gedanken?

Aber schon bevor er gestorben war, hatte Travis Holt seine getönte Brille zerbrochen, seine gefärbten Kontaktlinsen die Toilette runtergespült, den Haartöner aus seinem Haar gewaschen, seinen Spitzbart abrasiert und Las Vegas den Rücken gekehrt, um Dain zu werden. Ja, Dain.

Denn er hatte gemerkt, daß die drei Männer, die wußten, daß einmal ein Mordauftrag für Eddie Dain ergangen war, dieselben drei Männer waren, die er finden wollte. Wenn sie ihn zuerst fanden, sollte ihm das nur recht sein. Dann hatte er genauso Gelegenheit, sich mit ihnen zu treffen – und herauszufinden, ob er wirklich den Terminator spielen konnte.

6

Das Spiel fing an, wie die besten Spiele immer anfangen, mit großem Theater. Dain wollte Doug Sherman als Mittelsmann haben, weil Sherman Klatsch und Intrigen liebte und unbedingt *au courant*, auf dem Laufenden sein wollte, selber gern in eine Rolle schlüpfte, Spiele mochte, gemein sein konnte und auf Macht abfuhr. Er war wie geschaffen dafür, den Mittelsmann zu spielen. Aber damit er mitmachte, durfte Dain ihm nicht die ganze Wahrheit sagen, denn unter keinen Umständen durfte Sherman erfahren, daß es bei Dains neuestem Spiel um Mord ging, nicht bloß um den Wiedereinstieg ins Detektivgeschäft. Dain mußte Sherman so weit bringen, daß er sein Mittelsmann sein *wollte,* damit er nie auf die Idee kam, die Fragen zu stellen, die Dain nicht beantworten konnte.

Als Doug Sherman an diesem Junimorgen seinen Buchladen aufschloß, wartete schon ein großer, hellwacher Fremder auf ihn. Eins dreiundachtzig groß, wog knapp hundert Kilo, war von der Wüstensonne braungebrannt, und seine Hände waren vom Bretterdurchhauen kräftig und knochig. Ein Indianergesicht, markant und scharf geschnitten.

Mit einer Stimme, die Sherman irgendwie bekannt vorkam, sagte der Fremde: »Hallo, Douglas.« Die Stimme war tiefer als jene, an die er sich erinnerte, und sie hatte nichts Verspieltes.

Sherman, elegant wie eh und je, machte ein verdutztes Gesicht.

»Wie bitte?«

»Dain«, sagte der Mann. Ausdruckslose Stimme, ausdruckslose Augen. Irgend etwas Totes an ihm, aber auch etwas sehr Lebendiges.

»Eddie Dain! Mein Gott, Mann ...«

Sherman versuchte ihn zu umarmen, aber Dain wich rasch zurück, reichte ihm statt dessen eine schwielige Hand. Es war, als packte er einen Felsen.

»Schön ... dich wieder zu sehen ...«, sagte Sherman lahm.

Dain nickte, erwiderte aber nichts. Während sich Sherman nun daran machte, die Tür aufzuschließen und die Alarmanlage auszuschalten, warf er immer wieder verstohlene Blicke zu ihm hinüber und redete ununterbrochen, um seine Verlegenheit und seine Neugier zu kaschieren.

»Wo hast du gesteckt? Nach deiner Entlassung aus dem Marin General warst du plötzlich spurlos verschwunden ...« Die Tür war auf. Dain ging vor ihm hinein, ein ledergebundenes Buch unter dem Arm. Sherman ertappte sich dabei, wie er unbeholfen stammelte: »Ich ... entschuldige ... ich wußte nicht ...« Er ging hinter seinen Schreibtisch. »Ich mache gleich mal Kaffee ...«

»Kaffee wäre prima.«

Sherman machte sich an der Melitta zu schaffen und sprach über seine Schulter, während er aromatischen gemahlenen Bohnenkaffee abmaß und dabei in einer glasgerahmten griechischen Ikone über dem Tisch heimlich Dains Spiegelbild beobachtete.

»Was ist das für ein Buch?«

»Immer noch die alte Bücherleidenschaft«, brummte die tiefere Stimme. Fast lächelte Dain. Er hielt es hoch, damit Sherman es sehen konnte. *»Das tibetanische Totenbuch.«*

»Dasselbe, das ich dir für Maries ...«

»Genau das«, sagte Dain sichtlich bewegt. Er hob eine Schulter. Unter der glatten Haut bewegten sich seine Muskeln wie die eines Tigers. »Physiotherapie. Du schleppst den ganzen Tag ein schweres Buch mit dir rum. Stärkt Hände und Unterarme.« Er lachte leise. »Um bereit zu sein.«

Inzwischen hatte sich Sherman von dem Schock erholt. »Bereit.« Er nickte, als verstünde er, was das bedeutete. »Natürlich. Äh … und die letzten vier Jahre … wo hast du …?«

Dain legte sein ledergebundenes Buch auf die Kante des Schreibtisches und setzte sich auf denselben Stuhl, auf dem er vor vier Jahren immer gesessen war, aber diesmal nicht im Lotussitz. Er sah zwar noch gelenkig genug aus, um ihn hinzukriegen, aber inzwischen war er massiv, hart. In Topform. Er strahlte Macht aus, wie ein Ofen Hitze.

Aber er sagte nur: »Die meiste Zeit in irgendwelchen Kliniken.«

Das Wasser wurde heiß. Sherman setzte sich hinter den Schreibtisch, auf dem wie immer das Intarsien-Schachbrett mit einem klassischen Problem darauf stand. Zum erstenmal studierte er Dain ganz offen mit seinen traurigen, schönen Augen.

»Und?«

»Nichts und.« Fast zuckte Dain mit den Achseln. Wegen der winzigen Operationsnarben in einer Gesichtshälfte war sein Lächeln leicht schief. »Jede Menge Operationen, jede Menge Schmerzen, jede Menge Krankengymnastik. Was alles jede Menge Geld gekostet hat.«

Geld. Jetzt waren sie auf vertrautem Boden. Sherman wußte alles darüber, wie man Geld einsetzte, um eine Situation in den Griff zu kriegen. Und diese wollte er in den Griff kriegen. In Gegenwart dieses Edgar Dain fühlte er sich unwohl, in die Enge gedrängt, vielleicht sogar ein bißchen bedroht. Mit ihm zu sprechen, war, als streichelte man einen Tiger.

»Das kann ich mir denken. Wenn ich irgend etwas für dich …«

»Kannst du.«

Diese Direktheit war ein Schock für Shermans Anstandsempfinden. Fast schämte er sich für Dain; ein dermaßen plumper Appell an seine Hilfsbereitschaft setzte die Macht eines Mannes herab. Der Kessel begann zu pfeifen. Er goß kochendes Wasser in den Filter.

»Hör zu, Dain. Ich hab' zwar nicht viel auf der hohen Kante, aber …«

»Kein Geld.« Dain stand auf, begann, auf und ab zu gehen. Das ungeduldige Umherwandern eines Tigers in einem Käfig. »Was Geschäftliches.«

Verlockend. »Ich bin im Buchgeschäft.« Plötzlich glaubte er zu wissen, was jetzt kommen würde. Brauchte Geld, war aber zu stolz, um ihn um welches zu bitten.

Er deutete auf das Buch. »Das da müßte eine ziemliche Stange Geld wert sein … und es muß psychisch sehr schmerzhaft sein, sich …«

»Es ist nicht zu verkaufen.«

Sherman seufzte verdutzt. »Schade. Aber was kann ich dann …?«

»Ich will wieder als Privatdetektiv anfangen.« Dain hielt inne und betrachtete ein neues Gemälde in einer der Nischen. Ein echter Magritte, er war da ganz sicher. Er schauderte leicht, griff den Faden wieder auf. »Für … unkonventionelle Klienten. Eine andere Möglichkeit ist mir nicht eingefallen, um relativ schnell zu so viel Geld zu kommen, wie ich brauche.« Er sah Sherman an. »Ich brauche einen Strohmann. Einen Mittelsmann.«

»Ich weiß nicht, ob ich dich recht verstehe.«

»Und ob du das tust. Ich möchte betuchte Klienten von der eher zwielichtigen Sorte. Leute, die gut zahlen, wenn man jemand für sie sucht, ohne daß man ihnen viele Fragen stellt. Andere Klienten interessieren mich nicht. Und deshalb brauche ich jemanden, den ich vorschieben kann, einen Mittelsmann, der mir die unerwünschten Kunden vom Hals hält.«

»Aber wie willst du … ich meine, vor vier Jahren warst du …«

»Naiv? Unerfahren?«

»Offen gesagt ... ja.« Er goß Kaffee in zwei exquisite Tassen aus Meißener Porzellan, stellte Sahne und Zucker in massivsilbernen Kännchen dazu. »Warum sollte jemand aus den ... Grauzonen der ... äh, amerikanischen Wirklichkeit auf deine Dienste zurückgreifen wollen?«

»Du hast vollkommen recht. Ich war ein Idiot. Ich war auf das, was da auf mich zugekommen ist, nicht vorbereitet. Aber das wird nicht noch einmal passieren.« Dain hatte aufgehört, hin und her zu gehen. Aus seinem Gesicht, seiner Stimme, seinen Augen, war die Teilnahmslosigkeit gewichen; seinen Worten haftete eine große Intensität an. »Jetzt weiß ich, wie man sich mit dem Nimbus umgibt, den ich brauche. Verlaß dich da ruhig auf mich. Mit einem Filter, einer Möglichkeit vorzusondieren, kann ich ganz leicht nein sagen. Das ist alles, was ich von dir will.«

Er setzte sich mit jener muskulösen Lockerheit hin, wie sie alle großen Raubtieren eigen ist. Beide Männer tranken ihren Kaffee. Sie tauschten erfreute Blicke über seine Qualität aus.

Vor vier Jahren hätte Sherman Eddie ausgelacht, wenn er mit so einem Vorschlag an ihn herangetreten wäre. Aber jetzt nicht. Jetzt konnte er nicht mal mehr als ›Eddie‹ an ihn denken. Mißbilligend breitete er die Arme aus.

»Selbst wenn alles stimmt, was du sagst, wie kommst du darauf, ich wäre der richtige Mann für so etwas?«

»Du bist wie geschaffen für diese Aufgabe. Jeder kennt dich, du kennst jeden, du liebst Klatsch, du liebst Intrigen. Und ich traue deinem Urteil. Vielleicht kann ich sogar *dir* trauen.«

»Dein Vertrauen ehrt mich«, sagte Sherman kalt.

Dain ignorierte die Spitze. »Wenn es um eine Wiederbeschaffung irgendwelcher Art geht – abgezweigte Gelder, gestohlene Drogen, sonst etwas in der Art –, beträgt mein Honorar zehn Prozent der Wiederbeschaffung und dazu eine Grundgebühr von fünfundzwanzig Mille. Da bleiben für dich pro Fall mindestens sechstausend zweihundertfünfzig – steuerfrei.«

»Glaubst du wirklich, du kannst …« Sherman hielt inne. Er rieb sich die Augen. Er zappelte am Haken. Das Angebot war tatsächlich verlockend, nicht wegen des Geldes, aber … er wollte sich nicht anmerken lassen, daß er interessiert war. »Die Sache ist die …«

Er verstummte mitten im Satz. Er wußte, er würde es tun. Dain hatte recht, das war genau eines dieser ausgefallenen Angebote, denen er nicht widerstehen konnte. Alle Gefahren im voraus zu *kennen* … auf dem Tiger zu reiten … Ja! Absolut verlockend … »Also … gegen mein besseres Wissen …«

Dain machte keine Luftsprünge. Da war diese von innen heraus kommende Kälte, auf die sich Sherman noch nicht eingestellt hatte. Dain nahm lediglich sein Buch vom Schreibtisch und stand auf. Er trank seine Tasse im Stehen aus.

»Sehr gut, der Kaffee«, sagte er.

»Noch eine Tasse?«

Dain schüttelte den Kopf. Sein Blick suchte die große Standuhr in einer dunklen Ecke des Raums. Einen Moment flackerte etwas in seinen Augen auf, war jedoch gleich wieder verschwunden. Irgendein Gefühl, das man mit blutrot hätte umschreiben können, wäre es eine Farbe gewesen.

»In einer Viertelstunde habe ich einen Termin bei der Mordkommission«, sagte er.

Sherman war ebenfalls aufgestanden. »Das ist ja nichts Neues.«

Dain nickte. Er streckte seine Hand aus. Sherman ergriff sie. Er war richtig stolz darauf, wie gut er sich im Griff gehabt hatte. So sah er sich gern: am Rand eines Abgrunds. Er deutete auf das Schachbrett.

»Hast du dieses Problem schon gesehen? Die dreizehnte Partie zwischen Fischer und Spasski, bei der Weltmeisterschaft neunzehnhundertzweiundsiebzig in Reykjavík? Eine höchst ungewöhnliche Begegnung.« Eifrig ging er auf die neun Figuren auf dem Brett zu. »Sieh mal hier ...«

In Dains Augen blitzte etwas auf, das Sherman unwillkürlich einen Schritt zurückweichen ließ, als hätte sich der Tiger plötzlich zum Sprung geduckt. Doch Dain sagte in neutralem, fast desinteressiertem Ton: »Ich spiele nicht mehr Schach.«

Sherman schwieg, taxierte ihn lange, trieb es auf die Spitze, genoß es. Den Tiger reiten! Er nickte kaum merklich. »Ach so. Schade.«

Bei Sherman hatte es also funktioniert, das Harter-Mann-Image, hinter dem Eddie Dain leben und funktionieren konnte. Ihm war nicht ganz wohl bei der Sache, seine Freunde so zu benutzen; aber der Spieler in ihm war ganz aufgeregt über seinen Anfangserfolg. Shermans rege Fantasie hatte Dain eine Menge Arbeit abgenommen, aber mit Randy Solomon würde es nicht so einfach werden. Um sich für die Beschaffung von Informationen, die nur die Polizei hatte, Randys Hilfe zu versichern, mußte er dasselbe stahlharte Auftreten in Verbindung mit einer ganz anderen Taktik einsetzen.

In der Mordkommission hatten sie eine neue Kaffeemaschine. Sie machte guten Kaffee, weshalb der Zustrom von auswärts nachgelassen hatte. Und dem Haufen Scheiße nach zu schließen, den Lieutenant Randy Solomon einem Trio von Mordkommissionsermittlern vordröhnte, als Dain hereinkam, trafen draußen auf dem flachen Land die Kugeln und Springmesser inzwischen mit beunruhigender Häufigkeit ins Ziel.

Vier gleichgültige Polizistenaugenpaare streiften Dain und nahmen eine routinemäßige Taxierung vor. Keine Bedrohung, kein Interesse. Drei Augenpaare wandten sich wieder ab. Eines blieb auf ihm haften. Starrte ihn durchdringend an. Durchdringender. Plötzlich löste sich Solomon von der Gruppe und ging auf ihn zu.

»Ich werd verrückt! Eddie Dain! Wo zum Teufel ...«

Wie Sherman wollte er Dain umarmen. Im Gegensatz zu Sherman war er jedoch besser auf Anzeichen körperlicher Aggressivität gepolt, weshalb es ihm gelang, die Umarmung in einen Händedruck abzubiegen, ohne daß es für einen von beiden peinlich wurde. Mit einer ruckartigen Kopfbewegung deutete er auf das große Büro, das den hinteren Teil des Bereitschaftsraums beherrschte. Sie gingen hinein. Auf der Glasscheibe stand sein Name, und darunter in Großbuchstaben:

LIEUTENANT
MORDKOMMISSION

Randy setzte sich hinter den Schreibtisch.

»Herzlichen Glückwunsch zur Beförderung«, sagte Dain. »Hab' ich gar nicht gewußt. Hat niemand mehr verdient als du.«

»Das sagen alle.« Solomon beugte sich über den Schreibtisch. »Und ganz besonders herzlichen Dank für die vielen Karten und Briefe, die du mir die letzten vier Jahre geschrieben hast. Wo hast du die ganze Zeit gesteckt?«

Dain hob die Schultern. Er beugte sich vor. Der Bewegung haftete etwas Peitschenartiges an, als ob er mit der bloßen Hand eine Fliege aus der Luft schnappen könnte, wenn er wollte.

»In irgendwelchen Kliniken, die meiste Zeit. Von der hier weißt du ja. Stanford. Arizona. Big Apple. Sogar in Mexiko.«

»Das sind eine Menge Kliniken.«

»Gab ja auch eine Menge zu flicken.«

Randy sagte finster: »Wenn mich nicht alles täuscht, war's nicht bloß eine Ladung Schrot, die dir zu schaffen gemacht hat, Mann.« Er machte eine vage Handbewegung. »Aber du siehst aus, als könntest du neuerdings mit bloßer Hand einen Stier umhauen.«

Dain schwieg. Randy lehnte sich in seinen Drehstuhl zurück, verhakte die Hände hinter seinem großen, schwarzen Quadratschädel und lachte leise.

»Was ist aus Shenzie geworden, dem Wunderkater?«

»Älter, aber kein bißchen weiser. Ich hab' ihn bei Maries Eltern unten in La Jolla gelassen, solange ich ...« Er hielt inne, überlegte sich genau, was er sagte. »... im Krankenhaus war. Als ich rausgekommen bin, hab' ich ihn wieder zu mir genommen.«

»Haben sie sich gefreut, dich zu sehen?«

»Ihre Tochter ist tot. Ihr Enkel ist tot. Ich lebe noch. Würdest du dich da freuen?«

»Pech für sie, wenn sie keinen Spaß verstehen«, sagte Randy ohne Verbitterung oder Verlegenheit. Er hielt inne. »Du bleibst also eine Weile.«

»In absehbarer Zukunft.«

Ganz Polizist, setzte Randy eine betont beiläufige Miene auf. »Und was hast du so vor?«

»Was ich früher gemacht habe. Privatdetektiv.«

Plötzlich stand Randy auf, ging zur Tür und vergewisserte sich, daß sie geschlossen war. Dann kam er zurück und lehnte sich mit dem Hintern gegen die Schreibtischkante, damit er leiser sprechen konnte, als mit seinen üblichen scheibensprengenden Dezibel.

»Ich säße ganz schön in der Scheiße, wenn hier jemand was davon spitzgekriegt hätte, Eddie, aber ich hab' mich die ganzen vier Jahre umgehört. Nicht gerade jeden Tag, weißt du, aber ... Jedenfalls hab' ich so eine Art Tip gekriegt, daß den Mord möglicherweise so ein Typ unten in L. A. angeordnet hat. Die Scheiße ist bloß, Mann, wenn du dem noch was tun willst, mußt du ihn erst ausschaufeln. Er ist vor zwei Jahren abgekratzt.«

»Mario Pucci«, sagte Eddie Dain. Randy sah ihn lange an. Dann nickte er, ging hinter seinen Schreibtisch zurück und setzte sich wieder. Dain fuhr fort: »Grimes hat in seinem Motorboot Dope aus Mexiko für ihn raufgeschmuggelt. Ich schätze, Pucci hat ihn in die Luft fliegen lassen, um ihn am Reden zu hindern, und das Boot sollte so in die Luft fliegen, daß niemand die Zwischenräume findet, in denen der Stoff verstaut war.«

Wie ein Priester beim Segen breitete Randy die Arme aus, aber er machte ein verständnisloses Gesicht.

»Ich fürchte, ich kann dir nicht ganz folgen, Mann. Wenn der Mann tot ist ...«

Dain sprang auf und beugte sich über den Schreibtisch, um Solomons Unterarm so fest zu packen, daß der hünenhafte Schwarze zusammenzuckte. Aber Solomon versuchte nicht, seinen Arm wegzuziehen.

»Aber die Killer sind nicht tot«, sagte Dain. Aus irgendeinem Grund wirkte seine leise Stimme wie Kreide auf einer Tafel. Er ließ Solomons Unterarm los. Setzte sich wieder. Auf seiner Stirn stand Schweiß. »Zumindest aller Wahrscheinlichkeit nach sind sie nicht tot.«

Randy seufzte. »In einer Hinsicht bin ich froh. Genau das würde ich an deiner Stelle auch tun, nach diesen Schweinen suchen. Aber andererseits bin ich auch nicht froh, weil ich dir nicht helfen kann. Und ich glaube auch nicht, daß das irgend jemand kann. Pucci war genau wie alle diese Typen zu ungefähr neunzig Prozent völlig legal.«

»Zu legal jedenfalls, um ihm was anhaben zu können«, murmelte Dain.

»Ganz genau. Wenn er sich zu seinem Privatvergnügen einen Killer gehalten hat, dann hat er den Kerl oben in Oregon vor dreihundert Schulkindern Äpfel ernten lassen, als der Anschlag über die Bühne ging. Was ist das gleich wieder für ein Ausdruck, den die ganzen Arschlöcher in Washington so toll finden? Dementierbarkeit?«

»Teflon«, sagte Dain.

Solomon lachte leise.

»Richtig. Bleibt nichts dran hängen. Wo hast du das denn her?«

»Im Krankenhaus hatte ich massenhaft Zeit, massenhaft Krimis zu lesen«, sagte Dain. »Wen könnte Pucci angeheuert haben?«

In Solomons Gesicht schlich sich wieder etwas Polizistenhärte. »Du wirst doch hoffentlich nicht den gleichen Fehler zweimal machen, Dain?«

»Ich werde überhaupt keine Fehler machen.«

Solomon nickte. »Das ist natürlich was anderes. Jemand Zuverlässigen, würde ich sagen, von einer der Familien drüben im Osten. Auftragskiller, fliegen ein, *peng! peng!* Fliegen am selben Abend wieder zurück. Jetzt, wo Pucci den Löffel abgegeben hat, hast du niemand mehr, dem du auf den Zahn fühlen kannst. Die sind bestimmt aus irgendeinem Schmiergeldfond bezahlt worden, und nur Pucci hat gewußt, wofür sie das Geld bekommen haben. Was deine Chancen angeht, die Typen zu finden, kannst du genausogut einem Furz im Wirbelwind hinterherjagen.«

»Genauso hab' ich mir das vorgestellt, aber fragen kostet ja nichts.«

»Und wie soll's jetzt weitergehen, Dain?« Fast hätte er Eddie gesagt, aber irgendwie paßte der Name nicht mehr.

»Kohle anschaffen. Ich muß noch eine Menge Krankenhausrechnungen bezahlen.«

Dain stand auf. Er schien sich von dem Gefühlsaufruhr vor ein paar Minuten ganz gut erholt zu haben. Er streckte die Hand aus. Solomon schüttelte sie.

»Danke, Randy. Für alles. Jetzt und vor vier Jahren.«

»Ach was«, sagte Randy. Sein Gesicht leuchtete auf. »Handball?«

»Ich ruf' dich an«, sagte Dain.

Randy sah ihn lange an. »Klar, Mann.«

Er begleitete Dain bis zur Tür seines Büros. Sah ihm hinterher, als er sich zwischen den Schreibtischen hindurch einen Weg zum Ausgang bahnte.

Er ging zurück und ließ sich seufzend in seinen Sessel plumpsen.

7

Sein erster Auftrag kam erst drei Monate, nachdem Sherman als sein Mittelsmann zu operieren begonnen hatte, herein. Ein Drogengeldkurier war vor einem halben Jahr mit der Kohle abgehauen, die er von New York nach Chicago hatte bringen sollen. Dain machte ihn innerhalb von zwei Tagen auf der Karibikinsel Curacao ausfindig und hatte wegen des unbekannten Schicksals des Mannes eine Reihe schlafloser Nächte.

Aber er machte sich dadurch einen Namen. Was seinen Ruf endgültig festschrieb, war der Privatpilot eines Mafia-Don, der gegen seinen Boß ausgesagt und vor zwei Jahren im Zuge eines staatlichen Zeugenumsiedlungsprogramms eine neue Identität bekommen hatte. In siebzehn Tagen spürte ihn Dain auf einem Fischerboot in Alaska auf.

Danach bekam er mehr dieser seltsamen Spezialaufträge, als er bewältigen konnte, und er hatte das Image, das er sich zugelegt hatte, stärker verinnerlicht: härter, kälter, gleichgültiger gegenüber dem Schicksal derer, die er aufspürte. Trotzdem jede Menge schlafloser Nächte, aber nicht ihretwegen. Sie waren alle Abschaum. Bloß nicht der Abschaum, den *er* suchte.

Dann, fast auf den Tag genau ein Jahr später, ging Dains Spiel los – auch wenn er es damals noch nicht wußte.

Es war 9:01 an einem hellen, stechenden Sommermorgen, der bis Mittag bereits einem neuen Temperaturrekord entgegenstrebte. Ein Mann Anfang dreißig betrat die First Chicago Bank of Commerce in der South Wacker, ein paar Blocks von der Chicago Mercantile Exchange entfernt. Er war schmächtig, mit fliehendem

Kinn und Brille, trug einen Anzug und hatte einen Diplomatenkoffer bei sich. Seine Augen standen eng beieinander, was das Gesicht noch ausdrucksloser erscheinen ließ.

Er ging zu dem einen Schalter, über dem SCHLIESSFÄCHER stand. Im Gegensatz zu den anderen Schaltern war dort keine Schlange. Mit einem Schlüssel in der Hand stand er zappelig da, bis ein rundgesichtiges Mädchen in einer Rüschenbluse ankam, um ihn mit ihrem quäkigen Akzent aus dem Mittelwesten zu beglücken.

»Kann ich Ihnen helfen, Sir?«

Er zeigte den Schlüssel. »Sechs-zwo-drei-acht.«

Die Bankangestellte blätterte in den Unterschriftenkarten. Nahm eine heraus.

»Adelle Lorimer oder James Zimmer sind berechtigt …«

»James Zimmer – offensichtlich.«

Sein Kichern war so nervös, daß es fast ein Husten war. Sie verglich seine Unterschrift mit der bei der Bank hinterlegten, dann drückte sie auf einen Knopf, um diesen Zimmer in den Tresorbereich zu lassen. Sie vollführten das Doppelschlüssel-Ritual. Zimmer schloß sich mit der länglichen grünen Kassette in eins der Abteile ein. Als er die Kassette und seinen Diplomatenkoffer geöffnet hatte, mußte er sich mit seinem Einstecktuch den Schweiß aus dem Gesicht wischen.

Aus der Kassette nahm er einen wörterbuchdicken Stoß Bearer Bonds. Aus dem Diplomatenkoffer einen wesentlich dünneren Stapel ähnlicher Bonds. Gewissenhaft verglich er ihre Nummern mit denen aus dem dickeren Stoß und sortierte eine Reihe von Bonds aus, bis er zwei kleine Pakete vor sich liegen hatte, die Bond für Bond identisch waren. Er ersetzte alt durch neu, tat den frisierten Stoß in die gar nicht so sichere Kassette zurück und verstaute die daraus entfernten Originale in seinem Diplomatenkoffer.

Forschen Schritts und voller Selbstvertrauen verließ Zimmer mit dem Diplomatenkoffer in der Hand die Bank. Als er ein Stück vor dem Fußgängerübergang die Straße überqueren wollte, mußte er warten, bis ein vergammelter Cicero-Bus vorbeigefahren war. Eine stupsnasige irische Politesse, die dem Bus folgte und von ihrem dreirädrigen Gefährt aus Reifen ankreidete, schrie ihn an.

»He – Sie!« Dazu ließ sie ein paarmal den Motor aufheulen. »Sie glauben doch wohl nicht, damit kommen Sie durch?« Zimmer starrte sie an. Zum Glück verdunkelten sich seine Brillengläser bei starker Helligkeit, so daß sie seine vor Schreck weit aufgerissenen Augen nicht sehen konnte. »Schon mal was von einer Fußgängerampel gehört?«

»Nein, das ... das heißt, ja, Entschuldigen Sie, Officer, ich war bloß ...«

Aber sie war schon weg. Der Minutenzeiger einer großen Uhr an einem Ziegelbau auf der anderen Straßenseite rückte auf 9:24 weiter. An der Kreuzung ging Zimmer bei Grün über die Straße, wandte sich nach rechts und versuchte wieder in seinen lässig unbeschwerten Gang zu fallen; aber nach der Begegnung mit der Politesse krampfte sich seine Hand noch immer so fest um den Griff des Diplomatenkoffers, daß seine Knöchel weiß hervortraten.

Er sah sich verstohlen um, dann huschte er in eine Durchfahrt. Ein junger Bursche, der ein Papptablett mit Styroporbechern trug, mußte ihm mit einem Torero-Hüftschwung ausweichen, bei dem von einem Becher der Deckel abging, so daß heißer Kaffee über sein Handgelenk schwappte.

»Scheiße, Mann, paß doch auf, wo du ...«

Ohne ihn zu beachten, lief Zimmer die Durchfahrt entlang, an deren Ende ein verdreckter und verbeulter, fünf Jahre alter roter Porsche stand. Eine gutgebaute Wasserstoffblondine Mitte zwanzig, exotisch wie ein tropischer Vogel, hatte die Sonnenblende mit dem

Schminkspiegel heruntergeklappt und malte blutroten Lippenstift auf ihre vollen, sinnlichen Lippen. Ihre dunklen, glänzenden Augen verschwanden fast unter zu viel Mascara und Eyeliner, aber trotzdem hatte sie etwas sehr Lebendiges.

Der dunkelhäutige Koch eines Schnellimbisses kam durch den Küchenausgang, um mit einem gemeinen Zischen etwas in eine Mülltonne zu kippen, so daß Zimmer, der gerade vorbeikam, vor Schreck einen Satz machte. Die Blondine schüttelte über sein Getue den Kopf und preßte ein Kleenex zwischen ihre Lippen, um sie abzutupfen.

Zimmer stieg neben ihr ein und legte seinen Diplomatenkoffer vor seinen Füßen auf den Wagenboden. Jetzt, wo er außer Gefahr zu sein schien, war er richtig aufgedreht. Er fühlte sich wie der Größte überhaupt.

»Lief so geschmiert wie eine geile Möse.« Seine Lippen krümmten sich um die unanständigen Worte, zu denen seine quäkende Stimme nicht so recht passen wollte.

»Mein strahlender Held«, sagte sie schnippisch.

Zimmer blieb die Ironie verborgen. Er beugte sich vor, um sie zu küssen. Sie stieß sein Gesicht mit dem Handrücken zurück.

»Was ist denn los mit dir, Vangie?«

»Was ist denn mit *dir* los? Das eben war das Einfachste.«

Ihr Rock war beim Treten der Pedale nach oben gerutscht und enthüllte lange, herrlich muskulöse Tänzerinnenbeine in einer durchscheinenden schwarzen Strumpfhose. Sie drückte zweimal auf die Hupe, als sie den niedrigen roten Wagen über den Gehsteig lenkte. Zimmer, der coolste Typ weit und breit, ließ seine Hand zwischen ihren Schenkeln hochgleiten.

»In einer Stunde, meine Süße, werde ich …«

Vangie stieg so fest auf die Bremse, daß er gegen das Armaturenbrett knallte, und entledigte sich so der zudringlichen Hand. Sie blitzte ihn aus eiskalten Augen an.

»Faß mich noch einmal an, wenn ich es nicht will, Süßer, und du brauchst eine Prothese zum Pinkeln.«

Ein junger Schwarzer, der gerade mit Mop, Eimer und Gummiwischer aus einem Kleidergeschäft kam, konnte Vangies Stimme durch das offene Fenster dringen hören, und fing zu lachen an. Sie zwinkerte ihm zu, dann stieg sie aufs Gas, so daß der verbeulte kleine rote Porsche aus der Einfahrt schoß.

Zimmer war wegen des Gelächters des jungen Schwarzen wütend. Als Vangie den Wagen in der Van Buren im kühlen Schatten des El geschickt durch den Verkehr manövrierte, knurrte er: »Du glaubst, ich hab' keinen Mumm, Baby? Hör mal, ich hab's gemacht, während du hier rumgesessen und dir die Hosen naßgemacht hast! Ich bin …«

»Was genau hast du gemacht, Jimmy?«

»Ich habe diesen Sack von T. J. L. Maxton um Bearer Bonds im Wert von zwei Millionen Dollar erleichtert!« rief er in trotzigem Triumph.

Sie sah zu ihm hin, und ihr Gesicht wurde weicher.

»Ach, Jimmyschätzchen, begreifst du denn nicht? Wenn Maxton merkt, was passiert ist, und zum Telefon greift, wird am anderen Ende der Leitung jemand sein, der sehr genau weiß, wie man jemand, der nicht gefunden werden will, trotzdem findet.«

Dain wohnte immer noch in dem bescheidenen Bungalow in Tam Valley, hatte inzwischen aber aus praktischen Gründen über einem halbverfallenen Pier neben der Feuerwache am Hafen von San Francisco ein Loft angemietet. In dem Loft gab es auf der einen Seite ein Bett, eine Kommode und einen Kleiderschrank, auf der anderen ein Bad und dazwischen eine Küche. Um halb neun Uhr morgens, zwei Stunden, nachdem er eingeschlafen war, riß ihn das Telefon aus einem Alptraum.

Albies Beine wurden aus seinem Blickfeld und weiter den Flur hinuntergefegt, als der Türrahmen von der Schrotladung zersplittert und zernarbt und zerfetzt wurde.

Seine Schultern sanken nach unten. Seine Augen wurden wieder menschlich.

»Ein ganz übler, Shenz«, sagte er.

Shenzie, der Wunderkater, der den Kopf seitlich auf dem Kissen und die Vorderpfoten wie ein schlafender Mensch auf der Decke liegen hatte, stand mit einem gewaltigen, kieferknirschenden Gähnen auf, streckte sich vorn und hinten, und stolzierte auf der Suche nach Trockenfutter davon, als das Telefon wieder läutete. Dain hatte ihn seit dem Tag, an dem er ihn vor fünf Jahren in Randy Solomons viktorianischem Haus abgeliefert hatte, nicht mehr schnurren gehört.

Mit einem energischen *Wuuuschsch!* ließ Dain den Atem entweichen, tastete mit einer Hand nach dem Telefon, wischte sich mit der anderen den Schweiß aus dem Gesicht.

»Dain.«

»Hier Sherman. Eben ist ein Anruf für dich reingekommen.«

Dain seufzte. »Eine Stunde.«

Er stand auf. Er war nackt, mager, aber ungeheuer muskulös, seine rechte Schulter, sein oberer Brustkorb und die Seite seines Halses waren mit kleinen, weißen Flecken gesprenkelt. Auf der linken Seite waren Arm, Rippenpartie, Flanke und Schenkel von unzähligen ordnungsgemäß verheilten Operationsnarben übersät.

In der Fitneßecke, ausgestattet mit einem Satz Olympic-Stangen und Gewichten, verschiedenen Bänken und Zügen sowie Ringen, einem Pferd und Matten, wählte Dain zwei Dreißig-Kilo-Hanteln aus. Er begann, mit ihnen seine Aufwärmübungen zu machen. Als sich die Haut infolge der verstärkten Durchblutung rötete, traten die weißlichen Narben deutlicher hervor.

Fünfzig Minuten später setzte er sich auf seinen gewohnten Stuhl gegenüber von Shermans Schreibtisch, und der Buchhändler streckte einen langen Arm aus, um auf die Abspieltaste des Anrufbeantworters zu drücken.

Shermans Stimme sagte: »Hier drei-vier-sechs-zwei.«

»Ich möchte Edgar Dain sprechen.«

»Mr. Dain ist telefonisch nicht erreichbar.«

»Ja, ja, ich weiß«, platzte die andere Stimme los, »aber das ist nicht irgendein Fall. Sehr heikel, da steht einiges auf ...«

Dain unterbrach die Stimme, indem er mitten im Satz auf STOP drückte.

»Mittlerer Westen, wahrscheinlich Chicago. Arschloch, wahrscheinlich Anwalt.«

Sherman sagte: »Na schön, dann eben nicht. Wenn der Mann Anwalt ist, kann Dain natürlich unmöglich für ihn arbeiten.«

Je mehr ihre Zusammenarbeit gedieh, desto unpersönlichere, geschäftsmäßigere Züge nahm ihr Verhältnis an. Dain führte die über Sherman eingehenden Aufträge aus, ohne über sie zu sprechen oder auch nur ein einziges Mal einen schriftlichen Bericht anzufertigen – lauter Dinge, die Sherman fast unerträglich unprofessionell fand.

»Anwälte lügen«, sagte Dain. »Und zwar immer zur falschen Zeit und den falschen Leuten gegenüber.«

Sherman begann auf und ab zu wandern. Er hatte geglaubt, Dains Mittelsmann zu sein, hieße, dem Tiger in den Schwanz zu kneifen. Statt dessen blieb der Tiger im Käfig. Er nahm das immer gleiche ledergebundene Buch von der Schreibtischecke. *Das Tibetanische Totenbuch.* Fast hätte er es wieder hingeworfen.

»Willst du dir auch nach fünf Jahren noch den Kopf mit diesem Quatsch vernebeln?«

»Es ist mein Kopf.«

»Und erzähl mir nichts von Physiotherapie. Der blöde Schmöker soll dich bloß ständig daran erinnern, wie …« In der Befürchtung, zu weit gegangen zu sein, hielt er inne, aber da Dain keine Reaktion zeigte, fragte er: »Also, was soll ich T. J. L. Maxton sagen, wenn er wieder anruft?«

Dain hob die Augenbrauen. »Das war Teddy Maxton?«

»Du kennst ihn?«

»Ich habe von ihm gehört. Wirtschaftsanwalt aus Chicago, vertritt gelegentlich irgendwelche zwielichtigen Mafiosi.«

»Du erstaunst mich, Dain. Irgendwann möchte ich wissen, was du in diesen vier verlorenen Jahren wirklich getan hast.«

»Mich erholt.«

»Wo? Beim Zeugenumsiedlungsprogramm? Du weißt besser über obskure Gestalten aus der Welt des organisierten Verbrechens Bescheid, als …«

Mit einer raschen Bewegung war Dain aufgestanden. »Maxton also? Treten wir ihm ein bißchen auf den Schwanz? Mal sehen, ob er jault.«

Sherman spürte den vertrauten prickelnden Schauder der Erregung.

»Ist das denn ratsam, falls Maxton wirklich Verbindungen zur Unterwelt hat?«

»Ist leben ratsam?« konterte Dain, als er mit dem *Tibetanischen Totenbuch* unter dem Arm hinausmarschierte.

Zwei Tage später, um 7:30, war Dain im World Gym in Kentfield, nicht weit vom College of Marin, und absolvierte ein Zirkeltraining, das die kardiovaskulare Kapazität erhöhte und zugleich die fünf wichtigsten Muskelgruppen stärkte. Die wenigen eifrigen Bodybuilder, die sich um diese Zeit im Hantelraum im Keller befanden, waren zu sehr mit ihrem eigenen Training beschäftigt, als daß sie Dain beachtet hätten, und genausowenig beachtete er den morgendlich langen Schatten, der über ihn kroch.

»Dain? Edgar Dain?«

Dain arbeitete gerade mit der Kurzhantel. Er hatte sich neunzig Kilo aufgelegt und ächzte vor Anstrengung. Als er schweißtriefend aufhörte, verschoben sich bei jedem keuchenden Atemzug die einzelnen Brustpartien unter seinem schwarzen Sweatshirt. Er sagte rüde: »Draußen. In einer Stunde.«

Als Dain nach draußen kam, wartete der Mann auf dem Gehsteig vor dem Fitneßstudio, die Beine leicht gespreizt, die derben Gesichtszüge wutverzerrt. Er war ein fleischiger Endvierziger in guter körperlicher Verfassung, einsdreiundsiebzig groß, fünfundachtzig Kilo schwer, mit fiesen blauen Augen und einem sturen Kinn. Raymond Burr in den Anfängen seiner Karriere als Filmschurke, mit derselben undefinierbaren, sofort ins Auge stechenden Power wie Burr. Dain nahm an, daß eine bestimmte Sorte Frauen bei seinem Anblick sofort weiche Knie bekamen.

»Theodore Maxton.« Dain nickte, ohne die Hand auszustrecken. »Sie gäben einen guten Politiker ab. Enorme physische Präsenz.«

»Woher wissen Sie, wer ich ...«

»Ich hab' den Schnüffler entdeckt, den Sie auf mich angesetzt haben, und bin ihm gestern abend ins St. Francis gefolgt. Sie haben Suite neun-null-eins.«

Dains Wagen stand auf dem Parkplatz der Taqueria de Marin, die nicht vor elf aufmachte. Maxton mußte einen flotten Laufschritt hinlegen, um nicht zurückzubleiben. An der Dreiwegeampel in der College Avenue drückte Dain auf GEHEN.

Nicht ganz unbegründet sagte Maxton: »Seien Sie doch nicht so verdammt schwierig, Dain. Jeder mag Geld. Ich möchte, daß Sie James Zimmer aufspüren – er hat bis vor einer Woche in meiner Kanzlei als Rechtsreferendar gearbeitet.«

Die Ampel schaltete auf Grün. Sie überquerten die Straße. Dain sagte: »Wie viel hat er gestohlen, wie und von wem?«

»Wer hat denn was von stehlen gesagt? Ich möchte ihn nur finden.«

»Wieviel hat er gestohlen, wie und von wem?«

Maxton knurrte: »Eine Mandantin, Adelle Lorimer, hat – hatte – in ihrem Bankschließfach nicht deklarierte Bearer Bonds ihres verstorbenen Ehemanns im Wert von fünf Millionen Dollar. Mrs. Lorimer befindet sich auf einer längeren Europareise, unsere Kanzlei hat die Verfügungsgewalt über die Papiere, Zimmer war der für sie zuständige Mann und hatte deshalb Zugang zu ihrem Schließfach. Er entwendete Bonds im Wert von zwei Millionen, ersetzte sie durch Fälschungen und verschwand. Weil das Geld nicht steuerlich deklariert ist, möchte Mrs. Lorimer keine Publicity, die das Finanzamt auf den Plan rufen könnte.«

Dain blieb neben dem 84er Toyota Corolla stehen, mit dem er vor fünf Jahren mit Marie und Albie nach Point Reyes gefahren war.

»Warum lag die Verfügungsgewalt bei einem Referendar, und wie kam der Mann auf die Idee, er könnte mit sowas durchkommen?«

»Mrs. Lorimer kannte seine Eltern. Und was den zweiten Punkt angeht: Unter normalen Umständen hätten die Bonds bis zu Mrs. Lorimers Tod unangetastet in ihrem Schließfach gelegen.«

Dain schloß die Tür seines Wagens auf. »Ich melde mich bei Ihnen«, sagte er, als er einstieg. »Oder auch nicht.«

»He, warten Sie …«

Maxton stand auf dem leeren Parkplatz, starrte Dains Auto hinterher und stieß ein paar leise Flüche aus. Aber Dain überlegte im Wegfahren bereits, über welche Datenbanken er am besten Zugang zu T. J. L. Maxtons Geschäften finden würde. Über den flüchtigen Zimmer machte er sich überhaupt keine Gedanken, außer daß er sich fragte, ob unter Maxtons Definition von drastischen Maßnahmen auch fiel, ihm einen Killer auf den Hals zu hetzen. Vielleicht einen Killer, der vor Jahren ...

Solche hauchdünnen Chancen waren alles, wofür Dain lebte.

8

Teddy Maxtons Büro befand sich im Penthouse eines neuen Hochhauses, mit einem herrlichen Blick auf den Sears Tower und den Chicago River, der sich durch den Loop schlängelte. Das Büro war teuer, aber ohne eigene Note eingerichtet, und spiegelte in seiner unerbittlichen Modernität weniger Maxtons Geschmacksvorstellungen als die des Innenarchitekten. Der Anwalt telefonierte gerade mit einem Mandanten, als Jeri Pearson, seine Chefsekretärin, die Tür öffnete. Gereizt blickte Maxton auf. »Ich habe Ihnen doch gesagt, ich möchte auf keinen Fall …«

»Ein Mr. Dain? Er schien zu glauben …«

Maxton machte eine beschwichtigende Handbewegung. Da es schon vier durch war, hatte er einen Drink neben sich stehen. Er sagte in den Hörer: »Eine dringende Angelegenheit. Ich rufe Sie morgen zurück.«

Jeri Pearson, um die dreißig, führte Dain in das Büro und schloß die Tür, als sie ging. Dain trug einen konservativen Anzug und eine Sulka-Krawatte. In der linken Hand hielt er wie immer sein ledergebundenes Buch. Er blieb in der Mitte des Raums stehen, als Maxton sein Glas verschob und eine Augenbraue hochzog. Fast grinste er, weil Dain doch noch bei ihm aufgetaucht war.

Dain schüttelte den Kopf und wischte Maxton die Selbstzufriedenheit aus dem Gesicht, indem er sagte: »Ich bekomme zehn Prozent von allem, was wiederbeschafft wird, und ein garantiertes Grundhonorar von fünfundzwanzig Mille. Für meine Ausgaben komme ich selbst auf.«

»*Zehn Prozent!* Ich habe Ihnen gesagt, er hat zwei Millionen Dollar gestohlen. Zehn Prozent sind eindeutig überzogen …«

»Ich habe feste Sätze.«

Die Hände ineinander verkrallt, das Gesicht dunkel vor Ärger, kam Maxton hinter seinem Schreibtisch hervor. »Niemand hat feste Sätze.«

Dain setzte sich in den Besuchersessel und legte sein ledergebundenes Buch auf den Schreibtischrand. Nach kurzem Zögern ging Maxton hinter seinen Schreibtisch zurück, um mit aggressiv gerecktem Kinn sein Glas zu holen.

»Sie haben zwei andere P. I.s eine Woche lang nach ihm suchen lassen, bevor Sie zu mir gekommen sind, und Sie wissen nicht mal, welche Toilette er benutzt.«

»Wollen Sie etwa sagen, er ist so ein Scheißschwuler?«

»Nein. Damit will ich sagen, daß Sie nichts über ihn wissen, ihn aber selbst als Mrs. Lorimers Betreuer ausgesucht und ihm eine Zutrittsbefugnis für das Schließfach erteilt haben. Wer oder was hat ihn verzweifelt genug gemacht, Sie zu bestehlen? Wurde er erpreßt? Wenn ja, weswegen? Hat er gespielt und stand bei einem Kredithai in der Kreide? Ist er rauschgiftsüchtig? Verliebt?«

»Wie kommen Sie darauf, ich könnte irgend etwas von all dem wissen?« rief Maxton aus. »Er ist bloß ein mieser kleiner *Rechtsreferendar,* Herrgott noch mal!«

»Ganz richtig. Sie haben gesagt, der Schwindel würde, wenn überhaupt, bis zu Mrs. Lorimers Tod nicht entdeckt werden. Weiß sie von dem Diebstahl? Haben Sie vor, ihr die Bonds zurückzugeben?«

Darauf trat langes Schweigen ein. Schließlich wandte sich Maxton dem Fenster hinter dem Schreibtisch zu und blieb so nahe davor stehen, daß, wenn er sprach, seine Worte kleine Kondensflecken auf dem Glas hinterließen.

»Zimmer erklärte sich bereit, von mir beschaffte gefälschte Bonds im Wert von zwei Millionen Dollar gegen die echten auszutauschen. Dafür sollte er hunderttausend kriegen, steuerfrei.«

»Und für den Fall des Falles haben Sie dafür Sorge getragen, daß Sie keinen Zugang zu dem Schließfach hatten – nur Zimmer«, sagte Dain. »So wäre nur Zimmer drangewesen, wenn der Schwindel aufgeflogen wäre.«

Maxton wandte sich vom Fenster ab. »So ist es.«

Mit freundlicher Miene beugte sich Dain vor.

»Die Frage lautet also, warum mußten *Sie* die Bonds stehlen?«

Maxton knallte das leere Glas so fest auf den Schreibtisch, daß es in seiner Hand zerbrach. Er fegte die Scherben wütend in den Abfallkorb.

»Das geht Sie einen Dreck an.«

»Ich werde Ihnen sagen, warum. Ihre Frau hat rausgefunden, daß Sie fremdgehen, und hat die Scheidung eingereicht. Sie wollte das Übliche ... Unterhalt, Haus, Wagen ... Aber ich nehme an, unter der Hand wollte sie auch eine Stange Schwarzgeld – *sonst* ...

Leise sagte Maxton: »Was sonst?«

»Normalerweise würde ich sagen, sie wäre wahrscheinlich eines Tages tot in irgendeinem Müllberg aufgewacht. Aber statt dessen gehen Sie her und versuchen, zwei Millionen zu klauen, um sie bei Laune zu halten. Folglich weiß sie wirklich etwas – wahrscheinlich etwas, das das Finanzamt oder Ihre falschen Freunde brennend interessieren dürfte. Mit anderen Worten: Sie hat Sie in der Hand.« Plötzlich kamen die Worte messerscharf. »Zimmer auch?«

»Ich habe Ihnen doch gesagt, der Mann ist bloß ein lächerlicher, kleiner Rechtsreferendar. Deshalb habe ich ihn ausgewählt – so jemand kommt normalerweise nicht auf dumme Gedanken.«

»Genau das ist er aber«, sagte Dain. Er stand abrupt auf, nahm sein Buch, ging zur Tür. »Sie hören von mir.«

Auf den 60 grünen, laubbaumbestandenen Hektar der Northwestern University am Lake Michigan, eine Woche vor den Prüfungen. Wie Terroristenopfer lagen

Studenten im Gras. Dain, im dreiteiligen Anzug, mit Business-Krawatte und professoral wirkender Hornbrille, hielt eine besorgt dreinschauende Studentin an, um sie nach dem Weg zur juristischen Fakultät zu fragen. Sie hatte ein Schokoholikergesicht und einen Packen Bücher unter dem Arm, die ihr wie einem Segelboot im Wind eine kräftige Backbordschlagseite verliehen. Als er sie ansprach, ließ sie die Bücher fallen. Er fing sie auf, bevor sie auf dem Weg landeten.

»Die juristische Fakultät?« half er ihr behutsam nach.

»Oh, ach so, klar.« Sie drehte sich halb herum, deutete an dem U-förmigen Verwaltungsgebäude mit dem Wahrzeichen-Uhrenturm vorbei auf einen anderen Bau, der halb verborgen hinter den grünen Blättern und den auffallend weißen Stämmen von ein paar Birken lag. »Der Backsteinbau dort? Mit den weißen Putzstreifen um die Fenster?«

»Vielen Dank. Und viel Erfolg beim Examen.«

Eine Stunde später, in den wohltuend abgelegenen Shakespeare Gardens, blieb er neben einer Bank stehen, auf der eine auf strenge Art attraktive, braunhaarige Frau Prüfungsarbeiten korrigierte. Sie trug ein Tweedkostüm, dessen Rock kurz genug war, um einige Zentimeter eines recht ansehnlich geformten Oberschenkels sichtbar werden zu lassen. Auf der Bank lag ein hoher Stapel juristischer Fachbücher.

»Dr. Berman?« Sie blinzelte in die Sonne hoch; um sie ihr aus dem Gesicht zu nehmen, bewegte sich Dain ein Stück zur Seite. »Im Jahresrückblick der Juristen steht, bei schönem Wetter kommen Sie oft zum Korrigieren hierher.«

Sie nahm ihre Brille ab und sagte schroff: »Ich bin seitens der Fakultät für den Jahresrückblick zuständig. Wer sind Sie?«

»James Zimmer«, sagte Dain, als wäre der Name eine Antwort.

Die Gereiztheit verflog. Erinnerungen nahmen ihren Augen die Härte. »Jimmy Zimmer! Mein Gott, ich habe nicht mehr an Jimmy gedacht, seit ...« Sie fing sich wieder, fragte scharf: »Ich wollte wissen, wer *Sie* sind?«

»Mr. Zimmer hat sich beim United States Justice Department um eine Stelle als Bundesanwalt beworben. In solchen Fällen wird eine Routineüberprü ...«

»Jimmy? Ein Bundesanwalt?« Um ein Haar hätte sie völlig unerwartet losgekichert. »Wir haben hier zusammen Jura studiert ...« Strenge spannte ihr Gesicht. »Ich glaube nicht, daß ich Ihnen etwas erzählen kann, was das Justice Department interessieren könnte.«

Dain stellte einen Fuß auf den Rand der Bank. »Wie wär's zum Beispiel damit, ob Jimmy den Jahresrückblick gemacht hat oder nicht?«

Sie sah verdutzt drein, bevor sie schallend loslachte. »Sie verstehen Ihr Geschäft, was?«

»Das will ich doch hoffen«, sagte Dain und schob ihre Bücher weit genug zur Seite, um sich neben sie auf die Bank setzen zu können.

Als er eine halbe Stunde später ging, wußte er, Jimmy Zimmer hätte nie die Fantasie, den Verstand und den Mut gehabt, den Diebstahl von Teddy Maxtons Bonds zu planen.

Am selben Abend ergatterte er im Waschraum von Zimmers Apartmenthaus von einer abfälligen, übergewichtigen Wiedergeborenen einen zweiten möglicherweise nützlichen Hinweis. Sie beschrieb eine Frau, mit der Zimmer vergangenen Winter mehrere Wochen lang »schamlos intim« gewesen war.

»Gemeinsame Nächte in seinem Apartment?«

Ihre Augen leuchteten. »Ganze Wochenenden. Ende Januar war dann Schluß.«

»Und danach?« Dains Stimme war einschmeichelnd.

»Einmal hatte er so eine Wasserstoffblonde dabei, vor einem Monat, aber dem habe ich gleich einen Riegel vorgeschoben.« Ihre ungeschminkten Lippen krümmten sich in selbstgerechtem Triumph. Eine pausbackige Wange bekam sogar ein Grübchen. »Ich habe die Polizei angerufen und ihnen gesagt, in dieser Wohnung gehen Huren ihrem Gewerbe nach.«

Dain bat Gott, sie zu segnen, und ging. Ihre Beschreibung der Blondine lief auf »billig« hinaus; die der Wintergeliebten auf Maxtons Chefsekretärin Jeri Pearson.

Ein kühlender Wind blies vom Lake Michigan die Wolkenkratzerschluchten hinauf, wirbelte alte Zeitungen um Fußgängerbeine und zerrte an Frauenkleidern. Wenn Marilyn Monroe bei diesem Wetter unterwegs gewesen wäre, wäre ihr Rock irgendwo bei den Ohren oben gewesen, und der gute Tom Ewell hätte sich seinen Steifen festschnallen müssen.

Als Dain aus der First Chicago Bank of Commerce kam, sprang der Minutenzeiger der Uhr einen Block weiter auf 9:23. Er hatte sein ledergebundenes Buch gegen ein Clipboard eingetauscht. Als vermeintlicher staatlicher Bankenprüfer hatte er bereits mit der Frau gesprochen, die Zimmer das Schließfach aufgeschlossen hatte. Sie hatte sich nicht an ihn erinnern können, aber ihre Unterlagen schon: die Stechuhr hatte 9:03 und 9:22 angezeigt.

Ein großstadtverdreckter Cicero Bus furzte an Dain vorbei; er machte sich auf seinem Clipboard eine Notiz. Hinter dem Bus kreidete eine rothaarige Polizistin mit einem irisch wirkenden Gesicht Reifen an. Eine weitere Notiz für sie. An der Ecke öffnete ein Postangestellter den Briefkasten und leerte die eingeworfenen Briefe in einen großen Leinensack. Dain machte sich eine Notiz.

Er überquerte die Straße, blieb an der gegenüberliegenden Ecke stehen. Rechts von ihm, etwa in der Mitte des Blocks, fiel ihm ein Doughnut-Lieferwagen auf, der gerade vor KARL'S KOFFEE KUP KAFE losfuhr. Er kritzelte eine Notiz, ging in diese Richtung. Aus KARL'S KAFE kam ein Junge mit einem gefährlich schiefen

Papptablett voller Styroporkaffeebecher mit Plastikdeckeln. Dain schrieb.

Hinter KARL'S war eine Durchfahrt. Dain sah hinein, dann blieb er stehen, völlig reglos. Fußgänger strömten um seine massive Unbeweglichkeit. Ja. Genau das würde er tun. Er begann in die Durchfahrt zu schlendern, blieb wieder stehen. Er, aber nicht Zimmer. Zimmer, allein, würde ungefähr hier denken, *immer noch nicht zu spät, sie Maxton zu geben,* die hundert Mille einzustreichen und sich damit ein schönes Leben zu machen.

Als er am Hinterausgang eines Schnellimbiß vorbeiging, kam ein Koch nach draußen, um Abfälle in eine der Mülltonnen zu kippen. Sie landeten mit einem häßlichen, feuchten Zischen. Wieder blieb Dain abrupt stehen.

Zimmer hätte Maxton die Bonds gegeben, aber er hatte es nicht getan. Darum hatte ihn, als er in diese Durchfahrt gekommen war, etwas Stärkeres als seine Angst vor Maxton getrieben.

Oder gezogen.

Als sich Dain nachträglich eine Notiz über den mexikanischen Koch machte, torkelte ein Säufer an ihm vorbei. Er bekam keine Notiz. Säufer sahen eine Menge, aber ihr Zeit- und Realitätsgefühl war dehnbar, und die Hoffnung auf eine Flasche Muskateller ließ sie einem nicht erzählen, was sie gesehen hatten, sondern was sie glaubten, daß man hören wollte.

Er erreichte das hintere Ende der Durchfahrt und sah sich beiläufig um. Hier hätte er geparkt, wenn er darauf gewartet hätte, Zimmer und die Bonds abzuholen.

Ein junger Schwarzer war gerade damit fertig geworden, die Schaufenster eines Herrenbekleidungsgeschäfts zu putzen. Dain machte sich eine Notiz und schlenderte weiter, bemerkte einen Blumenlaster, fünf Sekretärinnen, die zur Kaffeepause aus einem Gebäude kamen, eine alte Frau, die aus einem Apartmentfenster im dritten Stock durch Spitzenvorhänge nach unten spähte.

Am Ende des Blocks machte er für diesmal Schluß. Zimmer hatte sich allerhöchstens zehn Minuten in der Gegend aufgehalten: danach war er weggegangen, hatte einen Bus oder ein Taxi genommen, war in seinem eigenen Auto weggefahren oder von jemand anderem mitgenommen worden.

Den Rest der Woche verließ Dain die Bank jeden Morgen um 9:23, um eine andere Richtung abzugehen, bis er sicher war, alle realistischen Möglichkeiten abgedeckt zu haben.

Unterlagen konnten ihm alles darüber sagen, wer Zimmer bis zu dem Tag gewesen war, an dem er die Bonds gestohlen hatte. Unterlagen konnten ihm sagen, Zimmer hatte sich um 9:03 Zugang zum Schließfach Lorimer verschafft und die Bank um 9:22 verlassen. An diesem Punkt hörten die Unterlagen auf.

Aber Zimmer war weitergegangen. Deshalb machte Dain das auch. Jetzt hatte er die Rohdaten; jetzt konnte er anfangen, mit ihnen zu arbeiten. Es war wie beim Schach. Dieselbe fast unendliche Anzahl von Möglichkeiten; dieselbe unerbittliche Logik. Und die Spur eines anderen Menschen zu verfolgen, nahm ihn so gefangen, daß er nicht an Dinge dachte wie

Marie flog zurück, aufwärts, der Mund weit aufgerissen, die Augen voller Entsetzen

Ja, nur Dain konnte die Spur verfolgen. Er persönlich. Was seine Rettung war. Einen Computer zu benutzen, machte ihn unerträglich traurig; und was Schach anging, bekam er sogar jetzt noch, fünf Jahre danach, einen heftigen Brechreiz, wenn er ein Schachbrett bloß ansah.

Auf dem Couchtisch in Mill Valley stand die unvollendete Partie, die er und Marie vor fünf Jahren gespielt hatten, bevor sie nach Point Reyes abgereist waren. Er war nicht in der Lage gewesen, das Brett wegzustellen.

»Weißt du, Schatz, vielleicht hat Randy recht. Vielleicht betrachtest du diese Grimes-Geschichte zu sehr als Spiel …«

Und er, das großkotzige Arschloch, hatte gesagt: *»Du weißt doch, Liebling, daß alle Ermittlungen nur ein Spiel sind – Zug, Gegenzug, wie beim Schach.«*

Sie war daran gestorben. Albie war gestorben.

Irgendwann, vielleicht, würde jemand anderer sterben. O Gott, wenn er nur jemand anderen fände, den er sterben lassen konnte …

9

Am nächsten Morgen stieg Dain drei Haltestellen vor der First Chicago Bank of Commerce in einen Cicero Bus, stellte sich direkt hinter den Fahrer und unterhielt sich mit ihm unter dem Schild, auf dem stand: WÄHREND DER FAHRT NICHT MIT DEM FAHRER SPRECHEN. Nichts. Ein Schein wechselte den Besitzer, und Dain stieg an der Bank aus.

Meg Crowley, in Uniform, den Strafzettelblock in einer Gesäßtasche, wandte sich mit einem Kaffee und einem Turnover von der Theke ab, um gegen einen Mann zu stoßen, der gerade aus der Toilette kam. Heißer Kaffee ergoß sich über sein Hemd.

»Nächstes Mal bitte ohne Milch und Zucker«, sagte Dain mit einem gezwungenen Lächeln.

Meg hatte ihren Turnover und die leere Kaffeetasse bereits auf die Ecke eines Tisches gestellt und betupfte Dain in dem wenig effektiven Versuch, den Fleck wegzumachen, mit Papierservietten; er war ein Prügel von einem Mann. Sie setzten sich an ein Fenster, das mal geputzt gehört hätte. Er erzählte ihr von dem vermißten Erben, dem er *so* dicht auf der Spur war, der Sohn einer im Sterben liegenden Frau aus Bangor, Maine. Er beschrieb Zimmer, mit Diplomatenkoffer … »An den kann ich mich erinnern!« rief Meg plötzlich aus. Ihre Miene erhellte sich, und sie lachte. »Wissen Sie, ich habe so einen richtigen irischen Hitzkopf, und der Kerl wollte direkt vor meiner Nase über die Straße laufen, als ob ich gar nicht da wäre …«

Der Postangestellte sah aus wie ein geborener Schnüffler, brachte aber nichts. Er leerte den Briefkasten an der Ecke nach keinem festen Zeitplan, konnte sich nicht an die Leerung an diesem speziellen Tag erinnern und sah auf seiner Tour nur Briefe, keine Menschen. Ein Toter, der noch laufen konnte.

Am nächsten Morgen gelangte Dain für einen Zwanziger in den Genuß einer drei Blocks langen Unterhaltung mit dem Doughnut-Lieferwagenfahrer, der KARL'S KOFFEE KUP KAFE kurz vor der Durchfahrt in der Mitte des Blocks belieferte. Er hatte nichts gesehen, und wenn doch, konnte er sich nicht daran erinnern.

Chuck Gilette war ein rotblonder Junge, der die Büros in der näheren Umgebung mit Kaffee und Danishs aus dem Karl's belieferte. Er wollte aufs College, aber seine Noten waren nicht so besonders, weshalb sein Lohn und die Trinkgelder in die College-Sparbüchse wanderten.

Auch Chuck tischte Dain den vermißten Erben und die sterbende Mama auf.

»Klar kann ich mich an ihn erinnern, Mr. Dain. Ich kam gerade aus dem Karl's, da kam er um die Ecke gedüst, und ich mußte ihm ausweichen …« Zur Demonstration sprang er zurück wie ein Baseball-Schlagmann, der von einem auf den Mann kommenden Wurf zurückgetrieben wird. »Von einem der Becher ging der Deckel ab, und ich bekam den heißen Kaffee über die Hand.« Er grinste verlegen. »Ich habe den Typen ganz schön angemacht, aber er hat gar nicht gemerkt, daß ich überhaupt da war.«

Fünfzig Dollar für Chucks College-Sparbüchse.

Pablo Martinez, der hinter dem Schnellimbiß eine heimliche Zigarettenpause einlegte, war nicht ganz wohl bei der Sache, als ihm Dain einen Zwanziger zeigte.

»Vor vier Tage Sie waren schon mal hier«, hielt ihm Pablo vor.

»Ich bin nicht von der *migra*«, erklärte Dain rasch. Er beschrieb Zimmer – Kleidung, Gesicht, Diplomatenkoffer. »Ich möchte wissen, ob er letzte Woche hier vorbeigekommen und wohin er gegangen ist …«

Der Mann, von dem Pablo seine Green Card gekauft hatte, hatte ihm zwar versichert, sie sei so täuschend echt, daß sie jeder Überprüfung durch die Einwanderungsbehörde standhielte, aber Pablo war da nicht so sicher. Als Koch ohne Aufenthaltsgenehmigung hatte er gelernt, Pessimist zu sein.

»Ich nix gesehen, Mann.«

Dain gab ihm den Zwanziger trotzdem. Pablos Reaktion bestätigte ihm, daß er Zimmer gesehen hatte.

Da der junge Schwarze, der jeden Morgen die Schaufenster des Herrenbekleidungsgeschäfts putzte, gerade Pause machte, nahm sich Dain seine anderen Kandidaten vor, obwohl er inzwischen ziemlich sicher war, daß am Ende der Durchfahrt jemand in einem Auto auf Zimmer gewartet hatte.

Die fünf Sekretärinnen, die jeden Vormittag um halb zehn Kaffee trinken gingen, waren wie die drei Affen: nichts hören, nichts sehen, nichts sprechen.

Die alte Frau, die aus ihrem Fenster im dritten Stock hing, hatte an fraglichem Tag nichts gesehen, woran sie sich erinnern konnte.

Der auf seiner Tour abgefangene Fahrer des Blumenlasters sagte, er erinnere sich nur an Autos, in die er von seinem erhöhten Standort aus hinabsehen könne, um Frauenbeine zu begutachten. »Einmal hab' ich eine Tante in einem 280Z gesehen, die war splitternackt, ohne Scheiß.« Er gestikulierte aufgeregt. »Eine andere Tussi hab' ich gesehen, die hat einem Typen in einem Caddy Seville einen runtergeholt, mitten am Tag. Er hat gerade bei Rot an der South State Street gehalten …«

Farbig, aber ungefähr so nützlich wie der Säufer in der Durchfahrt.

Als Dain in das Herrenbekleidungsgeschäft zurückkam, war Zeke White dabei, Pullover in ein Regal an der Rückwand des Ladens einzuordnen. Es roch nach Wolle, Leder und Schuhcreme. Zeke hatte helle Augen, deren Weißes fast bläulich war, eine Nase mit hohem Sattel, mehr hamitisch als Bantu, und Hände, die zu groß für den Rest von ihm zu sein schienen; Hände wie die von 49er-Fänger Jerry Rice. Sein Haar trug er superkurz geschoren, mit seinen Initialen in eine Seite rasiert. Seine Jeans waren weit, seine Basketballschuhe rot mit offenen Schuhbändern.

»Ich hab' dich vor vier Tagen die Schaufenster putzen gesehen.«

»Cooler Job, Mann«, sagte Zeke mit großer sprachlicher Ökonomie.

Dain beschrieb Zimmer. Zeke legte weiter Pullover zusammen. »Ich versuche rauszufinden, ob er irgendwann letzte Woche die Durchfahrt runtergekommen ist, als du Fenster geputzt hast.«

»Hab' die Type nich' gesehen, Mann.«

Auf gut Glück fragte Dain: »Ist er vielleicht in ein Auto gestiegen?«

Plötzlich fing Zeke zu lachen an, ein sonores, tiefes Männerlachen, obwohl er noch keine zwanzig war.

»Zu so einer Blondine in einem roten Porsche«, sagte er. »Hat in der Durchfahrt geparkt. Ziemliche Schrottmühle, total verdreckt, hat sich selber wesentlich mehr gepflegt als ihre Karre. Hab' grade die Schaufenster geputzt, da kommt sie plötzlich nach vorn geschossen, als ob die Kiste das Batmobile ist. Hatte 'nen Typen dabei, aber den hab' ich nicht gesehen, weil er auf der anderen Seite gesessen hat.«

»Klar«, sagte Dain.

»Hat sie mit seinen Pfoten betatscht, irgendwo unten, wo ich nicht hingesehen hab', und sie latscht auf die Bremse, daß er sich die Rübe am Armaturenbrett angehau'n hat.« Er ließ wieder sein dröhnendes Lachen vom Stapel. »Mann, und dann hat sie zu ihm gesagt: ›Wenn du mich noch mal antatscht, wenn ich es nicht will, dann kannst du dir einen Plastikschwanz zum Pissen zulegen.‹«

Die Frau? Superblond, so wasserstoff, Mann, mit einem richtig guten Gesicht, aber mit zu viel Eyeliner und Mascara versaut, knallroter Lippenstift, hätte sie gar nicht nötig gehabt, klar, sah natürlich verdammt scharf aus, aber – na ja – auch ein bißchen ... billig. Was sie nicht war.

»Sie hat mir zugezwinkert, Mann, als sie das mit dem Pissen gesagt hat. Hat Süßer zu ihm gesagt, hat's aber gar nicht gemeint.«

Weitere fünfzig Dollar für Zeke. Er hatte sie sich verdient.

Also ... mit ziemlicher Sicherheit hatte eine Blondine in einem verbeulten, alten Porsche in der Durchfahrt gewartet, um Zimmer nach dem Diebstahl von Adelle Lorimers Bonds abzuholen. Sie hatte Zimmer zum nötigen Mut verholfen.

Jeri Pearson? Wasserstoffblond paßte nicht zu ihrer Haarfarbe, exotisch nicht zu ihrem Gesicht. Aber vielleicht kannte sie die exotische Blondine – wahrscheinlich ihre Nachfolgerin bei Jimmy Zimmer, womöglich dieser einmalige Damenbesuch in seinem Apartment, bevor die strenge Sittenwächterin zur Polizei gegangen war.

Mittlerweile war Freitag. Übers Wochenende flog Dain nach San Francisco zurück. Shenzie und der Sommernebel fehlten ihm, und er mußte alle Daten analysieren, die er gesammelt hatte.

Mit nichts als einer alten blauen Baumwollturnhose an, trainierte Dain mit einem Stahlfederexpander, in den er alle fünf Federn eingespannt hatte. Durch die offenen Loftfenster kam kalte, feuchte, neblige Nachtluft herein, dazu das Schwappen kleiner, öliger Wellen an die Pfeiler unter dem Pier, und in Abständen der ferne, traurige Ruf des Nebelhorns von Alcatraz.

Zum zwanzigsten Mal ohne Pause brachte Dain die Arme mit quälender Langsamkeit gegen die Spannung der sich dehnenden Federn von hoch über seinem Kopf nach unten. Wenn die Arme auf beiden Seiten waagrecht von seinen Schultern abstanden, spannten sich die bis zum äußersten gedehnten Federn über seinen Nacken und seine Schulterblätter.

Dain keuchte: »Was … meinst du … Kater?«

Shenzie, der auf der Bettkante saß und ihn beobachtete, miaute und betupfte Dains Hand mit einer Pfote.

Langsam bewegten sich Dains Arme wieder nach oben. Sein Gesicht war verzerrt vor Anstrengung, sein Oberkörper stark durchblutet. Die hellen Narben auf Schultern, Brustkorb und Hals waren deutlich zu sehen. Als sich der Expander über seinem Kopf zusammenzog, sprangen die Rückenmuskeln seitlich an seinem Oberkörper zu einem beeindruckenden V vor.

Als sich die Federn ganz zusammengezogen hatten, trug der Atem, den er keuchend entweichen ließ, ein »Zwanzig« mit sich.

Er legte sich parallel zum Bett auf den Boden, der Kopf am Kopfende, die Füße auf eine Malerstaffelei zeigend, auf der ein offener fünfzig mal sechzig Zentimeter großer Skizzenblock stand. Darauf war von Hand mit Marker geschrieben:

UNI
ehemalige Professoren
ehemalige Kommilitonen
WOHNUNG
Hausbesitzerin
Mieter
KANZLEI
Chefsekretärin
Empfangsdame

andere Sekretärinnen
BANK
Bankangestellte
Politesse
Briefkastenentleerer
Doughnut-Lieferwagen
Botenjunge
Koch des Schnellimbiß
Fensterputzer
Sekretärinnen
alte Frau
Blumenlaster

Immer noch schwer atmend, begann Dain, Bauchpressen zu machen, die Hände im Nacken verhakt, die Schultern vom Boden gehoben, mit den Beinen radfahrend, sich verdrehend, damit er mit dem Ellbogen das jeweils gegenüberliegende Knie berührte. Ohne Pause machte er fünfzig auf jeder Seite und ließ dabei den Blick über den Zeichenblock auf der Stafflei wandern.

Als er fertig war, sprang er auf, ging zur Staffelei und strich mit dem Marker bis auf einen alle Punkte unter den einzelnen Überschriften durch. Während er auf dem Dielenboden davor stand, bildete sich um seine bloßen Füße ein nasser Kreis aus Schweiß.

»Kater, wir müssen rausfinden, wer die Wasserstoffblonde ist.«

Shenzie gähnte ausgiebig, hatte aber nichts zu sagen. Er begann, sich auf der Bettkante nach allen Regeln der Kunst zu putzen. Dain tippte auf den einzigen nicht durchgestrichenen Punkt auf dem Zeichenblock – *Chefsekretärin* unter KANZLEI.

»Ich hab' nur noch einen Versuch übrig, Shenz.«

Er rief bei einer Fluggesellschaft an, buchte einen Flug nach Chicago, dann legte er sich auf den Boden, um Liegestütze zu machen. Jedesmal, wenn er vom Boden hochkam, stieß er sich so stark ab, daß er zweimal in die Hände klatschen konnte, bevor sein Körper wieder nach unten sank. Trotz seines Ächzens und des strömenden Schweißes wirkte alles ganz mühelos. Die einzigen anderen Geräusche waren das Plätschern der Wellen, die sich fünfzehn Meter tiefer an den Pfeilern brachen, und das gelegentliche gedämpfte Tuten eines Nebelhorns.

Shenzie tappte die Länge des Betts entlang zum Nachttisch, rollte sich um das Telefon, als wäre es von Dains Telefonat warm geworden, und schlief ein.

10

Wie San Francisco ist Chicago eine Stadt, in der Regenschirme unweigerlich umgestülpt werden, wenn es regnet. Montagabend war stürmisch, und Dain setzte auf eine Regenjacke und einen Regenhut, als er vom West Jackson Boulevard aus das Sign of the Trader gleich hinter dem Eingang des Board of Trade Building betrat. Er ging durch die massive Tür aus Holz und Glas, und der Lärm schlug ihm entgegen wie ein gedämpftes Echo der Börse nebenan, die vor mehreren Stunden geschlossen hatte. Er hängte seine regennasse Jacke an einen der Haken in der Garderobe.

Die Bar war gedämpft beleuchtet, teuer eingerichtet, mit dicken Teppichen, ledergepolsterten Sitznischen und mit massiven Holzstühlen und Tischen für die Speisegäste. Indirekte Pastellbeleuchtung verstärkte den Eindruck einer Traumwelt, in der nie eine Eröffnungsglocke läutete – ein Eindruck, den das elektronische Leuchtband mit Notierungen Lügen strafte, das direkt unter der Decke unablässig um den Raum lief. Von Unterhaltungsfetzen umschwirrt, versuchte Dain unter den Wertpapierhändlern, Schleppern und Firmenrepräsentanten, die sich drei Mann tief um die Bar drängten, Jeri Pearson auszumachen.

»Ich hab' gehört, dir ist es heute morgen ganz schön naß reingegangen«, sagte ein rotblonder Mann zu einer hübschen Brünetten, Anfang zwanzig.

»So viel Verlust hab' ich gar nicht gemacht«, widersprach sie. »Vielleicht einen Tausender.«

»*Ich* hab' heute dreiundzwanzig Mille gemacht«, sagte der Rotblonde. Er hatte noch sein durchgeschwitztes Börsenmaklerjackett an.

Sie kicherte. »Prima. Dann kannst du mich ja einladen.«

Dain entdeckte Jeri an einem der Tische, abseits von der Bar. Das Menschengewusel trug ihn in ihre Richtung; er glitt ihr gegenüber in die Nische. Sie hatte eine üppige Figur und ein unzufriedenes Gesicht. Sie erwischte den Ärmel einer vorbeigehenden Bedienung.

»Einen Bloody Bull für den Herrn!« schrie sie gegen den Lärm an.

Die Bedienung nickte und ging weiter.

»Danke, daß Sie sich mit mir getroffen haben!« dröhnte Dain.

Sie schrie etwas zurück, das »geheimnisumwittert« und »spezieller Reiz« enthielt.

Er nickte, als hätte er verstanden. Sie stand auf und beugte sich zu ihm herab, so daß ihr Mund an seinem Ohr war und sie normal sprechen konnte.

»Jetzt, wo Sie hier sind, um den Tisch zu besetzen, kann ich mal schnell für kleine Mädchen. Bin gleich wieder zurück.«

Es war interessant, daß Jeri dieses Lokal ausgesucht hatte, als er sie wegen eines Treffens angerufen hatte. Sehr viel Betrieb, sehr laut, was beides nicht nur jeglicher Intimität, sondern auch langen Fragen abträglich war. Interessant auch der Ausflug auf die Damentoilette: Ein Vorwand, um Maxton telefonisch mitzuteilen, daß Dain gekommen war?

»Sieben-zwanzig das Scheffel?« sagte eine quäkende Stimme über ihm. »Der Kerl hat eine Meise. Was mich angeht, ich träume von Bohnen im Zehnerbereich, wie im Dürrejahr achtzig.«

Die Stimmen entfernten sich. »Dann träum mal schön weiter. Wenn der neue Agrarreport rauskommt, fallen Sojabohnen endgültig in den Keller.«

Jeri rutschte gerade in dem Moment gegenüber Dain in die Nische, als die Bedienung seinen Drink auf den Tisch stellte – eine Bloody Mary mit einem Schuß Rinderbrühe.

Er hob sein Glas, um ihr zuzuprosten, jemand stieß im Vorbeigehen mit dem Ellbogen gegen seine Hand, verschüttete den Inhalt des gedrungenen, schweren Glases über das Tischtuch und ging weiter, ohne sich zu entschuldigen. Dain begann, seinen verschütteten Drink mit der Stoffserviette aufzuwischen.

»Mächtig was los hier!« brüllte er höflich. *»Kommen Sie oft hierher?«*

Jeri, die mit ihrer eigenen Serviette half, schrie zurück: *»Früher mal!«*

Dain beugte sich vor, so daß er, wie sie es vorher bei ihm gemacht hatte, fast in ihr Ohr sprechen konnte.

»Und was ist aus Ihnen und Jimmy geworden?« fragte er.

»Ich weiß nicht, was Sie meinen.« Sie versuchte sich von ihm zurückzuziehen, aber er hatte mit einer kräftigen Hand ihren Unterarm umklammert.

»Die fette Wiedergeborene in seinem Apartmenthaus weiß genauestens Bescheid.«

»Dieses Miststück?« Sie versuchte, ihren Arm seinem Griff zu entwinden. Dain rührte sich nicht. Sie warf den Kopf herum. »Los, verschwinden wir aus diesem Loch.«

»Zu mir oder zu dir?« fragte Dain ohne einen Anflug von Humor.

Da den ganzen Tag nicht gelüftet worden war, war es in Jeris Zweizimmerwohnung, mit dem Bus vierzig Minuten vom Loop, trotz des Gewitters eng und stikkig. Der Regen hatte aufgehört, und deshalb hatte Dain, während Jeri die Drinks machte, ein paar Fenster aufgerissen und es sich, die Füße auf dem Couchtisch, auf dem Sofa bequem gemacht.

Mit lasziven Schritten kam Jeri aus dem Schlafzimmer; sie hatte ein Negligée angezogen, durch dessen dünnen, glänzenden Stoff ihre dunklen Brustwarzen und das Dreieck ihrer Schambehaarung zu sehen waren. In einer Hand hatte sie eine kleine Glasampulle, in der anderen ein Rasiermesser. Sie machte zu irgendeiner inneren Musik bedeutungslose kleine Tanzschritte und ließ sich zwischen Couchtisch und Couch neben Dains ausgestreckten Beinen auf die Knie nieder.

»Machst du mir eine klitzekleine Reihe?« fragte sie. »Willst du auch was probieren?« Ihre Stimme war klar, aber ihre Bewegungen wirkten verschwommen.

Dain antwortete nur mit einer leichten abschlägigen Kopfbewegung und sah trübselig zu, wie sie das Koks zerkleinerte und eine Linie zog. Sie benutzte einen in der Mitte durchgeschnittenen Strohhalm, um die erste Linie zu schnupfen. Sie schüttelte den Kopf, dann kicherte sie und hob die Hand, um mit der Faust ernst gegen seine Schläfe zu klopfen.

»Hallo? Jemand zu Hause?«

Dain schwieg, wartete einfach ab. Er konnte es sich nicht leisten, irgend etwas für Jeri Pearson zu empfinden. Er mußte sie benutzen und loswerden. Sie schüttelte verwundert den Kopf.

»Da soll doch mal einer schlau draus werden. Als er neulich bei Maxton reinkam, dachte ich noch, Mr. Macho persönlich tanzt an ...«

Sie hielt inne und rieb etwas Koks auf ihr Zahnfleisch. Sie kicherte. Sie fing zu weinen an. Dann glättete sich ihr Gesicht. Sie kicherte wieder. Sie lehnte sich gegen seine ausgestreckten Beine zurück.

»Du interessierst dich nicht für *mich*, stimmt's? Nur für das, was ich dir erzählen kann.«

»Erzähl mir, was aus dir und Jimmy geworden ist. Du und Jimmy, ihr seid doch miteinander gegangen.«

»Jimmy?« Ein Kichern. »Jemand zum Abhaken, mehr nicht.« Sie saß mit gesenktem Kopf da und starrte auf das Kokain auf dem Couchtisch. »Ich bin kein anständiges Mädchen. Anständige Mädchen arbeiten nicht für Maxton.«

»Warum nicht?«

»Wenn du für Maxton arbeitest, mußt du ihm unterm Schreibtisch einen blasen, während er telefoniert.« Sie begann wieder zu weinen. Sie beugte sich vor, um die zweite Linie von der gläsernen Tischplatte zu schnupfen. »War verliebt in ihn. In Maxton. Hat mich abserviert. Wegen einer exotischen Tänzerin.«

»Exotische Tänzerin?« fragte Dain. »Wasserstoff …«

»Sag am besten gleich Hure.« Sie wischte sich mit dem Handrücken die Nase, lehnte sich wieder gegen seine Beine zurück. »Keine Wasserstoffblonde. So ein schwarzhaariges Flittchen, umbringen könnte ich sie! Wirklich langes, glänzendes, schwarzes Haar, bis zum Arsch runter. Wirklich hübsch, das muß man ihr lassen, Titten bis hier …« Sie gestikulierte vor ihren eigenen Brüsten, die sich absolut sehen lassen konnten. »Sie ist mit ein paar anderen bei der Weihnachtsfeier aufgetreten …«

»Und Maxton hat dir ihretwegen den Laufpaß gegeben?«

»Herrgott noch mal, hörst du mir eigentlich zu?« Sie glotzte ihn verschwommen an. »Er macht das so. Konzentriert seine ganze Power … seinen ganzen Drive … seine ganze Energie auf ein Mädchen, bis ihr das Höschen naß wird. Zuerst braucht er dich einfach so wahnsinnig dringend, daß du das Gefühl hast, du bist die einzigartigste Frau auf der ganzen Welt. Dann läßt er dich fallen und vermittelt dir ein Gefühl, als wärst du ein Haufen Scheiße … *schlimmer* noch als ein Haufen Scheiße, denn er ist sauer auf dich, weil er mal scharf auf dich war …«

»Er hat dich also schon vor der Weihnachtsfeier abserviert.«

»Zwei Monate vorher. Bei der Weihnachtsfeier hab' ich sie zum erstenmal gesehen – die meinen Platz eingenommen hat.« Sie sah ihn an wie eine Eule. »Das war auch das erste Mal, daß *Jimmy* diese Schlampe gesehen hat …«

Dains Augen waren scharf und hell geworden, aber seine Stimme war sehr weich, fast einschmeichelnd. »Erzähl mir von ihr und Jimmy.«

Ihre Augen füllten sich mit Tränen. »Zwei Wochen nach der Weihnachtsfeier hat *er* mich wegen ihr abserviert. Alle servieren sie die arme Jeri immer nur ab.«

»Kannst du dich noch erinnern, wie die Tänzerin hieß?«

»Nein.«

»Oder wo Maxton sie engagiert hat?«

»Nein.«

»Könntest du das rausfinden?«

»Warum?«

Als er nicht antwortete, rappelte sie sich hoch, schwankte, kam wieder ins Gleichgewicht und sah mit trüben Augen auf ihn hinab, ihr Negligée offen, so daß ihr nackter Körper unverhüllt zu sehen war.

»Wie wär's mit einer kleinen Kostprobe?« lockte sie. Bevor er antworten konnte, sagte sie: »Einmal hab' ich's auf einem Männerklo getrieben, mit dem Rükken gegen das Pißbecken ...« Sie kicherte wieder. »Der Typ hat mich so gerammelt, daß die Spülung ging, als er kam.«

Dain schwieg.

»Glaubst mir wohl nicht?« fragte sie aufgebracht.

Sie zog ihr Negligée hoch und setzte sich rittlings auf ihn, legte ihre Arme um seinen Hals und schob ihm ihre Zunge in den Mund. Gleichzeitig begann ihr nackter Unterleib, ihn zu bearbeiten. Bei ihm rührte sich nichts. Er wollte einen Steifen kriegen. Er wollte etwas empfinden – Erregung, Lust, Wut. Nichts. Herrgott noch mal, waren fünf Jahre nicht lange genug, um zu trauern? Marie würde nie mehr zurückkommen.

Maries Mund unmöglich weit aufgerissen, ihre Augen wild, ihr Haar ein Zeitlupenschlenker wie unter Wasser, das schwarze Loch zwischen ihren Brüsten rot aufblühend

Plötzlich hörte Jeri auf und wich von ihm zurück, um ihm verlegen in die Augen zu sehen. »Mir wird schlecht«, verkündete sie.

Dain bekam sie noch rechtzeitig von sich runter und ins Bad, wo er ihr den Kopf hielt, während sie sich übergab. Als er ihr mit einem feuchten Waschlappen den Mund abwischte, verlor sie das Bewußtsein. Im Schlafzimmer legte er sie ins Bett, und nachdem er sie mit dem Laken und einer leichten Decke zugedeckt hatte, küßte er sie aus einem spontanen Impuls heraus wie ein kleines Mädchen auf die Stirn.

Dain ging den ganzen Weg zu seinem Hotel zu Fuß; halb hoffte er, irgend ein Idiot würde versuchen ihn auszurauben, aber die Straßen von Chicago waren in dieser Nacht so sicher wie eine Kathedrale. Er war so leer wie eine löchrige Hosentasche; war nichts, hatte nichts, außer einem unstillbaren Drang nach Rache und einem Kater, der nicht schnurrte.

11

»Du bist aber schnell wieder auf die Beine gekommen«, sagte Dain zu Jeri, als er sie am nächsten Morgen um halb neun hinter ihrem Schreibtisch in Maxtons Büro sitzen sah. Ihre Augen waren klar, ihr Haar war gebürstet und glänzend. Sie trug einen breitschultrigen Nadelstreifenanzug, dessen Jackett ihr fast bis auf die Knie reichte, als sie aufstand. Sie sah blendend aus.

»Gute Gene. Dain, hör zu, ich … ich glaube, ich kann mich noch erinnern …«

»Du bist umgekippt, und ich hab' dich ins Bett gebracht. Mehr nicht.«

Maxton knurrte in seinem Büro ins Telefon. Draußen vor den Fenstern blitzte ein vom Regen blankgeschrubbtes Chicago. Er legte die Hand auf die Sprechmuschel und sagte sarkastisch: »Nett von Ihnen, mal vorbeizuschauen. Sie sind schon über eine Woche dran. Dieses Aas von meiner Frau wird langsam …« Er nahm die Hand wieder vom Hörer, sagte: »Ja, ich höre zu«, und hielt sie wieder drauf.

»Kennen Sie jemand, der einen roten Porsche fährt?« fragte Dain.

»Nein.«

»Kannte Zimmer jemand, der einen roten Porsche fuhr?«

»Ich habe Ihnen bereits gesagt, Zimmer war ein lächerlicher kleiner Rechtsreferendar. Wir hatten privat nichts miteinander zu tun.«

»Da wäre ich mir nicht so sicher.«

»Was soll das nun wieder heißen?« In den Hörer sagte er: »Dann gehen Sie doch vor Gericht und bemühen sich um eine Wiederaufnahme, Sie Trottel.«

»Wasserstoffblond«, sagte Dain. »Schätzungsweise Mitte zwanzig, zu viel Make-up, gutes Gesicht, vielleicht schön, vielleicht haarscharf an schön vorbei. Sie hat auf ihn gewartet, als sie die Bonds abgestaubt haben. Sie hat die Sache geplant. Zu dumm, daß Sie sie nicht kennen. Das hätte mir die Sache erleichtert, etwas Zeit gespart.«

Maxton bellte ins Telefon: »Ja, ja, Sie blödes Arschloch, ich höre zu«, dann sagte er zu Dain: »So ein blödes Weibsstück, ja? Ausgeschlossen. Zimmer hat das geplant.«

Dain zuckte mit den Schultern und stand auf, sein ledergebundenes Buch in der Hand. Er sah auf Maxton hinab und sagte: »Warum glaubt eigentlich jeder Mann in Chicago, er müßte einen auf Mike Ditka machen?«

Im Vorzimmer sprang Jeri Pearson, die über die Sprechanlage zugehört hatte, hoch und küßte ihn auf den Mund.

»So hat ihm noch niemand Kontra gegeben! Sie haben alle viel zu viel Angst vor ihm.« Plötzlich verlegen, trat sie zurück. »Hör zu, ich kann mich noch erinnern, wie du mir den Kopf gehalten hast, als mir gestern schlecht geworden ist, und ...«

»Das ist nie passiert«, sagte Dain.

Jeri sagte: »Die Tänzerinnen waren aus dem Cherry Bomb.«

Das Cherry Bomb war im Stripclub-Teil der Rush Street, zwei Straßen westlich von der Michigan Avenue. Ein riesiger Schuppen, in dem es nach abgestandenem Bier und abgestandenem Schweiß und billigem Parfüm und Desinfektionsmittel und Testosteron stank. Es gab gedämpfte Beleuchtung für die Tische, indirektes Licht für die Bar und für die Bühne Spotlights mit sich drehenden roten, gelben, blauen und grünen Filtern, in deren ständig wechselndem Licht drei Frauen in Tangas und Nippeltüten zu Musik vom Band mit den Hüften kreisten. Am leeren Ende der Bar, am weitesten von der Action entfernt, wartete

Dain mit einem der Länge nach gefalteten Fünfziger, der zwischen seinen ausgestreckten Fingern steckte. Er lockte den Barkeeper schnell zu ihm herüber.

Dain brüllte gegen die Musik an: »*Tänzerin. Sehr hübsch. Tolle Brüste. Schwarze Haare bis zum Hintern.*«

Der Barkeeper beäugte den Fünfziger und machte eine wegfliegende Handbewegung.

Zum Glück hörte die Musik auf, und die Frauen gingen unter mattem Applaus und Gejohle ab. Ein manischer alter Conferencier sprang auf die Bühne. Er verdrehte Augen wie Steine und züngelte den Stripperinnen mit ihren Tangas und Nippeltütchen hinterher.

»Legt ihnen einen Dollarschein auf den Kopf«, brüllte er in sein schnurloses Mikrofon, »und ihr habt alles, was man für weniger als einen Schein zu essen kriegt!«

»Irgendwelche Freundinnen?« fragte Dain.

Ein anderes Stripperinnentrio nahm den Platz des ersten ein. Der Kopf des Barkeepers zuckte zu einer großgewachsenen, schlanken Schwarzen. »Die Große. Cindy.«

Dain legte den Fünfziger auf den Tresen und ging zur Bühne, während der Conferencier brüllte: »Auf jeden Fall, herzlich willkommen im Cherry Bum, äh, Bomb meine ich natürlich, dem einzigen Laden in der ganzen Stadt, wo die Mädchen Unterhosen tragen, um sich die Fußgelenke zu wärmen!«

Plötzlich dröhnte die Musik los, und die Schwarze fing an, eine der Feuerwehrstangen auf der Bühne zu vögeln.

Dain übertönte die Musik: »*Cindy?*«

Sie drehte den Kopf herum, und er hielt zwei aufgefächerte Hunderter hoch. Stopfte sie ihr hinten in den Tanga.

Dain lehnte an der nackten Ziegelwand der Durchfahrt, als Cindy um 4:07 morgens durch den Bühnenausgang kam. Sie trug Joggingschuhe, eine enge Jeans und ein langärmeliges rotes T-Shirt, auf dem sich

DANCE THEATRE OF HARLEM über ihre Brüste spannte. Bei Dains Anblick blieb sie wie angewurzelt stehen, seufzte und nickte, als hätte sie eine Wette mit sich selbst gewonnen.

»Daß man auf dieser Welt nie was umsonst kriegt«, sagte sie. »Also, Mister, ich weiß, Sie haben zwei Hunderter springen lassen, und ich weiß, Sie wollen was dafür, aber ...«

»Nur einen Spaziergang und ein Gespräch«, sagte er. »Ich will nicht wissen, wo Sie wohnen, ich will keine Kostprobe.«

Sie sah ihm tief in die Augen, fragte: »Pervers?« Sie antwortete, bevor er dazu kam: »Aber das würden Sie mir wohl kaum erzählen, wenn's so wäre, was, Mr. Sad Man?«

Sie gingen gemeinsam los; sie war so groß, daß sie ein eindrucksvolles Paar abgaben. Um diese Zeit herrschte auf der Straße nur Stille, die in auffälligem Gegensatz zu dem Getöse im Cherry Bomb stand. Ihre mäandrierenden, nicht aufeinander abgestimmten Schritte waren das einzige, was die Stille durchbrach, die der langsame Atem der Stadt wie ein Soundteppich unterlegte.

Cindy lachte tief. »Wenn Sie nichts wollen, Mr. Sad Man, müssen Sie der gute Samariter sein, von dem der Prediger am Sonntag immer erzählt: mir einfach so zwei Hunderter zu spendieren.«

»Ich hab' nicht gesagt, daß ich nichts will«, sagte Dain.

»Ach ja, richtig, richtig. Spazierengehen und reden. Soll ich Ihnen irgendwelchen Schweinekram erzählen? Was ich gern möchte, daß Sie mit mir anstellen, oder was ich gern mit Ihnen anstellen würde? Oder Ihnen vielleicht ein bißchen was vorflennen, was so ein nettes Mädchen wie ich in so einem Laden zu suchen ...«

»Ich möchte mich darüber unterhalten, wie Sie und Ihre Freundin mit den langen schwarzen Haaren bei Teddy Maxtons Weihnachtsfeier aufgetreten sind.«

Cindy stellte sich dumm und sprach plötzlich mit einem leichten Winseln.

»Stinknormaler Gig, Mann. Der Typ hat jeder von uns einen Hunderter gezahlt, damit wir die gleiche Nummer abziehen wie im Club ...«

»Die mit den langen Haaren, die mit Jimmy Zimmer abgehauen ist.«

»Hören Sie, Mann, davon weiß ich nichts. Und selbst wenn ich was drüber wüßte, wüßte ich nichts drüber.«

Dain sagte in normalem Gesprächston: »Wenn sie die beiden erwischen, Cindy, legen sie ihre Freundin um. Zusammen mit Zimmer.«

»Umlegen?« entfuhr es ihr entsetzt. Die schwarzen Augen in ihrem ausgeprägten Gesicht waren schokkiert. »Wieso umlegen? Vangie ...«

»Wenn ich sie als erster finde, kann ich sie warnen.«

Sie packte Dain an den Armen und versuchte ihn zu schütteln. Es war, als rüttelte sie an einer Eiche.

»Was reden Sie da eigentlich? Oder von *wem?*«

»Von Maxton. Seinen Freunden.«

Sie ließ seine Arme los. Ihren Körper durchlief ein langsamer Schauder. Sie starrte auf den Gehsteig. Behutsam nahm Dain ihren Arm und drängte sie zum Weitergehen. Die Ampeln waren auf Automatik gestellt und blinkten an jeder Kreuzung in alle vier Richtungen gelbe Vorsicht. Irgendwo weit im Süden jaulte eine Sirene.

»Sie ist einfach abgehauen? Mit Jimmy Zimmer? Diesem Schleimscheißer?«

»Einfach abgehauen. Und sie haben ...«

»Ich will nichts hören.« Als wäre ihr plötzlich kalt, schlang sie sich beim Gehen die Arme um den Oberkörper. »Ich will dieses Gespräch nicht führen.«

Sie überquerten an einem Fußgängerübergang die Straße; es war kein Verkehr.

»Vangie und wie weiter? Von wo?«

Einen Viertelblock lang sagte sie nichts, dann stieß sie hastig hervor: »Vangie Broussard. Von Ich-weißnicht-wo. Haben nie über die Vergangenheit geredet – nur über die Zukunft.« Einen Moment lang waren ihre Ängste vergessen. Sie lachte wieder ihr unvermitteltes, tiefes Lachen. »Diese Frau hatte die größte Sammlung von Zukunftswünschen, die mir je untergekommen ist.«

»Zum Beispiel?«

»Das große Los ziehen. Und sie dachte schon, das hätte sie mit Maxton. Aber dann, auf dieser Weihnachtsfeier …«

Sie verstummte. Dain bohrte: »Was war auf der Weihnachtsfeier?«

»Maxton wollte von ihr, daß sie mit einem wichtigen Privatmandanten in sein Büro geht und es ihm dort besorgt, daß ihm Hören und Sehen vergeht.« Sie sah zu ihm herüber, platzte heraus: »Sie war verliebt in diesen Kerl, Mann, er hat gesagt, er liebt sie, und dann verlangt er sowas von ihr! Ein paar Wochen später fing dann diese Geschichte mit Jimmy Zimmer an – dem hing die Zunge auch schon bis auf die Schuhspitzen …«

Sie gingen. Dain sagte: »Sonst was, das Sie mir erzählen können?«

»Wir haben zusammengewohnt, aber sie war eine Einzelgängerin, hat nicht viel mit den anderen unternommen. Kürzlich, das muß jetzt zwei Wochen her sein, bin ich nachmittags nach Hause gekommen, da war sie einfach weg. Alles tipptopp aufgeräumt, eine Monatsmiete für sie *und* mich auf meinem Kopfkissen, aber nicht mal ein Zettel …« Sie sah zu ihm herüber, sagte plötzlich: »Wir haben ein paarmal mit Zimmer und seinem Freund einen draufgemacht, ich konnte mit keinem von beiden was anfangen, aber Vangie hat mich drum gebeten.«

»Was können Sie mir über den Freund erzählen?«

»Bobby Farnsworth von Farnsworth, Fechheimer und Farnsworth. Mr. Superspieß.« Ihr plötzliches schelmisches Grinsen rasierte zehn Jahre von ihrem

Alter ab. »Toooodlangweilig. Ich stehe ja nicht unbedingt auf Börsenspekulationen und dieses ganze Zeugs, aber verglichen mit dem ist das *Wall Street Journal* der *Rolling Stone.*«

»Aktien und Wertpapiere.«

»Geldgeschäfte von vorn bis hinten.« Vor einem heruntergekommenen Backsteinmietshaus blieb sie stehen. »Haben Sie mich also doch nach Hause begleitet. Es sind sechs Stockwerke zu Fuß, wenn sie nicht gerade den Lift repariert haben, aber wenn Sie eine Tasse Kaffee wollen und keine Höhenangst haben ...«

»Sie hätten bestimmt keine Lust, mich näher kennenzulernen, Cindy«, sagte Dain. »Ich mache niemanden glücklich. Nicht mal mein Kater schnurrt.«

Sie sah ihn einen langen Moment an, dann nickte sie und beugte sich vor, um ihn auf die Wange zu küssen.

»Auf Wiedersehen, Mr. Sad Man«, sagte sie.

12

Bevor er die Zeitung durchsah, rief Dain bei Farnsworth, Fechheimer und Farnsworth an. Die Telefonistin klang so gelangweilt, als habe er sie beim Nägelfeilen gestört. Er sagte: »Könnte ich bitte einen Termin mit Mr. Farnsworth haben. Ich möchte mit ihm über eine größere Investition sprechen.«

»Senior oder Junior?«

»Junior.«

»Mr. Farnsworth Junior macht gerade in unserer Zweigstelle in San Francisco ein dreimonatiges Trainee-Programm. Wenn Ihnen sonst jemand …«

»Nein. Aber mit seiner Nummer in San Francisco wäre mir schon sehr geholfen.«

Er notierte sie sich und hängte auf. San Francisco. Waren Zimmer und diese Vangie Broussard vielleicht auch in San Francisco? Nein. Die versteckten sich in Broussards Leben, nicht in dem von Zimmer. Trotzdem ein nützlicher Zufall für Dain. Wenn es so weit war, daß die Bonds versilbert werden sollten, war Farnsworth für Zimmer die erste Adresse.

Aber zuerst: Broussard. Den Computer der Chicagoer Polizei mit seinem Laptop zu knacken, würde länger dauern als gradliniges Vorgehen, deshalb überflog er rasch die Morgenzeitung und hielt schließlich bei einer Meldung auf der Seite mit den Lokalnachrichten inne.

> POLIZIST NACH BRUTALEM ÜBERFALL IM KOMA
> Heute morgen um vier Uhr machte Detektiv Seth »Andy« Anderson von der Central Station nach Dienstschluß den Fehler, in einen Coffee Shop …

Mit dem Kugelschreiber unterstrich Dain *Seth »Andy« Anderson* und *Central Station*, dann schrieb er von Hand auf ein in der Mitte durchgerissenes Blatt Hotelbriefpapier einen Brief. Dain benutzte die Hälfte ohne den Briefkopf und datierte die Nachricht fünf Tage vor.

Andy,
ich will in dieser Angelegenheit nicht den üblichen Amtsweg beschreiten, weil es sich um Vangie Broussard handelt, die schwarzhaarige »exotische Tänzerin«, hinter der ich her bin, seit sie Chicago verlassen hat. Ich glaube, sie war vor ein paar Nächten hier bei uns in einen 187PC verwickelt, und wenn dem wirklich so ist, möchte ich die Sache gern allein unter Dach und Fach bringen. Ich werde am 14. in Chi sein, kannst du dir also die Akte kommen lassen, damit ich sie mir ansehen kann, wenn ich vorbeikomme? Danke, Kumpel.

Als Unterschrift schrieb er *Solly* unter die Nachricht, fügte dann noch ein Postskriptum hinzu:

P. S.: Wird langsam mal wieder Zeit für eine kleine »Gehaltsaufbesserung«.

Dain adressierte einen Umschlag an Andy Anderson in der Central Police Station, Chicago, hielt dann inne, um noch einmal alles zu überdenken. Nichts dran auszusetzen. Randy Solomon kam frühestens in zwei Tagen aus dem Urlaub zurück. Deshalb schrieb er als Absender Solomons Adresse beim SFPD in die linke obere Ecke, klebte eine Briefmarke drauf, stellte das Datum auf einem Gummistempel fünf Tage zurück und entwertete die Briefmarke.

Schließlich steckte er den Brief in den Umschlag, klebte ihn zu und riß ihn gleich wieder auf, ungeduldig mit dem Finger im Schlitz. Dann steckte er den Brief und eine SFPD-Dienstmarke in einem Lederetui in die Seitentasche des billigen, fast schäbigen Mantels, den er bei der Heilsarmee gekauft hatte, und verließ das Hotel.

Chicagos Central Police Station war alt und ungepflegt, sie sah aus, als bekäme sie nie genügend Schlaf und lutschte massenweise Magentabletten. An einer Rezeption aus den Zeiten, in denen Al Capone in der Stadt das Sagen hatte, zückte Dain seine SFPD-Dienstmarke. Mit dem Anzug von der Stange und den ungeputzten Schuhen, mit dem altmodischen Filzhut auf dem Kopf und der erloschenen Zigarre im Mundwinkel sah er nach fünfzehn Dienstjahren aus.

»Herzlich willkommen in Chicago«, sagte der diensthabende Sergeant. »Wie geht's denn so im Land der Früchte und Nüsse?«

»Das ist L. A. Wir sind die kühle, graue Stadt an der Bay.«

»Ja, Herb Caen. Was können wir für Sie tun, Lieutenant?«

»Bei der Sitte jemand wach um diese Zeit?«

»Wahrscheinlich noch nicht mal nach Hause gegangen.« Der Sergeant grinste und reichte ihm eine Besucherplakette, die er sich an die Brusttasche seines Anzugs klemmte. »Mit dem Lift in den dritten Stock, dann links.«

Dain bedankte sich und fuhr mit dem Lift nach oben, nicht zur Sitte, sondern zum Bereitschaftsraum. Alle möglichen Polizisten in Zivil saßen an zerschrammten Schreibtischen, tippten Berichte, verhörten Zeugen, Verdächtige und Leute, die eine Anzeige erstatteten. In einer Ecke nahm eine mexikanischstämmige Frau in einer sauberen Uniform einem jungen Schwarzen mit Dreadlocks Fingerabdrücke ab. Rauch bläute den Raum. Dain entdeckte einen leeren Schreibtisch mit einem Namensschild darauf: DET. ANDERSON.

Als Dain darauf zuging, zog er nicht mehr als ein paar flüchtige Blicke der vielbeschäftigten Polizisten auf sich. Er schwang eine Hüfte um die Ecke des Schreibtisches herum und schob im selben Moment seinen Brief mit dem hinten drangehefteten Umschlag unter den obersten Stoß in Andersons Fach für eingehende Post. Dann beugte er sich zu dem Mann hinüber, der am nächsten Schreibtisch tippte. Auf seinem Namensschild stand DET. KALER.

»Tag, Chief.«

Der Mann tippte weiter. Entgegen des gängigen Klischees konnte er es gut.

Dain beugte sich vor und berührte seine Schulter. Die hellen Augen vor Wut blitzend, drehte sich Kaler um.

»Andy, is' er gerade Kaffee trinken, oder was?«

Kaler begann: »Hören Sie zu, Sie Arschloch, wenn Sie ...«, dann fiel sein Detektivblick auf Dains Besucherplakette, die ihn als Polizisten auswies. Er hob in einer ironischen Geste des Bedauerns die Schultern und drehte sich ganz zu Dain herum. »Schlimmer Tag heute. Kennen Sie Andy?«

»Ach, wissen Sie.« Dain zuckte seinerseits mit den Achseln. »Ich hab' ihm geschrieben, daß ich nach Chicago komme, und er wollte mir eine Akte besorgen, damit ich sie mir ansehen kann.«

Kaler lehnte sich zurück und verhakte träge die Hände hinter dem Kopf. »Tja, dann habe ich eine gute und eine schlechte Nachricht für Sie. Andy ist im Krankenhaus. Wie es aussieht, hat er seinen bescheuerten Schwedenschädel in was reingesteckt, was ihn nichts angeht, und jemand hat versucht, ihm die Rübe einzuschlagen.«

»Und was ist die schlechte Nachricht?« fragte Dain trocken.

Kaler gab ein kurzes bellendes Lachen von sich.

»Dann müssen Sie unseren Andy wohl wirklich ganz gut kennen. Die schlechte Nachricht ist, er überlebt's.« Als er auf seinem Stuhl nach vorne kippte, quietschte das ungeölte Drehgelenk. »Ich kann ja mal auf Andys Schreibtisch nachsehen, ob Ihr Brief irgendwo rumliegt ...«

Sehr schnell sagte Dain: »Das ist nicht nötig ...« Aber dann schien er es sich anders zu überlegen. Scheinbar erleichtert zuckte er mit den Achseln. »Wenn's Ihnen nichts ausmacht.«

Kaler sah im Fach mit den Eingängen nach, fand den Brief, las ihn. »Gefällt mir«, sagte er schließlich. »Vor allem das mit der ›Gehaltsaufbesserung‹. Sie brauchen mir bloß zu sagen, worum's geht, vielleicht kann ich ...«

Er verstummte. Auf der Schreibtischecke lag ein 50-$-Schein, der vorher nicht dagewesen war. Kaler wandte sich ab, und dabei glitten die nachziehenden Finger seiner Hand über den Schein und ließen ihn in seiner Handfläche verschwinden.

»Ich glaube, ich kann diese Akte für Sie auftreiben, Lieutenant Solomon.«

Kaler kam mit der Akte BROUSSARD, EVANGELINE zurück; jede Stripperin ging hin und wieder durch die Hände der Polizei. Obenauf waren die Verbrecherfotos, von vorn und von der Seite, ihre Fingerabdruckkarten, ein dünner Stoß Berichtformulare.

Gemeinsam blätterten sie sie durch. Als Dain den Ordner achtlos zuklappte, streifte er mit dem Fingernagel die Büroklammer ab, mit der die Fotos befestigt waren.

»Mist, nichts dabei. Ein paar Festnahmen wegen Aufforderung zur Unzucht ...«

»Ja«, sagte Kaler, »ein paar unsittliche Zurschaustellungen, als wir uns einen Laden vorgenommen haben, in dem sie aufgetreten ist, und ein paar Vorstrafen wegen derselben Sache unten in New Orleans ...« Er lachte herzhaft. »Der fällt's echt nicht leicht, ihre Klamotten anzubehalten, was?«

»Wenn Sie wüßten«, sagte Dain. Er seufzte. »Na ja, versucht hab' ich's zumindest.« Er stand auf. Dabei stieß er den Ordner mit der Hand vom Schreibtischrand. »Scheiße.«

Als er sich bückte, um ihn aufzuheben, ächzte er, scheinbar vor Anstrengung. Mit der linken Hand nahm er die Fotos an sich, die aus dem Ordner gerutscht waren, die rechte hielt er Kaler hin. Sie schüttelten einander die Hände.

»Trotzdem, vielen Dank. In welchem Krankenhaus liegt Andy eigentlich? Ich fliege heute nachmittag zurück, aber vielleicht …«

»Das können Sie sich sparen. Er liegt immer noch auf der Intensivstation.«

Dain schüttelte den Kopf. »Das sollte ihm zu denken geben. Na ja, auf jeden Fall wünschen Sie ihm gute Besserung von mir, wenn Sie ihn besuchen.«

»Klar.«

Einen halben Tag lang klapperte Dain die Parkplätze und Shuttle-Busse am O'Hare mit Broussards Verbrecherfotos in der Hand ab, dann brachte er den größten Teil des Flugs damit zu, sie zu studieren. Trotz der grellen Polizeiausleuchtung und der entmenschlichenden Umstände war ihre Schönheit unübersehbar. Exotisch war ein gutes Wort. Tiefbraune oder dunkle Haut, dunkle Augen, die die Kamera herausforderten, die Polizisten hinter der Kamera … Der Familienname bot eine mögliche Erklärung für ihre dunkle, wilde Schönheit. Und für die Festnahmen wegen Aufforderung zur Unzucht in New Orleans.

Eine weitere Routinesache. Er würde sie finden, Maxton bekam seine Bonds zurück, Zimmer eine kleine Abreibung, und damit hatte es sich. Das brachte ihn soviel oder sowenig weiter, daß er genausogut anfangen konnte, für legitime Klienten auf der richtigen Seite des Gesetzes zu arbeiten.

Wer brauchte bei der Jimmy-Zimmer-Bondskapriole schon einen professionellen Killer?

In der Mordkommission war schon den ganzen Morgen die Hölle los. Ein Tourist aus Cincinnati war in die Notaufnahme des S. F. General marschiert, hatte über Kopfschmerzen geklagt und war tot umgefallen. Sie hatten eine 22er-Kugel in seinem Schädel gefunden. Dem Taxifahrer, der ihn ins Krankenhaus gebracht hatte, war er an der Eddy Street im Tenderloin in den Wagen gestiegen.

Bei einem Streit um eine Crack-Konzession hatte ein Dreizehnjähriger auf dem Parkplatz einer Western-Addition-Siedlung mit einer vollautomatischen A/R einen Vierzehnjährigen erschossen.

Als die Polizei auf den Hinweis eines Nachbarn hin in einem schmucken viktorianischen Haus in der Elizabeth Street nach dem rechten sah, fanden sie einen dreiundsiebzigjährigen Mann vor, der mit selbstgerecht vorgerecktem Kinn und einem blutigen Tischlerhammer in der Hand *Santa Barbara* sah. Seine achtundsechzigjährige Frau lag vor dem Fernseher auf dem Boden. Sie hatte *One Life to Live* gucken wollen.

Randy Solomon war in seinem Büro gerade mit dem vorläufigen Schreibkram für die drei Morde beschäftigt. Er trug ein kurzärmeliges Hemd und sein Jackett hing über der Rückenlehne seines Stuhls.

Dain kam durch die offene Tür. Er trug eine Hornbrille zu seinem konservativen Dreiteiler und hatte einen flachen Diplomatenkoffer bei sich. Randy hatte ihn seit über einem Jahr nicht mehr gesehen. Er tat so, als müßte er zweimal hinsehen, und seine Miene verhärtete sich.

»Sieh mal einer an, der große Schnüffler. Ein ganzes Jahr nichts, und dann erscheint mir Jesus Christus persönlich. Was treibt denn einen weißen Schnösel wie dich dazu, sich unter das gemeine Volk zu mischen?«

Dain setzte sich auf den Besucherstuhl.

»Warum denn gleich so eingeschnappt, Randy?«

Solomon ging an Dain vorbei, um die Tür zu schließen, dann kam er zurück, um sich zu Dain herabzubeugen. Er sagte leise: »Ich hab' mal einen Typen gekannt – jung, clever, hochintelligent, guter Ermittler. Reizende Frau, netter kleiner Sohn. Hatte sich gerade selbständig gemacht ... auf der Suche nach dem großen Fall ...«

»Und sie lebten glücklich bis an ihr Ende«, sagte Dain.

Das ignorierte Solomon. Sein Ton war unverhohlen feindselig.

»Weißt du, was ich jetzt vor mir sehe? Eine Nutte im Dreiteiler.«

»Ich tue, was ich immer getan habe, Randy. Leute aufspüren.«

»Für den letzten Abschaum«, fauchte Solomon hitzig, »und dieser schwule Buchhändler spielt deinen Zuhälter.«

Dain sprang auf.

»Was soll ich denn sonst machen, verdammte Scheiße? Schulden eintreiben und untreue Ehefrauen suchen? Diese Schweine haben meine Familie umgebracht! Wo soll ich sie denn sonst finden, wenn nicht auf der anderen Seite des Gesetzes?«

Solomon machte ein überraschtes Gesicht, dann lachte er leise und ging hinter seinen Schreibtisch. Plötzlich fiel von beiden Männern die innere Spannung ab.

»Scheiße, hätte ich mir eigentlich denken können. Kommst du voran?«

»Jeden Tag älter und höher verschuldet.«

»Warum dann die schnieke Aufmachung?«

»Ich war an der Börse, um mich mit Bulls und Bears rumzuschlagen.«

»Wer gewinnt?«

»Heute morgen die Bulls. Um genau zu sein: Robert Farnsworth von Farnsworth, Fechheimer und Farnsworth aus Chicago. Sein Daddy hat ihn für drei Monate hier runtergeschickt, um ihm den letzten Schliff verpassen zu lassen, bevor er in der familieneigenen Brokerfirma mehr zu sagen hat, als gut für ihn ist. Bobby-Boy ist ganz dick mit einem Typen, den ich für einen gewissen Maxton suche, einen Anwalt aus Chicago mit Verbindungen zur Unterwelt. Dieser Typ und eine exotische Tänzerin …«

»Teddy Maxton?«

»Ja«, sagte Dain überrascht. »Kennst du ihn?«

Randy machte eine vage Handbewegung. »Ab und zu kommt er als beratender Verteidiger hier runter. Der weiß, wie man mit Geschworenen umspringt.« Seine Stimme und seine Augen verhärteten sich etwas. »Ist unser Freund Teddy einer von der Sorte, die einen Killer anheuern?«

Dain schüttelte den Kopf. »Damit zahle ich bloß meine Rechnungen.« Er beugte sich auf seinem Stuhl vor und räusperte sich. »Aber ich, äh, brauche einen guten Abhörspezialisten, Randy.«

»Du weißt doch, sowas ist vor Gericht nicht zulässig«, rügte ihn Solomon. »Und ohnehin auch nicht erlaubt.«

»Vor Gericht zulässig braucht es gar nicht zu sein, und ob erlaubt oder nicht, ist mir egal. Ich glaube bloß, dieser Zimmer wird Farnsworth anrufen, und dann möchte ich mithören.«

Solomon riß ein Blatt von seinem Notizblock ab und schrieb etwas darauf. »Erinnerst du dich noch an Moe Wexler?«

»Vor sechs oder sieben Jahren wegen Invalidität vorzeitig pensioniert? Hatte ein achtfach gebrochenes Bein ...«

»Genau der. Hier ist die Adresse seines Elektronikladens.« Mit einem Zwinkern reichte er Dain den Zettel. Sie standen auf. »Wie geht's meinem Freund? Shenzie, dem Wunderkater?«

»Frag lieber nicht. Sonst hast du ihn wieder für ein paar Tage am Hals, wenn aus dieser Farnsworth-Geschichte was wird. Die Nachbarin in Mill Valley, die ihn normalerweise nimmt, ist zur Zeit nämlich verreist ...«

Solomon lachte wieder leise. »Für Kater Shenzie bin ich immer zu haben.« Sie schüttelten einander die Hände. Dain ging zur Tür. Randy sagte zu seinem Rücken: »Wie sieht's mit Handball aus?«

Dain drehte sich um und sah ihn an. Grinste plötzlich.

»Hast du eigentlich morgen Zeit? Ich mach' dich zur Schnecke.«

»So gefällst du mir schon viel besser«, sagte Randy froh. »Der unverbesserliche Romantiker bis zum bitteren Ende.«

13

Auf dem Schaufenster des schmalen Ladens in der Clement Street stand in einem Bogen MOE'S ELECTRONIC PLUS. Darunter war in kleineren Buchstaben FERNSEHER – VIDEORECORDER – KASSETTENDECKS – RADIOS zu lesen und darunter in noch kleineren Buchstaben REPARATUREN & SERVICE. Dain öffnete die Tür und brachte eine kleine Messingglocke zum Klingeln, die mit einer Feder an der Innenseite der Tür befestigt war. Es gab einen hölzernen Ladentisch mit einer altmodischen Registrierkasse, dahinter einen Durchgang zur Werkstatt mit einem dicken, braunen Vorhang davor.

Der Vorhang wurde von einem großen, jovialen Mann beiseite geschoben, der schon fast fett war. Er hatte einen niedlichen kleinen Mund, Haare in den Ohren und den ehemaligen Polizisten ins Gesicht gekerbt. Er hinkte leicht.

»Hallo, Moe«, sagte Dain.

Wexler studierte ihn einen Moment, dann lächelte er freundlich.

»Eddie Dain«, sagte er. »Siehst ja topfit aus. Randy Solomon hat mich angerufen, du würdest mal vorbeischauen, sonst hätte ich glatt gedacht, jemand hat einen ehemaligen 49er Tackle vorbeigeschickt, um mir mein anderes Bein zu brechen.«

»Was macht das erste?«

»Immer noch im Arsch.« Er zögerte. »Tut mir leid, das mit deiner Frau und dem Jungen.«

Dain schwieg. Wexler klappte ein mit einem Scharnier versehenes Stück der Theke hoch und ging zur Tür, um sie zu verriegeln und ein kleines braunes Rollo herunterzuziehen, auf dem stand BIN KAFFEETRINKEN – IN 15 MINUTEN ZURÜCK. Dain hatte begonnen, 100-$-Scheine auf den Ladentisch zu blättern, als wollte er pokern.

»Eine Wanze im Privatanschluß von Robert Farnsworth bei Farnsworth, Fechheimer und Farnsworth. Das ist eine Brokerfirma in der Pine, gegenüber der Pacific Coast Stock Exch ...«

»Bist du sicher, dein Anruf läuft nicht über die Zentrale?«

»Mein Mann ist blöd, aber nicht so blöd.«

Moe nickte. »Sie haben einen Seiteneingang in der Leidesdorff Alley, das Schloß kriegst du mit deiner Knoblauchfahne auf.«

»Ex-Cops«, sagte Dain bloß. Er zählte einen weiteren Fächer Scheine ab. »Die zweite Wanze soll in Farnsworths Apartment. Er hat einen Dreimonatsmietvertrag in dem hohen, weißen Stuckbau in der Montclair Terrace, wo Francisco ...«

»Ja. Kenne ich.«

»Apartment drei C. Uns interessiert ein Anruf von einem James Zimmer oder jemand, der Zimmer sein könnte. Schätzungsweise allerspätestens in einer Woche.«

Moe schob die Scheine zusammen wie einen Stoß Spielkarten.

»In der Brokerfirma kann ich ein Infinity-Mikro nehmen und nachher reingehen, um es rauszuholen. In der Wohnung muß ich vielleicht in die Wände. Das hieße, ich müßte das Equipment dalassen.«

Dain deutete auf einen dritten Fächer Scheine, den er auf den Ladentisch gezählt hatte. »Wenn du das Equipment bergen kannst, dann sind die fünf Scheine einfach ein Bonus.«

»Eine Woche genügt?«

»Wenn in acht Tagen nichts passiert, muß ich meine Prämisse überdenken.«

Moe faltete die Scheine zusammen und steckte sie ein, dann hielt er plötzlich inne.

»Randy sagt, du arbeitest für Teddy Maxton.«

»Randy redet zuviel«, sagte Dain kalt.

»Wir waren zusammen auf der Akademie, was soll ich da sagen?«

»Was läuft da eigentlich zwischen Teddy Maxton und dem SFPD? Man braucht bloß seinen Namen zu sagen, und schon pißt ihr wie auf Kommando in die Hosen. Maxton ist in Chicago, Herrgott noch mal.«

»Er hat einen langen Arm.«

»Macht dir das was aus, Moe?«

»Wenn's regnet, tut mein Bein weh, das macht mir was aus. Ich bring's bei meiner Frau nicht, das macht mir was aus. Maxton macht mir nichts aus.«

»Warum reden wir dann über ihn?«

Moe beugte sich über den Ladentisch, um Dain genauer in Augenschein zu nehmen. Es war, als fände er ein Gerücht bestätigt, das ihm zu Ohren gekommen war.

»Sei bei diesem Kerl bloß auf der Hut, Dain. Der ist mit allen Wassern gewaschen.«

Zum erstenmal, seit die Rede auf seine Frau und seinen Sohn gekommen war, lächelte Dain.

»Genau wie ich, Moe. Genau wie ich.«

Maxton verließ den Lift auf dem P-1-Parkdeck unter seinem Bürogebäude und ging auf den Mercedes zu, der auf seinem Stellplatz stand. Es war einer von diesen glühendheißen Sommernachmittagen in Chicago, aber Maxton, der in seinem vollklimatisierten Auto von seinem vollklimatisierten Büro zu seinem vollklimatisierten Haus fahren wollte, bekam die Hitze nur am Pool in seinem Garten zu spüren, wo er sie auch haben wollte.

Er drückte auf die Fernbedienung und entriegelte die Türen seines Mercedes', aber als er einsteigen wollte, erstarrte er mitten in der Bewegung. Auf dem Fahrersitz saß Dain. Mozarts *Sinfonia Concertante,* KV 364, kam zuckersüß aus dem CD-Player des Wagens.

»Wie sind Sie hier reingekommen?«

Statt zu antworten, sagte Dain: »Fahren wir zum O'Hare raus, ich will Ihnen was zeigen.«

»Um diese Zeit dauert das Stunden, und ich habe zwei Karten für die Cubs.«

Dain sagte nichts. Maxton stieg grummelnd ein und begann sich auf der Wacker durch den abendlichen Stoßverkehr zu dem großen, verschlungenen Freeway-Kreuz hinauszukämpfen, von wo der John Kennedy nach Norden direkt zum O'Hare führt. Autos standen Stoßstange an Stoßstange, Hupen blökten, Auspuffe qualmten, Licht auf poliertem Chrom blendete die Autofahreraugen. Mozart wurde vom leisen Summen der Klimaanlage begleitet.

»Zimmer und eine wasserstoffblonde Frau haben einen Flug nach Rio gebucht, der vier Stunden nach dem Diebstahl der Bonds ging«, sagte Dain in beiläufigem Gesprächston.

Das ließ Maxtons Kopf herumschnellen. »Sie haben sich ins *Ausland* abgesetzt? Wie, um alles in der Welt, wollen Sie sie da …«

»Erinnern Sie sich noch an die Weihnachtsfeier in Ihrer Firma letztes Jahr? Sie haben ein paar exotische Tänzerinnen angeheuert, damit Ihre Angestellten was zu sehen kriegen?«

»Natürlich. Das Jahr war recht erfolgreich, finanziell.«

»Dort hat Zimmer sie kennengelernt.«

»Wen, verdammt noch mal?«

»Die Frau, die das Ganze geplant hat. Wie ich gehört habe, haben Sie damals selbst was mit ihr laufen gehabt.«

Maxton sagte eisig: »Da haben Sie falsch gehört.«

»Sie war nicht immer wasserstoffblond. Überlegen Sie mal ein bißchen.«

Dain rutschte auf dem Sitz nach vorn, lehnte sich zurück und schloß die Augen. Er machte sie erst wieder auf, als das Dröhnen der Triebwerke eines landenden Jets sogar durch die vielgepriesene Schallschutzverkleidung des Mercedes drang. Dann richtete er sich unvermittelt auf.

»Ordnen Sie sich in der Spur für die Langzeit-Parker ein.«

Maxton schwang das Lenkrad herum, hielt am gestreiften Schlagbaum, nahm seinen Parkschein aus dem Automaten, fuhr durch. Er sprach stockend, fast schockiert. »Wollen Sie etwa behaupten, es war ... *Vangie?*«

»Evangeline Broussard.« Dain nickte. »Sie hat den Diebstahl geplant, sie hat in einer Durchfahrt in der Nähe der Bank auf Zimmer gewartet. Fahren Sie da lang.«

Gehorsam fuhr Maxton die lange Reihe staubiger Autos entlang.

»Das verstehe ich nicht, Dain. Wie käme Vangie denn dazu ...«

»Sie wollten, daß sie auf der Weihnachtsfeier einen Ihrer Geschäftspartner im Hinterzimmer vögelt, Herrgott noch mal.«

Seine Verwirrung nahm nicht ab. »Ja? Und?«

»Sie dachte, Sie würden sie lieben, Maxton«, sagte Dain mit fast resignierter Stimme. »Sie dachte, sie würde Sie lieben.«

»Sie lieben? Ich bitte Sie, sie ist eine billige kleine Stripperin!«

»Halten Sie hier.«

Dain ging auf Vangies roten Porsche zu; nach dem Staub darauf und den getrockneten Regenstreifen auf der Windschutzscheibe zu schließen, war er schon einige Tage nicht mehr benutzt worden. Maxton folgte ihm. Er wußte immer noch nicht, was das Ganze sollte. Auf der anderen Seite des Porsches blieb Dain stehen und legte die Ellbogen auf das staubige Top. Maxton sah ihn über das verdreckte rote Dach hinweg an.

»Und dann?«

Mürrisch zuckte Maxton mit den Schultern. »Sie hat's natürlich gemacht. Ihr Engagement war zwei Wochen später zu Ende, deshalb haben wir uns getrennt. Aber weil sie nach New York fahren wollte, habe ich ihr das Geld für einen Wagen gegeben …«

Dain schlug mit den Handflächen auf das Dach des Porsches.

»Diesen Wagen. Der hier steht. Vangie hat nicht damit gerechnet, daß jemand sie mit Zimmer in Verbindung bringen könnte. Wahrscheinlich dachte sie, der Wagen würde einfach irgendwann gestohlen, und damit wäre der Fall für sie erledigt.«

Maxton fing an, mit geballten Fäusten auf das Wagendach einzudreschen.

»Soll dieses Luder doch in der Hölle schmoren! Mein Geld, mein Auto! Ich bring' sie um, dieses miese, kleine Drecksstück!«

Dain zuckte mit den Schultern.

»Dieser Blödsinn bringt doch nichts, Maxton. Zimmer hat sie auf der Weihnachtsfeier gesehen, hat sich in sie verknallt. Sie sah in ihm eine Möglichkeit, es Ihnen heimzuzahlen. Sie muß sich kaputtgelacht haben, als Sie beschlossen haben, Bonds im Wert von zwei Millionen zu stehlen und Zimmer anzuvertrauen.«

»Und damit sind diese Schweine auch noch durchgekommen! Genausogut hätten sie …«

»Haben Sie sich schon 'mal überlegt, mit was für Problemen es verbunden sein dürfte, amerikanische Bearer Bonds im Wert von zwei Millionen Dollar in Brasilien in Cruzeiros umzutauschen? Bei einem Wechselkurs von fast viertausend, und wenn Sie nicht mal die Sprache verstehen? Sie können Gift drauf nehmen, daß Vangie daran gedacht hat.«

»Was … wollen Sie damit sagen?«

»Sie sind nie an Bord dieses Flugzeugs gegangen. Sie sind mit einem Shuttle-Service in die Stadt zurückgefahren, haben einen Bus nach Texarkana genommen, sind an einer Haltestelle irgendwo unterwegs ausgestiegen. Warum sollten sie tatsächlich das Land verlassen, solange *Sie* glauben, die beiden wären in Südamerika? Die Bonds sind in jeder Brokerfirma ein gesetzliches Zahlungsmittel.«

»Woher wissen Sie das alles?« fragte Maxton fast mißtrauisch.

»Mit sowas kenne ich mich eben aus, wissen Sie noch?« Er ging um den Wagen herum zum Mercedes. Maxton hinterher.

»Ich werde sofort an jede Brokerfirma eine Liste der Bonds …«

»Nein. Dadurch warnen Sie sie bloß. Ich sage Ihnen, die ist clever.« Er blieb stehen und öffnete die Fahrertür des Mercedes. »Sie wird bestimmt erst ein paar Monate warten, bevor sie sie einlöst …«

»Dieses Aas von meiner Frau wird aber keine paar Monate mehr warten, verdammt noch mal! Ich werde eine ganze Armee auf sämtliche Brokerhäuser ansetzen, wir werden …«

»Keine Armee. Niemand. *Nada.* Null. Nichts. Kapiert?«

Dain hielt die Tür auf; nach kurzem Zögern setzte sich Maxton hinters Steuer.

»Na schön«, sagte er. »Vorerst mache ich noch, was Sie sagen. Was werden Sie als nächstes tun?«

»Nach San Francisco zurückfliegen.«

»Nach *San Francisco?*«

»Um zu warten. Es wird nicht lange dauern, glauben Sie mir. Es wird ihr nicht gelingen, ihn unter Kontrolle zu halten.«

»*Warten* ist mit Abstand das Blödeste, was man …«

»Langsam wird es Zeit, daß Sie endlich aufhören, hinter Ihrer Beute herzurennen. Machen Sie sich lieber erst mal Gedanken darüber, was Ihre Beute vorhaben könnte. Wenn Trockenzeit ist, sind Sie ein Löwe und Ihre Beute ist ein Gnu, dann warten Sie am Wasserloch. Wenn Sie ein Habicht sind und Ihre Beute eine Feldmaus, schweben Sie über dem …«

»Sie glauben, sie ist in San Francisco?«

Dain warf die Tür zu und entfernte sich zwischen den dichtstehenden staubigen Autos. »Funken Sie mir bloß nicht dazwischen, Maxton«, rief er über seine Schulter. »Warten Sie, bis sie den ersten Schritt tun. Und den werden sie tun. Glauben Sie mir.«

III

VANGIE

Der große Leichtsinn

DAS GEHEIMNIS DER
ERKENNTNIS

O Hochgeborener, das, was Tod genannt wird, ist jetzt gekommen. Du scheidest aus dieser Welt, aber du bist nicht der einzige; der Tod ereilt alle. Sei nicht dieser Welt verhaftet; sei nicht schwach.

DAS TIBETANISCHE TOTENBUCH

14

Die Nacht – weich, warm, feucht, verführerisch – fesselte New Orleans wie ein perverser Liebhaber an die für den Verkehr gesperrte Bourbon Street im Vieux Carré. Läden mit ausgefallener Unterwäsche, Wange an Hängebacke mit Po'boy-Sandwichständen, lockten mit Hüfthaltern, Miedern und Spitzenbodys, letztere aus praktischen Gründen mit offenem Schritt. Aus weit offenstehenden Türen strömte traditioneller Jazz über die Touristenscharen in Hemdsärmeln und Sommerkleidern hinweg in die Nacht hinaus. Jimmy Zimmer schlenderte eine Seitenstraße entlang, blieb vor dem Carnal Knowledge stehen, vor dessen offenem Eingang zwei Stripperinnen saßen, die wabbligen Schenkel weit gespreizt, um die kühle Brise und die Blicke vorbeigehender Männer einzufangen. Er ging nach drinnen, blieb an der Bühne stehen; er sah inzwischen wesentlich fertiger aus als vor drei Wochen in Chicago. Er wirkte nervös und entschlossen, die Augen hinter der Hornbrille fast bösartig, die Haut blaß, als käme er nie ins Freie.

Vangie machte ein verdutztes Gesicht, als sie Jimmy hereinkommen sah. Sie war handgeschliffenes Bergkristall zwischen lauter Coke-Flaschen, ihr Körper bewegte sich wie aus eigenem Antrieb zur Musik. Prolos brüllten ihr Obszönitäten zu, College-Boys machten eindeutige Bemerkungen, zwei Lesben in schwarzem Leder seufzten sexuelle Wunschträume.

Genauso gierig wie jeder im Publikum beglotzte Harry, der Manager, sie durch einen Spalt in den Kunstsamtvorhängen. Er war ein kleiner Mann mit einem degenerierten Gesicht; sein kahler, von schuppengesprenkeltem braunem Haar umkränzter Schädel glänzte von seinen schweißtreibenden Gedanken.

Als die Musik aufhörte, verschwand Vangie, nur mit dem erforderlichen *cache-sexe* bekleidet, rasch hinter dem Vorhang. Ihr nackter Prachtkörper glänzte wie eingeölt. Sie mußte Jimmy an die Kandare nehmen und schleunigst auf ihr Zimmer bringen, bevor sie ihren nächsten Auftritt hatte, und bevor er …

Aber Harry war direkt neben ihr, strampelte mit seinen fetten Stummelbeinchen, um nicht hinter ihren langen, geschmeidigen Schritten zurückzufallen. »Baby, du bist einsame Spitze! In zwei Wochen hast du den Umsatz fast verdoppelt!«

»Dann verdopple auch mein Gehalt, Harry.«

»Witzig! Witzig! Hör zu, Baby, wie wär's, wenn du ein bißchen nett zu mir wärst? Ich hab' Freunde. Könnte meine Beziehungen spielen lassen.«

Die Zeit zwischen zwei Auftritten reichte gerade, um das mit Jimmy zu regeln, wenn … Aber Harrys gierige Finger umschlossen halb den Elfenbeinkegel einer ihrer nackten Brüste, als sie durch die Garderobentür zu kommen versuchte. Mit einem Ausdruck abgrundtiefen Abscheus wich sie zurück.

»Mein Gott, was für ein Kotzbrocken!« sagte sie mit tiefer, verzweifelter Stimme.

Harry drängte sie gegen den Türrahmen zurück, packte ihre Hand, preßte sie an seinen gewölbten Hosenlatz. »Fühl mal, Baby! Los, fühl doch mal!«

Sie bog seinen kleinen Finger zurück, er jaulte und ließ sie los, worauf sie durch die Tür flitzte und ihm die Tür einen Zentimeter vor der Nase zuknallte. Sie schob den Riegel vor, brüllte durch die Tür. »Wichs doch in ein Kleenex!«

Harry hieb mit der Handkante gegen die Wand und wandte sich mit einem fiesen Blick ab. Hinter der Tür ließ Vangie ihren Kopf auf die Arme sinken. O Gott, wenigstens ein bißchen Erleichterung von dem ganzen Streß! Sie hob den Kopf und sah sich im Spiegel an. Die Make-up-Lichter ließen sie aufgedonnert und billig aussehen.

»Sie lügen nicht«, sagte sie laut zu ihrem Spiegelbild.

Sie hatte Bearer Bonds im Wert von zwei Millionen Dollar, mußte aber nach wie vor bis vier Uhr morgens tanzen, weil es zu riskant war, sie im nächsten halben Jahr schon einzulösen. *Zwei Millionen!* Freiheit. Ein Ausweg. Und das war einiges wert – alles, was sie bisher dafür hatte tun müssen, und so ziemlich alles, was sie dafür vielleicht noch tun mußte. Die Musik hallte durch die Wände, und sie stand auf.

Wenn bloß Jimmy in der Zwischenzeit nicht die Jäger auf ihre Spur brachte.

Von den Lichtern eines wendenden Autos kurz von hinten beleuchtet, sah Dain riesig und erbarmungslos aus. Es war zehn Uhr, und wenn man von ein paar Restaurants im alten Stil wie dem Schroeder's unten in der Front Street absah, waren in San Franciscos Bankenviertel die Gehsteige hochgeklappt. Als er am zurückversetzten Eingang des Russ Building vorbeiging, tauchte Moe Wexler neben ihm auf, um ihm ein kleines, flaches Päckchen mit etwa zehn Zentimetern Durchmesser zuzustecken.

»Gut gemacht, Moe. Aber warum das heimliche Getue?«

Moes Augen waren ständig in Bewegung. Sie suchten die leere Straße vor und hinter ihnen ab. »Als ich heute abend die Wanze in der Wohnung gecheckt hab', war da noch eine, die vorher nicht da war.« Seine umherwandernden Blicke streiften Dain, waren schon wieder woanders. »Äh ... was ist, wenn wir es mit Maxton zu tun haben?«

»Ich dachte, Maxton kümmert dich nicht.«

»Na ja, weißt du, das hab' ich nur so gesagt, aber das hier ist die wirkliche Welt, gewissermaßen.«

Moe bog in die Sutter Street ab. Dain ging weiter die Montgomery in Richtung Market hinunter, mit nachdenklichem Gesicht.

Einen gelben Walkman Sport neben sich, saß er in seinem Loft auf der Bettkante und hörte sich Moes Band noch einmal an. Auch Shenzie hörte zu, den Kopf auf die Seite gelegt, als wartete er vor einem Mauseloch. Die Stimme sprach erstaunlich klar und deutlich über die Bonds.

»Nichts an ihnen auszusetzen, oder?« fragte Farnsworth in scherzhaftem Ton. »Nicht nachgemacht? Gefälscht? Gestohlen?«

»Gütiger Gott, nein!« Zimmers Stimme war schrill und voller Angst. Eine Stimme, die sich beim Sprechen ständig umsah.

»Dann bring sie doch einfach in unser Chicagoer Büro und ...«

»Ich bin gerade verreist.«

Farnsworths Stimme fragte. »Wo verreist?«

»N ... das kann ich dir nicht sagen.«

Dain drückte auf die Stoptaste.

»Hörst du, Shenzie? Hörst du das ›N‹, das er nicht ganz verschluckt hat?«

Dain drückte auf die Auswurftaste, um die Kassette herauszunehmen.

Shenzie streckte plötzlich eine weiche Pfote aus und schlug dreimal gegen den Walkman, sehr schnelle leichte Schläge, dann wirbelte er herum und rannte in die hinterste Ecke des Betts, wo er sich mit einem finsteren Blick sofort niederkauerte. Dain ignorierte sein Getue.

»Genau, wie ich dir gesagt habe, Kater. Sie verstecken sich in ihrem Leben, nicht in seinem.« Nachdenklich tippte er mit der Kassette gegen seine offene Handfläche. »Bloß, wer hat die andere Wanze an Farnsworths Privatanschluß angebracht?«

Shenzie sagte *miau;* dann ließ er sein vorwurfsvolles Getue, um sich mit seiner zarten rosa Zunge zu putzen. Dain griff nach dem Telefon. »Du wirst ein paar Tage bei Randy bleiben, Katze. Er hat sich freiwillig zur Verfügung gestellt.«

Im Vieux Carré entfernten sich Vangie und Zimmer von den traurigen Klängen der Bourbon Street. Es war vier Uhr früh. Ringsum waren dunkle Fenster, rumpelnde Müllautos, frühe Lieferwagen; vor ihnen eine dunkle Kino-Anzeigetafel, hinter der Licht über den Gehsteig fiel.

»Jimmy, wir haben doch abgemacht, daß du dich so lange von der Straße fernhältst, bis ich unsere Reisekasse wieder aufgefüllt habe.«

»Um die Reisekasse kümmere ich mich«, erklärte Jimmy großspurig.

Seit dem Bondsdiebstahl hatte ihre ursprünglich sexuelle Beziehung fast Mutter/Sohn-Dimensionen angenommen. Vangie packte ihn am Arm und schob ihn auf das Licht zu, das hinter dem dunklen Kino über den Gehsteig fiel.

»Ich will es mir nicht anhören – aber ich *muß* es anhören.«

Sie gingen unter dem durchhängenden Kinovordach hindurch. Die Hälfte der ausgeschalteten Birnen waren kaputt. Die Anzeigetafel kündigte ein Triple Feature an: *Von hinten erwischt, Steifes Mittagessen* und *Nymphen in Fesseln*. Dahinter war das DELTA HOTEL, *Tag – Woche – Monat – Zimmermädchen*, mit Zimmern in den Etagen über dem Kino.

An der Rezeption im hinteren Teil des Eingangsbereichs döste ein bleichgesichtiger Portier. Ein großer, träger Standventilator versuchte die Hitze umzurühren und vielleicht etwas davon durch die offene Tür hinaus zu schieben. Zwei hemdsärmelige Weiße und drei Schwarze suchten etwas illusorische Kühle, die auf ihren Zimmern nicht zu finden war, saßen trotz der späten Stunde breitbeinig und schlapp herum. Vangie mußte Zimmer halb zum Lift ziehen. Die Blicke der Männer folgten ihr, wie das Männerblicke fast immer taten.

Zimmer babbelte: »Hör zu, Vangie, ich hab' doch nur ...«

»Auf dem Zimmer, Schatz.«

»Aber begreif doch endlich ...«

»Auf dem Zimmer.«

Es war ein Zimmer, in dem Liebe und Hoffnung verblutet wären; zum Glück dunkel, bis auf das Licht, das an den zugezogenen Vorhängen vorbei von der Straße hereinsickerte. Vangie schloß die Tür ab, Zimmer machte die schwache Deckenbeleuchtung an. Vangie holte eine flache Bourbonflasche aus der Kommode, goß etwas in das Glas im Zahnbürstenhalter am Waschbecken, fügte Leitungswasser hinzu. Sie lehnte sich gegen das Waschbecken, um Jimmy mit dem Glas in der Hand anzusehen.

»Also gut, Jimmy«, sagte sie müde, »schieß los.«

»Ich hab' heute abend mit Bobby Farnsworth gesprochen.«

Verzweiflung trat in ihre Augen, aber irgendwo fand sie ein Lächeln, um es auf ihren Mund zu kleben. »Wie hast du mit ihm gesprochen?«

»Du weißt genau, was ich meine, Vangie – am Telefon.«

»Na schön, was hast du ihm *gesagt?*«

»Ich hab' ihm gar nichts gesagt. Er hat *mir* verschiedenes gesagt. Was ist überhaupt los mit dir?« Seine Stimme hatte etwas fiebernd Feindseliges; seit er in Vangie eine Stärke entdeckt hatte, die er selbst nie haben würde, mußte er sich gegen sie auflehnen. »*Ich* habe die Bonds für uns beschafft.«

»Ja, Jimmy.« Sie nahm einen kräftigen Schluck von ihrem Glas und verzog das Gesicht. »Du hast die Bonds für uns beschafft.«

»Und jetzt beschaffe ich uns das Geld für die Bonds.«

»Oder sorgst dafür, daß wir umgebracht werden.«

»Warum mußt du eigentlich immer alles, was ich tue, runtermachen?« Sein Blick war gereizt, seine Stimme weinerlich. »Ich hab' Bobby gesagt, ich bin mit ein paar Bearer Bonds in einer anderen Stadt, und er hat mir erklärt, wie ich sie einlösen kann. Ich hab' ihm keine Telefonnummer gegeben und auch keine Adresse, unter der …«

»Wir haben uns doch drauf geeinigt, die Bonds ein halbes Jahr lang nicht anzurühren, oder nicht, Jimmy?« Vangie stellte ihr Glas ins Waschbecken. »Inzwischen sind noch keine drei Wochen vergangen, und schon rufst du einen Broker an.«

»Du hast ja auch gut reden. Ich sitze hier in diesem Kakerlakenloch fest und kann an die Wand starren, während du …« Seine Stimme war lauter geworden, und jetzt kippte sie plötzlich. Sein Gesicht war knallrot, die Adern an seinem Hals traten hervor. »… während du für so einen Haufen Scheißproleten mit deinen Titten schlenkerst und dir dabei einen runterholst!«

Vangie nahm ihre Brüste in die Hände und drückte brutal zu. »Du meinst, es macht Spaß, wenn das irgendwelche Typen machen?« schrie sie ihn an.

Und dann, so schnell, wie er gekommen war, verflog ihr Ärger wieder. Zitternd goß sie den Rest ihres Drinks ins Waschbecken.

»Ich weiß, du hast es nicht leicht, Schatz; die ganze Zeit hier rumzusitzen. Aber sobald ich genügend Geld beisammen habe, ziehen wir weiter, ich sehe mich nach einem Job als Bedienung um …«

»Und verdienst noch ein bißchen was nebenbei, indem du im Hinterzimmer ein paar Kerle drüberrutschen läßt?«

Sie seufzte und ging ans Fenster, um hinauszusehen. Sie stand da, ein Knie auf die Bettkante gestützt, den anderen Fuß auf dem Boden. Es war eine unbewußte Pose großer Anmut, eine Tänzerinnenpose. Ihre Stimme klang hart und angespannt.

»Warum teile ich mir die Bonds eigentlich nicht einfach mit dir und laß dich hier zurück, damit Maxton dich findet? Wer ist schon auf dich angewiesen?«

»Vangie, fang bloß nicht mit der Tour an!« Er kam von hinten auf sie zu, schob seine Hände unter ihren

Armen durch. »Vangie, bitte, ich … ich liebe dich. Ich möchte …« Seine Hände legten sich um ihre Brüste, als er ihren Nacken küßte. »Ich *muß* mit dir schlafen, ich muß wissen, daß …«

Ohne sich umzudrehen, schüttelte sie ihn gereizt ab.

»Jimmy, Jimmy, da ist jemand hinter uns her, und du denkst an nichts anderes als ans Vögeln. Kannst du ihn denn nicht spüren da draußen?«

»Alles, was ich spüre, ist, daß du mich zurückweist.« Er benutzte seine Gescholtenes-Kind-Stimme. Vangie hörte nicht hin.

»Ich hab' mal gesehen, wie ein paar Hunde einen Hirsch gejagt haben, Jimmy. Sie haben seine Spur verloren, und er kam zum Trinken an den Bayou runter.« Sie hielt inne, um die Stirn gegen die kühle Fensterscheibe zu legen. »Hirsche bleiben normalerweise am Ufer und stupsen zum Trinken mit der Schnauze die Seerosen und die Entengrütze und die abgestorbenen Pflanzen beiseite. Aber die Hunde, sie hatten ihn ganz schön gehetzt, und er wollte frisches Wasser. Deshalb ist er weiter rausgewatet ins Tiefe, wo die Strömung stärker ist …«

»Vangie, es tut mir leid, Schatz. Bitte … wimmel mich nicht immer so ab.«

»Nur sind die kleinen, gleichmäßigen Platscher, die ein Hirsch beim Gehen macht, anders als die, die eine Bisamratte beim Schwimmen oder ein Waschbär beim Waten macht, und ein Alligator erkennt den Unterschied sofort. Es kommt also ein dicker Alligator angeschwommen, unter Wasser. Und als der Hirsch weiter rauswatet und zum Trinken den Kopf senkt … *Schnapp!*«

Mit gespreizten Fingern schlug sie mit den Handflächen gegen die Fensterscheibe.

»Hat ihn der fette Alligator an der Schnauze.« Ihre Handflächen ließen längliche feuchte Flecken auf der Scheibe zurück. »Er zieht den Hirsch ins Wasser, und dann macht er einen kurzen *Schlenker!*« Ihre ruckartig geballten Fäuste preßten sich krampfhaft an ihre Wangen. »Und bricht dem Hirsch das Genick.« Sie deutete auf die menschenleere frühmorgendliche Straße hinunter. »Irgendwo da draußen lauert *unser* Alligator …«

»Vangie, bitte …«

Sie drehte sich um, und ihr Flüstern ließ Zimmer erstarren.

»Er wartet bloß darauf, uns das Genick zu brechen.«

15

Nach seinem Morgentraining um halb sechs im World Gym fuhr Dain ins Tam Valley zurück, um Shenzie zu holen.

Er betrat das Haus durch den Vordereingang, holte den Transportkoffer aus Albies leerem Zimmer und ging durch die Küche.

»He?« entfuhr es ihm.

Es ertönte das Scharren von Krallen, und ein nach Banditenart maskierter Waschbär, der sich über Shenzies Trockenfutter hergemacht hatte, huschte davon, um seinen fetten, kleinen Hintern durch die Katzentür hektisch nach draußen zu zwängen. Shenzie saß empört auf der Arbeitsplatte und sah dem Dieb beim Fressen zu, seine weißen Schnurrhaare kerzengerade abstehend, wie nach einer abgebrochenen Akupunkturbehandlung.

Dain, der sich im morgendlichen Berufsverkehr über die Golden Gate kämpfte, mußte während der ganzen Fahrt in die Stadt über Shenzie lachen. Er traf Punkt acht Uhr in Mel's Drive-In in der Lombard ein. Das Mel's gab sich ganz bewußt anachronistisch, ein Versuch, die Fünfziger-Jahre-Atmosphäre des ursprünglichen Mel's in der South Van Ness neu erstehen zu lassen, einem riesigen, runden Schuppen mit Bedienungen auf Rollschuhen.

An den Wänden des neuen Mel's hingen Schwarzweißfotos – Standfotos aus *American Graffiti;* Marilyn Monroe im alten Mel's, an einem Malt nuckelnd; Bedienungen mit Hochfrisuren und Ike-Jacken, die grinsenden jungen Burschen mit riesigen Schmalztollen und in die Ärmel gerollten Camel-Packungen Hamburger servierten. Eine Menge der jungen Burschen dürfte in Korea gestorben sein.

Irgendwo hatten sie alte Sitznischen aus zigarettengenarbtem Vinyl mit Musikbox-Wähltasten in der Rückwand aufgetrieben. Man konnte unter bewußt antiquierten Originalaufnahmen von Frank Sinatra, den Pretenders, Billy Eckstine, Frankie Laine auswählen – man entschied sich für ein Lied, warf einen Quarter ein, und die Wurlitzer an der Kasse, in zartem Gelb, Lila und Kirschrot gehalten, spielte es für einen.

Doug Sherman deutete mit einer schlaffen Handbewegung auf ihre Umgebung, als sich Dain in einer der Nischen zu ihm setzte. »Was Geschmackloseres ist dir wohl nicht eingefallen?«

»Wieso?« fragte Dain. »Du kannst dich ruhig auch mal unter's gemeine Volk mischen.« Er fand Sherman in letzter Zeit extrem blasiert. »Hast du schon bestellt?«

»Nur Kaffee. Ich dachte, sobald du dein Witzchen angebracht hättest, würden wir irgendwohin gehen, wo wir ...«

»Ist doch super hier zum Frühstücken, Dougie. Alle vier Grundnahrungsmittel – Salz, Fett, Cholesterin, Karzinogene. Und *vierzehn* Elvis-Titel in der Musikbox, einschließlich ›Hound Dog‹ und ›Blue Suede Shoes‹. Man könnte meinen, man ist im Himmel.«

»Ach Gottchen«, sagte Sherman beißend. »Sind wir heute früh aber schon witzig.«

Auf dicken Füßen kam eine Bedienung herbeigeeilt. Sie trug einen raschelnden schwarzen Nylonrock und ein weißes Männerhemd mit einer schwarzen Minifliege. Sie war wohl um die zwanzig gewesen, als ein paar Jahre nach dem Krieg das alte Mel's aufgemacht hatte.

»Kaffee?« fragte sie.

»Ja.« Dain beschloß, die Sache mit Dougie-Schatzi bis zum Schluß durchzuziehen. »Und ich möchte auch schon bestellen. Einen Bacon-Cheeseburger mit Pommes, eine Portion Zwiebelringe, einen Schokoladenshake.« Er sah in Shermans aschfahles Gesicht. »Du solltest auch einen nehmen, Doug – schmeckt fantastisch!«

»O Gott!« hauchte Sherman. »Ist dir eigentlich klar, was ...«

Die Bedienung zwitscherte ihn an: »Und Sie, Sir?«

»Nichts, äh, noch mal Kaffee, und, äh, ein Glas Orangensaft.« Sie schrieb, nickte, entfernte sich. Sherman rief ihr nach: »Ist der O-Saft frischgepreßt?«

»Ja, Sir«, trällerte sie mit leuchtenden Augen. »Hab' ihn heute morgen selbst aus dem Karton gepreßt.«

Sherman wiederholte: »O Gott«, dann wandte er sich mit einem Anflug von Ärger im Blick Dain zu: »Warum hast du mich wirklich hierher bestellt?«

»Ich bin auf dem Weg zum Flughafen, und ich hab' was, das ...«

»Wieder nach Chicago?«

»Nein.«

»Demnach hat sich Mr. Maxtons Problem ziemlich rasch gelöst.«

»Nicht gelöst. Hingezogen. Ich habe auf die Bandaufnahme eines abgehörten Telefongesprächs gewartet, um mir über meinen nächsten Schritt klarzuwerden. Mein Mann hat festgestellt, daß noch jemand dieses Telefon abhört. Vielleicht spielt Maxton irgendwelche Spielchen mit mir, deshalb ...« Er zuckte mit den Schultern. »Ich wollte, daß du dir etwas anhörst und mir sagst, ob ich die richtigen Schlüsse gezogen habe.«

Die Bedienung kam und balancierte mit einer arthritischen Hand ein großes Tablett. Sherman nippte vorsichtig an seinem Orangensaft; Dain schlürfte seinen Schokoshake und machte sich über die goldbraun fritierten Zwiebelringe her. Shermans Gesicht war die Sache wert.

Genüßlich mampfend nahm er den gelben Walkman aus der Tasche, stellte ihn auf den Tisch und drückte auf START.

»Hier Robert Farnsworth. Was kann ich …«

»Ich bin's, Jimmy.«

Shermans Hand schoß vor, um auf STOP zu drükken.

»Bist du *verrückt* geworden?« zischte er Dain über den Tisch hinweg an. »In aller Öffentlichkeit ein illegales Band abzuspielen …«

Dain sah sich um. In der nächsten Nische saßen ein großer, gepflegter, braunhaariger Mann mit Brille und ein kleiner, weißhaariger, muskulöser, übergewichtiger Mann, der ein rotes Hemd mit einem indianischem Muster anhatte. Als die Musikbox verstummte, um die nächste Nummer zu spielen, konnte man hören, wie sie über Verleger herzogen und sich über Hollywood-Agenten beklagten, die nie zurückriefen.

Hinten in der Küche wippten und schnippten die Köche, gerade zwanzig und alle mit hohen weißen Kochmützen auf ihren viel zu langen Haaren, im Takt von Buddy Hollys stotterndem »Peggy Sue«. Es roch nach brutzelndem Speck, zischenden Eiern und in heißem Fett blubbernden Fritten. Der Raum war eng, das Getöse gräßlich.

»Wenn die Musik an ist, brauchst du hier ein Richtmikro, um zu hören, was die Typen am Nebentisch reden.«

Er stellte den Walkman wieder an.

»Jimmy! Ich hab' schon ein paarmal von auswärts in deinem Büro angerufen, und ständig heißt es, du bist verreist. Ich würde gern wissen, ob du hier in San Francisco irgendwelche Telefonnummern für mich hast. Mädchen wie …«

Zimmers Stimme unterbrach ihn. »Bobby, dieser … äh, Mandant, der die …« Er räusperte sich. »Bearer Bonds hat …«

Farnsworth wurde sofort geschäftsmäßig. »Sind das die Bonds, von denen du mir in Chicago erzählt hast, Jimmy?«

»Ja, ja.«

»Mit denen ist doch nichts faul, oder?« fragte Farnsworth in scherzhaftem Ton. »Nicht nachgemacht? Gefälscht? Gestohlen?«

Der Panik nahe, stieß Zimmer hervor: »Um Himmels willen, nein!«

»Dann bring sie in unser Büro in Chicago und ...«

»Ich bin verreist.«

Farnsworths Stimme sagte: »Wo verreist?«

»N ... das kann ich dir nicht sagen.«

»Anwälte!« Er seufzte. »Okay, dann schau ins Telefonbuch und sieh nach, ob Farnsworth, Fechheimer und Farnsworth eine Niederlassung in der Stadt haben, in der du ...«

»Hab' ich bereits. Sie haben eine.«

»Na prima! Bring die Bonds hin und ...«

Dain schaltete den Walkman aus. »Der Rest ist bloß Blabla.«

»Was soll das Ganze?« fragte Sherman. »Wer sind die beiden Typen?«

»Jimmy Zimmer hat unserem Freund Maxton gestohlene Bearer Bonds im Wert von zwei Millionen gestohlen. Bobby ist sein Brokerspezi, der sich vorübergehend in San Francisco aufhält. Es war Bobbys Telefon, das ich abgehört habe.«

»Die Bonds wurden also zweimal gestohlen.«

»Das erste Mal unterschlagen, um genau zu sein. Unser Jimmy-Boy ist mit einer gewissen Vangie Broussard untergetaucht. Ihrer Polizeiunterlage in Chicago zufolge wurde sie das erste Mal in New Orleans festgenommen – sie hat mit sechzehn in irgendwelchen Bars nackt auf den Tischen getanzt. Deshalb ...«

»Du willst nach New Orleans?« fragte Sherman überrascht. Er deutete auf den Walkman. »Wegen *der* Aufnahme?«

»Deswegen – und wegen der zweiten Wanze in Farnsworths Telefon.«

»Aber warum nach New Orleans? Weil eine Frau als Teenie auf dem Tisch getanzt hat ...«

»Es ist auf dem Band – hast du's nicht mitgekriegt?« Sein Essen war kalt geworden, während sie die Aufnahme angehört hatten. Vielleicht brauchte er es doch nicht essen.

»Auf die Frage, von wo er anrief, ist Jimmy ein ›N‹ rausgerutscht, bevor er sich selbst zurückgepfiffen hat. ›N‹ wie in New Orleans. Die Brokerfirma hat eine Niederlassung in New Orleans, Broussards erste Festnahme war in New Orleans, wahrscheinlich stammt sie von da. Und dann noch der Name – Broussard. Das ist ein Cajun-Name.«

»Ich schätze, das paßt.« Sherman sah ihn an, als sähe er ihn zum erstenmal. »Hast du dir eigentlich schon mal klargemacht, was für ein ungewöhnlicher Mensch du bist, Dain?«

»Ich glaube nicht, daß Nielsen dich als Testzuschauer nehmen würde, Doug.«

Sherman lachte leise und nickte. »Eins zu null für dich.« Er beugte sich über den Tisch. »Aber selbst wenn sie aus irgendeinem verrückten Zufall dort sein sollten, wie gedenkst du …«

»Sie ist zu clever, um Jimmy schon so schnell irgendwelche Bonds einlösen zu wollen, deshalb wird sie im Old Quarter in irgendeinem Stripschuppen tanzen, um ihre Reisekasse aufzubessern.«

Sherman zögerte, dann sagte er, als bereitete ihm das Sprechen Mühe: »Dain, was diese zweite Wanze angeht, habe ich gar kein gutes Gefühl …«

Dain stand auf, nahm die Rechnung und legte an ihre Stelle ein zu hohes Trinkgeld. »Und ich habe ein gutes Gefühl – was die zweite Wanze angeht.« Er streckte die Hand aus; Sherman schüttelte sie. »Ich hab' Shenzie im Wagen draußen. Ich muß ihn bei Randy Solomon vorbeibringen, bevor ich zum Flughafen rausfahre.«

»Es wundert mich echt, daß du deine Katze diesem Gestaposchergen anvertraust. Kann ich dich irgendwo erreichen, falls …«

»Ich melde mich bei dir. *Falls.*« Er grinste wieder, deutete auf den Walkman, in dem immer noch das Farnsworth-Tape steckte. »Heb das bitte für mich auf, bis ich wieder zurück bin. Für alle Fälle.«

Er stellte den Wagen gegenüber von seinem Loft auf dem gemieteten Parkplatz am Embarcadero ab, nahm den Shuttle-Bus zum Flughafen und war zeitig genug in New Orleans, um noch den Sonnenuntergang mitzukriegen.

16

Hier war der Mississippi der klassische Mark-Twain-Fluß – träges braunes Wasser, grüne Ufer und ein wasserschaufelnder Raddampfer, der flußaufwärts gegen die Strömung kämpfte. An der Anlegestelle stand ein an Schlaflosigkeit leidender Dain, einer der wenigen frühen Fahrgäste, und wartete darauf, bei der ersten Fahrt des gezielt anachronistischen Raddampfers mitzukommen. Sein einziger Anhaltspunkt war Vangie; nach ihr konnte er nur nachts suchen. Deshalb fuhr er in einem huftrappelnden pferdegezogenen Gefährt durch vornehme Nobelviertel, beobachtete durch filigrane schmiedeeiserne Balkongitter hindurch das Leben auf den Straßen des Vieux Carré und lauschte der Musik, die aus einigen der Clubs quoll.

Dain spazierte durch den offenen Durchgang in den Innenhof des Hotels, wo ein Springbrunnen plätscherte und buntgekleidete Touristen hohe, pastellfarbene Drinks schlürften. Vom Hotelinnenhof ging er auf der Chartres zur Conti hinunter und wandte sich nach links, den lauter werdenden Klängen der Bourbon Street zu. Schlenderte dahin, blieb stehen, um in ein Schaufenster zu sehen, spähte durch offene Clubeingänge auf das Showprogramm. Stand an einer Ecke, um schwarzen Jungen zuzusehen, die für hingeworfene Münzen steppten.

Ein Stripschuppen, die Musik nicht sehr gut, wieder raus, ohne es auf einen Drink bis an die Bar zu schaffen. Auf dem Gehsteig stehen, einen Po'boy essen und aus einem Pappbecher Bier trinken. Dann wieder in die Nachtwelt eintauchen.

Bessere Musik, der Trompeter ein Muggsy Spanier-Klon, ein einziges Bier über eine ganze Runde von

Auftritten hinwegretten, die Flasche halbvoll stehen lassen. Einer unter vielen männlichen Singles, allein unterwegs in der großen Stadt. Im Morgengrauen schließlich ins Bett, und trotzdem nicht schlafen können.

Noch ein Tag totzuschlagen. Er fuhr mit der Straßenbahn zur Endstation Sehnsucht raus, dann wieder zurück in die Stadt, bewunderte eine halbe Stunde lang die Kreuzwegstationen und die Glasfenster der St. Louis Cathedral, saß in einer Kirche, Füße auf der Kniebank … Lider gesenkt …

Das schwarze Loch zwischen Maries Brüsten erblühte rot. Ihre Augen waren wild, ihr Haar war wild, aus ihrem Mund, unmöglich weit aufgerissen, kam ein heiserer, maskuliner SCHREI, rasch unterdrückt

Dain schnellte hoch, sah sich, durch den Mund atmend, hastig um. Eine Nonne im Habit sah ihn von der anderen Seite des Gangs an. Ein kleines Kind weinte, zeigte mit dem Finger auf ihn. Fast floh er.

An der Austernbar des Houlihan's beobachtete er einen Mann dabei, wie er mit großem Geschick und einem scharfen Messer an frischen, tropfenden Muscheln einen Mord nach dem anderen beging. Konnte nichts essen, fand einen Karate-Dojo, powerte sich zwei Stunden mit den Grundformen für den schwarzen Gürtel zweiten Grades aus – zwei *taikyoku*-Übungen, fünf *pinans* und die anderen »Offene Hand«-Übungen – *saifa, kanku, tensho* und *sanchin.*

Zurück in seinem Zimmer, lag er nackt auf dem Bett, versuchte sein Dasein zu rechtfertigen. Egal, was er tat, es war sinnlos. Mattigkeit befiel ihn. Zu seiner Überraschung stellte er fest, daß er hoffte, Broussard würde ihn austricksen, aber er wußte, daß sie das nicht würde. Er war zu gut in der präzisen Geometrie der Menschenjagd, sie war ein Beutetier, das …

das schwarze Loch zwischen Maries schönen Brüsten blühte rot auf. Ihre Augen waren wild, ihr Haar war wild

Mit einem Schrei wachte Dain auf, schweißgebadet. Langsam fing er an, durchzudrehen. Er stellte sich noch einmal unter die Dusche; als er herauskam, das nasse Haar zurückgestrichen, ein Handtuch um die Hüfte geschlungen, war eine weitere Nacht hereingebrochen, und von den gußeisernen Pfählen leuchteten altmodische Straßenlaternen. Von der Bourbon Street schwebte Musik zu seinem kleinen Balkon herauf, begleitet vom Hufklappern eines Einspänners in der Rue Chartres. Er stützte sich auf das filigrane Geländer. Die Luft war erfüllt vom schweren Duft nach Jasmin und Pfeifenstrauch.

Er mußte sie bald finden oder aber die Suche abbrechen.

Wieder Mitternacht. Dain lehnte in der Tür eines weiteren exotischen Tanzclubs in einer der Seitenstraßen des Quarters – fürs erste hatte er die Bourbon Street durch. Wie viele hatte er heute abend schon abgeklappert, wie viele mußte er noch abklappern, bevor er Erfolg hatte oder zugab, daß seine Logik fehlerhaft gewesen war – oder von seinen mittlerweile unablässigen Alpträumen fortgetrieben wurde?

Eine weitere Stunde, ein weiterer Schuppen. Andere Gesichter, andere Stimmen, andere Musik. Die sich windende Frau hatte schon bessere Tage gesehen; sie wirkte auf ihn wie ein Fasan – so lange abgehangen, daß die Haut einen Grünstich bekam und alle Federn ausfielen, wenn man ihn schüttelte. Als er den fast leeren Club verließ, stellte er seine volle Flasche Bier im Vorbeigehen auf einen leeren Tisch. Jemand stürzte die Flüßigkeit hinunter, bevor er durch die Tür hinaus war.

Gleich auf der anderen Seite der schmalen Straße war etwas, das sich Carnal Knowledge nannte. Aus irgendeinem Grund war der Laden gerammelt voll. Durch den offenen Eingang drangen derbe Juchzer, Ächzer, gebrüllte Obszönitäten. Wenn die zwei spärlich bekleideten Frauen, die mit gespreizten Beinen vor dem Eingang saßen, als repräsentativ gelten konnten, war der Erfolg unverdient.

Dain schlüpfte nach drinnen. Gute Musik hämmerte einen geilen Beat für die Topless-Tänzerin, die sich auf der Bühne wand. Wegen seiner Größe konnte er sie über die Kopfsilhouetten brüllender, mit den Armen fuchtelnder Touristen und Besoffener gerade noch sehen. Die Tänzerin war Vangie Broussard.

Sie war fantastisch, die Figur, das Gesicht, die Bewegungen. Er empfand ein irrationales Aufflackern von Sympathie für diese herrliche Brautente unter all den Wasserhühnern, als er sich abwandte, sich wieder durch die Menge nach draußen zwängte. Er verspürte ein gleichermaßen irrationales Aufflackern von Wachsamkeit. Warum? Es gab keinen Grund, weshalb ihn jemand beschatten sollte. Aber welchen Grund hatte es für diese zusätzliche Wanze in Farnsworths Telefon gegeben? Eine der ausruhenden Tänzerinnen versperrte ihm mit einem fleischigen weißen Schenkel den Weg. »Stehst nicht auf Mädchen, Süßer? Die da drinnen ist doch echt scharf.«

Dain tätschelte ihre Wange. »Wie du, Schätzchen, genau wie du.«

Er ging weiter, verspürte die kurze, wilde Freude, die er bei den seltenen Gelegenheiten verspürt hatte, wenn er Marie beim Schach geschlagen hatte. Das hatte nichts mit Gewinnen zu tun: eher mit der unerbittlichen Schönheit von …

Marie, mit wilden Augen, wildem Haar, als sich ihre Füße unter der Gewalt ihres Todes vom Boden hoben

Dain stöhnte laut, stieß das Bild von sich. Nein, Herrgott noch mal, bring dich nicht um diesen Triumph, so winzig er auch sein mag. Sieh zu, daß du was davon hast. Vielleicht konnte Marie dann aufhören, ihn in seinen Träumen und – mittlerweile – sogar im Wachzustand zu verfolgen.

Die Straße um zwei Uhr morgens verlassen, das Nachtleben weit hinter ihm, seine derben Klänge leise nachhallend. Er hatte absichtlich diesen Weg genommen, war immer noch auf der Hut, aus derselben Wachsamkeit heraus, die einen Leoparden dazu bringt, dem weißen Jäger, von dem er nicht einmal weiß, auf seiner eigenen im Kreis führenden Spur aufzulauern.

Okay, verlassen genug hier. Dain nahm den kleinen French-Quarter-Führer heraus, den er sich an der Rezeption des Hotels besorgt hatte, benutzte ihn als Vorwand, um abrupt stehenzubleiben und zum nächsten Straßenschild hochzuschauen. Ja! Das Echo eines Geräusches löste sich vom Gehsteig – nur war es kein Echo, denn er hatte aufgehört, zu gehen. Er blinzelte zu dem Schild hoch, auf den Führer hinunter, nickte und bog in die Ursulines.

Kaum war er verschwunden, überquerte ein großer, hagerer Mann in hervorragender Verfassung und mit dem verwitterten Aussehen von jemand, der sich viel im Freien aufhält, die Burgundy und ging auf die Ecke zu, um die Dain gebogen war. Sein rotblondes, graumeliertes Haar war gelockt, und in die untere Hälfte seiner Brillengläser waren die Halbmonde einer Leselinse eingeschliffen. Wie Dain schlenderte er gemächlich dahin.

Immer wenn er sich durch helleres Licht und dünner werdende Passantenströme bewegte, erhaschte Dain fragmentarische Eindrücke von der großen, hageren, verwitterten Gestalt, bevor sie wieder von den Rändern reflektierender Schaufenster herunter rutschte. Er war also irgendwann im Lauf des Abends auf der Straße entdeckt worden. Zum erstenmal seit dem Schlangentanz in der Wüste fühlte sich Dain wieder total lebendig. Er, der Jäger, war zur Beute geworden. Toll!

An der Conti bog er ab, ging durch den Torbogen in den Innenhof des Hotels, wurde in der winzigen Schankstube von einem schwarzhaarigen Mädchen in Shorts und einem Top aus Leder bedient, die mit einem Lächeln und einem Mordsausschnitt Drinks verteilte. Das ledergebundene Totenbuch unter den Arm geklemmt, ging Dain auf einen kleinen, runden, weißen Gußeisentisch neben dem plätschernden Springbrunnen zu. So früh am Morgen war er der einzige Mensch im Hof. Ein Gecko hing geduldig an der gekrümmten Seite des Brunnens.

Die Pastellichter vom Springbrunnen spielten über sein Gesicht, als er das eiskalte, offene Importbier samt Glas auf den Tisch stellte, daneben sein Glas Eiswasser, und sich setzte. Ein Stuhl scharrte, als er über den Boden gezogen wurde. Dain sprach, ohne aufzuschauen.

»Pauli Girl. Ich bin mal davon ausgegangen, daß Sie Bier trinken.«

Der Beschatter hielt das Glas beim Einschenken schräg, um keine zu große Schaumkrone zu kriegen. Seine Hände waren groß, kräftig, knochig. Er hatte einen weichen, sympathischen Louisiana-Akzent.

»Fast muß ich annehmen, daß es mit meiner sprichwörtlichen Südstaaten-Gastfreundschaft nicht allzuweit her sein kann, daß ich mich in meiner Heimatstadt von Ihnen zum Bier einladen lassen muß, Mr. Dain.«

Dain sah ihn an. Er war ein großer Mann, so groß wie er, aber ohne seine Muskelmasse. Trotz aller Härte strahlte sein zähes Gesicht eine innere Ruhe aus. Dain sagte genauso höflich:

»Sie sind mir eins voraus, Sir.«

»Keith Inverness.«

Keiner der beiden Männer machte Anstalten, dem anderen die Hand zu reichen. Zwischen ihnen war nicht so sehr Feindseligkeit als Wachsamkeit, die gegenseitige Anerkennung jagender Tiere, deren Reviere sich zufällig überschneiden.

»Sie sind mir immer noch eins voraus, Sir.«

»Weil ich weiß, wer Sie sind? In meinem Job bekommt man eben hin und wieder so verschiedenes mit, Mr. Dain.«

»Ihr Job.« Dain machte eine Feststellung daraus, keine Frage. Inverness lächelte schwach.

»Schätze, man könnte sagen, es ist der gleiche wie Ihrer – bloß daß ich am Ende Rente kriege.«

Dain sagte freundlich: »Und wenn ich Ihnen nun sagen würde, mein Job sind seltene Bücher?«

»Wie das da?«

Überraschend langte Inverness über den Tisch und nahm Dains ledergebundenes Buch. Seine großen Hände waren erstaunlich schnell. Er blätterte flink darin und gestattete sich ein schwaches Lächeln über seine Harmlosigkeit, als er es auf den Tisch zurücklegte.

»Sie würden sich wundern, was die Leute alles in ausgehöhlten Büchern verstecken, Mr. Dain.«

»Das bezweifle ich.«

Mit einem Gesichtsausdruck, der nach ehrlichem Bedauern aussah, holte Inverness eine Dienstmarke in einer Lederhülle aus der Tasche und legte sie auf den Tisch.

»Ich würde sagen, von jetzt an Lieutenant of Detectives Inverness, Mr. Dain.« Er trank Bier, wischte sich fast geziert mit einer der Papierservietten auf dem Tisch die Lippen ab. »Wie Sie spüre ich Menschen auf. Allerdings im gesetzlichen Rahmen.«

»Nichts dagegen einzuwenden«, sagte Dain.

»Außerdem bin ich der Verbindungsmann der Polizei von New Orleans zur Louisiana State Commission für organisiertes Verbrechen.« Dain schwieg. »Wir würden gern wissen, nach wem sie in New Orleans suchen, und für wen.«

»Nicht nach wem – nach was«, sagte Dain, mit plötzlich verschleiertem Blick. »Und für mich. New Orleans Jazz. Dixieland. Storyville. Das Herz – *die Seele* – des Blues. *Mein* Herz und meine Seele werden in jene glücklichen Tage zurückversetzt, als die Nigras noch alle Rhythmus hatten, in die Hände klatschten und wußten, wo ihr Platz ist …«

Inverness nickte, stand ohne Hast auf und steckte seine Dienstmarke weg. Fast entschuldigend sagte er: »Sie sind zu gut im Aufspüren von Leuten, allerdings im Dienst der falschen Leute. Da können Sie nicht damit rechnen, auf Dauer anonym zu bleiben. Einen angenehmen Aufenthalt noch in New Orleans.«

Dain saß reglos da, während er Inverness hinterhersah; nur sein linker Daumen fuhr abwesend von oben nach unten über das Etikett der leeren Bierflasche und ratschte es mittendurch. Der tanzende, farbige Wasserstrahl hinter seinem Kopf ließ sein Profil scharf und markant wirken.

Und wenn schon. Er wußte bereits, wo Vangie arbeitete; er brauchte bloß noch hinter ihr herzulatschen, um rauszufinden, wo sie wohnte; sich zu vergewissern, daß sie noch mit Zimmer zusammen war, Maxton informieren, sich ausklinken ...

Doch was würde dann aus Vangie?

Herrgott noch mal, wieso kümmerte es ihn, was aus ihr wurde? Außerdem hatte jemand mit einer Menge Einfluß die Organized Crime Commission von Louisiana dazu gebracht, einen sehr guten Mann loszuschicken, um Dain durch die Blume zu sagen, er solle aus der Stadt verschwinden. Es konnte also nicht Maxton sein, der ihn da beobachten ließ. Maxton wußte nicht, daß er hier war ...

Moment mal. Wurde vielleicht gegen *Maxton* ermittelt? War das die Erklärung für Inverness' Auftauchen? Die Leute von der Kommission für organisiertes Verbrechen in Chicago observierten Maxton, identifizierten Dain, folgten seiner Spur nach New Orleans, verständigten Inverness ...

Nein, das stimmte nicht. Dann hätte Inverness gewußt, daß Maxton Dains Auftraggeber war und hätte nicht gefragt. Na schön, und was war, wenn durch Dains Erscheinen so viel Dreck aufgewirbelt wurde, daß Inverness von seinen Vorgesetzten den Auftrag erhalten hatte, Dain aus dem Verkehr zu ziehen ...

Aber dann hätte Inverness gewußt, wo er wohnte, hätte ihn in seinem Hotel abgefangen, nicht auf der Straße …

Nein. Jemand wußte, daß er in New Orleans war, wußte, wie er aussah, oder hatte Fotos von ihm – Inverness hatte ihn auf Anhieb identifiziert. Zugleich hatte dieser Jemand Inverness aber nicht sagen können, wo Dain wohnte. Mein Gott, sollte er etwa die Spur der Killer gekreuzt haben, die …

Marie wurde zurück und nach oben geschleudert, ihr Mund unmöglich weit aufgerissen … Albies Beine wurden außer Sichtweite den Flur hinuntergefegt …

Die Flasche in Dains Hand explodierte. Er sah sie überrascht an, öffnete langsam die Finger. Sie war da, wo er sie gepackt hatte, zersprungen. Boden und Hals waren noch ganz. Das Glas hatte seine schwielige Handfläche nicht zerschnitten. Er machte eine ruckartige Kopfbewegung, um die Scherben abzuschütteln.

Peinlich. Aber es hatte ihm geholfen, zu einer Entscheidung zu kommen. Er sah auf die Uhr. Halb vier Uhr morgens. Er würde mit den Nachforschungen für Maxton weitermachen, weil etwas, das mit ihm zu tun hatte, *irgend etwas* aufgerührt hatte. Also einfach weitermachen, bis er herausfand, was, wer und warum. Beim Verlassen des Hotels hatte er zwar noch nach Verfolgern Ausschau gehalten, war aber im Lauf der langen Nacht unvorsichtig geworden. Doch dann hatte er plötzlich diese Vorahnung gehabt und hatte deshalb überhaupt keine Reaktion gezeigt, als er Vangie entdeckte. Darum würde Inverness nicht davon ausgehen, daß er heute abend noch mal losziehen würde, und ihn deshalb auch nicht mehr beschatten.

Das Carnal Knowledge war dunkel und still, geschlossen. Die Straße herauf erklang das Scheppern und Schlagen herausgestellter Mülltonnen. Die Tür ging auf. Vangie und die Tänzerin, die Dain beim Verlassen des Clubs angesprochen hatte, kamen heraus.

Müde sagte sie zu Vangie: »Jeder Fick macht die Geldbörse dick. Noch einen Kaffee, Kindchen, oder ...«

»Nichts wie heim und ins Bett«, sagte Vangie. »Bis heute abend, Noreen.«

Vangie drehte ab und ging mit laut klappernden Absätzen die Straße hinauf. Ein Stück vor ihr, auf der anderen Straßenseite, kam ein großer, muskulöser Betrunkener aus einem Ladeneingang und wankte, was im Vieux Carré um vier Uhr früh nicht weiter ungewöhnlich war, in dieselbe Richtung, in die sie ging.

17

Es war Nachmittag in New Orleans, und die gnadenlose Sonne schlug blendend helles Licht aus dem Chrom vorbeifahrender Autos, brachte die Gehsteige zum Glühen und weichte den Asphalt auf: ein typischer glühendheißer Hemdsärmeltag. An der Rezeption des Delta Hotels döste ein Portier. Der riesige Standventilator rührte träge die Hitze um. Dieselben fünf alten Knacker in Hemdsärmeln saßen wieder – oder immer noch – mit schlaffen Gesichtern und Körpern herum. Ein sechster, mit einer Zeitung über dem Gesicht, hatte alle Viere von sich gestreckt und schnarchte leise.

Gegenüber des dösenden Portiers gingen die Lifttüren auf, und Vangie kam heraus. Ihr luftig leichtes Sommerkleid, das wenig sehen, aber viel ahnen ließ, streichelte und umschmeichelte ihren Körper, als sie mit weitausholenden Tänzerinnenschritten die Eingangshalle durchquerte. Eine halbe Minute, nachdem sie auf die Straße hinausgegangen war, fing der alte Knacker unter der Zeitung an zu schnauben und zu husten und setzte sich, die Zeitung beiseite knüllend, auf. Er erhob sich, rieb seine Augen und schlurfte, nach seinem Nickerchen scheinbar noch etwas wacklig auf den Beinen, nach draußen.

Vangie ging in die Kathedrale, in der Dain am Tag zuvor schreiend aus einem Alptraum hochgeschreckt war. Der alte Mann wartete draußen auf dem Jackson Square auf einer Bank. Vangie kam aus der Kathedrale, kaufte sich an einem der fahrbaren Po'boy-Stände, die vor allem auf Touristen lauerten, ein Sandwich und einen Soft Drink. An den Straßenkünstlern und -händlern vorbei ging sie die St. Anne hinunter, kaufte in dem Laden an der Ecke zwei Pralinen in dunklem Einwickelpapier, überquerte bei Grün die Decatur und ging zum Hafen hinunter.

Vangie benutzte den Fußgängerübergang über die Bahngleise und stieg auf der anderen Seite eine primitive Holztreppe zum braunen, über schwarze Felsen schwappenden Mississippi hinunter. Sie setzte sich zwei Stufen über dem Wasser hin, stellte die Pralinen und das Getränk neben sich, hatte es aber mit dem Essen nicht eilig. Statt dessen beobachtete sie fast zehn Minuten lang den Schiffsverkehr auf dem Fluß. Das Sandwich hatte sie auf dem Wachspapier in ihrem Schoß liegen. Sie war allein auf der Treppe.

Als sie schließlich einen kräftigen Bissen von dem Po'boy nahm und ohne Hemmungen zu kauen begann, fiel ein Schatten über sie. Sie sah nicht auf, nicht einmal, als sich anderthalb Meter weiter ein Mann auf dieselbe Stufe setzte wie sie.

»Glauben Sie, die Gebete in der Kathedrale nützen was?« fragte er in lockerem Gesprächston.

Sie sah mit kalten Augen zu ihm hinüber, aber er sah nicht sie an, sondern blickte auf eine Reihe Lastkähne hinaus, die von einem Schlepper stromaufwärts gezogen wurden. Er wirkte fast ein bißchen traurig. Mit vollem Mund ließ Vangie ihrem Ärger plötzlich freien Lauf.

»Was soll der Scheiß, Mann?«

Ein großer schwarzer Labrador, der Wasser geschlabbert und einen Schwarm winziger Rotaugen um die halb untergetauchten Steine gescheucht hatte, kam hoch, um seine tropfende Schnauze in Dains Hand zu legen. Dain kraulte ihn hinter den Ohren, sah Vangie noch immer nicht an.

»Dain. Edgar Dain.« Er streckte die Hand aus, brach von einer von Vangies Pralinen eine Ecke ab, sagte zu dem Hund: »Nicht schnappen!« und gab ihm das Stück. Der Hund schlang es begeistert hinunter. Dain sagte: »Maxton hat mich beauftragt, dich zu suchen. Ich hab' dich gefunden.«

Das Mädchen hörte nach und nach zu kauen auf, wie eine langsam zum Stehen kommende Maschine. Die üppige Mischung aus würzigen Fleisch- und Käsesorten klebte plötzlich wie Pappe in ihrem Mund. Sie sah sich verstohlen um, als erwartete sie, vierschrötige Männer in langen Mänteln die Treppe herunterkommen zu sehen. Niemand war in ihrer Nähe, überhaupt niemand.

Der Mann, der gesagt hatte, er hieße Edgar Dain, sah immer noch aufs Wasser hinaus. Sein Gesicht war immer noch traurig. Er hatte auch noch den Rest der Praline an den Hund verfüttert, der mit einfältigem Blick vor ihm lag und hechelnd die Zunge heraushängen ließ.

»Entschuldigung. Ich hab' dem Hund eine deiner Pralinen gegeben.«

Vangie schauderte, als wäre das sengende Sonnenlicht urplötzlich erloschen. »Du bist ein ganz schön eiskaltes Schwein.« Keine Antwort. »Schuld ist dieser blöde Anruf, den Jimmy gemacht hat, stimmt's?«

»Das hat es endgültig bestätigt, ja.«

Der Fluß sah sehr friedlich aus. Ein Stück flußabwärts legte derselbe Touristenraddampfer, mit dem Dain vor zwei Tagen gefahren war, mit seiner Dampfpfeife los. Dain wählte seine Worte mit Bedacht, so, als wären sie spröde und könnten zerbrechen.

»Maxton will Blut sehen, aber ich glaube, wenn er die Bonds zurückbekommt, sucht er nicht mehr so intensiv nach dir und Zimmer.«

»Dieses Arschloch will Blut sehen?« legte sie mit überschnappender Stimme los. »Und was ist ...« Sie verstummte, riß sich zusammen. »Klar, wir geben dir die Bonds, und Maxton bekommt sie nie zu sehen, und wir enden ...«

»Ich will die Bonds nicht, Vangie.«

»Natürlich nicht, wieso denn auch?«

Dain kraulte den schwarzen Labrador hinter den Ohren, starrte auf das träge, braune Wasser hinaus, schüttelte den Kopf, sagte geduldig: »Du bist mit dem Bus hier angekommen. Du bist zu schlau, um Jimmy Zimmer einen Schließfachschlüssel aufbewahren zu lassen. Wenn ich dich also jetzt durchsuche …«

Bei der Erwähnung des Schließfachs war Vangie aufgesprungen. Ruckartig hob der Labrador den Kopf, aber sie stand bloß da. Mit einem kurzen Wuffen ließ der Hund den Kopf wieder sinken. Langsam, unsicher, setzte sich Vangie wieder.

»Maxton weiß nicht, wo du bist. Noch nicht.« Dain drehte sich herum, um sie anzusehen. »Irgend jemand ist hellhörig geworden, weil ich hierher gekommen bin, um dich zu suchen – ich habe meine eigenen Gründe, warum ich herausfinden will, wer und wieso.«

»Das hört sich ja noch halbwegs glaubwürdig an. Schlichter Eigennutz.«

Abwesend streichelte Dain dem Hund den Rücken. »Aber ich muß Maxton ziemlich bald was vorweisen.«

Verzweifelt sagte sie: »Wenn ich mit dir schlafe, wirst du …«

»Nein.«

»Läßt es dich kalt, daß wir vielleicht umgebracht werden?«

»Ich hab' vor fünf Jahren aufgehört, mir Gedanken zu machen, was aus anderen Leuten wird.« Unterdrückte Wut schlich sich in seine Stimme. »Vor allem aus Leuten, die es nicht anders wollen.« Er stand auf. »Wenn du sie Maxton nicht zurückgibst, kann ich dir nicht helfen, Vangie.«

»Dazu ist Jimmy sicher nicht bereit«, sagte sie bedauernd.

»Dann gib *du* sie doch zurück.« Er war plötzlich wütend. »Du hast zwei Millionen Dollar gestohlen, und zwar von einem Kerl, der behauptet hat, er würde dich lieben, und dich dann mit seinen Freunden verkuppeln wollte …«

»Ja, genau deshalb hab' ich ihm seine Scheißbonds geklaut. Und weißt du was? Ich bin *froh*, daß ich's getan hab', wenn dieses Schwein deswegen auch nur eine schlaflose …«

Sie beruhigte sich wieder. Auf ihrem Gesicht lag ein verdutzter Ausdruck, als hätte sie nicht gewußt, daß sie zu solchem Haß fähig war. Dain nickte.

»Wirklich toll, Vangie. Einfach Spitze, wie du dich an ihm rächst. Überleg doch mal, was passieren kann, Herrgott noch mal! Behalt das Zimmer, das du jetzt hast, aber laß dir in deinem Hotel von einer Freundin auf einen anderen Namen ein anderes Zimmer mieten, und schlaf in dem. Und sieh zu, daß sich Zimmer möglichst nicht auf der Straße blicken läßt – es könnte sein, daß ich nicht der einzige bin, der nach ihm sucht.«

Vangie wollte etwas sagen, überlegte es sich aber anders. Sie hatte den Mut verloren.

»Wie kann ich dich erreichen?«

»Ruf mich morgen um diese Zeit im De La Poste Motel in der Chartres Street an. So lange kann ich dir Zeit lassen.«

»Edgar Dain. De La Post Motel. Morgen nachmittag.« Als er nickte und sich anschickte, die Treppe hinaufzugehen, fügte sie fast sehnsüchtig hinzu: »Um ein Haar hätten wir's geschafft, oder nicht?«

Einen langen Augenblick lang sah Dain auf ihren gesenkten Kopf hinab.

Dann sagte er: »Nicht annähernd.«

Es dämmerte, die mächtigen, hohen Cumulushaufen am westlichen Horizont waren rosa getönt, die Bourbon Street öffnete ihre Tore und brachte ihre Musik auf Touren. Im Delta Hotel saß Vangie auf der Kante ihres Betts und sah Zimmer resigniert an. Zwischen den Vorhängen hinter ihr war die Anzeigetafel des Pornokinos zu sehen, deren wenige noch funktionierende Lichter unablässig flackerten.

»Eine andere Möglichkeit gibt es nicht, Jimmy. Du weißt doch, wenn dieser Dain Maxton sagt, wo wir sind …«

Jimmy, ein schwacher Mann voller Angst, trat einen Stuhl um. »*Nein,* verdammt noch mal, *nein!*«

Vangie seufzte, stand auf, ging zu ihm. Legte ihm die Arme um den Hals, ihr Gesicht ganz dicht an seinem. »Jimmy-Liebling, jetzt hör mir mal gut zu! Du weißt ganz genau, wir müssen ...«

Er schüttelte sie wütend ab.

»Ich weiß bloß, wenn ich die Bonds verliere, verliere ich auch dich!«

»Vielleicht, vielleicht auch nicht – aber du verlierst dein Leben nicht.«

»Sagt Dain.«

Vangie zügelte ihre Wut. »Nicht nur, weil Dain das sagt. Du weißt genau, wozu Maxton imstande ist ...«

»So intim wie du bin ich mit Maxton nie gewesen.« Er hatte sich in eine richtig schöne, selbstgerechte Wut hineingesteigert. »Du fällst sowieso immer auf die Beine – oder sollte ich sagen, auf den Rücken? Ich wette, du hast heute nachmittag mit Dain geschlafen und mit ihm Pläne geschmiedet, wie ...«

»Jimmy, ich muß zur Arbeit. Ich werde heute abend ausbezahlt, und wir brauchen das Geld. Wir reden weiter, wenn ich heimkomme, okay?« Zimmer schwieg trotzig und weigerte sich, sie anzusehen. »Versuch dich wenigstens schon mal mit dem Gedanken anzufreunden, die Bonds zurückzugeben. Und *bitte* sieh zu, daß wir uns ein anderes Zimmer nehmen, wie er mir geraten hat.«

In seiner kindisch trotzigen Art antwortete Zimmer: »Ich mache, verdammte Scheiße noch mal, immer noch, was ich will.«

Im Carnal Knowledge kamen gerade die Musiker an, tranken was, packten ihre Instrumente aus. Ein paar Männer aus der Gegend, auf dem Heimweg von der Arbeit, tranken in aller Stille ein Bier, bevor das Unterhaltungsprogramm die Preise in die Höhe trieb. Zwei stämmige Männer, Nicky und Trask, kamen herein wie zwei schwere, lebendige Buchstützen. Im Gleichschritt marschierten sie auf den Barkeeper zu.

»Harry?«

Gleichgültig deutete der Barkeeper mit dem Daumen in eine dunkle Ecke am Ende der Bar. Stämmige Typen, die Fragen hatten, waren nichts Neues für ihn, und Harry war eine Nervensäge.

»Der.«

Harry hatte in der dunklen Ecke Noreen gegen die Wand gedrängt und versuchte, ihre Brust zu streicheln, während er ernst über sexuelle Dinge mit ihr sprach. Noreen wirkte gelangweilt. Die Buchstützen nahmen Harry in die Mitte, als wäre er ein Lexikon für Schleimscheißer. Noreen sah die beiden an und nutzte die Gelegenheit zu einem raschen Abgang; wenig später mußte sie unbedingt mit dem Barmann reden, außer Hörweite zwar, aber mit der Möglichkeit, im Spiegel hinter der Bar indirekt zuzusehen.

Der Mann, der Nicky hieß – der mit der dichten blonden Mähne – sagte zu Harry: »Du hast wegen einer gewissen Vangie angerufen.« Er warf ein Foto von ihr auf die Bar. »Ja oder nein?«

Harry nahm das Bild, studierte es mit gespielter Konzentration. Er hatte einen verschlagenen Geldblick aufgesetzt.

»A – a – also … ganz sicher bin ich nicht.«

Trask, der mit den kurzen schwarzen Haaren, sagte: »Dann sieh zu, daß du dir sicher wirst.«

»Ich krieg deswegen doch keine Scherereien, oder?« fragte Harry mit verspäteter Vorsicht. »Ich meine … wie gravierend ist das Ganze? Ich meine … was hat sie angestellt?«

»Wir haben dich was gefragt.«

Hastig sagte Harry: »Ah, ja, ja, sie ist es, eindeutig, Jungs, sie tanzt hier.« Mit kleinlauter Stimme fügte er hinzu: »Ganz schön unnahbares Luder.«

Nicky drehte zwei Hunderter zu einer zigarettengroßen Rolle und steckte sie in Harrys Hemdtasche.

»Siehst du, Chef?« sagte er. »Leicht verdientes Geld. Jetzt brauchst du uns bloß noch erzählen, wo sie ihre Tittentütchen geparkt hat, und schon bist du uns wieder los.«

Harry sagte es ihnen. Als sie sich zum Gehen wandten, blieb Trask noch mal stehen, um Harrys Hemdkragen zu befingern.

»Nur damit wir uns da klar sind, Harry«, sagte er. »Erzähl jemand in der Stadt von uns, und du hast die längste Zeit einen Kragen gehabt. Vielleicht hast du dann nicht mal mehr einen Hals für den Kragen, den du nicht mehr hast. *Capisce?*«

Er lachte wiehernd und marschierte hinter Nicky nach draußen. *Crime Story,* diese Fernsehserie über die alten Zeiten in Las Vegas, hatte ihm wirklich gut gefallen, und er hatte sich die Gangstertypen aus der Sendung zum Vorbild genommen.

18

Noreen, in Flitter und Tittentüten, kreiste vor dem Garderobenspiegel ausgiebig mit den Hüften. Sie fügte dem Hüftkreisen ein übertriebenes *Schwupp!* hinzu, das alles ins Wackeln brachte, und zwinkerte ihren eigenen überschminkten Augen im Spiegel zu.

»Warum bist du eigentlich nicht reich, Mädchen?«

Eine Meile weiter, im Pornokino neben dem Delta Hotel, saßen ein paar Dutzend männlicher Kunden in dreierlei Hautfarbe – weiß, schwarz, gelb – so spärlich über die Sitzreihen verteilt wie die Schokoladenkrümel auf einem billigen Keks. Die Geschäftsleitung störte der Mangel an Zuschauern nicht; das Kino war sowieso nur eine Geldwaschanlage.

Zimmer, der sich den Sex und das Stöhnen und die schweinischen Sprüche reinzog und wie alle anderen verstohlen an seinem Halbsteifen rumspielte, nahm plötzlich seine Hand weg. Was saß er hier mit diesen schrägen Vögeln und Spinnern rum, die sich keinen Videorecorder leisten konnten, wo doch zu Hause jemand wie Vangie im Bett auf ihn wartete?

Die Antwort war einfach: Sie wartete nicht auf ihn. Sie war weg, zog in diesem Wichsladen im Vieux Carré ihre Show ab, oder vielleicht vögelte sie auch gerade in diesem Moment mit dem Kerl, der hinter ihnen her war, um ihnen die Bonds abzujagen. Zu ihrem eigenen Besten würde er Vangie zwingen, ihm den Schließfachschlüssel zu geben, ab sofort würde *er* über ihr Schicksal bestimmen …

Zimmer trat in das Menschengewimmel auf der Straße hinaus, keine Touristen, lauter Einheimische. Er ging zurück nach nebenan ins Delta Hotel. Vor ihm schlenderte ein stämmiger Mann hinein. Ein Bodybuilder, Spiegelsportler, nur Muskeln, kein Bauch, und eine Mordsmähne strohblondes Haar.

Ein weiterer stämmiger Mann, genauso groß, aber mit schwarzem Haar und einem Marine-Corps-Bürstenschnitt, wandte sich von der Rezeption ab, um vor dem Lift auf den blonden Mann zu stoßen.

Sie schüttelten einander die Hände, und begrüßten sich lautstark, als Zimmer an ihnen vorbeilangte, um auf den Knopf zu drücken. Waschlappen – diese aufgepumpten Fleischbatzen waren doch sowieso alle schwul.

»Na, was sagst du zu dem Nachtleben hier, Mann?« fragte Schwarzhaar den Blonden, als die Lifttür aufging.

»Cool! Thompson hat die Bräute schon oben auf dem Zimmer!«

Die drei Männer stiegen ein. Zimmer, der den Druckknöpfen für die Stockwerke am nächsten stand, drückte gerade auf sechs, als der blonde Mann sagte: »He, Chef, sei doch so nett und drück sechs für uns. Danke.«

Zimmer wandte sich nach rechts und ging zu seinem Zimmer. Die zwei großen Kerle blieben stehen und debattierten, in welcher Richtung ihr Zimmer lag. Schließlich folgten sie Zimmer den Flur entlang.

Auf die ferne Musik folgten stürmischer Applaus und begeistertes Gejohle. Auf dem Flur, der von der Bühne nach hinten führte, nahte das Klicken hoher Absätze; Vangie kam herein, sie trug nichts als einen erschöpften Gesichtsausdruck, Flitter und Schweiß. Mit schlaff herabhängenden Armen flezte sie sich auf einen der Stühle. Durch die halboffene Tür drang Harrys Stimme.

»Noreen, raus mit dir! Du bist als nächste dran!«

»Die Stimme ihres Herrn«, sagte Noreen, aber sie machte keinerlei Anstalten, sich von ihrem Stuhl vor dem Schminkspiegel zu erheben.

Gerade als Zimmer seine Tür aufschloß, kamen Nicky und Trask mit anzüglichem Lachen den Flur herunter. Trask stieß Zimmer zwischen die Schulterblätter, so daß er mit den Armen fuchtelnd durch das Zimmer schoß und gegen die Kommode krachte. Während Nicky die Tür schloß, zog Trask einen Totschläger aus der Tasche. Zimmer drehte sich um und wollte protestieren, aber Trask schwenkte den Totschläger vor seinen verdutzten Augen.

»Ein Laut, und ich zerbrösel' dir die Nase.«

Schrecklich blaß wich Zimmer gegen die Kommode zurück. Seine entsetzten Augen zuckten von einem Koloß zum andern. Nicky war am Telefon und wählte für ein Gespräch nach draußen eine Neun. Als die Leitung frei war, wählte er eine siebenstellige Nummer.

»Sechs-siebenundvierzig«, sagte er und legte auf.

»Noreen! Beweg endlich deinen Arsch hier raus!«

Müde ging Noreen zur Tür. Sie hielt sich beiderseits am Rahmen fest, um einen großen Schritt in den Flur hinaus zu machen. Sie steckte den Kopf nach drinnen zurück.

»Fast hätte ich's vergessen, Kleine«, sagte sie, »vorhin haben zwei so Heinis unserem Oberkotzbrocken hier zwei Hunderter zugesteckt – haben beide ausgesehen wie Arny Schwartzenigger. Hatten ein Foto dabei, aus fünf Metern Entfernung und bei schlechtem Licht hat das ausgesehen, als wärst du drauf.«

Weg war sie, und Vangie schnappte wie ein gefangener Fisch nach Luft.

»Noreen! Warte …« Noreen war immer noch weg. »Aber … aber er kann doch nicht … wir können doch nicht …«

Fast blind rannte sie zur Tür, knallte sie zu und verriegelte sie. Schwer atmend langte sie in ihr *cache-sexe* und holte eine altmodischflache Aspirinschachtel aus Blech heraus. Sie ließ sie in ihre Handtasche fallen, während sie auf wackligen Beinen auf das Münztelefon neben der Tür zuging. Sie steckte einen Quarter in den Schlitz und begann eine Nummer einzutippen. Den Hörer ließ sie dabei an dem silbrigen Metallkabel herunterhängen, damit sie sich mit der anderen Hand ihre Straßenkleider anziehen konnte. Sie weinte beinahe.

»Er ... er hat mir versprochen, morgen nachmittag ... das ist nicht fair ...«

Auf das diskrete Klopfen hin schoß Zimmers Blick zur Tür. Sein Gesicht war plötzlich schrecklich fahl. Maxton kam herein. Er trug einen eleganten Sommeranzug und ein rohseidenes Hemd mit offenem Kragen. Er sah Nicky fragend an. Der schüttelte den Kopf. Trask kam aus dem Bad. Wie Nicky hatte er dünne Gummihandschuhe an. Er schüttelte ebenfalls den Kopf.

»Na, sowas.« Maxton stellte einen Stuhl vor die Tür, setzte sich rittlings darauf, so daß er, die Arme auf die Lehne gestützt, alle im Blick hatte. Zu Zimmer sagte er: »James, ziehen Sie sich aus.«

»Nein!« schrie Zimmer entsetzt.

Das Telefon klingelte. Wie elektrisiert zuckte Zimmer zusammen. Maxton schüttelte den Kopf und sagte beruhigend: »Nur um sicherzugehen, daß Sie nicht irgendwas wichtiges in Ihrer Unterhose versteckt haben, James.«

Das Telefon klingelte weiter, aber inzwischen war es längst zu spät, als daß etwas außerhalb dieses Zimmers hätte beeinflussen können, was hier vorging. Mit bleiernen Fingern begann Zimmer, sein Hemd aufzuknöpfen.

Vangie machte mit einer Hand ihren letzten Knopf zu, mit der anderen knallte sie den Hörer auf die Gabel. Sie riß ihre Handtasche von der Kommode. Ihre hohen Hacken klapperten auf dem Weg zum Hinterausgang den Flur hinunter.

Maxton war von seinem Stuhl aufgestanden, lehnte sich mit verschränkten Armen gegen die Tür und sah Zimmer an, der nackt und zitternd in der Mitte des Raums stand. Zimmer hatte dünne Arme und einen eingefallenen Brustkorb mit einem einzigen, mickrigen Büschel braunem Haar, das über dem Brustbein wuchs. Nicky warf Zimmers Sachen auf den Boden.

»Nichts zu finden, Mr. Maxton.« Er stupste Zimmers schlaffes Glied mit einem Finger an und lachte leise: »Vor allem nicht in seiner Unterhose.«

»Demnach hat *sie* die Bonds. Dain hatte recht.« Maxton sprach fast zu sich selbst. Er warf einen eisigen Blick auf Zimmer. »James? Ich höre.«

»Ein Schlüssel«, sagte Zimmer beflissen. »Vangie hat ihn. Die Bonds zu stehlen, war ihre Idee, Mr. Maxton. Ich ... ich hab' mir nichts dabei gedacht, bis ... bis es zu spät war ...« Maxton schwieg. Zimmer platzte heraus: »Dain! Dain weiß, daß sie den Schlüssel hat!«

Maxtons Stimme war wie eine Peitsche. »Sie haben mit Dain gesprochen?«

»Nein, Vangie.«

»Einen Schlüssel für was?«

»Für ein Schließfach. Im Busbahnhof.«

Maxton schwieg, lächelte dann und nickte. »Ich verstehe. Danke, James. Sie waren mir eine große Hilfe.«

»Kann ... kann ich mich jetzt wieder anziehen, Mr. Maxton?«

Maxton gab seinen Männern ein Zeichen. »Wiedersehen, James«, sagte er.

Er wandte sich ab, als Nicky und Trask Jimmy durch die offene Badezimmertür drängten, als trieben sie einen Stier auf eine Schlachthofrutsche. Mit der Kraft der Verzweiflung klammerte er sich am Türrahmen fest; mit ihren Gewichtheberpranken wischten sie seine weichen Schreibtischhengsthände beiseite wie feuchtes Löschpapier. Sie schlossen die Badezimmertür hinter sich. Maxton konnte das Badewasser einlaufen hören, als er das Hotelzimmer verließ.

Vangie rannte fast durch den Eingang, bremste ganz abrupt auf normales Schrittempo ab und versuchte, total locker zu wirken – allerdings ohne Erfolg. Als sie den Finger ausstreckte, um auf den Liftknopf zu drükken, fuhr der Lift im sechsten Stock los und kam nach unten. Sie drückte sich in den Durchgang zur Feuertreppe neben dem Lift. Nicky und Trask kamen aus dem Lift, blickten sich im Foyer um, sahen nichts von Interesse, schlenderten auf die Straße hinaus. Trask erzählte Nicky einen schmutzigen Witz, und sie wieherten vor Lachen.

Vorsichtig öffnete Vangie die Treppenhaustür, um in den Flur hinauszuspähen. Leer. Sie schloß die Tür hinter sich, versuchte nach dem Aufstieg in den sechsten Stock ihr Keuchen zu unterdrücken. Der Lift, der von diesem Stockwerk nach unten gefahren war, mußte nichts mit ihr und Jimmy zu tun haben. Wahrscheinlich war Jimmy, bloß um sie zu ärgern, ausgegangen und noch nicht zurückgekommen. Mehr nicht.

Trotzdem zögerte sie, bevor sie mit übertriebener Vorsicht die Tür aufschloß. Sie ließ sie langsam aufschwingen. Die schwache Deckenbeleuchtung brannte, das Bett sah frisch gemacht aus.

»Jimmy?« Kaum mehr als ein Flüstern. Sie ging nach drinnen, schloß die Tür hinter sich. »Jimmy?«

Der Schrank war bis auf ihre Kleider leer; vorsichtig, wie ein Reh am Rand einer Lichtung, bewegte sie sich auf die Badezimmertür zu. Drehte am Knopf, drückte die Tür auf, steckte den Kopf hinein. In dem schmalen Lichtkeil sah sie Jimmys gebeugte Knie in der fast vollen Wanne aus dem Wasser ragen. Ein Arm, der auf dem Wannenrand lag, war ebenfalls über Wasser.

Vangie schob die Tür weiter auf und tastete nach dem Lichtschalter. Erleichterung verlieh ihrer Stimme Schwung.

»Wieso badest du denn im Dunkeln?«

Das Bad sprang ins Licht. Das Wasser in der Wanne war rosa von Blut, Zimmers gebeugte Knie Inseln in seiner pastellfarbenen Oberfläche. Über dem Wasser war grelleres, kräftigeres Rot von seinem aufgeschnittenen Handgelenk den Unterarm hinuntergelaufen.

Taumelnd sank Vangie gegen das Waschbecken, hielt sich mit den Händen seitlich daran fest, ihr Gesicht war verzerrt, ihr Mund mahlte. Irgendwie schaffte sie es, nicht zu schreien, auch wenn sie eine Hand auf den Mund schlug, als wollte sie den Laut am Entweichen hindern. Sie rannte aus dem Raum.

Der einzige Hoteldiener des Delta, ein Mann über siebzig, mit wenig Haaren und trübem Glas in seiner Brille, trug einem gleichaltrigen Paar den Koffer aufs Zimmer. Vangie stürmte auf den Flur hinaus, stieß ihn um, prallte an der Wand zurück. Ihre Augen waren leer und auf keinen bestimmten Punkt fixiert, ihre Hand immer noch auf ihrem Mund. Sie ließ sie sinken, um zu sagen:

»Ent … Entschuldigung …«

Sie rannte den Flur hinunter und schleuderte dabei wie ein von einem Betrunkenen gesteuertes Auto von einer Seite auf die andere. Der Hoteldiener stützte sich mit einer Hand an der Wand ab und richtete sich mit Hilfe des Paars zitternd auf. Er starrte Vangie hinterher, dann drehte er sich um und sah durch die offene Tür in das Zimmer. Wieder den Flur hinunter. In das Zimmer hinein.

Auf wackligen Beinen tappte er durch die offene Tür.

19

Der Taxifahrer steckte sich eine Zigarette an, wedelte das Streichholz aus und warf es auf die Straße. Nachdem die Frau hinter dem Ladentisch Vangie eine Perückenschachtel gegeben hatte, kam sie in ihrem extrem kurzen, hautengen Rock und einer Bluse, deren oberste vier Knöpfe offen standen, aus dem exotischen Unterwäscheladen. Sie öffnete die hintere Tür des Taxis, aber der Taxifahrer tätschelte beziehungsreich den Sitz neben sich.

»Jede Menge Platz hier vorne, Süße.«

»Zum Busbahnhof«, sagte sie und stieg hinten ein.

Er knallte den Gang rein, fuhr mit quietschenden Reifen los. Er fand im Rückspiegel ihr Gesicht. Sie hatte den Kopf mit geschlossenen Augen gegen den Sitz zurückgelehnt, der tote Jimmy in der Badewanne brannte hinter ihren Lidern.

»Blöde Kuh«, brummte der Taxifahrer leise vor sich hin.

Die Tür des Häuschens krachte gegen die Wand zurück. Zwei stämmige Männer, deren Silhouetten sich vor dem Mondlicht abzeichneten, stürmten mit abgesägten Schrotflinten herein. Schwere Stiefel knallten auf den blanken Bretterboden. An einem Finger blitzte ein silberner Ring. Einer mit Sonnenbrille und lockigem Haar. Der andere mit Skimaske.

»Läßt es dich kalt … daß wir vielleicht umgebracht werden?«

Vangie flog zurück und aufwärts, ihr Mund unmöglich weit aufgerissen, ihre Augen wild, ihr Haar ein Zeitlupenschlenker wie unter Wasser …

Eine Faust hieb gegen die Tür. Er fuhr aus dem Alptraum hoch und dachte: *Vangie?*

Zimmers Badewanne war nur noch halb mit rosa Wasser gefüllt, weil seine Leiche herausgenommen und danebengelegt worden war. Inverness kauerte neben ihr nieder, riß das von der Feuchtigkeit grau gewordene Tuch zurück, um Dain, der hinter ihm in der Tür stand, das Gesicht sehen zu lassen.

»Mit Beweisen seiner Tat konfrontiert, bricht der Mörder zusammen und gesteht«, sagte Dain mit tonloser Stimme.

»Nein, keineswegs«, protestierte Inverness.

»Ich habe den Herrn nie zuvor gesehen, weder tot noch lebendig.«

»Hat auch niemand behauptet. Sieht nach Selbstmord aus, bloß daß uns ein paar Dinge sauer aufgestoßen sind, mehr nicht.«

Sie standen im Schlafzimmer, mit Blickrichtung zum Fenster, so daß ihre Stimmen für das beschäftigte Spurensicherungsteam nicht zu hören waren; die meisten Oberflächen überzog Fingerabdruckpuder. Draußen gingen die Pornokinolichter reihum an und aus, an und aus.

»Kein Abschiedsbrief, keine Anzeichen von Zögern«, sagte Inverness. »Bei einem Selbstmord mit dem Rasiermesser hat man normalerweise ein paar Ritzer, bis man sich entscheidet.«

»Entscheiden *Sie* sich lieber. War es nun Selbstmord oder nicht?«

»Soviel wir bisher sagen können, hat er sich selbst umgebracht. Er hat mit einer Evangeline Broussard zusammengelebt, einer Oben-ohne-Tänzerin. Lautstarke Auseinandersetzung früher am Abend, das Mädchen kam aus dem Zimmer gerannt, bevor die Leiche entdeckt wurde. Sie hat eine Jugendvorstrafe hier in New Orleans. Kinderkram. Eine Cajun aus dem Bayou Country – St. Martin's Parish, ein paar Meilen hinter Breaux Bridge.«

»Könnte ihn nicht auch diese Evangeline Broussard umgebracht haben?«

Inverness warf ihm rasch einen schiefen Blick zu, dann sah er weg.

»Wenn er bewußtlos gewesen wäre, als er in die Wanne kam, vielleicht. Aber das war er nicht. Und wenn er bei Bewußtsein war, kann ihn eine Frau unmöglich niedergedrückt und ihm gleichzeitig beide Handgelenke aufgeschnitten haben. Gibt auch nur verdammt wenige Männer, die das könnten.«

»Wenn es kein Mord war, was soll ich dann hier?«

Inverness sah wieder aus dem Fenster. Er schien zur Scheibe zu sprechen. »Ihre Kleider haben Etiketten aus Chicago.«

Dain sah sich im Raum um. Der alte Hoteldiener saß auf einem der zwei Stühle im Zimmer und unterhielt sich mit einem Polizisten in Zivil, seine knochigen Schultern waren heruntergesackt, seine knotigen Hände hatte er zwischen den Oberschenkeln verhakt.

»Sollte mir das etwas sagen?« fragte Dain.

Inverness nickte und trat ein Stückchen näher an Dain heran. »Glaube ich eigentlich schon. Ich glaube, Sie haben im Auftrag eines Klienten aus Chicago nach ihm gesucht.«

Wußte Inverness, daß Maxton sein Klient war, und wollte er ihm nur eine Falle stellen? Etiketten aus Chicago in ihren Kleidern … Aber was tat das schon zur Sache? Als Fachmann für organisiertes Verbrechen bekam Inverness bestimmt alle Gerüchte zu hören, die gerade in Umlauf waren.

»Ich habe Ihnen gesagt, warum ich hier bin …«

»Ja, ja, das Herz und die Seele von New Orleans. Lassen Sie endlich Ihre Witze.«

»Okay, wenn ich nach Zimmer gesucht hätte, wäre mit seinem Selbstmord jedes Interesse, das ich an ihm oder dieser Broussard gehabt haben könnte, erloschen. Wenn ich einen Klienten hätte, hätte ich ihm nicht mitgeteilt, daß ich nach New Orleans komme, und ich hätte mich nach meiner Ankunft in New Orleans nicht bei ihm gemeldet. Sind das immer noch Witze?«

»Eigentlich haben Sie mir gar nichts gesagt«, hielt ihm Inverness entgegen.

Der Hoteldiener war aufgestanden, um zur Tür zu gehen.

»Das haben Sie ja auch nicht wirklich von mir erwartet«, sagte Dain. »Ich bin in San Francisco, falls Ihnen noch irgendwelche schlauen Ideen kommen sollten, wie Sie mich meiner Verbrechen überführen können.«

Er nickte und ging hinaus, das unvermeidliche ledergebundene Buch unter dem Arm. Inverness sah ihm stirnrunzelnd nach.

Durch die dünnen Wände der Damentoilette des Busbahnhofs drang die hallende Stimme des Ansagers, der in einer Sprache, die genausogut Suaheli hätte sein können, einen Zielort ausrief. So spät nachts war der Raum bis auf Vangie leer. Sie brach vor dem Schminktischspiegel die dunklen Gläser aus einer billigen, flitterbesetzten Sonnenbrille, bis nur noch das Gestell übrig war. Als nächstes nahm sie einen langen Schließfachschlüssel aus ihrem Aspirindöschen. Schließlich öffnete sie ihre Perückenschachtel und griff hinein.

Der Hoteldiener ging arthritisch den Gang hinunter. Der Tod hatte angeklopft; das Auffinden der Leiche hatte ihn altern lassen. Sobald Dain hinter einer Biegung des Flurs den Augen des Polizisten an der Tür von Zimmers Zimmer entzogen war, holte er den alten Mann ein.

»Der Lieutenant hat gemeint, Sie könnten mir vielleicht sagen, wo St. Martin's Parish ist, und ein Ort, der Breaux Bridge heißt.«

Die Augen des alten Manns blitzten ihn verschmitzt an. »Was will denn ein Stadtmensch wie Sie in so einer gottverlassenen Gegend?«

»Das würde ich auch gern wissen«, mußte Dain zugeben.

Nicht weit von den Münzschließfächern im Durchgang zum Abfahrtsbereich der Busse lehnte Trask an einer Säule. Er versuchte erfolglos, wie ein gelangweilter Ehemann auszusehen.

Im Wartesaal entfernte sich gerade eine dicke Schwarze mit zwei Kindern vom Fahrkartenschalter, und ihre Stelle nahm eine kaugummikauende, hüftwackelnde Schickse mit einer straßbesetzten Brille ein. Auf ihrem Kopf türmte sich weißblondes Haar. Sie stellte eine Hutschachtel neben sich auf den Boden.

»Eine Fahrkarte nach Lafayette. Einfach.«

Sie hatte eine ziemlich heisere Stimme mit einem Hinterwäldlerakzent, nicht ungewöhnlich auf einem Busbahnhof im Süden. Der Schalterbeamte nahm ihr Geld, gab ihr eine Fahrkarte und etwas Wechselgeld.

»Da haben Sie aber Glück gehabt«, sagte er. »Der Bus fährt in drei Minuten auf Steig Drei ab.«

»Könnte ich jemand ausrufen lassen?« Die blonde Vangie stellte die leere Perückenschachtel auf den Schalter. »Sie soll diese Hutschachtel hier abholen. Evangeline Broussard.«

»Geht in Ordnung«, sagte der Mann.

Kaugummikauend und hüftenschwingend ging die Blondine den Durchgang zu den Bussen hinunter, dann setzte sie sich vor den Schließfächern und direkt gegenüber von Trask auf eine Bank. Um seine Aufmerksamkeit auf sich zu lenken, machte sie die Beine breit, dann schlug sie sie erst so herum, dann anders herum übereinander und gewährte ihm jedesmal einen kurzen Blick auf die zwischen ihnen verborgenen Freuden. Trask leckte sich schamlos die Lippen.

Der Lautsprecher dröhnte los: *»Evangeline Broussard bitte am Fahrkartenschalter melden! Ms. Evangeline Broussard zum Fahrkartenschalter, bitte. Wir haben ein Päckchen für Sie …«*

Trask war wie elektrisiert, vergaß die sexuellen Vorzüge der Blondine und schlenderte ein paar Meter den Durchgang hinauf, um einen Blick in den Wartesaal zu werfen. Rasch und lautlos rannte Vangie den verlassenen Durchgang hinunter. Vor lauter Aufregung ließ sie ihren Schlüssel fallen, fing ihn auf, bevor er auf den PVC-Boden fiel, und steckte ihn mit zitternden Händen ins richtige Schloß.

Trask wollte sich schon wieder zu ihr umdrehen, aber der Lautsprecher legte wieder los.

»Ms. Evangeline Broussard zum Fahrkartenschalter, bitte.«

Das hielt Trask noch einmal von ihr ab. Vangie riß Zimmers Diplomatenkoffer aus dem Schließfach, drückte die Tür zu und entfernte sich rasch. Mit einem verärgerten Schnauben wandte sich Trask vom Wartesaal ab, um zu den Schließfächern zu gehen, die er im Auge behalten sollte.

Das blonde Flittchen, das ihm seine Möse hatte zeigen wollen, ging den abschüssigen Gang zu den Bussteigen hinunter; sonst war niemand zu sehen. Er wandte sich bedauernd ab und schlug sie sich aus dem Kopf, als er sich wieder an die Säule lehnte.

Dain schob einen Keil Flurlicht vor sich her in sein dunkles Hotelzimmer, dann trat er zwischen die Betten, um die Lampe anzumachen. Als er sich auszuziehen begann, ging die Balkontür auf, und Maxton trat genau in dem Moment herein, in dem Nicky, der sich im Bad versteckt hatte, mit einer Pistole in der Hand um die Trennwand neben dem Bett kam. Dain setzte sich auf die Bettkante.

»Toll«, sagte er angewidert. »Sie haben sich das Zimmer nebenan genommen, damit sie über den Balkon hier reinkommen und um drei Uhr früh mit ihren Knarren rumfuchteln können. Wirklich sehr schlau.«

Maxton fragte: »Wo ist die kleine Schlampe?«

»Auf der Flucht, schätze ich. Zimmer hat sich heute nacht umgebracht. Vermutlich hat sie sich gedacht, daß der Selbstmord Sie auf den Plan rufen würde, und ist deshalb abgehauen.«

»Wo sind die Bonds?«

»Meinen letzten Informationen zufolge in einem Münzschließfach am Busbahnhof.«

»Ich habe einen Mann am Busbahnhof postiert.«

Dain lachte kurz und rauh. »Der wird sie nicht aufhalten.« Plötzlich trat Wut in seine Augen. »Einen Mann am Busbahnhof, wie? Sie haben also Zimmer umgebracht, das Ganze wie einen Selbstmord aussehen lassen?« Er stand so abrupt auf, daß Nicky seine Pistole hochriß. »Sie blödes Arschloch! Mußten Sie sich da unbedingt einmischen? Von wem haben Sie übrigens den Tip? Ich hätte heute nachmittag die Bonds für Sie gehabt, ohne daß jemand hätte sterben müssen.«

»Ich glaube Ihnen nicht«, sagte Maxton. »Zimmer hat gesagt, Sie und Vangie ...«

Dain nahm das ledergebundene *Tibetanische Totenbuch* vom Nachttisch und warf es Maxton zu. Maxton fing es auf, blätterte verdutzt darin.

»Da ist ja gar nichts drin. Was ...«

»Genau.«

Dain schlug die Bettdecke zurück, um das leere Bett zu zeigen. Er hob die Matratze hoch, um zu zeigen, daß nichts darunter war. Riß die Bezüge von den Kopfkissen, um zu zeigen, daß nur die Kissen drin waren. Fuhr mit dem Finger an den Kissennähten entlang, um zu zeigen, daß sie nicht aufgetrennt worden waren. Maxton platzte los:

»Was soll ...«

Aber Dain zog sich mit derselben irrsinnigen Geschwindigkeit aus, warf jedes Kleidungsstück in Nickys Richtung. Als er nackt war, sprang er ins Bett und zog die Decke hoch.

»Ich werde jetzt schlafen«, sagte er. »Machen Sie, was Sie wollen.«

Maxtons Gesicht war rot vor Wut. Gleichzeitig schien ihm etwas zu dämmern. »Nicky, bring ihm ein bißchen Manieren bei.«

Als Nicky vortrat, setzte sich Dain unter der Decke abrupt auf. Seine Augen waren sehr kalt und sehr ruhig.

»Aber nur, wenn Sie wollen, daß einer von uns stirbt.«

Ihre Blicke trafen sich. Maxton merkte plötzlich, daß Dains absolute Verzweiflung gefährlicher war als jeder Bluff irgendeines Kerls, der seine Angst zu vertuschen versuchte. Mit gepreßter Stimme sagte er: »Schon gut, Nicky. Durchsuch einfach bloß das Zimmer.«

Dain legte sich zurück, kehrte ihnen den Rücken zu, zog die Decke hoch. Maxton ging zwischen die beiden Betten und ließ sich auf das noch gemachte niederplumpsen. Ihm war bereits klargeworden, daß die Suche nichts bringen würde.

»Sie hätten mir sagen sollen, daß Sie so dicht dran waren.«

»Ich wußte doch, daß Sie dann sofort angeschossen kommen und alles versauen. Was Sie ja auch getan haben. Woher wußten Sie, wo die beiden waren?«

Die zweite Wanze in Farnsworths Telefon? Diese Frage hätte Dain gern endgültig geklärt. Aber Maxton ging nicht darauf ein.

»Meine Frau ist nicht bereit, noch länger zu warten!« sagte er vorwurfsvoll.

»Bringen Sie sie um. Das ist doch, was Sie am besten können.«

»Sie hat bei Ihrem Anwalt einen Brief hinterlegt.«

Eine halbe Stunde, nachdem Maxton mit leeren Händen abgezogen war, setzte sich Dain auf.

»*Scheiße!*« fluchte er laut.

Vangie war in Schwierigkeiten. Er ließ sie einfach da draußen hängen und sich langsam im Wind drehen. Wenn Maxton sie findet, bringt er sie um. Weil, bei Gott, niemand Theodore Maxton bestiehlt und ungestraft davonkommt. Und nachdem Maxton an diesem Abend bereits Jimmy Zimmer ins Jenseits befördert hatte, fiele es ihm sicher leichter, wieder zu töten.

Oder seine Gorillas töten zu lassen, was auf dasselbe hinauslief.

Marie war tot, weil Dain ein Trottel gewesen war, und jetzt tauchte an Maries Stelle Vangie in seinen Alpträumen auf. Wenn er sie absichtlich im Stich ließ und sie umgebracht wurde …

Er hatte Angst, das merkte er. Als Maxton und Nikky im Zimmer gewesen waren, hatte er keine gehabt, aber jetzt, gewissermaßen im nachhinein, bekam er Angst. Vor einer Woche hätte er noch gesagt, es wäre ihm egal, ob er tot oder lebendig war. Aber jetzt …

Vielleicht war es ihm immer noch egal, aber *irgend etwas* in ihm veränderte sich. Irgendwie hatte er wieder Interesse am Leben. Vielleicht nur an Vangies Leben? Wollte er vielleicht nur sehen, was als nächstes passierte? Nein, es war mehr als das. Wenn er tatsächlich der Mann gewesen wäre, den sie in ihm sahen, das stahlharte Image, das er sich zugelegt hatte, dann wäre alles erheblich einfacher gewesen.

Vielleicht mußte er wirklich dieses Image *werden*.

Seufzend stieg er aus dem Bett und zog sich an.

IV

MR. TOD

Cajun Country

DAS DÄMMERN DER FRIEDLICHEN GOTTHEITEN

O Edelgeborener, du hast in den letzten dreieinhalb Tagen in einer Ohnmacht gelegen. Sobald du dich von dieser Ohnmacht erholt hast, wirst du die Strahlen und Gottheiten sehen. Der ganze Himmel wird tiefblau erscheinen.

DAS TIBETANISCHE TOTENBUCH

20

Das Dunkel begann sich zu lichten, bald würde das Morgengrauen im Osten den Himmel einfärben. In der verlassenen Chartres Street warf Dain seine Tasche in seinen Leihwagen, fuhr zur Canal und weiter zum Interstate 10, der ihn nach Westen ins Cajun Country bringen würde, zum großen Atchafalaya Sumpf.

Auf dem Hochstraßensystem, über das der Verkehr Baton Rouge umging, blieb Dain auf dem I-10-Freeway in Richtung Westen. Die hinter dem Wagen aufgehende Sonne verlieh den Wolken am Horizont unglaubliche Farben und Formen. Der Rauch, der von den Fabriken entlang des Mississippis aufstieg, hatte ebenfalls die Farben des Morgens angenommen.

Warum war er hier? Was hatte er hier zu suchen? Er sollte längst auf dem Weg nach San Francisco sein; es war nicht seine Schuld, daß Maxton aufgetaucht war und seine Abmachung mit Vangie durchkreuzt hatte. Vangie, die in seinem regelmäßig wiederkehrenden Alptraum Maries Platz eingenommen hatte. Aus welcher bizarren Ecke seines Unterbewußten war *dieses* Bild bloß gekommen?

Wer hatte Maxton gesagt, wo Dain war? Wo Vangie war? Oder Zimmer? Von wem war die Wanze in Farnsworths Telefon gewesen? Wer hatte Inverness auf Dains Fährte gesetzt?

Dain sagte sich immer wieder, daß er hier nach Spuren suchte, die irgendwie fünf Jahre weit bis zu dem Häuschen in Point Reyes zurückreichten, aber in seinem tiefsten Innern wußte er ganz genau, daß das Unsinn war. Heute morgen hatte er der Tatsache ins Auge gesehen, daß er hierher kommen mußte, weil er sich sonst wegen Vangies sehr realer Gefährdung schuldig fühlen würde, denn wer Maxton zu Vangie nach New Orleans geführt hatte, würde ihn jetzt vielleicht auch im Cajun Country zu ihr locken.

Das Telefon klingelte. Gähnend, in Bademantel und Pantoffeln, saß Maxton auf der Bettkante, machte aber keinerlei Anstalten, den Hörer abzunehmen. Als es weiterläutete, kam eine billige, großbusige Blondine in einem teuren, sehr dünnen Spitzennegligée aus dem Bad. Die frischen Striemen auf ihren vollen, weichen Brüsten und ihrem gerundeten Bauch sahen unter dem durchsichtigen Stoff zartgrau aus. Sie nahm den Hörer ab. Sie hatte auch auf der Wange ein Mal, häßlich und dunkel.

»Mr. Maxtons Zimmer«, sagte sie mit einer sanften Südstaatenstimme mit Sekretärinneneinschlag. Sie hörte kurz zu, reichte dann ihm den Hörer.

»Ja, Maxton hier ...« Plötzlich beugte er sich angespannt vor. Gesicht, Stimme und Augen waren sehr hart; sein Kiefer verkrampfte sich. »Was soll das heißen, Dain und das Mädchen stecken unter einer Decke? Das ist nicht möglich. Er ist gleich im nächsten ...« Er verstummte, sagte: »Einen Augenblick ...«

Maxton ließ den Hörer auf den Boden fallen und stürmte durch die Balkontür auf die Terrasse hinaus. Er riß die Tür zum nächsten Zimmer weit auf. Es war leer, Dains Reisetasche war weg. Maxton wirbelte herum, hastete in sein Zimmer ans Telefon zurück.

»Sie haben recht. Er ist weg. Wissen Sie, wo ...« Er lauschte. »Vangies Eltern, hm? Ja. Einen Augenblick.«

Er schnippte mit den Fingern, die Blondine zog die Nachttischschublade heraus, reichte ihm Kugelschreiber und Papier. Er setzte sich aufs Bett, um den Weg aufzuschreiben.

»Lafayette ... Breaux Bridge ... Henderson ... dann auf dem Deich bis ...« Die Blondine kniete vor ihm nieder, löste mit eifrigen Fingern den Gürtel seines Bademantels. »Nach rechts abbiegen oder ... verstehe. Über die Pontonbrücke. Kiesweg ... mmm-hmm ...

gut ... Laden an der Kreuzung. Dann hört die Straße auf. Ja, hab' ich alles.«

Er unterbrach die Verbindung, tippte drei Ziffern ein. Die Hände der Blonden steckten in seiner Pyjamahose und streichelten ihn steif. Er sagte ins Telefon: »Trask? Wir schnappen uns dieses Luder. Halten Sie sich mit Nicky bereit, in zehn Minuten fahren wir los ...«

Offensichtlich sagte Trask etwas, denn Maxton hörte eine Weile zu, bevor er knurrte: »Nein, ich will dabeisein und zusehen, wie sie stirbt. Und vorher werde ich sie ...« Er holte Luft, aber seine Drohungen gegen Vangie verebbten, als die Blonde seinen Schwanz in den Mund nahm. Er sagte in den Hörer: »Sagen wir lieber, in zwanzig Minuten.«

Hoch in der Luft fuhr der Bus auf der I-10-Trasse in Richtung Westen nach Lafayette. Dieser höhergelegte Streckenabschnitt war vor etwa zwanzig Jahren über dem 1908 gelegten Gleisbett der Southern Pacific Railroad gebaut worden. Auch jetzt noch war er der einzige Weg durch den ausgedehnten Atchafalaya Sumpf. Auf dem leeren Sitz neben Vangie stand der Diplomatenkoffer; wie eine Mutter hatte sie schützend den Arm darübergelegt. Ihr im Fenster gespiegeltes Gesicht wurde auf das Sumpfland unter der Hochtrasse projiziert.

Am liebsten hätte sie geheult. Der arme Angsthase Jimmy, sie hatte ihn überredet, die Bonds zu stehlen, um Maxton eins auszuwischen, und sie waren mit dem Geld abgehauen. Und jetzt war Jimmy tot. Sie war allein mit den Bonds und würde sich aus lauter Angst nie trauen, etwas mit ihnen anzufangen.

Wegen Dain. Dieser hinterhältige, verlogene Kerl hatte ihr weisgemacht, er würde ihr Zeit lassen, um Jimmy weichzuklopfen, und dann ... Vor Dain hatte sie mehr Angst als vor Maxton, denn Dain konnte sie wiederfinden; mal abgesehen davon, daß er wahrscheinlich inzwischen gerade mit seinem Blutgeld heimflog ...

Dain hatte am Rand derselben Hochstraße angehalten und war ausgestiegen, um sich gegen das Stahlgeländer zu lehnen und auf den Sumpf hinabzusehen. Der Atchafalaya Sumpf war wie ein Schlag in den Magen gewesen, als wäre hier aus irgendeinem Grund seine Bestimmung, als würde er hier alle Antworten finden. Dazu paßte auch, daß hier 1992 das Zentrum des verheerenden Hurrikans Andrew aufs Festland getroffen war.

Nun sah er in diesen atemberaubenden 2500 Quadratmeilen aus Bayous, Seen, Wasserläufen und Sumpf seiner eigenen Verheerung ins Auge. Wälder von Zypressen, Tupelobäumen, Eschen, Weiden und immergrünen Virginischen Eichen – einige waren überflutet, andere nicht. Alle möglichen Wildtierarten, von Bären bis zu Wildschweinen. Krabben und Panzerkrebse, Barsche und Katzenfische. Wassermokassinschlangen und Alligatoren und Schnappschildkröten, die einem die Finger abbissen, dieweil einen die Mosquitos bei lebendigem Leib auffraßen.

Marie wäre bestimmt hellauf begeistert gewesen, hier neben ihm zu stehen, am Rand dieser unbekannten, heißen, feuchten, tropischen Welt! Möglicherweise hatte Vangie, die hier geboren war, jetzt gerade dasselbe erhebende Gefühl ...

Abrupt richtete sich Dain auf. Zum erstenmal seit fünf Jahren hatte er an Marie als Marie gedacht, nicht als eine Ikone. In seinem letzten Alptraum war es Vangie gewesen, die von der Flinte des Killers weggepustet worden war. Was war bloß mit ihm los?

Dain schauderte in der warmen Morgenluft, wandte sich wieder seinem Wagen zu. Er hatte noch viele Meilen vor sich, und im Grunde genommen hatte er keine Ahnung, was er tun sollte, wenn er ankam. Wo auch immer das war.

Mit zischenden Druckluftbremsen hielt der Bus im Busbahnhof von Lafayette. Vangie stieg als erste aus, ohne ihre blonde Perücke und dies glitterbesetzte Brillengestell. Ein paar Schritte vom Bus entfernt drehte sie sich mit dem Diplomatenkoffer in der Hand ein paarmal ohne Hemmungen im Kreis, so daß ihr langes, rabenschwarzes Haar durch die Luft flog. Plötzlich hatte sie einen Mordshunger.

Das Ragin' Cajun war ein typisches Arbeitercafé, groß und kastenförmig, die Wände bis auf ein paar Bierreklamen fast kahl. Sie entschied sich für einen Tisch im hinteren Teil, mit Blickrichtung zur Tür, damit sie jeden sehen konnte, der auf sie zukam. Am Nebentisch saßen zwei Cajuns in Arbeitskleidung mit zerfurchten, wettergegerbten Gesichtern und schwieligen Händen, die von Angelschnüren zerschnitten und mit einem Narbennetz versehen waren. Wie oft war sie sonntagvormittags mit ihrem Papa und ihrer *maman* in diesem Café essen gewesen?

Vangie brauchte gar nicht die Speisekarte zu lesen, als ihr die pummelige junge Bedienung die obligatorische Tasse duftenden Zichorienkaffee brachte. Zehn Minuten später machte sie sich über Eier, Würstchen, Grits und heiße, in Country Gravy schwimmende Biscuits her und spülte dann alles mit einer dritten Tasse Kaffee hinunter.

Ein Mann in Arbeitskleidung, in ihrem Alter, sehr Cajun, steckte Münzen in die Musikbox, drückte mit der Schnelligkeit langer Vertrautheit auf die Knöpfe. Er war dick und breit, hatte lachende Augen, lockiges, schwarzes Haar und eine breite, glänzende Nase, deren Poren zu sehen waren. Als er an Vangies Tisch vorbeiging, lehnte sie sich mit einem tiefen und zufriedenen Seufzer von ihrem leergegessenen Teller zurück.

Er taxierte sie bewundernd, dann fiel sein Blick auf ihr Gesicht, und er stutzte.

»Vangie?« fragte er. »Vangie Broussard?«

Sie sah zu ihm auf, ihr traten Tränen in die Augen, und ungläubig stieß sie hervor: »Du, Minus?«

»Genau der bin ich«, gab er zu.

»Ist das schon lange her.«

»Müssen jetzt zehn Jahre sein. Wie geht's deiner *maman* und deinem Papa?«

»Ich bin grade mit dem Bus angekommen.«

»Du hast sie noch gar nicht gesehen?« Er packte sie am Arm, zog sie hoch. »Dann nehm' ich mir heute morgen von der Arbeit frei und fahr' dich gleich nach Hause ...«

Der verbeulte '75er Ford 250 Pickup mit Allradschaltung fuhr den unbefestigten Weg auf dem hohen Damm entlang. Auf der rechten Seite war Weideland, auf der linken ein schmaler, gewundener Bayou, im Moment ein gutes Stück unter dem Höchstwasserstand. Der Pickup kam zu einem kleinen Kiesweg, bog ab und fuhr dann unter lautem Gepolter auf einer einspurigen Pontonbrücke über den Bayou. Auf der anderen Seite tauchte er auf einer schmalen, von Hartholzbäumen beschatteten Straße in dichten Wald ein. Vangie sah sich mit ungetrübter Freude um, ihr Gesicht war offen und unschuldig.

»Ich hab' ganz vergessen, wie sehr ich diesen alten Sumpf liebe!« Auf dem breiten Plastiksitz, der mit langen Streifen silbernen Isolierbandes geflickt war, drehte sie sich halb zu Minus herum. »Ich muß unbedingt wieder mal zum alten Camp rausfahren, im Fischwasser meines Papas am Bayou Noire, einfach bloß fischen und jagen und Krabben fangen ...«

Eine halbe Stunde später kam der Pickup wieder aus dem Wald. Er fuhr den Kiesweg entlang, bis vom tiefergelegenen, trägen, braunen Atchafalaya River im rechten Winkel ein schmalerer unbefestigter Weg heraufkam. Dort unten befand sich ein kleiner Krämerladen mit einem verblichenen BROUSSARD-Schild über dem Eingang und einem alten Hausboot an der Rückseite, das als Wohnung diente. Zur Straße hin standen grobgezimmerte Fuchshundzwinger.

Sie holperten den unbefestigten Weg hinunter; er endete an einer Uferböschung, wo an einer schmalen Anlegestelle aus aufgeschütteter Erde zwei Boote vertäut waren. Unter lautem Quietschen der abgefahrenen Bremsbacken hielt Minus auf der Kiesfläche vor dem Laden.

Vangie stieg mit ihrem Diplomatenkoffer aus und sah durch die offene Führerhaustür zu Minus hoch. »Willst du nicht reinkommen, Maman guten Tag sagen?«

Minus schüttelte den Kopf und tippte auf seine Armbanduhr.

»Muß zur Arbeit. *Ce soir* komm' ich vorbei, dann trinken wir alle zusammen ein Bier.«

Vangie grinste ihn breit an. »*Tu dis.*«

Sie warf die Tür des Pickup zu und winkte, als er wendete und in die Richtung zurückfuhr, aus der er gekommen war. Sie zögerte einen Moment, dann ging sie mit einem beinahe ängstlichen Gesicht über den kiesbestreuten Wendeplatz auf den Laden zu.

21

Vangie stieg die grobe, unlackierte Holztreppe hinauf, die von unzähligen Jagdstiefeln glattgetreten worden war, und überquerte die schmale Galerie, um ihre Nase gegen die Fliegengittertür zu drücken. Niemand zu sehen. Sie zog die Tür auf und trat ein. Die Tür fiel hinter ihr zu und brachte die am Rahmen befestigte Glocke zum Läuten. Achtlos stellte Vangie ihren Diplomatenkoffer neben die Registrierkasse auf den Ladentisch, während von hinten eine Frau rief: »Nur ein Momentchen, *non?*«

Die Stimme ließ Vangie zusammenzucken. »Sicher.«

Genau wie in den tausend Tagträumen, denen sie im Lauf der letzten zehn Jahre in hundert Stripclubs nachgehangen hatte. Hinter dem Ladentisch mit den Angelhaken, Ködern, Netzen, Leinen und Patronen standen in einem Schrank Gewehre und Flinten aufgereiht. Von der Decke hingen reihenweise Bisamratten- und Nutriafallen. Unter einem kleinen Schwarzweißfernseher, in dem verschwommen eine Creole-Talkshow zu erahnen war, stand eine große, feinmaschig vergitterte Kiste auf vier Beinen. Sie enthielt Tausende von lebenden Grillen, die als Köder verkauft wurden; ein Licht im Innern ließ sie eifrig zirpen und gegen die vergitterten Seiten springen.

»Alles wie immer«, murmelte Vangie.

Sie beugte sich über die Kiste und sog den altbekannten stechenden Geruch in die Nase hoch. Sie richtete sich auf, holte ihren Diplomatenkoffer und ging zwischen den Regalen hindurch nach hinten, von wo die Stimme gekommen war. Es gab eine Vitrine mit Süßigkeiten und bunten Kuchen in Dosen und einem riesigen Glas mit eingelegten Eiern oben drauf. Sie nahm sich einen Bonbon, steckte ihn in den Mund und ging an einer weiteren Vitrine vorbei, die neben Eimern, Kübeln und sonstigen Blechgegenständen auch Weißeschenreifen für Reifennetze, Netzgewebe für Wand- und Schleppnetze und Maschendrahtgeflecht für Panzerkrebsreusen enthielt.

Auf der rechten Seite führten drei grobe Holzstufen in einen kleinen, feuchten Raum hinunter, der voller Kisten mit lebendigen Ködertieren stand, um die außen ein Plankengang herumführte.

Maman, Mitte vierzig und mit Resten von Vangies Schönheit gesegnet, war mit einem kleinen Kescher in der Hand über eine der Köderkisten gebeugt. Eine warmherzige, vitale Frau mit einem faltigen, strahlenden, offenen Gesicht. Das Baumwollkleid, das sie trug, war keinem bestimmten Stil zuzuordnen. Sie blickte zu Vangie hoch, die in der offenen Tür am Ende der Treppe stand, dann wandte sie sich mit einem kleinen, spitzen Lächeln wieder ihrer Arbeit zu.

»Zu viel *tracas* für sowenig Geld, *tu-dis?*«

»Ich weiß«, sagte Vangie leise. »Mein Gott, wie gut ich das weiß.«

Mit einem Schlenker wirbelte Maman – fast wie Vangie, wenn sie tanzte – beim Klang von Vangies Stimme herum. Ein strahlendes Lächeln erhellte langsam ihre Züge. Sie ließ den kleinen Kescher fallen und eilte mit offenen Armen auf ihre Tochter zu.

»Vangie! Wie schön du geworden bist!«

Sie trafen sich am Fuß der Treppe; Maman schloß Vangie in die Arme. Vangie spürte, wie ihr die Röte ins Gesicht stieg, voller Verlegenheit und Scham, daß sie ihre Großstadtprobleme hierher brachte.

»Zehn Jahre warst du weg«, rief Maman und entließ Vangie aus ihrer Umarmung. Ihre Augen leuchteten. »Bringst du mir ein paar süße, kleine Enkel mit, *non?*«

Vangie lachte verlegen. »Äh ... noch nicht, Maman.«

Maman hielt sie auf Armeslänge von sich, beeindruckt und voller Stolz. Sie blickte über Vangies Schulter, sah den Diplomatenkoffer.

»Sekretärin eines wichtigen Manns, meine Vangie?«

»Äh ... *non*, Maman. Eine ... Sängerin. Und eine ... eine Tänzerin ...«

»Sängerin? Tänzerin? Hab' ich dich etwa schon im Fernsehen gesehen?«

»Äh ... ich glaube nicht, Maman.«

Verlegen fügte sie hinzu: »Ich ... würde gern eine Weile bleiben ...«

»Bleiben? Natürlich bleibst du!« Maman deutete in Richtung Laden. »Vor zehn Jahren bist du durch diese Tür gegangen. Jetzt, wo du zurück bist, behält dich Maman hier, läßt dich nicht mehr weg!«

Sie strahlte glücklich und beugte sich wieder über den Ködertank. Geschickt schöpfte sie mit dem kleinen Kescher die toten Shads von der Oberfläche und warf sie beiseite. Dabei sah sie immer wieder zu Vangie hinüber. Ohne den Blick vom Ködertank zu lösen, sagte sie: »Du meinst, deine Maman weiß nicht, wie schwer es ist, sich da draußen durchs Leben zu schlagen? Wenn du irgendwelchen Ärger hast, Vangie, dann sag's deiner Maman ruhig, wir kriegen das schon hin, *non?*«

»Ja, ich hab' Ärger, Maman ...« Sie hielt inne, fügte hinzu: »Nicht mit der Polizei, Ärger mit ein paar Männern, die mich ...« Sie hielt wieder inne. »Sie wissen nicht, wo ich bin, drum brauche ich einfach einen ... Platz, von dem niemand außerhalb des Parish weiß, verstehst du?«

Maman zwinkerte ihr munter zu. »Maman versteht«, sagte sie.

Sie lachten beide. Vangie sprach in einem neuen Ton. »*Et* Papa? Wo ist er?«

Maman legte den Kescher beiseite und richtete sich auf. Ihr Blick war voll Liebe und Stolz, als sie Vangie ansah. Sie nahm ihre Tochter am Arm. »Bei den ausgelegten Angeln nachsehen, wo denn sonst? Der alte Katzenfisch hat sich wirklich gut gehalten, der.«

»Wo genau?« fragte Vangie erwartungsvoll.

»Am Bayou Tremblant, bei der *boscoyo*-Biegung mit den Zypressen. Da, wo Dede mit diesem winzig-kleinen Barschhaken die dicken Zehn-Pfund-Schratzen rauszieht.« Gemeinsam stiegen sie die Stufen hinauf. »Für eine *demitasse café* hast du noch Zeit, *non?* Und dann gehst du ihn überraschen, du.«

Vangie nickte nur stumm, ihre Augen glänzten von Tränen der Erleichterung und Liebe und Geborgenheit. Sie war so gerührt, wie sie sich das nie hätte vorstellen können. Arm in Arm gingen sie zum Wohnbereich hinter dem Laden.

An der steilen, grasbewachsenen Böschung des Damms über der Breaux-Bridge-Anlegestelle stellte Dain den Wagen mit der Kühlerhaube nach vorn neben zwei anderen ab. Als er ausstieg und abschloß, konnte er hinter sich am Fuß der Böschung eine betonierte Bootsrampe und ein U-förmiges Kai sehen, in dem ungefähr ein Dutzend Motorboote mit Außenbordern vertäut lagen. Auf der Galerie des Ladens unterbrachen zwei Nichtstuer ihre Partie Dame, um zu ihm herüberzuschauen und mit den entsprechenden Gesten ihren Kommentar abzugeben.

Auf seinen rutschigen, lederbesohlten Oxfords ging er die Böschung zum Wasser hinunter. Er war hier nur zu offensichtlich nicht in seinem Element, und mit entsprechender Vorsicht bewegte er sich. Er stieg auf den Kai und blieb wie angewurzelt stehen. In einem Flachbodenprahm, der am Kai festgemacht war, saß Inverness und grinste ihn an. Betont auf Haltung bedacht, ging Dain weiter.

Inverness würde die Sache verkomplizieren, das auf jeden Fall. Er war Polizist, arbeitete mit den Methoden eines Polizisten. Andererseits bekam Dain in dieser fremden Welt ohne ihn vielleicht gar nichts heraus – Inverness dagegen fand sich in dieser Umgebung genauso zurecht wie in jeder anderen. Dain blieb auf der Hafenmauer stehen.

»Zurück nach San Francisco, wie?« fragte Inverness ironisch.

»Hab's mir anders überlegt. Und Sie? Ich dachte, für Sie ist Zimmer ein Selbstmord, nichts weiter.«

»Wir brauchen noch Broussards Aussage. Da sie eine Cajun ist, dachte ich mir, sie würde sich auf schnellstem Weg nach Hause absetzen. Das tun die meisten, wenn sie glauben, sie sind in Schwierigkeiten. Aber natürlich erzähle ich Ihnen da nichts Neues. Sie sind ja auch hier.«

»Fahnderinstinkt«, sagte Dain, ebenfalls ironisch. Dann mußte er verhalten lachen. »Es war ihr Name. Broussard. Cajun. Eine Verballhornung von Acadians. Sie wurden irgendwann im achtzehnten Jahrhundert von den Engländern aus Nova Scotia vertrieben. Sprechen immer noch Patois. Evangeline.«

»Ja«, sagte Inverness. »Haben sich im Bayou Country niedergelassen, um Ackerbau zu treiben, bloß waren da jedes Frühjahr diese Überschwemmungen, deshalb haben sie sich auf das verlegt, was der Sumpf so zum Leben zu bieten hat – fischen und jagen, Moos sammeln und mit Fallen Pelztiere fangen. Sehr verschlossen fremden Einflüssen gegenüber und die Familie spielt eine ganz wichtige Rolle. Für einen Städter wissen Sie eine Menge über Cajuns.«

»Für einen Cop aus New Orleans wissen Sie eine Menge über Sumpfbewohner.«

»Ich bin nicht verheiratet, habe keine Familie, also gehe ich fischen und jagen. Hier, im Bayou Country. Schon fast fünf Jahre lang bin ich jedes Wochenende und jeden Feiertag und jeden Urlaubstag, den ich rausschinden kann, hier draußen.«

»Könnte denn die Polizei vom Lafayette Parish eigentlich nicht Broussards Aussage zu Protokoll nehmen?«

Inverness grinste. »Für mich ist sie ein Vorwand, in den Sumpf hier rauszukommen. Das erklärt meine Anwesenheit, aber Ihre?«

»Für mich geht's um Geld«, sagte Dain leichthin.

»Ach ja. Geld, Geld, Geld. Je älter ich werde …« Er führte den Gedanken nicht zu Ende. »Jedenfalls glaube ich, die Broussards haben einen kleinen Laden. Aber da Broussard einer der vier häufigsten Cajun-Namen ist, würde ich mich mal lieber noch nicht darauf verlassen.«

»Ich verlasse mich auf nichts«, sagte Dain. »Schon lange nicht mehr.«

»Wenn ich mich recht erinnere, erreicht man den Laden am besten mit dem Boot – die Leute, die dort einkaufen, sind fast ausschließlich aus dem Sumpf; Leute, die von den Bayous leben.« Er machte eine auffordernde Kopfbewegung. »Steigen Sie ein. Suchen wir doch zusammen nach ihr in dieser verlassenen Gegend.«

Dain begann, die Fangleine vom Poller auf dem Kai loszumachen. »Und wenn wir sie nicht finden?«

»Ich habe für heute nacht ein Motelzimmer in Lafayette.«

Behende sprang Dain in das Boot und stieß es vom Kai ab. Ein träger Strudel erfaßte den Bug, trieb es auf den Fluß hinaus. Inverness zog den Choke.

»Und wenn sie in den Sumpf abhaut, statt zu reden?«

»Dann fahren wir ihr hinterher.« Er grinste zufrieden.

Mamans altmodischer Eisenherd war für den Betrieb mit Butangas umgebaut worden. Daneben stand eine Spüle aus angeschlagener weißer Emaille und ein alter, weißer Emaillekühlschrank, dessen Kühlschlangen frei obenauf lagen.

Vangie und Maman saßen bei Kaffee und frischen *beignets* am winzigen Küchentisch. Der Raum war von den schweren Gerüchen eines Gumbo erfüllt, das auf dem Herd vor sich hin kochte. Vangie lehnte sich satt und zufrieden zurück, leckte die letzten Reste Puderzucker von ihren Fingern und unterdrückte gerade noch einen wohligen kleinen Rülpser.

»Ach, Maman, wie lange ist das jetzt schon her, daß ich bei dir *beignets* gegessen habe!«

Maman holte schnaufend Luft. »Heute abend gibt's Gumbo!«

»Ich fahre jetzt lieber mal zu Papa raus, bevor er von allein zurückkommt.« Vangie stand auf. »Aber erst sehe ich nach den Hunden!«

»Und deine schönen Großstadtsachen mußt du ausziehen«, sagte Maman. »Jede Wette, daß dir deine alten Sachen noch passen.«

Reglos stand der würdevolle blauweiße Vogel am Rand des Bayous im Wasser. Aus der Ferne nahte Moskitosirren, aber ohne darauf zu achten, stieß er plötzlich mit dem Kopf ins Wasser. Als er ihn mit einem kleinen, zappelnden, silbernen Fisch im Schnabel wieder herauszog, kam der Prahm mit Inverness und Dain um eine Biegung des Flusses. Der Vogel duckte sich erschrocken.

Dain saß am Bug des Boots und sah dem spindelbeinigen Vogel hinterher, der mit großen Flügelschlägen aus dem Wasser aufflog, in seinem Schnabel eine todgeweihte Elritze. Ein Reiher? Ein Kranich? Inverness wußte es bestimmt – Inverness wußte wahrscheinlich alles über diesen Sumpf.

Das veranlaßte Dain, sich umzudrehen und eine Frage zu brüllen, aber seine Worte gingen im Stakkatogeknatter des Motors unter. Inverness im Heck deutete bloß auf den Außenbordmotor und zuckte mit den Schultern.

Dain signalisierte ihm pantomimisch, er solle den Motor abstellen. Stirnrunzelnd nahm Inverness Gas weg.

»Das ist ein Louisiana-Reiher, herrgott noch mal«, fuhr er Dain an.

Aber Dain fragte: »Warum haben Sie nicht einfach den Mann, von dem Sie das Boot gemietet haben, gefragt, wo der Laden der Broussards ist?«

»Deswegen lassen Sie mich anhalten? Die Cajuns sind ganz groß darin, sich um ihren eigenen Kram zu kümmern, und alle sind irgendwie miteinander verwandt und verschwägert. Wenn man kein Patois kann, hält man besser die Augen offen und fragt nicht viel.«

Er brachte den Motor wieder auf Touren. Auf Baumstämmen, die im Wasser trieben, saßen kolonieweise Schildkröten, die entweder fast ohne ein Kräuseln ins Wasser glitten oder einen plötzlichen, lärmenden Bauchplatscher hinlegten. Auf einem Baumstamm stand ein schneeweißer Silberreiher; als sie näherkamen, flohen Vogel und Schildkröten – einer in die Luft, die anderen ins Wasser. Buntgefiederte Entenarten, Dain allesamt unbekannt, schossen auf pfeifenden Flügeln vorbei. Fische wirbelten im Flachwasser herum, wenn die Bootswellen ihre exponierten Rükken erreichten. Dain erhaschte einen Blick auf einen dahinwalzenden Schwarzbären im Gestrüpp entlang des Bayou, auf mehrere weißschwänzige Sumpfhirsche und auf einen kleinen, herumtrollenden Burschen mit geringeltem Schwanz und spitzer Nase, den er für einen Waschbären hielt, der aber in Wirklichkeit ein Nasenbär war.

Mit geschmeidigen, peitschenden Bewegungen schwamm eine dickleibige Schlange vorbei; Dain nahm an, es sei eine Wassermokassin. Schönheit und Tod lagen hier sehr eng beisammen, und das war es, was er inzwischen auch in seinem eigenen Leben suchte. Als spürte er, was in Dain vorging, nahm Inverness plötzlich den Gang heraus, und während der Motor im Leerlauf vor sich hin spotzte und blubberte, beobachteten die beiden Männer das vielfältige Leben um sie herum. Auf Inverness' Zügen lag ein seltsames Leuchten.

»Eines kann ich Ihnen sagen, Dain, wenn ich in Pension gehe, ziehe ich sofort hier raus – und zwar für immer. Ich werde von dem leben, was das Land hier hergibt. Das ist so ziemlich das letzte Fleckchen Erde, wo man das noch kann – ganz sein eigener Herr sein. Das, was man angelt, schießt oder in seinen Fallen fängt, gegen das eintauschen, was man zum Leben braucht und das man nur im Laden kriegt – Angelschnüre und Haken, Munition und Mehl ...«

»Sie mögen die Menschen nicht besonders, wie?« fragte Dain.

»Zeigen Sie mir einen Polizisten, der das tut.«

Dain fiel einer ein. Randy Solomon. Aber selbst Randy wollte es eigentlich nicht.

Vangie hatte die Finger durch den Maschendraht des Hirschhundezwingers gestreckt und kraulte das lange Schlappohr eines traurig dreinschauenden, braunweißen Hundes. Sie war für den Bayou angezogen, trug enge Jeans und ein langärmeliges Baumwollhemd, das Haar hatte sie unter einer Schirmmütze mit Reklameaufdruck hochgesteckt.

»Macht einen guten Eindruck, der Bursche«, sagte sie, als sich der schlappohrige Hund an den Zaun drückte, um mehr Streicheleinheiten zu kriegen.

»Dein Papa meint, das ist der beste Hirschhund, den wir je hatten.«

Vangie richtete sich auf und sagte ungläubig: »Besser als Applehead?«

Maman schmunzelte. »Du kennst doch deinen Papa. Für ihn ist jeder Hund, den er gerade hat, der beste von allen.«

Als die beiden Frauen auf dem holprigen Weg die Uferböschung hinunterzusteigen begannen, drängten sich die Hunde mit gereckten Köpfen lärmend und schwanzwedelnd am Zaun. Neben den Booten schwamm ein großer Kasten im Wasser, in dem die gefangenen Fische aufbewahrt wurden, bis sie verkauft wurden.

»Ich rechne kurz nach Sonnenuntergang mit euch«, sagte Maman.

Vangie umarmte sie, löste die Haltekette des Flachbodenprahms von dem Baum, um den sie geschlungen war, stieß den Prahm aufs Wasser hinaus und sprang leichtfüßig in den Bug. Es war, als wären die letzten zehn Jahre nie gewesen. Während die Strömung das Boot vom Ufer weg und stromabwärts trieb, balancierte Vangie geschickt nach hinten. Sie setzte sich, zog den Choke und ließ den Außenbordmotor an. Ihre Mutter stand am Ufer und sah zu. Vangie legte den Gang ein und fuhr los. Sie winkte noch einmal zurück.

Maman stieg wieder die Uferböschung hinauf. Vangies Boot verschwand flußabwärts um eine Biegung. Das Brummen des Motors war nicht mehr zu hören, als Maman den Laden betrat, den Diplomatenkoffer nahm und ihn achtlos unter den Ladentisch schob, bevor sie nach hinten ging, um nach ihrem Gumbo zu sehen.

Eine große, viertürige Limousine näherte sich Henderson's Crossroads auf der asphaltierten Straße und hielt direkt vor der Stahlbrücke. Links ein Seafood-Restaurant. Es war aufs Wasser hinausgebaut, und auf der Galerie saßen die unvermeidlichen Damespieler. Rechts, auf dem Damm, ging parallel zum Bayou eine andere Straße weiter.

Trask, der am Steuer saß, sagte: »Wollen Sie fragen, welche ...«

»Wir fragen niemanden was«, knurrte Maxton. »Von jetzt an fahre ich. Ich weiß den Weg. Zuerst über die Brücke, dann rechts am Damm entlang ...«

22

Inverness stieg wieder ins Boot und ging nach hinten. Dain stieß es vom Ufer ab und sprang hinein. Der alte Cajun, der nicht Broussard hieß, winkte ihnen und wandte sich dann ab.

»Zum dritten Mal Pech gehabt«, sagte Dain.

Lange Nachmittagsschatten streckten sich über den Sumpf. Inverness zog den Choke. Er zuckte mit den Schultern.

»Wenn wir sie heute abend nicht finden, kommen wir morgen früh mit dem Auto zurück, nehmen Vangies Aussage zu Protokoll, und dann schnell nach Hause ...«

Das Boot hatte stromabwärts zu treiben begonnen. Inverness wollte gerade den Motor anlassen, aber Dain hielt ihn mit erhobener Hand zurück.

»Außer jemand findet sie vor uns. Zimmer war kein Selbstmord.«

»Was soll das ...«

»Gestern haben ein paar Gorillas aus Chicago im ganzen Vieux Carré nach den beiden gesucht. Am Abend ist Zimmer tot. Möglich, daß Vangie nicht in der Lage war, ihn in die Badewanne zu packen, aber für zwei Killer wäre das ein Klacks gewesen.«

»Ohne irgendwelche Spuren zu hinterlassen? Bei einem Mann, der um sein Leben kämpft?« Inverness schüttelte stur den Kopf. »Ausgeschlossen.«

Er wandte sich wieder dem Außenborder zu, aber Dain sprach weiter.

»Sie werfen ihn in die Badewanne, packen ihn an den Haaren, drücken seinen Kopf unter Wasser.« Da ihn Inverness ansah, machte er die entsprechenden Handbewegungen. »Er packt den einen am Arm, um sich zu wehren, aber das ermöglicht es dem anderen, ihm das Handgelenk aufzuschneiden. Ganz sauber, ein kurzer Schnitt. Und jetzt verblutet Zimmer, während er nach Atem ringt.« Eine weitere Handbewegung. »Ratsch! Das andere Handgelenk. Dann lassen sie seinen Kopf los, damit er nicht ertrinkt, sondern verblutet. Selbstmord auf die Schnelle.«

»Sie scheinen sich ja eine Menge Gedanken darüber gemacht zu haben«, sagte Inverness, als gingen ihm alle möglichen Ideen und Fragen durch den Kopf.

Dain sagte: »Das Zimmer ist durchsucht worden.«

»Von wegen, das glaube ich nicht! Meine Männer hätten sicher gemerkt, wenn da etwas ...«

»Ihre Leute haben nicht richtig hingesehen.«

Inverness wandte sich wieder dem Motor zu, als redete er mit ihm.

»Haben Sie sonst noch was?«

Dain lachte leise. »Meinen Fahnderinstinkt.«

Inverness sah wieder Dain an, begann mit ihm zu lachen, wurde dann plötzlich ernst, einen komischen Ausdruck im Gesicht.

»Und meinen Sie, auf den ist wirklich Verlaß?«

Die Tür flog auf und gegen die Wand, die zwei Angreifer wurden davon eingerahmt. Der eine mit Sonnenbrille und gelocktem Haar. Der andere mit Skimaske, so daß keine Haare zu sehen waren.

Details bisher nur verschwommener Erinnerungen. Kehrte nach fünf langen Jahren sein Erinnerungsvermögen zurück?

»*Tod*sicher«, sagte Dain leidenschaftlich.

Die große Limousine hielt an der Abzweigung zum Laden der Broussards, etwa hundert Meter vom Hundezwinger entfernt. Es war niemand zu sehen, nichts rührte sich.

»Und? Was machen wir jetzt?« fragte Trask.

»Warten«, sagte Maxton.

»Worauf?« fragte Nicky vom Rücksitz.

»Daß es dunkel wird.«

Über dem Bayou Tremblant wurden die Schatten lang. Vangies Boot lag ein Stück stromabwärts von der Biegung, wo Papa seine Langleine ausgelegt hatte. Hier war die Strömung schwach genug für die Schwimmerleine, an der in bestimmten Abständen Korkschwimmer befestigt waren, mit denen sie im rechten Winkel zum Ufer in den Fluß trieb.

Papa saß im stumpfen Bug seines Flachbodenprahms, Vangie auf dem Hecksitz. Papa, ein kleiner, temperamentvoller, widerborstiger Mann, sehr französisch, zog das Boot an der Leine entlang und sah nach den Haken, die im Abstand von je einem Meter mit kürzeren, dünneren Schnüren an der Hauptleine befestigt waren.

Fast an jedem Haken hing ein Katzenfisch. Papa löste sie vom Haken und warf sie in einen großen Waschzuber voll Wasser. Vangie befestigte neue Köder an den Haken; sie verwendete dafür die Köpfe großer Shads. Beide verrichteten ihre Arbeit zügig und geschickt. Vangie war konzentriert, aber entspannt, Papa grinste vor Freude, als er den Prahm an der Leine entlangzog.

»Der beste Tag im ganzen Frühjahr, Vangie.«

»Ich hab' dir Glück gebracht, Papa«, sagte sie fröhlich.

»Ich freue mich ja so, daß du wieder zu Hause bist.«

Vangie war schweigsam und nachdenklich. »Es ist sehr schön, wieder zu Hause zu sein, Papa. Aber ich finde es schrecklich, daß du so schwer arbeiten mußt.«

Papa lachte. »Was heißt da schwer, wenn ich was mache, was mir Spaß macht. Ich verdiene zwar nicht viel Geld, aber was soll dein Papa denn sonst tun?« Sein Lachen war in Empörung umgeschlagen. »Einen Laster fahren? In New Orleans Propan pumpen? Mit *les Texiens* auf einem Bohrturm arbeiten, ich?« Er schüttelte seinen schmalen ergrauten Kopf. »Zeit ist alles, was du hast, was nur dir gehört, dir ganz allein. Darum mußt du mit deiner Zeit machen, was du willst.«

Plötzlich wurde Vangie erschrocken klar, daß sie sich nie wirklich Gedanken gemacht hatte, was sie mit den Bonds tun sollte. Sie hatte sie nicht so sehr wegen des Geldes gestohlen, sondern weil sie es Maxton heimzahlen wollte … Klar, da waren irgendwelche vagen Träume von tropischen Inseln gewesen, von europäischen Großstädten, den Pyramiden am Nil, von Japan, Hongkong, *Freiheit* – aber in erster Linie war es ihr vor allem darum gegangen, sie zu *stehlen*, und dann darum, mit ihnen zu *entkommen*. Aber das war auch schon ziemlich alles gewesen.

Vielleicht hatte der arme Jimmy recht gehabt. Vielleicht hätten sie sie einlösen sollen, einfach abhauen und sich mit dem Geld ein schönes Leben machen, bis Maxton sie schließlich irgendwann aufgespürt hätte …

Aber sie hatte die ganze Zeit nur ans Entkommen gedacht. Jetzt war Jimmy tot. Für ihn gab es kein Entkommen mehr. Und sie hatte die Bonds, traute sich aber nicht, sie einzulösen.

Nein. Das stimmte nicht. Sie wußte jetzt, und zwar, ohne lange überlegen zu müssen, was sie mit ihnen tun würde. Sie würde sie irgendwo weit weg einlösen und dann ihren Eltern das Geld schicken. Wenn es Maxton vielleicht auch irgendwann gelang, *sie* aufzuspüren – bis hierher, zu den Bayous und zu ihren Eltern, würde er nie kommen.

»Was wäre, Papa, wenn dir jemand Geld *geben* würde? Viel Geld?«

»Was soll ich mit viel Geld?« sagte er mit wildem Stolz. »Bin auch so zufrieden mit meinem Leben! Hab' alles, was ich brauche. Deine *maman*, gute Hunde, gutes Fischwasser, eine gute Jagd, diesen Bayou …«

Sie hatten sich über die Fahrrinne ans andere Ufer vorgearbeitet. Er ließ die abgeerntete, mit neuen Ködern versehene Leine ins Wasser zurückgleiten. Vangie betrachtete ihn neugierig, als wollte sie das Geheimnis des Lebens ergründen, das er besaß und das sie verloren hatte.

»Das war der letzte Haken«, sagte er zufrieden. »Jetzt fahren wir nach Hause.«

Es dämmerte. Die drei Männer beobachteten Maman, wie sie die letzten Wäschestücke von der Leine nahm. Sie hob den großen Wäschekorb hoch, leicht zur Seite geneigt, um sein Gewicht auszubalancieren, und ging auf den Eingang des Wohnbereichs zu. Verschwand. Zwei Minuten später kam sie wieder nach draußen, mit einem Eimer, voller Abfälle für die Hunde. Sie umströmten sie wie ein aufgewühlter Fluß aus seidigen braunen und weißen Rücken, japsend und bellend und winselnd, heißhungrig wie es nur Hunde sein können.

»Diese alte Schachtel hört wohl nie zu arbeiten auf«, sagte Nicky. »Überlebt uns wahrscheinlich alle.«

»Willst du darauf wetten?« fragte Trask und lachte.

Sie kehrte ins Haus zurück, und die Lichter gingen an. Maxton stieg aus dem Wagen, die anderen zwei folgten ihm. Sie gingen den Weg zum Laden hinunter und stiegen die knarzende Treppe zur ebenfalls knarzenden Galerie hoch. Maxton blieb stehen, Nicky und Trask gingen durch die Fliegengittertür. Sie klappte hinter ihnen zu und schlug die Glocke an.

Mit strahlendem Gesicht kam Maman nach vorne. Ihre Miene veränderte sich, als sie die zwei Männer im Laden und Maxton auf der Galerie sah.

»Kaltes Bier«, sagte Trask.

Maman deutete mit dem Kopf. Aus ihrem Verhalten sprach Argwohn. »Da hinten. Im Kühlschrank.«

Trask ging den Gang zwischen den Regalen entlang und verschwand. Nicky holte etwas zusammengefaltetes Geld heraus und gab ihr einen Fünfziger, hielt sie so im vorderen Teil des Ladens fest.

»Haben Sie's nicht kleiner?« fragte sie.

Nicky kramte in seiner Geldbörse, fischte einen Zwanziger heraus.

»Für drei«, sagte er.

Maman gab ihm heraus. Trask kam mit drei eiskalten Bierflaschen zurück, die er alle in der linken Hand hielt, die Hälse zwischen den gekrümmten Fingern.

»Wir trinken sie hier«, sagte Nicky.

»Wenn Sie die leeren Flaschen nachher vielleicht in den Kasten auf der Veranda stellen, *non?*«

Draußen gaben sie Maxton sein Bier und stellten sich mit ihm neben der Treppe ans Geländer der Galerie. Hier konnte man sie vom Laden aus nicht hören. Sie standen, in ihren Großstadtklamotten nebeneinander, vom Haus abgewandt, und tranken kaltes Bier.

»Ich bin durchs ganze Haus gegangen«, sagte Trask. »Im Moment ist sie allein, aber die Sachen, die auf dem Bett liegen, gehören so einer blonden Schlampe, die ich in New Orleans am Busbahnhof gesehen hab'.«

»Blond, ja? Eine Perücke, und schon kommt sie an dir vorbei«, knurrte Maxton. Er riß sich zusammen und breitete die Hände aus. »Egal. Sie war hier, und jetzt sind wir hier; wir werden uns erkundigen, wo ...«

Ein Auto kam den Weg von der Kiesstraße heruntergerattert und hielt vor dem Laden. Zwei Cajun-Fischer stiegen aus und kamen auf das Trio auf der Galerie zu. Im Westen überzog die untergehende Sonne den Himmel mit zartem Violett und rosigem Pink.

»Schöner Sonnenuntergang«, sagte Maxton zu den Fischern, als sie die Treppe heraufkamen.

»*Tu dis*«, sagte einer.

Sie gingen an ihnen vorbei in den Laden. Maxton sagte: »Holen Sie uns noch ein Bier, Nicky. Sieht so aus, als würde es noch eine Weile dauern.«

Papas Prahm, dessen Silhouette sich gegen den goldenen und purpurnen Himmel abzeichnete, schleppte Vangies leeres Boot über eine offene Marsch. Vangie saß im Bug von Papas Boot, das Gesicht in Fahrtrichtung gewandt, so daß sie den Wind im Gesicht spüren konnte. Der Motor gab ein dünnes, regelmäßiges Tuckern von sich; würdevoll flatterte ein spindeldürrer Reiher über sie hinweg. Vangie blickte zu drei Brautenten hoch, die über ihre Köpfe hinwegpfiffen, und sah dann wieder ihren Vater an. Sie grinste. Er grinste. In ihren Gesichtern stand die blanke geteilte Freude.

Das Beertown in Henderson war eine Kneipe, in der die Studenten von der University of Southwestern Louisiana in Lafayette während des Semesters Bier tranken. An den Wänden hingen Fischernetze mit Korkschwimmern, ein paar offene Bisamrattenfallen, ein ausgestopfter Großmaulbarsch hinter der Bar; außerdem gab es eine Musikbox und ein Beilkespiel und endloses Countrymusik-Gedudel, was genau die Gründe waren, aus denen die Collegekids auf diese Kneipe standen.

Jetzt allerdings waren Semesterferien, und deshalb waren die Cajun wieder unter sich. An der Bar tranken ein paar junge Burschen Bier, unter ihnen auch Minus. Der Zapfer, Ta-Tese, war in ihrem Alter und gehörte offensichtlich dazu.

»*Eh la bas,* Minus«, sagte er. »Jetzt bist du dran mit einer Runde.«

Minus sah auf die Uhr und nickte. »*Tu dis.*«

Ta-Tese holte eine Ladung Flaschen aus dem Kühlschrank und knallte sie auf den Tresen. Er zwinkerte den anderen Cajuns zu.

»Was verschafft uns eigentlich die Ehre deines Besuchs hier?«

Minus trank wie alle aus der Flasche.

»Ach, wißt ihr, Vangie ist aus der Stadt zurückgekommen.«

Erstaunt rief Cojo aus: »*Pensez-donc!* War verdammt hübsch, die. Sieht sie immer noch so gut aus?«

Minus konnte es sich nicht verkneifen, einen Mund wie beim Pfeifen zu machen und mit der Hand zu wedeln, als hätte er sie sich gerade an einer Tür gestoßen.

»Poo-ya-yi! Die ist vielleicht ein Geschoß!« Dann lachte er und klatschte Cojo auf die Schulter. »Und sie hat mich eingeladen, heute abend zum Laden rauszukommen, Bier trinken mit ihr und ihren Leuten.« Er stellte seine leere Flasche auf den Tresen und knallte etwas Geld für die Runde Bier daneben. »Henderson ist bekanntlich nicht so weit von Broussards Laden und von Vangie weg wie Lafayette. Und *das* verschafft euch heute abend die Ehre, daß Minus vorbeikommt und eine Runde Bier ausgibt.«

Er mußte über ihre neidischen Gesichter grinsen, als er zur Tür ging. Bis sie mit sechzehn die Schule geschmissen hatte, war Vangie so ziemlich der schärfste Zahn gewesen, den es an ihrer High School gegeben hatte.

23

Es wurde schon dunkel, als die Cajuns aus dem Laden der Broussards kamen. Einer trug einen Sechserpack, der andere eine Papiertüte. Maxton, Nicky und Trask stellten ihre leeren Flaschen in die Holzkiste, die zu diesem Zweck am Ende der Veranda stand.

Verstohlen beobachteten sie, wie die anderen gingen.

»Nicky, bleib hier draußen, für den Fall, daß jemand kommt.«

Die kleine Glocke bimmelte munter, als Maxton und Trask nach drinnen gingen. Maman kam aus der Wohnung geeilt und stellte sich hinter den Ladentisch. Ihr Gesicht war vom Kochen gerötet.

»Wollen wohl noch ein paar Bier, Sie?« fragte sie fröhlich.

»Wir wollen Ihre Tochter«, sagte Maxton.

Maman stützte sich auf die Ellbogen und richtete den Blick auf die Sitcom, die gerade über den Bildschirm des kleinen Fernsehers flimmerte; so verdeckte sie für den Fall, daß einer von ihnen hinter den Ladentisch käme, den Diplomatenkoffer.

»Ist schon zehn Jahre nicht mehr hier gewesen, die«, sagte sie.

»Ist heute zurückgekommen, die«, herrschte Maxton.

»Wir wollen Ihre Tochter Vangie, verdammt noch mal!« brüllte Trask. Er stand auf solche Auftritte.

»Hab' sie nicht gesehn, zehn Jahre nicht.«

Maxton schlug ihr ins Gesicht. Mit erhobenen Händen, um sich gegen weitere Schläge zu schützen, wich Maman an die Wand zurück. Mit einer angewiderten Geste ging Maxton nach hinten in den Wohnbereich. Trask übernahm lässig.

»Los, raus mit der Sprache, du alte Sau, oder ich werd' ungemütlich.«

Er wollte sie packen, da schossen Krallenhände vor und kratzten über seine Wangen. Mit einem lauten Aufschrei wich Trask zurück. Über sein Gesicht lief Blut. Maman duckte sich unter seinem Arm hindurch und flitzte davon. Er trampelte ihr hinterher, warf links und rechts Ware um. Maxton kam aus dem Wohnbereich.

»Was ist hier los, verdammt noch mal?«

»Diese alte Scheißschlampe hat mich gekratzt.«

»Wenigstens was die Kleider angeht, hattest du recht, Trask – an diese Sachen kann ich mich noch aus Chicago erinnern. Und jetzt sieh zu, daß du die alte Schachtel findest. An Nicky vorne kommt sie nicht vorbei, und ich passe hier auf.«

Maman, die hinter einem Gestell mit Jagdkleidung kauerte, riß am Schalter der Hauptsicherung. Dunkelheit.

Maxtons Stimme waberte. »Dieses Miststück!«

Rote und grüne Positionslampen leuchteten seitlich an Papas Boot, als es sich der Anlegestelle näherte. Blaß kräuselte sich die Heckwelle im Dunkel. Er ging vom Gas, das Motorengeräusch wurde tiefer, das Boot langsamer. Als er den Motor ganz abstellte und der Kiel übers Ufer schabte, langte er nach hinten, damit Vangies Boot, das sie im Schlepptau hatten, sie nicht rammte. Vangie sprang an Land.

»Tun wir die Fische in den Senkkasten, Papa?«

»Tu dis.« Er grinste.

Er hörte die Kette klirren, als Vangie sie um den Baum schlang, konnte schwach das offene Vorhängeschloß in ihrer Hand sehen.

Er schüttelte den Kopf. »Nein, die Kette hält schon von alleine.« Für einen so kleinen Mann hatte er ein mächtiges, sattes Lachen. »Wetten, daß Maman schon einen Riesentopf Gumbo für uns fertig hat!«

Maman war im Köderraum und hielt mit beiden Händen einen großen Kescher, der in einem der Tanks schwamm. Plötzlich traf sie ein Taschenlampenstrahl ins Gesicht. Sie duckte sich, spannte sich an wie ein in die Enge getriebener Luchs; es hätte nur noch gefehlt, daß sie fauchte.

Mit zufriedener Stimme rief Trask: »Ich hab' das alte Luder.«

Das Netz klatschte ihm voll mit lebenden, sich windenden Shads, ins Gesicht. Er fiel auf den Rücken und seine Taschenlampe flog davon, als Maman über ihn hinwegsprang und die Treppe hinaufrannte.

Die schwache, batteriebetriebene Lampe im Grillenkasten vor dem Laden war nicht mit den anderen Lichtern ausgegangen. Maxton sah Maman aus dem Köderraum huschen, eine dunkle Gestalt, die sich zwischen ihn und das schwache Licht drängte. Sie flitzte geduckt hinter den Ladentisch, schnappte sich den Diplomatenkoffer, riß die Fliegengittertür auf – und lief Nicky in die Arme.

Trask kam nach oben gestolpert, um sie mit brutalem Vergnügen zu packen.

»Die gehört *mir!«* rief er.

»Da kommt jemand«, zischte Nicky.

Trask klatschte Maman eine Hand über den Mund und schleppte sie in den hinteren Teil des Ladens. Ihre Augen glühten über seiner Hand wie die eines gefangenen Wiesels.

Maxton stellte den Diplomatenkoffer auf den Ladentisch.

»Seid einfach ganz still«, sagte er leise zu Nicky. »Wenn kein Licht brennt, gehen sie wahrscheinlich wieder.«

Papas näherkommende Stimme sagte: » ... und die Katzenfische sind ein Pfund schwerer, als sie sonst gewesen sind.«

»Das ist ja toll, Papa«, sagte Vangies Stimme.

Maxton zischte Nicky zu: »Das ist sie! Still jetzt ...«

Vangie blieb abrupt stehen. »Es brennt ja gar kein Licht, Papa.«

»*Fous pas mal.* Maman ist hinten, Essen machen.«

Ohne Zögern ging er die Treppe hinauf und über die Veranda. Maxton konnte seine Silhouette im länglichen Viereck der Tür auftauchen sehen. Papa kam herein, brachte die Glocke zum Klingeln. Mißtrauisch blieb Vangie ein paar Schritte hinter ihm.

Maman wand sich, so daß ihr Mund kurz unbedeckt war.

»*Prenez garde!*« schrie sie.

Brutal riß Trask ihren Kopf in die andere Richtung, es knackte laut, und er blieb in dieser grotesken Stellung. Ihre Augen waren weit aufgerissen und starr. Nicky sprang Papa an, aber ihr Schrei hatte ihn gewarnt; er war keine leichte Beute für den Killer. Sie fielen seitlich gegen den Grillenkasten, der in Trümmer ging.

Papa fand genügend Luft, um zu rufen: »Vangie! Lauf!«

Sie schnappte sich den Diplomatenkoffer, als Maxton sie packte. Sie trat und kratzte, wand sich los, stieß die Fliegengittertür weit auf und sprang mit dem Diplomatenkoffer von der Galerie. Maxton versuchte es ihr nach zu tun, aber sein linker Fuß landete in dünner Luft, und er machte einen Salto von der Veranda.

Papa hatte Nickys Fußgelenk mit beiden Händen in einen gemeinen Klammergriff genommen, aber Trask schlug ihm mit dem Pistolengriff seitlich gegen den Kopf, immer wieder, bis ihn Nicky wegzog.

»Jetzt laß schon, Herrgott noch mal, der alte Knakker ist erledigt.«

Wie ein Otter glitt Vangie im fahlen Mondlicht die Uferböschung hinunter. Über dem Wasser lag Nebel. Sie sprang in das Boot ihres Vaters, ließ das Vorhängeschloß an der Kette um den Baum zuschnappen, rannte ins Heck. Zog Hand über Hand ihren Prahm an der

Leine heran. Warf den Diplomatenkoffer hinein, löste hastig den Schlippstek.

»Hier! Hier ist sie!« brüllte ein humpelnder Maxton, als er sah, wie sie in den Prahm springen wollte.

Ohne sich auch nur umzusehen, hechtete Vangie ins Wasser. Das Boot begann aufs Wasser hinauszutreiben. Maxton versuchte, die Uferböschung hinunterzuklettern, rutschte aus und rollte bis ans Wasser hinunter. Oben am Hochufer begannen Nicky und Trask über seinen Kopf hinweg blindlings auf den treibenden Prahm zu feuern, obwohl Vangie durch den verhüllenden Flußnebel nirgendwo zu sehen war.

Ihr schmaler Kopf kam auf der anderen Seite des Prahms aus dem Wasser, so daß das Boot zwischen ihr und dem Ufer war. Sie langte zum Dollbord hoch, aber es splitterte und flog in Stücke. Sie holte Luft und tauchte wieder unter, so daß sie nicht sah, wie zwei weitere Kugeln ihren Außenbordmotor durchlöcherten. Maxton, der flach auf dem Rücken im Dreck lag, schrie hysterisch: »Hört auf, hört endlich auf zu schießen, ihr verdammten Vollidioten!« Er rappelte sich hoch, als sie die Böschung herunterschlidderten, und fuchtelte wild mit den Armen. »Versucht sie zu fangen, verdammt noch mal!«

Keiner der beiden Männer rührte sich. Auf gar keinen Fall würden sie im Dunkeln in diese beschissen kalte Dreckbrühe springen, wo es Alligatoren und Schlangen und Schildkröten gab.

»Das Boot, ihr blöden Arschlöcher! Nehmt das Boot!«

Sie stolperten auf Papas Fischerprahm zu. Nicky packte ihn am Bug. Trask versuchte die Kette vom Baum loszubekommen. Nicky schob. Nichts passierte. Trask zog seine Pistole.

»Sie hat die Scheißkette am Baum festgeschlossen.«

Resigniert sagte Maxton: »Auch egal.« Sie drehten sich um, um auf den nebelverhangen-trägen, braunen

Fluß hinauszublicken. Außer Nebel war nichts zu sehen. »Sie ist uns entwischt.«

Der flache Prahm hatte sich an einer Flußbiegung voller Zypressen verkeilt. Vangies Unterarm und Unterschenkel kamen hoch, um sich um das Dollbord zu haken, und sie wälzte sich in das Boot. Vangie machte kein Geräusch und lauschte den fernen Stimmen der drei Männer, die durch den Nebel widerhallten.

»Wenigstens hab' ich den Außenborder ein paarmal getroffen«, sagte Nickys Stimme. »Mit dem kommt sie nicht mehr weit.«

Vangie sah die Löcher und löste mit klammen Fingern die Klemmen, mit denen der Motor am Querbalken befestigt war. Sie fröstelte in der Nachtluft. Maxtons Stimme ließ sie erstarren.

»Was ist mit ihren Leuten?«

Trask prahlte: »Hab' ich beide erledigt.«

Abrupt setzte sich Vangie auf den Boden des Boots, und in mächtigen Wellen brandeten Verzweiflung und Entsetzen über sie hinweg. Als Maxtons Stimme wieder ertönte, hatte sie bereits zu schluchzen begonnen.

»Gut gemacht, Trask! Los, schnell weg hier, bevor sie jemand findet.«

Plötzlich war alle Furcht von ihr abgefallen. Sie stand auf, drückte wie ein kleines Mädchen die Fingerknöchel gegen die Augen, aber ihr Gesicht war eine haßerfüllte Maske. Sie riß die Benzinleitung los und stieß den Außenborder laut platschend ins Wasser.

Maxtons ferne, gedämpfte Stimme fragte: »Was war das?«

»Ich war das, ihr Schweine!« schrie sie in den Nebel hinaus. »Ich hab' die Bonds! Kommt und fangt mich doch, ich warte auf euch! Vor allem auf dich, Trask!«

24

Als Minus auf den Weg zum Laden der Broussards bog, beleuchteten seine Scheinwerfer drei Fischer, die gerade in ihre große viertürige Limousine stiegen. Sie fuhren los, daß der Kies spritzte, und kamen mit Fernlicht direkt auf ihn zu. Unter wütendem Hupen mußte Minus ausweichen, damit ihre Kotflügel ein paar knappe Zentimeter an seinen vorbeirauschten.

Er fluchte den Rücklichtern hinterher, bis sein gutmütiges Cajunwesen wieder die Oberhand gewann. Dann stieg er achselzuckend die Treppe zum Laden hoch. Er blieb stehen. Im Haus war es dunkel.

»Vangie?« Keine Antwort. Er ging weiter, reckte vorsichtig den Hals, wie eine Katze in einer Hundehütte. *»Eh la bas!* Vangie, hallo!«

Immer noch keine Antwort. Mit plötzlicher Entschlossenheit griff er nach der Fliegengittertür und zog sie auf.

Inverness ließ den Motor mit ganz wenig Gas vor sich hin tuckern, als ihr Flachboot den breiten Fluß hinunterfuhr. Dain hatte sich in Fahrtrichtung herumgedreht, so daß er mit seiner Taschenlampe unter dem Nebel vor ihnen hindurchleuchten konnte. Er fand es erstaunlich, daß sich Inverness in dem treibenden Dunst überhaupt zurechtfand. Sein Lichtstrahl fiel auf Papas vertäutes Boot.

Inverness stellte den Motor ab. »Das ist es.«

»Das haben Sie auch an den letzten drei Anlegestellen gesagt.«

»Irgendwann muß ich doch recht haben.«

Gemeinsam zogen sie ihr Boot an Land und folgten ihren Taschenlampen die Uferböschung hinauf zu dem ebenen Gelände vor dem Laden.

»Was ist denn hier los?« entfuhr es Inverness.

Der Strahl seiner Taschenlampe war auf Minus gefallen, der über dem Kotflügel seines Pick-up hing, die Hände hatte er vors Gesicht geschlagen. Im selben Moment kam ein Polizeiauto den Weg herangebraust.

»Egal was passiert ist«, stieß Dain hastig hervor. »Sie sollten mit dem Typen da lieber reden, bevor Ihre Vettern vom Land ihn in Beschlag nehmen.«

Das Polizeiauto hielt vor dem Laden an. Das rotierende Licht auf seinem Dach warf einen gleichmäßig pulsierenden blauen Schein auf die Szenerie. Dain war bereits halb die Eingangstreppe hinauf.

»Bleiben Sie mal schön stehen, Mister!«

Inverness zückte seine Dienstmarke. »Polizei von New Orleans. Arbeite an einem Mordfall, der mit dem hier zu tun haben könnte.«

Mit einem Kugelschreiber zog Dain die Fliegengittertür so weit auf, daß er eine Schuhspitze dazwischenbekam. Wenn das Mädchen tot war, wäre es wieder einmal seine Schuld. Kein Wunder, daß sie in seinen Alpträumen Maries Platz eingenommen hatte!

Das erste, was er hörte, war das triumphierende Zirpen von tausend Grillen. Seine Taschenlampe zeigte ihm den zertrümmerten Kasten und die überall herumflitzenden kleinen Grillen. Er überflutete eine mit seinem Licht, wie einen Showstar im Spotlight. Die Grille begann mit ihrer Vorstellung und sägte munter drauflos. Sie saß auf einem toten, zerschmetterten und blutverschmierten Cajungesicht. Vangies Vater. Konnte gar nicht anders sein. Allmächtiger.

Die volle Ladung Schrot fegte ihn zurück. Eine rote Pfütze begann sich unter seinem Brustkorb auszubreiten …

Er mußte damit fertigwerden. Eine weitere neue Erinnerung, von seinem Unterbewußtsein losgebrochen. Dain folgte dem Taschenlampenstrahl durch den Laden, während ihm das alptraumhafte Bild seines eigenen Todes den Schweiß in die Poren trieb. Die Flinte hatte Eddie getötet, hatte nur Dain übriggelassen.

Alle viere von sich gestreckt, der Kopf in einem unnatürlichen Winkel verdreht, lag eine Frau mit dem Gesicht nach unten auf ein paar altmodischen Holzträgern voller Limonadenflaschen. Dains Taschenlampe wanderte an ihr hinab, wieder hinauf, und weg.

Eddie sah, wie die Flinte gelbe Flammen spuckte und Marie zurück und aufwärts und aus seinem Leben schleuderte …

Vangies Mutter. Er kämpfte gegen einen heftigen Brechreiz an und lehnte sich an die Wand. Noch eine Sirene – ein Krankenwagen. In diesem Schlachthaus brauchte niemand mehr einen Krankenwagen. Sein bewegliches Taschenlampenauge stoppte an der halboffenen Tür des Wohnbereichs.

Hier im Laden keine Spur von den Bonds und von …

O Gott, nein! Laß die Cops Vangie finden.

Lautlos stieß er die Tür auf, sah einen schmalen Gang hinunter, der zu einer Küche führte. Seine Taschenlampe zeigte einen Tisch, zwei Kaffeetassen, einen Teller, auf dem noch ein paar *beignets* lagen, zwei kleinere Teller, mit Puderzucker bestreut. Die Kaffeekanne auf dem Herd war warm, genau wie der gußeiserne Topf mit Gumbo. Der Herd war kalt.

Keine Leichen. Gott sei Dank, keine Leichen.

Den Gang wieder zurück. Zwei Schlafzimmer. Eins offensichtlich das Zimmer ihrer Eltern, die Kommode übersät mit gerahmten, vom Alter verblaßten Familienfotos. Eine vergoldete Haarbürste mit Strähnen graumelierter Haare zwischen den Borsten. Ein altersglatter Rattanschaukelstuhl; auf dem kleinen, runden Hartholztisch daneben lag ein dickes Meßbuch in Französisch. Ein selbstgehäkeltes Deckchen auf dem Tisch.

Auch hier keine Leichen.

Letztes Zimmer. Vorsichtig schob er mit der Taschenlampe die Tür auf. Über das primitive Kojenbett waren Vangies Minirock, Bluse und Strumpfhose geworfen. Die Schuhe auf dem Boden. Kein Blut auf den Kleidern.

Eine fremde Stimme sagte: »Gott sei Dank.«

Seine Stimme. Er ging wieder hinaus, den Flur zurück.

In diesem Haus war Vangie nicht tot.

Und Bonds waren auch keine hier. Das Durcheinander war nicht groß genug, daß jemand das Haus durchsucht haben könnte. Maxton und seine zwei Gorillas mußten Vangies Eltern umgebracht haben. Sie *mußten* es gewesen sein. Die Bonds waren also nicht mehr wichtig? Es sei denn, Vangie *lebte* noch. Was vielleicht der Fall war, wie es aussah. Und das wiederum hieß, daß sie vielleicht mitsamt der Bonds entkommen war.

In diesem Fall war Maxton immer noch hinter ihr her. Und Dain mußte immer noch etwas dagegen tun. *Er.* Ja, er. Nicht Inverness, nicht die anderen Polizisten. *Er.* Wenn er sie als erster fand und dazu überreden konnte, Maxton die Bonds zu geben, würde Maxton, da war er ziemlich sicher, die Dinger einfach nehmen und die Suche abblasen. Maxton war nicht der Typ, der scharf drauf war, auf der Suche nach einer exotischen Tänzerin, mit der er mal geschlafen hatte, in den Sümpfen von Louisiana rumzukriechen.

An den Regalen entlang ging Dain durch den Laden und auf das fahle Rechteck der Fliegengittertür zu. Zwei schwarze Gestalten erschienen darin.

Die Tür flog auf und gegen die Wand, vor dem Mondlicht zeichnete sich die Silhouette eines stämmigen Mannes ab. In den Händen hielt er eine abgesägte Schrotflinte. Ein zweiter wuchtiger Schatten drängte sich hinter ihm herein.

»Was haben Sie da drinnen gefunden?«

Die Polizisten starrten ihn fast argwöhnisch an. Dain schüttelte den Kopf und ging an ihnen vorbei zur Tür hinaus.

Zwei Polizeiautos standen mit rotierenden Lichtern keilförmig vor dem Eingang. Hinter ihnen hielten das Auto des Sheriffs und ein Krankenwagen. Polizisten und Sanitäter drängten in den Laden, als Dain von der Galerie sprang.

Als er auf Inverness zuging, fragte dieser gerade: »Und die drei Männer, die Sie gesehen haben, hatten Vangie bestimmt nicht dabei?«

»J'ai dis que non.« Minus hatte geweint.

Dain nahm Inverness beiseite.

»Ihre Eltern sind tot. Von Vangie keine Spur. Ich muß sie finden.«

Er sah zum Laden zurück, der inzwischen hell erleuchtet war. Ein Polizist in Uniform sprang gerade von der Galerie und kam auf sie zu. Rasch wandte sich Dain an Minus.

»Wenn sie nicht bei diesen Männern im Auto war, wo ist sie dann?«

»Vielleicht ist sie zur Hütte ihres Papa draußen in seinem Fischwasser gefahren, bevor sie hergekommen sind.« Er preßte wieder die Knöchel an die Augen. »Als ich sie hier rausgefahren hab', hat sie gesagt, daß sie da rausfahren will, hat sie gesagt.«

»Kennen Sie sich in diesem Teil des Sumpfs aus?«

»Und ob. Das ist im Bayou Noire.«

Der Polizist kam auf sie zu und legte Minus keineswegs unfreundlich die Hand auf die Schulter. »Der Captain, er will mit dir reden, *cher.*«

Unwillkürlich gähnte Dain. Zum ersten Mal seit fünf Jahren war er erschöpft, sehnte er sich nach Schlaf. Inverness sagte: »Wir fahren nach Lafayette zurück – in mein Motel.« Als der Polizist außer Hörweite war, deutete er auf Minus. »Wir fragen ihn, ob er uns morgen zum Bayou Noire rausbegleitet.«

Bei Tagesanbruch fragte Maxton im Bootshafen einen großen, buckeligen, hühnerhälsigen Mann nach einem Krebsfischerboot, sehr breit, mit stumpfem Bug. Maxton war für den Sumpf angezogen, genau wie Nicky und Trask, die neben ihrer Ausrüstung standen, die in einem unordentlichen Haufen auf der Hafenmauer lag. Der dürre, alte Cajun gestikulierte beim Reden.

»Sicher, das ist genau die Sorte Boot, die ich für sowas vermiete, mit dem Boot, da kommen Sie überall hin.« Sein glucksendes Lachen ging in ein Husten über, das ihn krümmte wie eine Garnele. Mit rotem Gesicht richtete er sich wieder auf. »Der Minus, der ist mit denen schon in aller Frühe in den Sumpf rausgefahren – wie's noch nicht mal hell war.« Er machte den Mund auf und lachte. Seine Zähne waren von Kautabak verfärbt. »Ich glaube, die sind hinter einem ganz dicken Fisch her, die!«

Inverness saß hinten am Außenborder, Dain kauerte auf dem Mittelsitz. Sein Körper schmerzte, als hätte er Fieber. Minus im Bug beobachtete die Fahrrinne vor ihnen. Ihre Ausrüstung war ordentlich verstaut. Oben auf ihrem Krebsfischerboot, auf der linken Seite, war eine Piroge festgemacht, ein schmales, kanuartiges Paddelboot. Dain hätte sich gern darin ausgestreckt und sich ausgeruht, lange genug um nachdenken zu können. In seinem Kopf herrschte ein furchtbares Durcheinander.

Auf ein Zeichen von Minus hin ging Inverness vom Gas und steuerte das Boot aus der offenen Fahrrinne in einen sehr schmalen, baumbeschatteten Bayou. Er hackte mit seinem Beil einen jungen Baum um, dann steuerte er das Boot in die Mitte der Fahrrinne und beschleunigte wieder.

Sie waren rasch verschwunden, der Motorenlärm verstummt. Über dem Bayou kehrte Stille ein. Eine Schildkröte kroch über eine halbversunkene Zypresse. Als erneut Motorenlärm ertönte, glitt sie ins Wasser zurück.

Ein zweites Boot mit drei Männern, dieses jedoch ohne Piroge obenauf, kam aus derselben Richtung wie das erste. Es bog in dieselbe schmale Fahrrine. Sein Motorenlärm verlor sich langsam. Die Wellen hörten auf, ans Ufer zu spülen. Die Schildkröte kroch wieder auf den Baumstamm, um sich genüßlich in die wärmende Sonne zu legen.

Inverness war durch den Motorenlärm isoliert, Minus brütete deprimiert vor sich hin und schüttelte von Zeit zu Zeit den Kopf, als redete er mit sich selbst. Dain kannte das nur zu gut. Wenn ich doch bloß gestern abend schneller hier gewesen wäre … wenn … wenn … wenn …

Wenn Maxton nicht nach New Orleans gekommen wäre. Wenn Vangie ihm die Bonds gegeben hätte, dann hätte Maxton weder Jimmy noch Vangies Eltern umgebracht. Zumindest schien sie mit den Bonds entkommen zu sein. Jetzt mußte er sie finden und ihr die Dinger endlich abnehmen, bevor Maxton das tat.

Doch wie sollte Maxton sie finden? Minus wußte, wo sie möglicherweise steckte, Maxton nicht. Andererseits hatte es der Sumpf so an sich, alle Pläne zu durchkreuzen. Trotz seiner Schönheit lauerte überall der Tod. Ein Eisvogel schoß wie ein blauweißer Blitz durch das schwankende Schilf am Ufer; ein Kardinalvogel wurde mitten im Flug von einem herabstoßenden Rotfalken geschlagen.

Inverness schien von derselben düsteren Stimmung befallen zu sein. Sie hatten angehalten, um die Sandwiches zu essen, die sie im Bootsverleih gekauft hatten, und er schlug wieder einmal mit seinem Beil nach einem der kleinen Bäume, die die schmale Fahrrinne säumten.

»Ich kenne mich im Sumpf nicht so gut aus wie Minus«, erklärte er fast entschuldigend. »Ich möchte hier auch allein wieder rausfinden, wenn irgendwas schiefgeht. Hier kann jedem von uns jederzeit was zustoßen.«

Wie um seine Worte zu bestätigen, ließ ein Louisiana-Reiher, der behutsam durch das hohe Gras am Ufer stelzte, plötzlich seinen Kopf nach unten schnellen, um eine dreißig Zentimeter lange rotbäuchige Wasserschlange aufzupicken und ihr mit einem ruckartigen Schlenker das Genick zu brechen. Ihr Kopf schlackerte hin und her, während der Reiher sie herunterwürgte.

Sie kämpften sich durch eine Reihe morastiger Abschnitte, in denen das Wasser so seicht war, daß die Schraube Schlamm aufwirbelte. Als Inverness den Motor abstellte, hallte sein Echo kurz nach, bevor es abrupt verstummte. Minus schaute rasch zurück. Inverness kippte den Außenborder hoch, um die Seerosen und Schwertlilien zu entfernen, die sich um den Schraubenschaft geschlungen hatten; Dain und Minus nahmen die Staken aus ihren Halterungen.

Da war es schon wieder: Schönheit und Tod. Eine Brautente und ihre Jungen schwammen an einem im Wasser treibenden Baumstamm vorbei. Der Baumstamm drehte sich ein wenig – das letzte Entlein in der Reihe verschwand. Der Baumstamm versank auf der Stelle im braunen Wasser. Die Enten schwammen aufs Ufer zu. Aber ein zweites, ein drittes und schließlich das letzte Entlein gingen unter, wenn der Alligator zuschlug. Die verzweifelte Mutter schlug laut quakend mit den Flügeln, als Inverness tieferes Wasser fand und den Motor anließ.

Spät am Tag und tief im Sumpf wurde der Bayou von einer kleinen Insel geteilt. Minus deutete auf die rechte Fahrrinne, dann auf einen Strand mit einer Lichtung dahinter.

»Dort schlagen wir unser Lager auf!« brüllte er gegen den Motorlärm an.

Inverness schwang das Boot herum und stellte den Motor ab, bevor sie auf das schlammige Ufer liefen. Wieder hörte Dain dieses seltsame Echo, als ob in der Ferne ein anderer Motor abgestellt wurde. Minus war bereits in den saugenden, knöcheltiefen Schlick gesprungen. Dain folgte ihm, und gemeinsam zogen sie das Boot an Land. Minus schien aus seiner Depression zu erwachen.

»Morgen fahren wir mit der Piroge weiter und lassen das Boot hier. Dafür ist der Bayou nicht tief genug. Mit dem Boot, da müssen wir sonst einen ziemlichen Umweg fahren, mindestens ein paar Meilen, weil wir mit dem Boot immer in tiefem Wasser bleiben müssen. Das kostet uns einen Tag extra. Mit der Piroge sind wir *demain* an der Fischerhütte – der Bayou führt da direkt hin.«

Eine Stunde später war die Nacht hereingebrochen, ihr Zelt war aufgestellt, das Moskitonetz vorgezogen. In einer rußgeschwärzten Pfanne bereitete Inverness am Feuer das Abendessen, und Dain hielt Minus die Taschenlampe. Der Cajun stand bis zu den Knien im Wasser und band an den kräftigeren Zweigen überhängender Büsche kurze Angelschnüre fest, an deren Haken Speckstücke als Köder hingen. Immer wenn er eine beschwerte Schnur festgemacht hatte, warf er sie ins Wasser.

»Vielleicht fangen wir ja fürs Frühstück einen Katzenfisch«, sagte er.

Dain und er scheuerten die Töpfe und Teller mit nassem Sand und gossen heißes Wasser darüber, dann warteten sie, bis der Kaffee in dem großen, angeschlagenen, blauen Emailletopf kochte. Inverness war im Zelt. Er hatte die Petroleumlampe angezündet, und seine Silhouette zeichnete sich auf dem Nylon des Zeltes ab. Er hob etwas auf, das im Schattenriß wie ein schwerer Gürtel aussah, schlang es sich um den Bauch und schnallte es fest.

Während sie abwesend seine Schattenverrichtungen beobachteten, horchten sie auf die nächtlichen Geräusche, das Rascheln eines kleinen Säugetiers im Gebüsch, das Baßgequake der Ochsenfrösche, das dünne Sirren der Moskitos, das Flattern eines Nachtfalken, der flügelsausend vorbeischoß.

Alles hörte sich friedlich an, aber Dain ließ sich nicht mehr täuschen. Nichts lebte, wenn nicht etwas anderes starb.

Inverness kam nach draußen und hängte die zischende Lampe an die Zeltstange. Wegen des plötzlichen weißen Lichts kniff Dain die Augen zusammen.

Die Scherenschnittaktion wurde klar: An der schmalen Hüfte des Polizisten hing in einem Holster eine .357 Magnum. Dain goß dampfenden Kaffee in eine dicke, weiße Tasse. Minus richtete sich schwerfällig auf.

»Ich geh' mal nach den Angelschnüren sehen, die wir vorhin ausgelegt haben.« Am Rand des Lichtscheins der Lampe drehte er sich um. *»Tu sais,* jemand folgt uns schon den ganzen Tag? Stellt den Motor ab, wenn wir unseren abstellen? Und läßt ihn wieder an, wenn wir unseren anlassen?«

Keiner der beiden Männer antwortete ihm. Achselzuckend ging er mit der Taschenlampe in der Hand zum Fluß hinunter.

Inverness sah ihm hinterher und ließ sich langsam in die Hocke nieder, so daß er mit dem Rücken fast die Zeltstange berührte. Dain beobachtete ihn mit scharfem, hartem Blick. Inverness schüttelte nachdenklich den Kopf.

»Wer könnte das bloß sein?«

»Ich hätte da so eine Idee«, sagte Dain. »Aber was fragen Sie mich? *Sie* sind derjenige, der schon den ganzen Tag eine Spur legt, der sogar ich folgen könnte.«

25

Keiner der beiden Männer veränderte seine Haltung, aber Streit lag plötzlich in der Luft. In ihrer Körperhaltung stand eine unterschwellige Anspannung zu lesen, wenn sie auch von weitem ganz wie zwei alte Freunde hätten sein können, die am Lagerfeuer über den vergangenen Tag sprachen. Die Flammen knisterten, und die Funken stoben ins Dunkel davon.

»Und wie käme ich darauf, sowas zu tun?« fragte Inverness träge.

»Aus demselben Grund, aus dem Sie mich vorgestern den ganzen Tag durch diesen Sumpf gescheucht haben, obwohl Sie ganz genau wußten, wo der Laden der Broussards ist. Damit die Killer vor uns da sind.«

»Sie glauben, ich wollte, daß ihre Eltern ...«

»Nein, ich glaube, Sie wollten, daß Vangie geschnappt wird, weil Sie dafür von irgend jemand Geld kriegen.« Dain setzte sich auf, zog die Beine an, schlang die Arme um die Knie. Es kam ihm vor, als wäre sein Kopf voller Spinnweben. »Sie war aber nicht da, die Lage geriet außer Kontrolle, und ihre Alten mußten dran glauben.«

Inverness befand sich nimmermüde in seiner breitbeinigen Hocke; jetzt veränderte er seine Haltung ein wenig. Der Klang seiner Stimme paßte nicht zu seiner Miene, die angespannt-wachsam, vielleicht sogar ein bißchen bedauernd wirkte.

»Und von wem, meinen Sie, kriege ich Geld?«

»Von dem Mann, der Ihnen gesagt hat, daß ich in New Orleans bin. Ich glaube, *ich* interessiere Sie sogar noch mehr als Vangie.«

»Sie denken zuviel, Dain.«

»*Vor fünf Jahren ...*«

»Ich weiß nicht, was vor fünf Jahren war.«

Dain hatte sich wieder im Griff. »Vor fünf Jahren sollte ich umgebracht werden, weil ich zu gut darin war, Dinge rauszufinden. Meine Frau und mein Sohn starben dabei. Und sie sind vor fünf Jahren an der Menschheit verzweifelt und haben sich in die Sümpfe zurückgezogen. Besteht da vielleicht ein Zusammenhang? Ich werde das Gefühl nicht los, daß es so ist.«

»Seien Sie doch nicht kindisch«, sagte Inverness verächtlich. »Wenn Sie jemanden finden wollen, der für Ihre Familie büßt, dann suchen Sie gefälligst den Mann, der den Mord in Auftrag gegeben hat.«

»Der ist tot. Damit bleiben mir nur der Mann, der den Auftrag weitergeleitet hat, und die Männer, die ihn ausgeführt haben. Ich suche schon fünf Jahre, aber jetzt glaube ich, endlich auf einen Nerv gestoßen zu sein.«

Inverness lachte leise. »Mein Gott, Dain, Sie haben sie wirklich nicht mehr alle. Wie hat man das früher genannt? Überspannt? Schwermütig? Wer soll ich denn in diesem Spiel sein? Der Typ, der den Auftrag weitergeleitet hat, oder der Mörder selbst?«

»Ich weiß es nicht. Auf jeden Fall sind professionelle Killer, wie Sie sehr genau wissen, nicht irgendwelche Schlägertypen – das sind Spezialisten.«

»Wie ich.«

»Wie Sie«, bestätigte Dain hartnäckig.

Er wußte, daß Inverness recht hatte: Er stellte bloß Vermutungen an, und da war eine Leere in seinem Bauch, die er nie gespürt hatte, als er noch Schach gespielt hatte. Paranoia. Aber er konnte einfach nicht anders. Es war, als wäre er wieder ein kleiner Junge. Dieses Gefühl der Hilflosigkeit aus seiner Kindheit, die namenlosen Ängste, derer er durch das Schachspielen Herr geworden war. Vor fünf Jahren hatte er mit dem Schachspielen aufgehört, aber seine Ängste hatte er unter Kontrolle gehalten, indem er sich auf andere, gefährlichere Spiele einließ. Jetzt standen auch diese vor dem Ende.

»Warum haben Sie mich in Zimmers Hotel geschleppt, damit ich mir seine Leiche ansehe?« hörte er sich wie ein beleidigtes Kind maulen. »Sie sind ja nicht mal bei der Mordkommission. Und Maxton. Irgend jemand hat Maxton gesagt, wo er Vangie finden kann, damit er vor mir da ist, und ich glaube ...«

Mit einer schnellen Bewegung stand Inverness auf. Sein Kopf stieß gegen die zischende Petroleumlampe, so daß sie an ihrem Haken an der Zeltstange zu tanzen begann. Sie warf abwechselnd Licht und Schatten auf sein Gesicht.

»Langsam habe ich genug von diesem Quatsch.«

Mit einem zappelnden Katzenfisch trat Minus in den Lichtkreis der Lampe. »Schauen Sie mal, dieser Katzenfisch war an der ...«

Erschrocken wirbelte Inverness herum. Sein Stiefel scharrte über einen herabgefallenen Zweig, an seiner linken Hand blitzte ein silberner Ring auf.

Ein stämmiger Mann mit einer abgesägten Schrotflinte zeichnete sich als bewegter Schatten vor dem Mondlicht ab, das durch die Bäume vor der Hütte fiel. Seine schweren Stiefel schabten über den blanken Bretterboden. An seinem Finger blitzte ein silberner Ring.

Dain war nicht vorbereitet. Er hockte total verdutzt da, als die .357 Magnum loskrachte und Minus nach hinten wegpustete; die Arme flogen, der Fisch flog, Blut spritzte. Er reagierte zu spät, trat gegen den Kaffeetopf und rollte bereits über den Boden davon, als der Topf Inverness am Bauch traf. Ein weiterer Schuß krachte, und wo Dain gerade noch gesessen hatte, spritzte Erde hoch.

Im Zickzack entfernte er sich aus dem Feuerschein, während die Magnum noch dreimal losging, aus einem Baum vor ihm Holzstücke fetzte, von einem Strauch direkt neben ihm einen Zweig riß, direkt hinter seiner Ferse Erde hochspritzen ließ. Er war schon aus dem Licht, als der letzte Schuß einen Schrei und ein lautes Platschen nach sich zog.

Inverness ließ die Trommel herausschnappen, schüttelte die leeren Hülsen heraus, lud im zischenden Lampenlicht methodisch mit gelassenen, bedächtigen Bewegungen nach. Ein leises Rascheln im Gestrüpp ließ ihn die Nasenflügel blähen und in seine Menschenjägerhocke gehen; doch dann fiel die Spannung wieder von ihm ab, er nahm die Lampe zur Hand und ging auf die am Boden liegende Leiche von Minus zu. Seufzend steckte er seine Waffe ins Holster und packte den toten Cajun an einem Fußgelenk.

Er zog Minus, so gut es mit einer Hand ging, zum Wasser hinunter, und dann stieß er ihn, während er die Lampe immer noch hochhielt, mit dem Fuß so weit in den Bayou hinaus, daß ihn die schwache Strömung erfaßte. Die Leiche trieb flußabwärts in die Dunkelheit davon.

In der Hocke suchte Inverness das Ufer nach den tiefen, schlammigen Spuren ab, die Dain hinterlassen haben mußte, als er ins Wasser gelaufen war. Er bewegte sich langsam vorwärts, Schritt für Schritt, bis er endlich zufrieden war.

»Kein Blut«, sagte er laut.

Er hielt die Lampe immer noch hoch, richtete sich auf und spähte in das Dunkel aus Sumpf und schlammigem Wasser hinaus. Er schrie: »Dain!« Dann rief er etwas leiser: »Du hast kein Boot, keine Waffe, kein Messer. Kein Essen, kein Wasser. Alles, was du hast, ist die Wahl. Zwischen mir und dem Sumpf.«

Auf der anderen Seite des schmalen Seitenarms des Bayous stand Dain bis zum Hals im schlammigen Sumpfwasser. Sein angespanntes Gesicht wurde von Licht gestreift, aber er hatte es mit Schlamm beschmiert, so daß es nicht reflektierte.

Er stand reglos da, zuckte mit keiner Wimper und beobachtete den Feind, dessen Stimme über das Wasser hallte.

»Deine Frau war Teil des Auftrags, Dain, aber das mit deinem Sohn tut mir leid, auch wenn du dir dafür nichts kaufen kannst. Und du hast richtig geraten: Seitdem bin ich ein ehrlicher Cop.«

Schweigend, wie betäubt, stand Dain im schlammigbraunen Wasser. Er konnte kaum glauben, was er gehört hatte. War es so einfach? Oder so schwer? Hatte der Feind jetzt wenigstens ein Gesicht, einen Namen?

Er hatte diese Konfrontation herbeigesehnt, darum gebetet, fünf Jahre für diesen Moment trainiert. Er hatte geglaubt, einen Killer geschaffen zu haben, der es mit jedem professionellen Mörder aufnehmen konnte – und jetzt stand er bis zum Hals im Sumpf, und der andere hatte die Knarre.

Was war er also wirklich? Ein Computerfreak, ein Schachfanatiker – ein Spieler, der den Tod seiner Frau und seines Sohns zu verantworten hatte. Bei dem Versuch, das Unsagbare ungeschehen zu machen, hatte er sich nur auf ein neues, noch schlimmeres Spiel eingelassen. Ein Spiel, das darauf hinauslief, daß er der Reihe nach jeden armen Teufel, der ihm in die Quere kam, erbarmungslos umbrachte. Außer Inverness, der für jemanden mit einer Schußwaffe ein fantastisches Ziel abgegeben hätte, so, wie er dort drüben am Ufer stand und die Laterne hoch über den Kopf hielt, ein weißer Fleck in der Dunkelheit. Aber Dain stand natürlich mit leeren Händen da. Am liebsten hätte er angesichts dieser grausamen Ironie losgeheult wie ein Wolf.

Inverness redete auf den Sumpf ein, als trüge er Dains Züge. Demosthenes, der das Meer anschrie. Er widerte Dain an, brachte seinen Haß erneut zum Kochen. Wenn er sich das bloß irgendwie zunutze machen konnte ... »Als ich erfahren hatte, daß du nach New Orleans unterwegs warst, dachte ich, du wärst hinter mir her ...«

Wer hat dir das gesagt, du Schwein? Wer wer wer?

»Es war meine Idee, nicht Maxtons, zu versuchen dich einzuschüchtern. Als das nicht funktioniert hat, dachte ich, du wärst mir auf die Schliche gekommen –

deshalb wollte ich dich in den Sumpf hier raus lokken. Wenn ich dich hier kaltmache, fällt das genausowenig auf, als wenn ich eine Mücke erschlage. Ich dachte mir, wenn ich dir Zimmer zeige, kommst du sofort angeschossen, um das Mädchen zu retten.«

Und was ist mit Minus, du Schwein?

Als hätte er den Gedanken gehört, fuhr Inverness fort: »Ich habe Minus als Führer gebraucht, damit du nicht mißtrauisch wirst. Eigentlich hatte ich vor, dich zuerst umzulegen, aber er hat mich erschreckt, deshalb mußte er dran glauben. Das macht aber nichts. Wir müssen miteinander reden, findest du nicht? Nur wir beide.«

Fast hätte Dain geantwortet. Er *wollte* es – wollte alles erklären, wollte wissen, warum dieser Killer auf so teuflische Weise an ihn gekettet war, wollte Antworten auf die Fragen, die ihn quälten – das alles wollte er mehr, als er sich rächen wollte. Er stand schon kurz davor, sich zu räuspern und etwas über den schmalen Seitenarm zu rufen, doch dann gewann seine Vernunft wieder die Oberhand, und er ließ den Wortschwall des anderen weiter über sich hinwegbranden und blieb, wo er war.

»Wir sind hier ganz unter uns, Dain. Nur du und ich und der Sumpf. Das Mädchen, Maxton – die zählen alle nicht. Du und ich, wir werden von den gleichen Alpträumen geplagt. Wir beide, wir müssen miteinander reden. Oder vielleicht müssen wir auch miteinander kämpfen.« Er lachte kurz. »Vielleicht verbocke ich's ja noch einmal …«

Er hielt inne und hob die Lampe höher, um einen weißglühenden Lichtschein um sich zu verbreiten, er spähte in das Dunkel hinaus, aus dem Dain, der frierend im schlammigen Wasser stand, der verführerischen Stimme um ein Haar geantwortet hätte. Es war dieses kurze Lachen, das ihn davon abhielt.

Das und der Abscheu, den der Hinweis auf die Alpträume in ihm geweckt hatte. *Seine* Alpträume. Sie waren alles, was er hatte, alles, was ihm geblieben war, und sogar das wollte ihm der Killer streitig machen.

»Was meinst du, Dain? Deine Frau und deinen Sohn kann ich dir nicht zurückgeben, aber ... können wir die Vergangenheit nicht vergessen, noch einmal neu anfangen?«

Bat dieser Inverness etwa um Verzeihung? Vielleicht war er ...

Was für ein Quatsch! Das war ein professioneller *Killer*, der ihn um Verzeihung bat, der mit ihm sprechen wollte, der ihn bat, sich ihm zu zeigen. Und dabei stand der Kerl da, mit einer Laterne in der Hand – und einer Kanone in der anderen. Einer Kanone, die er methodisch nachgeladen hatte, nachdem er Minus erschossen hatte.

Dain war immer noch ein unverbesserlicher Amateur, der sich von dem, was er heute abend erfahren hatte, den Verstand vernebeln ließ. Er war ein Amateur mit einem zusammengeflickten Körper, der sich bloß noch danach sehnte, sich dem Sumpf und vielleicht auch dem Fieber zu ergeben, mit einem Körper, der bloß noch unter Wasser sinken wollte und ...

Genau darauf zählte Inverness. Aber, verdammt noch mal, Inverness war nicht der einzige Killer in diesem Sumpf. Den ganzen Tag hatte Dain Lebewesen sterben sehen, keines davon freiwillig. Haß und Schwäche kamen ihm hoch wie Galle – und er schwieg.

Im Moment war Schweigen seine einzige Waffe.

Es klappte. Inverness hatte zuviel geredet und er merkte es.

»Morgen bei Einbruch der Dunkelheit bist du tot, Dain!« rief er, als wäre er plötzlich wütend, daß er es nicht sofort zu Ende bringen konnte. »Wenn dir nicht dieser scheiß Sumpf den Garaus macht, dann ich!«

Er wandte sich vom Bayou ab, nichts als ein blasse Aureole, die sich in die Nacht zurückzog und Dain in totales Dunkel zurückgleiten ließ. Der Schlamm auf seinem Gesicht war getrocknet. Er spürte, wie er Risse bekam, als die Anspannung in seinem Gesicht nachließ. Lautlos tupfte er mit den Händen Wasser darauf. Er wartete.

Als Inverness verschwunden war, erwachte der Sumpf, der mit Dain den Atem angehalten hatte, langsam wieder zum Leben. Die dunkle Luft füllte sich wieder mit seinem summenden, quakenden, meckernden Gesang. Fast hätte Dain mitgesungen. *Inverness hatte Angst vor ihm!* Zweimal hatte er Dain umzubringen versucht, und beide Male war es ihm mißglückt. Er war der Profi, und Dain war der Amateur, aber das Morden belastete ihn auf eine Art, in der es Dain nicht belastete.

Das gab Dain etwas, woran er sich festklammern konnte. Er hatte das Gefühl, notfalls die ganze Nacht im Wasser des Sumpfs stehenbleiben zu können. Und genau an diesem Punkt sackte er zusammen, und sein Kopf tauchte unter Wasser. Seine tastende Hand bekam einen Zweig zu fassen, der vom Ufer ins Wasser hing. Prustend zog er sich daran hoch, kämpfte mit aller Macht gegen den Würgereflex an, gegen den ungeheuren Drang, zu husten und zu niesen. Inverness war noch nicht weit genug weg.

Auf dem Weg zurück zum Zelt kam Inverness an dem zwanzig Pfund schweren Katzenfisch vorbei, dessen Zappeln ihn kurz zuvor erschreckt hatte. Er lag noch immer mit dem Schwanz schlagend und nach Luft schnappend im Gras. Inverness hob ihn hoch und trug ihn zum Wasser hinunter; warf ihn hinein. Fast so, dachte er plötzlich voller Wut auf sich selbst, als wollte er irgendeinen Gott der Raubtiere besänftigen – die einzige Gottheit, die er anerkannt hätte, falls es überhaupt irgendwelche Götter gab.

War Dain also doch clever genug, um zu merken, daß er ihn bloß hatte ködern wollen, und war er deshalb da draußen im Sumpf ganz still geblieben? Wie, verdammte Scheiße noch mal, hatte er alle sechs Mal danebenschießen können? Und wo er schon beim Thema war, wieso war es ihm vor fünf Jahren nicht gelungen, Dain umzubringen, nachdem er ihn mit drei Ladungen Schrot vollgepumpt und das Haus über ihm angezündet hatte?

Oder hatte Dain heute abend doch einen Treffer abbekommen und bloß erst zu bluten angefangen, als er schon im Wasser war?

Nachdem er langsam und nachdenklich ins Lager zurückgekehrt war, löschte er die Lampe und kroch ins Zelt, um zu warten, bis der schwache Schein des Feuers erlosch.

Es war sehr spät, und zwischen driftenden Nebelfetzen hindurch ließ der Dreiviertelmond erkennen, daß der Eingang des Zelts verschlossen war. Das Feuer war bis auf ein oder zwei matt glimmende Glutbrocken erloschen. Auf großen, lautlosen Schwingen schwebte eine Eule über die Lichtung. Ein Fisch sprang. Ein Waschbär kam zögernd aus dem Gebüsch und begann an der Vorderseite des Zelts herumzuschnüffeln.

Auf der Seite des Flachboots, wo die Piroge festgeschnallt war, kam ganz langsam Dains Kopf aus dem Wasser. Er atmete durch den Mund und stand ganze zwei Minuten da, wartete und horchte, während aus seinem klatschnassen Haar Wasser über sein Gesicht strömte. Vier kleine Waschbären kamen angezuckelt, um mit ihrer Mutter vor dem Zelt herumzuschnüffeln. Sonst herrschte nur Stille und Dunkelheit. Sicherheit.

Er machte sich an den Riemen zu schaffen, mit denen die Piroge befestigt war, und löste einen nach dem anderen. Hinter ihm, draußen auf dem Bayou, sprang wieder ein Fisch. Er hatte sich schon einen Plan zurechtgelegt. Die Piroge stehlen und so schnell wie möglich zu Vangies Fischerhütte rausfahren. Vielleicht hatte sie dort irgendwelche Schußwaffen. Wenn nicht, mußte er sie schleunigst wegbringen, in den Sumpf hinaus, wo Maxton und seine Männer sie nicht finden würden.

Als erster würde Inverness seine Verfolgung aufnehmen und dabei den anderen den Weg markieren, so daß sie ihm nur zu folgen brauchten. Inverness war durchaus imstande, die Hütte zu finden, da gab er sich keinen Illusionen hin. Inverness kannte sich im Sumpf gut genug aus, um sich mit Hilfe von Minus' Richtungsangaben eine ungefähre Vorstellung von der Lage des Camps draußen im Bayou Noire zu machen. Allerdings bezweifelte Dain, daß die Verfolger eine zweite Piroge hatten. Sie mußten den weiten Weg außen herum nehmen, so daß ihm genügend Zeit bliebe, um Vangie in Sicherheit zu bringen.

Und sich auf das vorzubereiten, was das Schicksal in diesem Sumpf mit ihm vorhatte. Er würde sich nicht wie ein Kaninchen in seinem Bau verkriechen, wenn sie kamen. Eher wie ein kampflustiger, gerissener Dachs, den sie ausgraben mußten. Ein Dachs mit Zähnen und Krallen und einem zähen Überlebenswillen.

Alle Riemen waren gelöst. Er packte die Piroge und begann sie unendlich vorsichtig vom Flachboot zu heben.

Ein Taschenlampenstrahl traf seinen Rücken, Inverness zielte und schoß aus dem Gebüsch, wo er fünf unbequeme Stunden lang auf der Lauer gelegen war. Die Kugel traf Dain über dem Schulterblatt in den Rücken, direkt unterhalb des Trapezmuskels. Unter der Wucht des Treffers stolperte er nach vorn, und während er mit seiner verkrampften, gefühllosen Hand die Piroge über sich zog, schoß ihm noch der verblassende Gedanke durch den Kopf: *Kaninchen, doch kein Dachs …*

Als er unterging, schlugen an der Stelle, wo sein Kopf verschwunden war, kurz hintereinander zwei weitere Kugeln ins Wasser, und Inverness kam krachend durchs Gebüsch ans Wasser heruntergestürmt und versuchte die Piroge zu fassen zu bekommen.

Aber sie trieb jetzt schneller und war schon ein Stück zu weit entfernt, als daß er sie noch hätte erreichen können. Er folgte dem umgekippten Boot im Strahl seiner Taschenlampe und trabte geduckt den schmalen, schlammigen Uferstreifen entlang. Hielt Ausschau, ob Dains Kopf irgendwo auftauchte.

Am Ende der Insel blieb er mit der Waffe in der Hand stehen und sah hinter der Piroge her. Schließlich wandte er sich ab. Er wußte, diesmal hatte er Dain erwischt, und die Piroge würde nicht weit kommen. Er brauchte morgen früh bloß den Bayou runterzufahren und sie wieder zurückholen. Er mußte sowieso warten, bis Maxton auftauchte.

Maxton. Vielleicht sollte er Maxton und seine zwei Gorillas verhaften und wegen der Ermordung von Minus und Vangies Eltern einbuchten ... dann nähmen ihm seine Vorgesetzten sicher nicht so übel, daß er sich ohne Erlaubnis in den Sumpf abgesetzt hatte ... und er riskierte vielleicht doch nicht seine Rente ...

Blödsinn. Was dachte er sich dabei eigentlich? Da waren doch auch noch die Bonds. Maxton war hinter den Bonds her, und hinter dem Mädchen. Wahrscheinlich wollte er sie umbringen. Darauf deutete zumindest die Art hin, wie er mit ihren Eltern umgesprungen war. Wenn er die drei hinter Schloß und Riegel brachte, klar, dann bekam er seine Rente. Aber wenn er sie umlegte und im Sumpf versenkte, dann bekam er die Bonds. Er allein. Außer Maxton wußte niemand etwas von ihnen.

Wenn Dain allerdings noch am Leben war, waren Maxton und seine Männer recht nützlich, nein, geradezu unersetzlich, bis Dain endlich ... *»Du gottverdammter ...!«* sagte er laut zu sich selbst, merkte dann aber, daß er in Wirklichkeit Dain meinte. Langsam wurde er richtig abergläubisch, was diesen Dreckskerl anging, gerade so, als hätte er übernatürliche Kräfte ...

Entschlossen ging er auf der kleinen Insel zum Lager zurück.

Er hatte Dain in den Rücken geschossen. Mit einer .357 Magnum. Dain war tot, tot, tot, tot, wie dieser scheiß Jesus. Der kam nicht weiter als bis auf den schlammigen Grund des Bayous, wo ihn ein geduldiger Alligator hinschleppen würde, bis er abgehangen genug war, daß er ihn in schöne mundgerechte Happen reißen und verspeisen konnte.

Dieser scheiß Dain war *tot*.

26

Das hauchdünne Palettenmesser der Dämmerung glitt durch die im Wasser stehenden Wächterbäume und legte graue Aquarelltöne über die Schattierungen von Schwarz. Hier und da ertönte der Ruf eines Vogels, im Wasser platschte etwas. In der Ferne machte ein Louisiana-Panther ein dunkles, sägendes Geräusch, dann schrie er wie eine kreischende Frau.

Zwei überschwemmte Hartholzbäume steckten über dem Bayou die Köpfe zusammen, ihr Laub in eine geflüsterte Unterhaltung vertieft, die Füße im Wasser. Einer von ihnen gabelte sich ein gutes Stück über dem Boden. In der Gabel befand sich ein Nest mit drei grünlichweißen Eiern. Etwas, das aussah wie eine große Wasserschlange, schwamm rasch auf den Baum zu und begann seinen Stamm hinaufzugleiten.

Plötzlich war es ein Vogel mit geschmeidigem Hals und schlankem Körper, ein sogenannter Schlangenvogel. Seine mit Schwimmhäuten versehenen Füße hatten kräftige Kletterkrallen. Als er die Astgabel erreichte, hockte er sich auf einen der Äste und putzte seine nassen Federn, um den Talg, der sein Federkleid wasserundurchlässig machte, neu zu verteilen. Dann machte er ein paar unbeholfene Schritte zur Seite, um sich auf die Eier zu setzen.

Weit unter ihm, in dem Gewirr aus Sträuchern und Treibholz, das sich zwischen den Baumstämmen verfangen hatte, wurde ein schmuddeliger Fleck Senfgelb sichtbar. Irgendwann in der Nacht war Minus hier von der sanften, aber beharrlichen Strömung angeschwemmt worden. Seine toten Augen starrten den Baumstamm hinauf zu dem Schlangenvogel hoch über ihm. Als der Tag anbrach, nahm sein Hemd einen auffällig leuchtenden Goldton an.

Von der schwachen Strömung auf dasselbe Treibholz- und Sträuchergewirr zugetrieben wie Minus, kam die Piroge angeschwommen. Blieb ebenfalls hängen. Schaukelte und schlug leichte Wellen. Der Schlangenvogel flog erschrocken auf, ließ sich aber gleich wieder nieder.

Unbehelligt von bösen Träumen hatte Inverness bis lange nach Sonnenaufgang geschlafen. Indem er Dain ausgelöscht hatte, hatte er auch seine Zweifel ausgelöscht. Bei Tageslicht betrachtet, erschienen ihm die halbgaren Ängste von letzter Nacht kindisch. Dain war am Rücken von einer .357 Magnum getroffen worden, seine Lungen hatten sich mit Blut gefüllt, und er war gestorben. Ende der Geschichte.

Zum Frühstück verspeiste Inverness in aller Ruhe einen kleinen Katzenfisch, der an einer von Minus' Angelschnüren gehangen hatte, dann zog er los, um die Piroge zu holen, bevor Maxton auftauchte; das würde ihnen einen Tag sparen. Eine Meile hinter der Insel nahm er an Stelle des Außenborders die Stake; das Wasser wurde rasch seichter. Als er um eine Biegung des Bayous kam, flatterte von einer Gruppe überfluteter Hartholzbäume laut und ärgerlich krächzend ein Schlangenvogel auf und flog von Inverness' Boot fort übers Wasser davon.

In einem Gewirr aus Treibholz und Sträuchern am Fuß des Baumes entdeckte er Minus. Mit dem Gesicht nach oben trieb er mit nacktem Oberkörper im Wasser. An der Schußwunde in seiner Brust hatten Krabben gefressen. Inverness stand im Flachboot und sah auf ihn hinab. Die Stelle, an der ihn die Strömung logischerweise hatte anschwemmen müssen. So weit so gut.

Bloß war das auch die Stelle, an der die Strömung logischerweise die Piroge und Dain hätte anschwemmen müssen. Inverness hatte fest damit gerechnet, beide dort zu finden, wo Minus angeschwemmt worden war, oder zumindest die Piroge, falls Dain mit seiner durchlöcherten Lunge untergegangen war.

Er hob den Kopf, und seine Zufriedenheit verflog, während er sich im Sumpf umsah. Weit und breit keine Piroge zu sehen, die von einem aus der Reihe tanzenden Strudel gegen ein anderes Hindernis getrieben worden war.

Und gestern abend hatte Minus ein knallgelbes Hemd angehabt. Jetzt war es weg. Nur Dain konnte es genommen haben. Aber wie, verdammte Scheiße, konnte der Kerl einen Treffer aus einer .357 Magnum überlebt haben? Wie hatte er überlebt, nachdem er dreimal mit einer Schrotflinte getroffen und in einem brennenden Haus liegengelassen worden war?

Sicherheitshalber untersuchte er den Baumstamm und das Strauchgewirr neben Minus nach Spuren. Da, eine frische Kerbe, die vom Bug der Piroge herrühren könnte; und dort war das Gestrüpp zerdrückt. Fast konnte er die Szene vor sich sehen. Das Boot, plötzlich eine Hand, die daneben aus dem Wasser kam, tastete, Minus' Gesicht fand, sich daran festklammerte ...

Ja, so ähnlich mußte es gewesen sein. Nachdem eine Minute verstrichen war, hatte sich Dain wahrscheinlich ein Stück aus dem braunen Wasser gezogen. War keuchend, mit dem Gesicht nach unten, auf Minus liegengeblieben. Infolge der Kugel, die in seinen Rücken eingedrungen war und hoch genug wieder aus seinem Brustkorb ausgetreten sein mußte, um Herz und Lunge zu verschonen, hing ein Arm unbrauchbar herab. Trotzdem hatte er wahrscheinlich röchelnd gehustet und den Schlangenvogel aufgeschreckt. Danach hatte sich um seine Wunde frisches Rot ausgebreitet.

Deshalb hatte er Minus' Hemd genommen, um eine Schlinge daraus zu binden und seinen Arm still zuhalten, oder vielleicht auch einen Verband anzulegen, damit die Wunde nicht so stark blutete. Dann hatte er mit seinem heilen Arm die Piroge umgedreht, war hineingeklettert und davongestakt. Einarmig.

Mein Gott, es war noch immer nicht vorbei. Inverness wußte, daß er in dieser Nacht nicht würde schlafen können, ganz gleich, wie viele Männer Maxton dabeihatte.

Die leuchtendroten Blüten der Seerosen nickten über Blättern, die wie grüne Teller flach auf dem Wasser lagen. Auf einem Teller saß ein kleiner, grüner Frosch. Auf ein unregelmäßiges saugendes Geräusch und ein heiseres, rasselndes Ausatmen hin spannte er die Muskeln und sprang um sein Leben, als eine schlammverschmierte Stange von oben zwischen die Seerosenblätter gestoßen wurde. Die Stange traf auf Grund. Neben ihr glitt die Piroge vorbei.

Eine Stunde war vergangen. Mittlerweile stakte Dain durch den hyazinthenverstopften Zugang eines Bayous, der aussah wie fester Boden – die Cajuns nennen das *prairie tremblant*. Hier, unter freiem Himmel, brannte die Sonne gnadenlos auf seinen unbedeckten Kopf herunter. Er stakte einarmig, seinen unbrauchbaren Arm hatte er mit einer Schlinge aus Minus' knallgelbem Hemd seitlich an seinen Körper gebunden. Ein weiterer Stoffetzen, den er von dem Hemd gerissen hatte, war von vorne bis hinten durch die Schußwunde gestopft. Dieser primitive Verband war mit frischem Blut getränkt. Auf seinem unrasierten, sonnengeröteten Gesicht perlte Schweiß, und seine Augen glänzten fiebrig.

Das alles hatte er getan, sobald er Minus gefunden hatte. Da er wußte, daß das Fieber wegen seiner infizierten Wunde noch weiter steigen würde, hatte er auf einen Trick aus seinen zwei Konvaleszenzjahren nach dem ersten Mordanschlag zurückgegriffen: Er hatte sich ganz auf eine einzige Sache konzentriert.

Damals hatte das bedeutet, einen Schritt zu machen, die Schmerzen bei einer Beugebewegung auszuhalten, sie dazu zu benutzen, die Trauer und die Schuldgefühle über den durch seine Dummheit verschuldeten Tod seiner Frau und seines Sohnes von sich abzuhalten. Jetzt war es ein einziger Gedanke, gebündelt wie ein Laserstrahl: Folge dem Bayou. Es konnte durchaus sein, daß er im Fiebertran vergaß, warum er ihm folgte; aber er hoffte, sich an dem Ziel festhalten zu können: *Folge dem Bayou.*

Er kümmerte sich nicht um die Bonds, und er durfte nicht daran denken, daß er jetzt ein halber Krüppel war, mehr Belastung als Hilfe für Vangie. Er hatte nur ein einziges Ziel: Sie zu finden und sie zu warnen. Er mußte vor ihnen da sein. Und trotz allem mußte er auch versuchen, ihr zu helfen, während er sich auf seine letzte Auseinandersetzung mit Inverness vorbereitete.

Falls er nicht unterwegs starb.

Hinter der *prairie tremblant* war ein kleiner See, an dessen Ufer kleine Zypressengruppen standen. Wasserhyazinthen, die sich von der Hauptmasse gelöst hatten, trieben klumpenweise auf dem ansonsten klaren Wasser. Inmitten dieser plötzlich blendendhellen Weite wirkte die Piroge wie ein Spielzeugboot und Dain, reglos auf seine Stake gestützt, wie ein Zinnsoldat. Plötzlich rutschte die Spielzeugfigur an der Stake hinab auf den Boden des kleinen, kippeligen Boots und brachte es beinahe zum Kentern.

Von der Piroge liefen in konzentrischen Kreisen kleine Wellen aus, verflachten zu einem bloßen Kräuseln, verebbten ganz. Unter der Mittagssonne war das Wasser des Sees gläsern und still. Ein Schwarm kleiner Shads kam ganz dicht an die Oberfläche, tarnte seine Anwesenheit im Schatten der Piroge.

Dain rührte sich, schob den Kopf unter Schmerzen über das Dollbord der Piroge, um mit glasigen Augen ins Wasser zu sehen. Dort schwammen Elritzen, er konnte sie sehen. Das Wasser wirkte kühl und einladend. Die Elritzen sahen aus, als ginge es ihnen gut.

Aber ihn hatte es einen Scheiß zu interessieren, wie

es ihnen ging, ob sie lebten oder starben. Er mußte dem Bayou folgen.

Seine Hand bewegte sich nach unten und tauchte ins Wasser, um eine Handvoll herauszuschöpfen und über seinen Kopf zu spritzen. Eine und noch eine. Durch die Wunde hatte er fast unstillbaren Durst, und er wußte, daß sein Körper immer weiter austrocknete. Aber wenn er ungefiltertes Sumpfwasser trank, zog er sich möglicherweise eine schwere Ruhr oder Schlimmeres zu. Egal, wie schwach, wie durcheinander er war, er mußte weiter – bis Einbruch der Dunkelheit könnte er keinen vernünftigen Gedanken mehr fassen. Schon jetzt wurden seine hellen Momente immer kürzer.

Folge dem Bayou.

Er bespritzte sich weiter mit Wasser. Ruhte sich aus. Die kleinen Shads kamen zurück. Dain ächzte, als er sich wieder aufrichtete. Die Piroge neigte sich auf die Seite, so daß er fast ins Wasser fiel. Konzentrische Wellenkreise wurden zum Kräuseln und lösten sich ganz auf, aber sie hatten einem Großmaulbarsch eine Nachricht übermittelt. Er stieg rasch von unten hoch, schoß direkt neben der Piroge aus dem Wasser, als er einen der kleinen Shads schnappte, plumpste mit dem für ihn typischen Schwanzklatschen zurück, während er sein Opfer verschluckte, und jagte schon dem nächsten hinterher.

Dains Stange tauchte ins Wasser. Stieß auf Grund. Dain ächzte. Als die Piroge weiterglitt, vernebelte sich sein Verstand erneut. Auf der anderen Seite verengte sich der See wieder zu einem gewundenem Bayou. An seiner Mündung lag ein umgestürzter Baum, und auf einem der Äste, die aus dem Wasser ragten, sonnten sich zwei Dutzend Schildkröten.

Folge dem Bayou. Warum? Keine Ahnung. Tu's einfach.

Als Dains Piroge näherkam, krochen, glitten und platschten die Schildkröten von ihrem Sonnenplätzchen in die illusorische Sicherheit des Wassers, erst eine, dann noch eine und schließlich der Rest.

Als er an ihnen vorbei war – er folgte immer noch dem Bayou – kamen sie zurück. Sie hatten sich vor ihm versteckt, aber er hatte ihnen nichts bedeutet.

Sie hatte ihr Flachboot vor der Hütte an Land gezogen. Vangie stand am Ufer und sah nach, ob an den ausgelegten Angelschnüren ein Fisch angebissen hatte. Papa hatte diesen Platz gut gewählt. Seine Fischerhütte befand sich an einer Stelle, wo einmal eine Halbinsel in weite, flache Marschen hinausgeragt hatte, die sich bis zum Ufer des Fausse Point Lake erstreckten. Eine Meile hinter der Spitze dieser Halbinsel hatte der Bayou irgendwann einen separaten, schmaleren Durchlaß zur Marsch herausgefressen und so eine Insel entstehen lassen. Auf einer Seite war die Marsch, auf der anderen der schmale Bayou, der sich durch dicht mit Bäumen bestandenes Gelände schlängelte, bevor er sich in die Marsch ergoß.

Vom Camp aus hatte man einen guten Blick auf die offenen Marschen. Der Rest der Insel, hinter der erhöhten, gerodeten Fläche, wo Papa die Hütte gebaut hatte, war mit dichtem Wald bewachsen. Die Umgebung war friedlich, aber in Vangie herrschte heller Aufruhr. Alles, was sie tun konnte, war, sich hier zu verstecken. Zur Polizei konnte sie nicht gehen: Sie hatte zwei Millionen gestohlen. Ihr einziger Hoffnungsschimmer war, daß Maxton, obwohl er ein erbarmungsloser und mächtiger Mann war, der ihren Tod wollte, ein Stadtmensch war. Früher oder später würde sogar er aufgeben.

Dain hatte sie Gott sei Dank endgültig vom Hals; das Blutgeld, das er dafür bekommen hatte, sie an Maxton auszuliefern, lag bereits schwer in seiner Tasche.

Und da er nun nicht mehr mitmischte, konnte sie hier bestimmt so lange überleben, bis sich die Lage beruhigt hatte. Dann konnte sie sich aus dem Staub machen, mit den Bonds …

Als sie hier angekommen war, hatte sie noch gezittert vor Angst, aber jetzt war sie schon den zweiten Tag hier, und sie hatte endlich aufgehört, bei jedem Knacksen im Gebüsch zusammenzuzucken. Sie konnte gelassen die Angelschnüre überprüfen. Die Vertrautheit mit dem Ort und der Arbeit hatten eine beruhigende Wirkung auf sie.

Am Leben bleiben. Das war alles, was sie jetzt wollte. Die Sache mit Maxton vergessen. Die Hütte war schwer zu finden, selbst für einen Cajun. Aber die Bonds konnte sie nicht vergessen, und ihr war klar, daß auch Maxton sie nicht vergessen konnte. Sie war mit leeren Händen geflohen, und Papa hatte nie irgendwelche Schußwaffen in der Hütte gehabt. Wenn Maxton sie also fand, hieß das, sie würde mit bloßen Händen gegen drei bewaffnete Männer antreten müssen.

Aber er würde sie nicht finden. Und die Polizei hatte keinen Grund, nach ihr zu suchen. Sie hielten Jimmys Tod für einen Selbstmord und den ihrer Eltern für einen bedauerlichen Zufall – von den Bonds wußten sie nichts.

Ihre Eltern. Sie wollte weinen, konnte aber nicht. Sie wollte irgend etwas kaputtschlagen, mit irgend etwas um sich werfen, trauern – aber sie konnte es nicht. Wie sollte man über den Tod seiner Eltern trauern, wenn man ihn selbst verschuldet hatte?

Plötzlich ließ irgendein animalischer Instinkt sie den Kopf heben und den Bayou hinaufsehen. Sie stand abrupt auf. Ganz weit hinten kam um eine Biegung des schmalen Wasserlaufs eine Piroge in Sicht. Selbst aus dieser Entfernung konnte sie erkennen, daß der Mann mit einem Arm stakte und den anderen in einer knallgelben Schlinge hatte.

Vangie hielt den Atem an. Dain! Hier! Er hatte Zimmer den Killern ans Messer geliefert, und vielleicht hatte er auch bei der Ermordung ihrer Eltern die Hand mit im Spiel gehabt, obwohl sie sich nicht vorstellen konnte, wie das möglich gewesen sein sollte. Und jetzt war er hier, um sie auch noch ans Messer zu liefern. Der Judas! Maxton und seine Killer konnten nicht mehr weit sein.

Dieses Schwein! Waffe hin oder her, dem würde sie es zeigen.

Sie eilte in die Hütte zurück.

Dain stakte in einem wirren Zickzackkurs auf das ferne Camp zu. Die Nässe, die aus seinem Verband sickerte, war nicht mehr rot, sondern eitergelb. Nur mit letzter Willenskraft gelang es ihm, sich auf die Hütte zu konzentrieren. *Folge dem Bayou.* Er hatte es geschafft! Er war da!

Wo? Warum?

Nein. Noch nicht aufgeben. Nur noch ein paar Stöße mit der Stange …

Der Bug der Piroge grub sich in schlammige Erde. Er stakte noch dreimal, bevor er merkte, daß er auf Grund gelaufen war. Er ließ die Stange los und fiel mit einem lauten Platschen in den Schlamm und das seichte Wasser.

Dort fühlte es sich wundervoll an. Kühl und angenehm. Schlammbad. Mami würde bestimmt schimpfen, daß er seine Sonntagssachen …

Laß dich nicht ablenken. Er war da. Er rappelte sich auf die Knie hoch. Kroch ans Ufer, zog sich hoch. Stand wankend am schlammigen Ufer, sah zum ersten Mal die Fischerhütte.

Zwei Räume aus rohen, handgespaltenen Zypressenbrettern um ein Gerüst aus jungen Zypressenstämmen bildeten ein gedrungenes L. Obwohl die Hütte auf einer Anhöhe stand, die sich über der Hochwassergrenze befand, war sie auf Pfählen gebaut. Das Dach war spitz und mit zwei Schichten sich überlappender Zypressenbretter gedeckt. Aus einer Wand ragte in einem verwegenen Winkel ein zweiteiliges Ofenrohr. Die dreißig mal dreißig Zentimeter großen, unverglasten Fenster an beiden Enden der Hütte waren gegen die Moskitos mit einem Netz bespannt, die Holzläden an die Außenwand zurückgeklappt.

Die Tür stand offen, fast einladend. Sehr einladend sogar. Noch während er das dachte, begann die Hütte vor seinen Augen zu verschwimmen, sich zu dehnen und zusammenzuziehen, als wäre sie aus Gummi oder Knetmasse. Ohne den Blick von ihr abzuwenden, wankte er auf sie zu; bis er die unterste der drei Meilen hohen Stufen erreicht hatte, begann die Hütte schwach zu gieren, wie bei Sturm auf hoher See. Es war niemand zu sehen. Wen hatte er erwartet?

»Hal ...« Er verlor den Faden, versuchte es noch einmal. »Hallo?«

Keine Antwort. Mit quälender Langsamkeit ging Dain die Stufen hinauf. Am Rand der Veranda blieb er stehen, wankte im Takt seines keuchenden Atems.

Aber ihm war wieder eingefallen, warum er hier war.

»Vangie?«

Er rief ihren Namen, und im selben Augenblick kam sie mit einem wilden, unartikulierten Schrei aus der Hütte gestürzt und schlug mit einem schweren hölzernen Paddel auf ihn ein. Sie traf ihn mit solcher Wucht in den Bauch, daß es ihm die Luft aus den Lungen preßte und er vornüberkippte. Als sie noch einmal zuschlug, traf sie seine verletzte Schulter, und er kippte wie ein Mehlsack von der Veranda.

Aus seiner Schulter schoß ein glühender Schmerz durch den ganzen Körper. Sogar die Zähne und die Zehen taten ihm weh. Mit einem dumpfen Schlag, der ihm den Atem und das Bewußtsein raubte, landete er im Gras. Vielleicht stammelte er noch: *Mein Gott, Doc, tut das weh! Ich weiß nicht, wie lange ich das noch aushalte, daß Sie an mir rumschnippeln ...*

Mit vor Wut und vor Anstrengung hochrotem Kopf, sah Vangie auf ihn hinab.

»Du mieses Schwein, du bist schuld, daß meine Eltern tot sind! Und Jimmy auch! Und jetzt kommst du hierher und …«

Er stierte zu ihr hoch, mit offenen Augen, offensichtlich bei Bewußtsein, aber seltsam passiv.

»Ich weiß, warum du hier bist! Um Maxton zu mir zu führen, du beschissener Judas!«

Immer noch keine Reaktion. Als wäre er wehrlos, von ihren bloßen Worten besiegt. Aber sie wußte, er hörte sie, er war bei Bewußtsein, er sah sie. Eine neue Befürchtung stieg in ihr auf.

»Du Dreckschwein!« kreischte sie. »Untersteh dich und stirb, bevor ich dich umbringen kann!«

Dann warf sie das Paddel weg und sprang von der Veranda.

Einer der Räume diente als Wohnung, der andere als Abstellkammer. Auf grobgezimmerten Regalbrettern standen Dosen mit Essen. Als Waschbecken diente ein mit einem Schneidbrenner halbiertes 200-Liter-Ölfaß auf zwei Sägböcken mit einer Handpumpe darüber. Daneben standen ein gußeiserner Kanonenofen und ein Holztisch mit vier Stühlen. Auf der anderen Seite waren zwei Kojen mit Laken, Decken und Kissen zu sehen.

Vangie hatte den bewußtlosen und verdreckten Dain, der fast fünfzig Kilo schwerer war als sie, an den Achselhöhlen gepackt und zerrte ihn rückwärts durch die offene Tür nach drinnen.

Neben einer der Kojen ließ sie ihn auf den Boden sacken. Keuchend und ächzend wuchtete sie erst seinen Oberkörper auf das Bett, dann schwang sie seine Beine hoch und ließ ihn halb auf die Seite gedreht liegen.

Sie nahm ein großes, blitzendes Jagdmesser vom Tisch und prüfte mit dem Daumen seine Schneide, während sie auf den Mann auf dem Bett zuging. Rasiermesserscharf.

In den sechzehn Jahren, die sie im Sumpf gelebt hatte, bevor sie in den Lichterglanz der Großstadt geflohen war, hatte sie Hunderte von Tieren und Tausende von Fischen getötet. Hatte sie ausgenommen, gehäutet, zerlegt. Der Tod war ihr kein Unbekannter. Es machte ihr nichts aus, zu töten. Das ging ganz einfach. Was machte es da schon für einen Unterschied, daß es ein Mensch war, kein Tier? Ein Schnitt über die Kehle, wie wenn man einen aufgehängten Hirsch ausbluten läßt ... oder ein Stoß in die Magengrube und unter dem Brustbein hoch ins Herz ...

Dain war schon fast tot. Streit mit den anderen? Etwas, das ihn im Sumpf erwischt hatte? Um herauszubekommen, was passiert war, mußte sie sich die Wunde ansehen.

Und ganz gleich, was geschehen war, lebend bedeutete Dain in jedem Fall einen Vorteil für sie. Vielleicht konnte sie ihn als Geisel benutzen, wenn sie ihr an den Kragen wollten.

Tot mußte sie ihn bloß noch begraben.

Sie kniete neben ihm nieder, schnitt die Schlinge auf, riß das Hemd herunter. Sah sich die Wunde an, durch die der eitergetränkte Stoffetzen gestopft war. Sie beugte sich darüber, roch daran, zuckte zurück.

»Du meine Güte«, sagte sie laut, »das eitert aber!«

Das Loch hatte er sich nicht im Sumpf geholt. Das war eindeutig eine Schußwunde, großes Kaliber. Stahlmantel, denn ein Hohl- oder Bleispitzengeschoß hätte ihm die ganze Schulter weggerissen. Wenn ihn Maxton aus irgendeinem Grund auch umbringen wollte, konnte sie ihn vielleicht benutzen, um die Killer aufzuhalten und selbst zu entkommen.

Sie ließ Dain bewußtlos und unverbunden liegen, ging in die Kochnische zurück, pumpte einen Kübel mit Wasser voll, stellte ihn auf den Ofen und zündete das bereits vorbereitete Feuer an. Ohne einen Blick zurück ging sie durch die offene Tür nach draußen. Sterben würde er sowieso. Wenn etwas ins Haus kam und ihn sich schnappte, während sie weg war, ersparte ihr das eine Menge Mühe.

Dann dachte sie: Vielleicht tue ich es selbst, wenn ich zurückkomme.

Aber jetzt noch nicht. Sie holte das Paddel, mit dem sie auf ihn eingedroschen hatte, ging zu seiner Piroge hinunter, sprang hinein und stieß sich vom Ufer ab. Mit geschickten und mühelosen Stößen paddelte sie stromaufwärts, in die Richtung, aus der er gekommen war.

Fünfzehn Minuten später lenkte sie das Boot ans Ufer. Sie konnte sich erinnern, daß an dieser Stelle ein toter Büffelfisch gelegen hatte. Als sich der Bug einen Meter neben dem toten Tier in den Schlamm bohrte, flog unter wütendem Summen ein Schwarm großer, grünbäuchiger Fliegen auf. Die Seite des Fisches war ein einziges Wimmeln – fast, als lebte er noch. Mit dem langen Jagdmesser in der Hand kauerte Vangie daneben nieder.

Es dämmerte, als sie in die Hütte zurückkehrte. Dain atmete geräuschvoll. Sie knallte eine Blechbüchse auf den Tisch. Nahm die Petroleumlampe zur Hand. Ein Streichholz flackerte auf, die Flamme verströmte weißes Licht. Vangie ließ den Glaskolben der Lampe herunter und stellte sie auf den Tisch.

Das Wasser auf dem Ofen kochte blubbernd. Sie wickelte das Jagdmesser in ein Handtuch und warf beides in das kochende Wasser, tat noch zwei weitere Handtücher dazu, nahm den Kübel vom Ofen. Erst jetzt drehte sie sich um und sah Dain zum ersten Mal seit der Rückkehr von ihrem Streifzug an.

Seine Augen waren offen, sie glänzten im Lampenlicht, aber seine Stimme klang vernünftig.

»Was mache ich hier?« fragte er.

»Krepieren«, sagte Vangie.

27

Dain fuhr mit seinem gesunden Arm durch die Luft und deklamierte: »Bei meiner Ehr', mich kümmert's nicht, ein Mann nur einmal sterben kann; wir schulden Gott den Tod.«

Vangie drehte die Lampe etwas stärker auf und stellte sie neben dem Bett, auf das sie ihn gelegt hatte, auf einen Stuhl.

»Shakespeare«, sagte Dain.

»Toll.«

Er schwieg, während sie ihre Vorbereitungen traf. Zuerst holte sie eine Plane aus dem Abstellraum und schob sie unter ihn, indem sie ihn erst auf die eine, dann auf die andere Seite wälzte. Es würde eine Menge Blut, Wasser und Eiter aufzufangen geben, wenn sie sich mit dem Messer an die Arbeit machte.

Als nächstes holte sie den Erste-Hilfe-Koffer, den Papa immer in der Hütte hatte. Steriler Verbandsmull, Heftpflaster und, Gott sei Dank, eine ungeöffnete Flasche Jodtinktur. Die würde sie brauchen.

Sie holte den Kübel mit abgekochtem Wasser, stellte ihn auf den Boden, fischte das dampfende Handtuch mit dem Jagdmesser heraus, hielt es mit spitzen Fingern, gab es von einer Hand in die andere, um sich nicht die Finger zu verbrennen. »Du sollst bei vollem Bewußtsein sterben«, sagte sie. »Du sollst den Tod spüren.« Sie kniff die Augen zusammen und stieß mit haßverzerrtem Gesicht hervor: »Du mieses Schwein!«

Sie zog sich den zweiten Stuhl heran, setzte sich Dain gegenüber. Sie schlug das heiße Handtuch auseinander, nahm das Jagdmesser heraus, hielt es über die entzündete Wunde.

»Halt dich an irgendwas fest, nur nicht an mir, sonst bring' ich dich um, bevor ich eigentlich möchte.«

Ihr Arm schoß vor, Eiter spritzte. Dain stieß einen Schrei aus, dann verstummte er. Sie arbeitete mit dem Messer, wischte sich von Zeit zu Zeit mit dem Ärmel den Schweiß aus dem Gesicht, säuberte die Wunde mit dem gekochten Wasser und den Handtüchern.

»Jetzt wird's erst richtig lustig«, sagte sie.

Und goß ungefähr die halbe Flasche Jodtinktur in die Wunde. Er schrie noch einmal, war dann wieder still. Sie fühlte ihm den Puls; er raste. Besser, als wenn er stillgestanden hätte. Sie hatte keine Möglichkeit, seinen Blutdruck zu messen, und sie hätte auch nicht gewußt, was gut oder schlecht wäre, selbst wenn sie ein Meßgerät gehabt hätte.

Schließlich wurde es Zeit für die Kaffeedose voll wimmelnder Maden aus dem toten Karpfen. Sie setzte sich auf die Bettkante und begann, die fetten, weißen, sich windenden Kreaturen ganz behutsam in Dains entzündete Wunde zu stopfen. Als sie genügend drinnen hatte, legte sie ihm einen Verband an und befestigte ihn mit Heftpflaster.

Ein paar Meilen weiter lagen im Sumpf zwei Flachboote am Ufer eines breiten, seeähnlichen Gewässers. Auf einer kleinen Lichtung standen die zwei Zelte der Jäger, Eingänge geschlossen. Auf einem Floß aus Wasserpflanzen, nicht weit vom flachen Ufer, quakte ein Ochsenfrosch, blähte die Kehle, um eine Kugel aus Luft über seine Stimmbänder hin und her zu schieben und so ein rülpsendes Geräusch zu erzeugen.

Ohne Vorwarnung tötete ihn mit einem brutalen, knirschenden Biß ein Waschbär. Mit dem toten Frosch im Maul trat der Waschbär den Rückzug an. Im selben Moment stieß ein Luchs am Ufer einen schrillen Schrei aus.

Maxtons Stimme polterte los: »Was ist denn das schon wieder?«

Der Waschbär ließ den toten Frosch fallen und trat die Flucht an. Über die Innenseite eines Zelts zuckte das Licht einer starken Taschenlampe. Der Luchs glitt mit dem Frosch ins Gebüsch.

»Ihr Gewissen vielleicht?«

Der Eingang des Zelts wurde zurückgeschlagen, und Inverness sah nach draußen. Neben ihm erschien Maxtons blasses Gesicht in der schmalen, V-förmigen Öffnung. Er funzelte immer noch mit der Taschenlampe herum.

»Es … es hat sich angehört wie der Schrei … einer Frau.«

»Das hat noch Zeit, bis wir das Camp finden«, sagte Trask im anderen Zelt. Er lachte leise.

Inverness spürte, wie der Druck in ihm immer weiter zunahm. Er wollte das Ganze endlich hinter sich bringen. Er wollte diesem widerwärtigen Dain endlich den Garaus machen. Was Maxton und diese zwei Wichser mit Vangie anstellten, war ihre Sache. Er ließ den Zelteingang wieder zurückfallen.

»Schlafen Sie ein bißchen, Maxton. Sie werden es brauchen. Es sieht nach Regen aus.«

Durch das kleine, mit Moskitonetz bespannte Fenster auf der Ostseite der Fischerhütte war zu sehen, wie die Morgendämmerung einen schmalen roten Strich über den Horizont zog. Aber keiner war wach, um es beobachten zu können. Vangie hatte sich in dieselbe Koje wie Dain gezwängt, sein Kopf ruhte halb auf ihrer Brust, halb auf ihrer Schulter. Seine Wunde war mit frischem, weißem Mull fest verbunden.

»Nein«, sagte er plötzlich in normalem Gesprächston. Vangie schlug die Augen auf. Er begann, den Kopf von einer Seite auf die andere zu werfen. *»Lauf,* Albie!« schrie er. *»Lau …«*

Er sank zurück. Sie legte ihm die Hand auf die Stirn. Sie fühlte sich kühl an. Das Fieber hatte in der Nacht nachgelassen. Nur irgendein Alptraum … Aber Dain warf sich wieder herum, stieß sie mit seinen heftigen Bewegungen fast aus dem Bett. Sie wußte sich nur zu helfen, indem sie sich mit einem Fuß auf dem rauhen Dielenboden abstützte.

»Marie! Vorsicht!« Er verstummte kurz. Dann ein lauter Schrei: »Vangie!« Leiser. »Sie … kommen …«

Sie sprang aus dem Bett, rannte auf bloßen Füßen zum Tisch, stellte die Lampe heller. Dann ließ sie sich schwer auf den Stuhl sinken, beugte sich vor und studierte Dain aufmerksam, mit fast ängstlicher Miene.

Sie schauderte. »Was habe ich … in seinen Alpträumen …«

Als er begonnen hatte, sich aufzubäumen wie ein wildgewordener Hengst, hatten wieder ihre alten perversen Instinkte die Oberhand gewonnen. Er tat ihr leid. Gestern hatte sie ihn noch umbringen wollen. Heute morgen, als er sich unter ihr aufbäumte, hatte sie ihn vögeln wollen. Das war so alt wie die Menschheit, den Tod mit einem Akt zu verneinen, der für das Leben stand, manchmal sogar neues schuf. Aber hier und jetzt, bei diesem speziellen Mann, erschien ihr die Reaktion ihres Körpers wie Verrat und machte sie wütend.

»Du mieses Schwein, du«, schrie sie. »Meinetwegen kannst du gern verrecken.«

Dain blieb stumm und bewegte sich nicht mehr. Nach und nach sank Vangies Kopf auf ihre Unterarme, die sie neben der langsam erlöschenden Laterne auf den Tisch gelegt hatte. Sie schlief wieder ein.

Vormittag, strömender Regen aus bleiernem Himmel. In glänzendem Regenzeug kam Vangie in der Piroge aus den Marschen zurück. Zwei zylindrische Maschendrahtreusen auf dem Boden des Boots wimmelten von lebendigen Panzerkrebsen.

Regen trommelte auf das Dach der Hütte, als Dain wach wurde. Er schwang die Beine über die Bettkante und versuchte, sich aufzusetzen. Beim zweiten Versuch schaffte er es, sich aufrecht zu halten. Sein rechter Arm war unter dem Verband stillgelegt; er kratzte vorsichtig daran. Er hatte wieder eine bessere Farbe und war bei klarem Verstand.

»Reiß dich zusammen«, sagte er laut zu sich selbst. »Steh auf.« Er versuchte es. Sackte aufs Bett zurück. Versuchte es wieder. Schaffte es hochzukommen, schwankend zwar, aber aufrecht. Ganz langsam begann er, sich vorwärtszutasten. Mußte ausruhen. Auf die Lehne eines Holzstuhls gestützt. Schwer atmend. Er sah das einladende Bett an, einen Kontinent weit weg. Machte sich auf den Rückweg. Schaffte es.

Setzte sich. Ruhte sich aus. Stand auf. Machte sich auf den Weg zum Tisch.

Schaffte es. Zurück zum Bett. Blieb stehen.

Wieder. Und wieder und wieder und …

Die Tür ging auf, und Vangie wurde von peitschenden Regenschwaden in den Raum gefegt. Als sie den Kübel voll Krebse abstellte, knallte die Tür hinter ihr zu. Erst jetzt merkte sie, daß Dain aufgestanden war, er stand auf halber Strecke zwischen Bett und Tisch.

Alle Farbe wich aus ihrem Gesicht, und sie stand mit offenem Mund staunend da. Vielleicht hatte Dr. Frankenstein ein ähnliches Gesicht gemacht, als das von ihm zusammengeflickte Monster zum Leben erwachte und sich aufsetzte.

Sie riß das Jagdmesser aus dem Gürtel und hielt es wie bei einer Messerstecherei auf Bauchhöhe.

»Du verfluchtes Dreckschwein!« schrie sie ihn an.

Dain sah in ihr wutverzerrtes Gesicht. Die Ruhe und Gelassenheit, die ihn erfüllten, hatten beinahe etwas Animalisches, möglicherweise war es das gegenseitige Einverständnis im Tod, das Naturforscher bei Beute und Raubtier beobachtet haben, vielleicht auch die Gelassenheit, die oft jene Menschen befällt, die lange Zeit starke Schmerzen hatten oder gefoltert wurden.

»Ich sterbe vor Hunger, und die verdammte Wunde da juckt wie verrückt«, hielt er ihr vor.

Vangie wußte nicht, was sie tun sollte. Sie stand kurz davor, ihn umzubringen, und er tat so lässig wie eine

Figur aus einem Fernsehfilm. Verstohlen schob sie das Messer in die Scheide zurück, hob den Eimer mit den Krebsen hoch, stellte ihn in das Ölfaß-Waschbecken und begann, frisches Wasser zu pumpen, als hätte sie das Messer nie in der Hand gehabt.

»Das ist, äh, weiter, äh, kein Wunder«, erklärte sie ihm. »Ich hab' gestern nacht lebende Maden reingesteckt und heute, bevor ich losgegangen bin, noch mal. Maden fressen nur totes und entzündetes Fleisch, gesundes rühren sie nicht an.«

Dain wurde blaß und setzte sich ziemlich abrupt an den Tisch. Er sah erst sie an, dann seine Schulter, dann wieder sie. Er spitzte den Mund und ließ langsam den Atem entweichen. Sie trug Wasser und Krebse zum Ofen.

Doch dann kam plötzlich Entschlossenheit in sein Gesicht. Mit schwacher Stimme sagte er: »Hinter uns sind vier Männer her.«

Als hätten sie schlagartig die Kräfte verlassen, ließ sich Vangie genauso plötzlich und schwer wie Dain auf einen Stuhl plumpsen.

»Hinter *uns,* du Schwein?« Verspätet fügte sie hinzu: »Vier? Ich dachte, es wären nur ...«

»Hinter dir und den Bonds sind genaugenommen nur drei her. Maxton und seine Gorillas. Der vierte ist hinter mir her. Aber ich bin sicher, er will auch seinen Teil von der Beute.«

»Maxton«, sagte sie verächtlich. »Du hast Jimmy an ihn verkauft, du hast mich an ihn verkauft. Meine Eltern etwa auch? Was haben sie dir getan, du Ratte? Ich wollte ihnen helfen ...«

»Vielleicht wollten sie das gar nicht.«

»Du mieser ...!« platzte Vangie heraus und stürzte sich über den Tisch hinweg mit funkelnden Augen und gekrümmten Fingern auf ihn, um sein Gesicht zu zerkratzen. Er stieß seinen Stuhl zurück und wischte sie mit seinem unverletzten Arm vom Tisch. Ihr blieb von der Wucht des Schlags die Luft weg. Sie saß auf dem

Boden, sah blinzelnd zu ihm hoch und rang nach Atem.

»Mein Gott, die brauchen uns gar nicht mehr zu erledigen«, sagte Dain. »Das machen wir schon gegenseitig.«

Vangies Keuchen ließ nach. Dain hielt ihr die Hand hin. Nach kurzem Zögern packte sie zu und ließ sich von ihm hochhelfen. Sie ging zum Ofen und machte sich an den Krebsen zu schaffen. Er redete barsch auf ihren Rücken ein. »Es ist mir scheißegal, ob du mir glaubst oder nicht, aber ich hab' dich nicht an Maxton verkauft. Vor fünf Jahren hat jemand meine Frau und meinen Sohn erschossen ...«

»Marie und Albie?« fragte sie, bevor sie sich zurückhalten konnte. Um ihm nicht in die Augen sehen zu müssen, hatte sie es plötzlich furchtbar eilig, den Dekkel hochzuheben und nach den kochenden Krebsen zu sehen. »Ich hab' schon viel von ihnen gehört – gestern nacht, als du geschlafen hast.«

»Alpträume. Ich hab' ständig welche, seit ... ich die Männer zu finden versuche, die sie umgebracht haben. Das ist der Grund, warum ich von solchen Leuten solche Aufträge übernehme, wie ich sie eben übernehme. Was hast du für eine Entschuldigung?«

Sie fing tatsächlich an, sich vor ihm zu rechtfertigen. »Die Bonds sollten mir helfen, nicht mehr ...« Sie hielt inne, fügte trotzig hinzu: »Und meine Eltern sollten sich nicht mehr zu Tode schuften müssen.«

Dain schlug leise vor: »Vielleicht können wir uns ja gegenseitig helfen.«

Sie warf ihm einen vielsagenden Blick zu, sagte aber nichts. Ihr Schweigen war beredter als alle Worte, ein Einverständnis, das sie sich noch nicht eingestehen konnte.

Er fragte: »Kannst du dich noch an den Nachmittag unten am Fluß erinnern? Als ich dir erzählt habe, irgend jemand müßte nervös geworden sein, weil ich angefangen hatte, in New Orleans nach dir zu suchen? Das war ein gewisser Inverness, ein Cop aus New

Orleans. Er ist mir am Abend zuvor gefolgt, obwohl er auf legalem Weg unmöglich etwas von mir gewußt haben kann. Mir war sofort klar, daß daran einfach was faul sein mußte.«

»Und?« sagte sie steif. »War's das?«

»Ja und nein.« Er begann, im Raum auf und ab zu gehen. Jetzt, wo die Infektion zurückgegangen und das Fieber gesunken war, kam er rasch wieder zu Kräften. »Ich weiß nicht, ob *er* Maxton den Tip gegeben hat, wo du bist, aber er ist einer der Männer, die meine Frau und meinen Sohn erschossen haben. Darum *muß* er mich jetzt umbringen.«

»Weil du weißt, was er getan hat?«

»Weil er weiß, daß ich ihn umbringe, wenn er mich nicht umbringt.«

Vangie drehte sich um, um ihn anzusehen, lehnte sich gegen den Rand des Ölfaß-Waschbeckens zurück. Seine Unversöhnlichkeit war gut, sie konnte sie sich zunutze machen, sie wie eine Waffe gegen ihre Feinde einsetzen. Vielleicht. Möglicherweise sagte er sogar die Wahrheit.

»Wenn er hinter dir her ist und Maxton hinter mir, warum haben sie sich dann zusammengetan?«

»Ich weiß nicht, wie und warum, ich weiß bloß, daß er sich mächtig Mühe gegeben hat, Maxton hierher zu lotsen. Ist doch an sich ganz logisch, er hilft Maxton, die Bonds zu beschaffen und dich umzubringen, damit ihm Maxton hilft, mich umzubringen, und ihm was von den Bonds zukommen läßt.« Er hielt inne. »Du solltest besser die ganze Wahrheit erfahren, Vangie – Inverness hat auch Minus umgebracht.«

»O Gott«, sagte sie leise. »Der Arme.« Noch ein Tod, den jemand auf dem Gewissen hatte, ob sie oder er, war keinem von beiden klar. Sie fügte hinzu: »Denken sie denn nicht, du bist tot?«

»*Sie* vielleicht – aber Inverness nicht. Er ist ein Jäger, er weiß die Spuren zu deuten, er läßt sich nichts vormachen.«

Vangie holte zwei weiße Teller und Besteck heraus. Sie wich seinem Blick aus.

»Und du, du Scheißkerl, hast sie hierher geführt.«

»Nicht ich – Minus. Er hat Inverness gesagt, daß du wahrscheinlich hier bist, und wie man hierher kommt – er dachte, Inverness wäre ein ehrlicher Polizist. Das dachte ich auch, bis Inverness anfing, für Maxton eine Spur zu legen. Ich könnte hier niemanden irgendwohin führen, das weißt du ganz genau. In diesem Sumpf bin ich total aufgeschmissen.«

»Immerhin bist du hierher gekommen«, sagte sie.

»Minus hat gesagt, in einer Piroge braucht man bloß dem Bayou zu folgen. Das habe ich getan. Ich dachte, ich könnte dich retten. Und dann gab es plötzlich nur noch zwei Möglichkeiten für mich: Entweder hierher kommen oder sterben. So einfach war das.«

»So einfach ist nichts«, sagte sie bedauernd, als täte es ihr leid, daß er es geschafft und sie ihn gerettet hatte.

»Jetzt müssen wir es mit ihnen aufnehmen«, fuhr er fort, als hätte sie überhaupt nichts gesagt, »oder sterben.«

»Wir können auch fliehen.«

Er schüttelte bloß den Kopf. Sie sahen sich lange an. Dann wandte sie sich ab und nahm den dampfenden Kübel mit schmackhaften Krebsen vom Ofen.

»Vier Männer«, sagte sie. »In Pirogen oder Flachbooten?«

»Soviel ich weiß, in Flachbooten. Hat das etwas zu besagen?«

»Das Unwetter. Ohne Pirogen müssen sie einen ziemlichen Umweg machen – möglicherweise an die zehn Meilen. Der Wind läßt frühestens morgen früh nach, der Wellengang sogar erst am Nachmittag. Sie werden also erst nach Einbruch der Dunkelheit hier auftauchen. Das heißt, wir haben bis morgen abend Zeit.«

»Warum erst nach Einbruch der Dunkelheit?«

»Weil sie damit rechnen, daß wir Gewehre haben.«

»Warum gibt's hier keine?«

»Die Sumpfbewohner stehlen nichts, und wenn, dann höchstens die Gewehre.«

In der Marsch war es sehr dunkel, obwohl es erst fünf Uhr nachmittags war. Es regnete in Strömen, und die Wipfel der höheren Bäume, die den Rest des Waldes überragten, wurden vom Wind hin- und hergepeitscht. Die zwei Boote mit den Jägern liefen genau an der Stelle an Land, wo der breite Wasserlauf, dem sie gefolgt waren, in den weiten, offenen Marschensee mündete.

Sie stellten die Motoren ab. Die vier Männer sprangen hinaus, um die Boote an Land zu ziehen. Maxton packte Inverness am Ärmel.

»Warum schlagen wir das Lager schon am Nachmittag auf?«

Der große Polizist ging einfach weiter. Maxton zögerte, dann trabte er ihm hinterher. Sie zwängten sich durch nasses Gestrüpp, brachen wieder daraus hervor. Maxton blieb stehen, schockiert über die Gewaltsamkeit der Marschen.

Der Himmel war von einem düsteren Indigo, voll schwarzer Wolken. Unablässig zuckten und flackerten Blitze. Draußen auf dem offenen Wasser bauschten sich mächtige, schlammige Schaumkronen, die mit unerbittlicher Präzision anrauschten und sich schließlich in schmutzig weißen Brandungswellen am Ufer brachen. Der Wind heulte, der Regen ließ zentimeterhohe Spritzer von der Wasseroberfläche aufsteigen.

»Kapieren Sie jetzt endlich? Der Wind wird sich wahrscheinlich schon in der Nacht legen, aber der Wellengang wird erst irgendwann im Laufe des Tages nachlassen. Wenn wir versuchen, vorher da rüberzufahren, kann es einfach passieren, daß wir kentern und ersaufen. Deshalb schlagen wir jetzt schon unser Lager auf, obwohl wir an sich noch drei Stunden Tageslicht zur Verfügung hätten.«

Mit belegter Stimme begann Maxton: »Wir versuchen es jetzt gleich, Herrgott ...«

Inverness wandte sich bloß ab. »Jetzt regen Sie sich mal nicht so auf, Maxton.« Er *wußte,* daß dieser verfluchte Dain noch am Leben war, und dieses Wissen nahm ihn so in Anspruch, daß in seinem Kopf kein Platz mehr blieb, um sich Gedanken um das Mädchen zu machen. »Sie kriegen sie schon. Sie kann nicht weglaufen und sie kann sich nicht verstecken – nicht vor mir.«

Im Licht der zischenden Laterne lehnte sich Vangie zurück und tätschelte ihren Bauch. Wäre sie allein gewesen, hätte sie gerülpst. Auf ihren Tellern waren nur noch zwei Haufen leerer Panzer und Scheren. Daneben standen dicke Keramiktassen voll mit dampfendem Kaffee.

»Dain, wir können nicht bleiben und kämpfen. Wir *müssen* fliehen!«

Dains Gesicht bekam etwas Stures, fast Verbohrtes.

»Wenn wir fliehen, sind wir verloren. Wenn wir bleiben und kämpfen, überleben wir vielleicht.«

»Ohne Waffe gegen vier gut ausgerüstete Männer?«

Plötzlich wurde er wütend und hielt die Spitze seines Zeigefingers an seine Schläfe. »Wir haben *das* da drinnen.« Er fuhr mit einer weitausholenden Geste durch den Raum. »Wir haben alles, was hier drinnen ist.« Er deutete auf die Tür. »Wir haben alles, was da draußen ist. Ich will ...«

»Das ist doch alles, was zählt, oder? Was du willst.«

»Das ist auch das, was du willst und was du brauchst, Vangie.«

»Sei dir da mal bloß nicht so sicher.«

Sie machte sich daran, die Teller abzuspülen. Dain seufzte und fing unbeholfen an, mit einer Hand seine Hose auszuziehen. Dann ging Vangie an die Tür und öffnete sie einen Spalt breit, als wollte sie sich vergewissern, daß das Unwetter da draußen wirklich stattfand. Durch die schmale Öffnung wehte Regen herein und Dain konnte das Heulen und Pfeifen des Winds hören. Sie ließ die Tür wieder zuschlagen, wandte sich abrupt ihm zu.

»Also gut, verdammte Scheiße, ich mache mit.«

Mein Gott! Nun machte er mit Vangie schon wieder genau das gleiche, was er mit Marie und Albie gemacht hatte. Er mit seinen großkotzigen, leeren Zusicherungen, es würde schon alles gutgehen ...

Sei dir da mal bloß nicht so sicher.

Das war das Problem, er war sich immer so verdammt sicher, was die Frauen zu wollen hatten. Sie waren keine *eigenständigen, realen Menschen* für ihn. Das wurden sie erst, wenn es zu spät war, wenn er sie zugrunde gerichtet hatte, wenn ihnen die grausamen Konsequenzen seiner Taten zum Verhängnis geworden waren. Erst wenn sie Ikonen geworden waren, die er anbeten konnte.

War er so voller Feindseligkeit und Angst vor irgendwelchen immer gleichen »sie« da draußen in der Wirklichkeit? Vor fünf Jahren hatte er alle möglichen Spiele gespielt – Schach, Detektivspiele am Computer und im Außendienst – und hatte hinter einer freundlichen Maske seine Ängste und Ressentiments gehegt. Aber es waren die Frauen, die dafür bezahlen mußten, denn er führte »sie« genau dorthin, wo die Frauen entweder sich ihm anvertrauten ... oder sich versteckt hielten ...

Sein Spiel war es die ganze Zeit gewesen, seine spezielle Form der Ikonenverehrung zu pflegen. Doch außerhalb dieser seiner profanen Religion waren sie sehr real gewesen, seine Frauen – real genug, um zu sterben oder, wie jetzt, wieder um ihr Leben kämpfen zu müssen.

So hatte er es mit Marie gemacht, und jetzt hielt er ihren toten Körper wie ein Kruzifix zwischen sich und Vangie hoch, um auch Vangie nicht real werden lassen zu müssen, bis es zu spät war.

Aber sie *war* real. Hier und jetzt … wie sie sich gerade mit einer Selbstverständlichkeit auszog, die sich alle Tänzer und Sportler früher oder später aneignen. Dain, der bis zu diesem Augenblick ebensowenig wie sie einen Gedanken daran verschwendet hatte, daß er seine Unterhose auszog, hielt plötzlich inne, wie gebannt von ihrer Schönheit.

Auch sie erstarrte, als sie sich der vollen Intensität seiner Aufmerksamkeit bewußt wurde. Plötzlich war eine unerwartete Spannung zwischen ihnen. Dain konnte den Blick nicht mehr von ihr losreißen.

Sie drehte sich um, sah ihn an, dann ließ sie den Druck aus der Lampe ab. Als er zischend entwich, begann das Licht zu verlöschen. Sie ging zu Dain, anstatt zum anderen Bett, nahm sein Gesicht zwischen ihre Hände, sah im schwachen Licht auf ihn hinab.

Er war für sie real. Egal, was oder wer er war.

»Mein Gott, Dain«, sagte sie leise. »Ich mag dich nicht mal! Aber morgen sind wir vielleicht beide tot.«

Mit heiserer Stimme sagte er: »Oder die anderen.«

Denn plötzlich überkam ihn blindes, unbezähmbares Verlangen, wie er es oft und genauso plötzlich für Marie verspürt hatte – und in den fünf Jahren seit ihrer Ermordung kein einziges Mal mehr erlebt hatte. Aus Vangie konnte er keine Ikone machen, wie er das bei Marie getan hatte. Das hätte bedeutet, sie ebenfalls zu zerstören. Nein! Sie war real, hier und jetzt. War Wirklichkeit …

Fast grob riß er ihren heißen, nackten Körper an sich. Sie schnappte nach Luft, als er an einer ihrer bereits steifen Brustwarzen zu lecken begann. Sein Körper zuckte wie von einem Stromschlag, als sich ihre Hände um seine Hoden legten und um sein geschwollenes Glied schlossen.

Als die Lampe erlosch, wurden sie Liebende der Nacht.

28

Die Morgendämmerung sickerte durch den dünnen Nebel, der vom Wasser heraufzog. In dem matten Licht hoppelte ein junges Sumpfkaninchen aus seinem Bau zwischen den Wurzeln einer großen umgestürzten Eiche nahe am Wasser hervor. Die Bäume tropften vor Nässe, aber der Regen hatte aufgehört. Nach Sonnenaufgang würde der Sumpf dampfen.

Das Kaninchen begann, sich mit einem Hinterlauf am Ohr zu kratzen, wobei das Bein bei jeder Bewegung hörbar auf den Boden klopfte. Die Erschütterungen ließen eine anderthalb Meter lange Wassermokassinschlange, die sich gerade auf der anderen Seite der umgestürzten Eiche träge zu regen begonnen hatte, den rautenförmigen Kopf heben. Sie hatte fast dreißig Zentimeter Umfang, und ihr schiefergrauer Körper war kaum von der Rinde des Baums zu unterscheiden. Wie probeweise rollte sie sich zu einer engen Spirale ein, dann glitt sie mit züngelnder Zunge langsam los, um zu sehen, was es Neues gab.

Dain und Vangie gingen den gewundenen Pfad entlang, den ihr Vater durch das Unterholz und die jungen Bäume gehauen hatte, damit er während der Frühjahrsüberschwemmungen seine Langleinen und Krebsreusen vom Boot aus legen konnte. Dains Arm war in einer Schlinge, die Vangie aus einem alten Kissenbezug gemacht hatte, seine Farbe war gesund, und er bewegte sich sicher. Sie gingen Seite an Seite, aber nicht nahe genug, um einander zu berühren.

»Ich schätze, noch zwölf Stunden, bis sie hier sind«, sagte sie.

»Gut. Dann bleiben uns zwölf Stunden Zeit, um eine Bestandsaufnahme vorzunehmen, Pläne zu schmieden, den Platz auszusuchen, wo wir zuschlagen ...«

»Du tust, als würde dich das alles völlig ... kalt lassen ...«

»Wenn du lange genug mit dem Tod gelebt hast, läßt er dich irgendwann kalt.«

»Vor allem der von jemand anderem«, sagte sie ganz neutral.

Während sie sprach, schoß der Kopf der Wassermokassin zwischen den Wurzeln hindurch, und die Giftzähne gruben sich tief in die Schulter des Kaninchens. Blitzschnell zog sich die Schlange wieder zurück, rollte sich ein, wartete. Das Kaninchen krümmte sich, wurde steif, zuckte, starb.

Warum hat er es getötet, Mami?

Das muß er tun, Albie, um selbst am Leben zu bleiben.

Könnte er auch mich töten?

Hier gibt es nichts, was groß genug ist, dich zu töten, Tiger.

Hätte die Klapperschlange, mit der er vor drei Jahren in der Wüste getanzt hatte, Dain erledigt, wären Vangies Eltern nicht tot. Wäre Jimmy Zimmer nicht tot. Wäre Minus nicht tot. Aber Marie und Albie wären es trotzdem. Um ihren Tod zu rächen, hatte er trainiert, hatte Pläne geschmiedet, hatte alle anderen Aspekte des Lebens außer acht gelassen. Bis gestern nacht.

Wie gebannt beobachtete Vangie, wie sich die Schlange vorschob, ihren Kiefer aushakte und das Maul erstaunlich weit aufklappte. Das Innere des Schlangenmauls war von einem vollkommenen toten Weiß, dem sie ihren amerikanischen Name Cottonmouth, Baumwollmaul, verdankte. Sie würgte das tote Kaninchen im Ganzen hinunter, stülpte ihren geweiteten Rachen über seinen Körper, als kröche das Kaninchen in einen dicken Schlauch.

In solchen Momenten hörte für Vangie alles andere zu existieren auf. Der Liebesakt, gestern nacht; ihr toter Liebhaber; ihre toten Eltern; die Männer, die ihren Tod wollten und nur durch ein paar Meilen Sumpf von ihnen getrennt waren.

Plötzlich hatte Dain den Eindruck, daß er fünf Jahre lang bestimmte Gefühle – Schmerz, Trauer, Rachegelüste – ganz bewußt gepflegt hatte, und zwar hauptsächlich um der Lust ihrer Befriedigung willen. Und um sich einreden zu können, er bliebe treu, indem er unerschütterlich an heiligen Erinnerungen festhielt. An der Ikone, zu der er Marie gemacht hatte.

Hätte sie das gewollt? Wollte er das? Gestern nacht, in Vangies Bett, in ihrem Körper, war er mehr oder weniger wieder ins Leben zurückgekehrt; angesichts dieser neuen Realität schien das bewußte Festhalten an der Vergangenheit fast so, als sähe er sich immer wieder einen Snuff-Film an. Die Pornographie der Gewalt.

Fast staunend wurde ihm bewußt: Wenn er jetzt sofort alles hinter sich lassen und sich nie mehr umblicken könnte, würde er es tun. Aber das brachte er nicht. Das konnte er Vangie nicht antun. Die Vergangenheit war Rache. Die Gegenwart war Überleben. Die Zukunft war …

Fast verträumt sagte Vangie: »Wahrscheinlich wird sie jetzt drei oder vier Tage bloß hier rumliegen und verdauen. Fett und faul wie eine alte Sau in ihrer Suhle.«

Dain wandte sich der Schlange zu, die inzwischen wieder wie eine Baumwurzel aussah. Das Kaninchen war verschwunden, war nur noch eine Verdickung des langen, aufgerollten, geschmeidigen Körpers.

»Wie lange hätte ein Mensch noch zu leben, wenn er von so einem Vieh gebissen wird?«

»Das hängt von der Größe der Schlange ab, und wo sie dich erwischt. Je größer sie sind, desto mehr Gift spritzen sie dir rein. Wenn sie dich in die Hand oder den Fuß beißt, würdest du es wahrscheinlich überleben – vor allem, wenn es in ein paar Stunden Umkreis einen Arzt gibt. Aber wenn dich eine wie die da in Herznähe beißt, hättest du nur noch ein paar Minuten zu leben.«

Er nickte nachdenklich, blickte den Pfad entlang. Die Zukunft war jetzt ihre Gegenwart.

»Keine Schußwaffen«, sagte Dain. »Ein Messer, das halbwegs was taugt, dein Jagdmesser. Wir haben also ...«

»Du schaltest wohl nie ab, wie?«

»Du weißt, wie man im Bayou überlebt, ich nicht. Beim ersten Anzeichen, daß sie kommen, wenn du auch nur das *Gefühl* hast, daß sie kommen – sag mir sofort Bescheid. Ich muß unbedingt wissen, wie viel Zeit wir noch haben. Die Stelle, an der wir sie angreifen, müssen wir aussuchen, solange sie noch denken, sie würden *uns* angreifen.«

Vangie sagte stockend: »Wie ... findet man heraus, ob man jemanden umbringen kann oder nicht?«

»Keine Ahnung«, sagte Dain. »Ich hab's nie getan.«

»Aber ich dachte, du hättest ...« Sie hielt inne. Ihr Gesicht verhärtete sich. »Sie haben meine Eltern umgebracht.«

Und meine Frau und meinen Sohn, dachte Dain. Aber plötzlich genügte das nicht mehr. Man brauchte nur weit genug zu gehen, und man wurde wie sie. Besser, sich bloß aufs Überleben zu konzentrieren, du oder sie, du oder ... *»Vorsicht!«*

Vangie packte ihn am Arm und riß ihn zur Seite. Da er den Blick zu Boden gesenkt und nur auf den Weg geachtet hatte, wäre er um ein Haar in eine Leine gerannt, die in zweieinhalb Metern Höhe zwischen zwei Bäumen quer über den Weg gespannt war und in die im Abstand von einem Meter lange Schlingen geknüpft waren. Am untersten Punkt jeder dieser Schlingen war ein schwerer Angelhaken befestigt. Von einem dieser Haken hing ein vermoderter Sperber.

»Eine Spannleine«, erklärte Vangie. »Vom Fischen übrig.«

»Zweieinhalb Meter hoch in der Luft?« fragte Dain.

»Du darfst nicht vergessen, daß die Spannleine bei einer Überschwemmung höchstens etwa fünfzehn

Zentimeter über dem Wasser ist. Dann sind die Haken mit dem Köder ungefähr dreißig Zentimeter unter Wasser. Jetzt allerdings, wo das Wasser fast wieder den Normalstand erreicht hat …«

»Und der Sperber?«

»Der hatte niemanden, der ihn zurückgerissen hat.«

Dain nickte nachdenklich. Sein Körper wurde noch immer von unerwarteten Zuckungen, Aussetzern und plötzlichen Schwächeanfällen heimgesucht, aber seit das Fieber zurückgegangen war, blieb er bei klarem Verstand.

»Laß uns umkehren und unseren Angriff planen«, sagte er forsch. »Wir werden die alten Bisamrattenfallen aus dem Abstellraum brauchen … und ich bin froh, daß du mit dem Außenborder nicht auch den Benzinkanister über Bord geworfen hast …«

Sie entfernten sich durch sonnendurchschossene Wälder, die in der drückenden Morgenhitze zu dampfen begannen.

Wegen der Luftfeuchtigkeit schwitzten alle vier, als sie ihr Lager abgebrochen, die Zelte abgebaut und ihre Ausrüstung zusammengepackt hatten. Nicky und Trask wollten gerade damit anfangen, alles zu den Booten hinunterzubringen, doch Inverness hielt sie mit einer kurzen Handbewegung zurück.

»Laßt die ganze Ausrüstung hier, wir fahren alle in einem Boot. Dann sind wir ein schwierigeres Ziel und kommen schneller voran.«

Maxton, der den Helden spielen wollte, sagte: »Frontalangriff, klar? Bevor sie abhauen können.«

»Wollen Sie im Boot abgeknallt werden, Maxton? Ich nicht. Kein Frontalangriff, schlagen Sie sich das gleich mal aus dem Kopf. Wir schleichen uns nach Einbruch der Dunkelheit an sie heran, und mit viel Glück …«

»Was soll der Scheiß, Inverness? Erst warten wir, bis das Unwetter vorbei ist, und jetzt das! Bis wir da sind, sind sie vielleicht längst über alle Berge.« Maxton steigerte sich in eine Mordswut auf den vorsichtigen Jäger hinein. »Das Mädchen hatte nur die Bonds dabei – und daß Dain nicht bewaffnet war, haben Sie mir selbst gesagt.«

»Und woher wollen Sie wissen, daß in der Hütte keine Schußwaffen sind?« Er schüttelte den Kopf. »Die laufen uns nicht weg.«

»Was läuft da eigentlich genau zwischen Ihnen und Dain?«

»Er will mich umbringen«, sagte Inverness. Plötzlich war er so hart wie Stahl. Er ging auf Maxton zu, pflanzte sich vor ihm auf. »Als ich hörte, daß er in New Orleans ist, dachte ich, er wäre hinter mir her, und habe Ihnen Bescheid gesagt. Jetzt führe ich Sie zu dem Mädchen, damit Sie Ihre blöden Bonds und Ihre blöde Rache kriegen. Dafür helfen Sie mir, Dain zu erledigen. Ich habe den Kerl schon zweimal umgebracht, aber er ist nicht tot geblieben, also ...«

»Sie haben *Angst* vor ihm!«

»Ganz recht, ich habe Angst vor ihm, genauso, wie ich vor einer Wassermokassin Angst habe, die sich unter einem Stein eingerollt hat. Vor fünf Jahren habe ich seine Frau und seinen Sohn umgebracht, und er weiß es.«

»Warum haben Sie ihn nicht einfach in New Orleans kaltgemacht?« fragte Maxton. »Ein Überfall. Fahrerflucht ...«

»Besser hier draußen im Sumpf, wo sich niemand groß drum kümmert, was aus ihm geworden ist ... Was meckern Sie hier eigentlich ständig rum? Nur mir haben Sie es zu verdanken, daß Sie Ihre verfluchten Bonds *und* das Mädchen kriegen.«

»Wenn wir hier noch länger rumtrödeln, ist sie über alle Berge, bis wir aufkreuzen.« Angewidert schüttelte Maxton den Kopf. »Sie haben Dain also vorgestern abend noch mal getötet. Ich sage, wir ...«

»Er lebt noch, und diese Fischerhütte ist sein Stein. Er hat sich schon darunter eingerollt und wartet auf uns. Darum rücken wir erst nach Einbruch der Dunkelheit an, wenn er kalt und starr und unbeweglich ist.«

»Sie sind genauso verrückt wie er«, sagte Maxton; aber er stapfte ohne weitere Widerworte zum Boot hinunter.

Der Dunst war weggesengt, die Blätter waren getrocknet. Auf der gerodeten Kuppe hatten sie ein Dutzend Bisamratten- und Nutriafallen in der strahlenden Sonne ausgelegt. Vangie, die sie im Knien geölt hatte, überprüfte eine nach der anderen, sehr vorsichtig, damit sie nicht über ihren Fingern zuschnappten.

Dain kam von der kleinen Veranda der Hütte herunter. Ungeschickt, weil er die Leinensäcke nur mit Mühe aufhalten konnte, begann er die von Vangie geölten Fallen hineinzutun.

»Ich hab' die Holzstücke für die Halterung zurechtgeschnitten, die links und rechts neben die Tür sollen. Aber festnageln mußt du sie. Mit einer Hand kann ich das nicht.«

Vangie hielt plötzlich in ihrer Arbeit inne und schirmte ihre Augen mit einer Hand ab, um zu ihm aufzusehen. »Also, ich weiß nicht! Wir wollen allen Ernstes versuchen, vier Männer zu töten!«

»Nein, vier Männer versuchen, uns zu töten. Wir versuchen, zu überleben. Das ist nicht dasselbe.«

»Du hast gut reden – wo du nichts hast, an dem dir was liegt.«

Dain wollte etwas sagen, wollte ihr von seiner Einsicht an diesem Morgen erzählen: daß simpler Überlebensdrang, nicht Rache, die beste Voraussetzung dafür war, diese Sache durchzustehen. Statt dessen sagte er zu seiner eigenen Überraschung: »An dir liegt mir was, Vangie. Sehr viel sogar.«

Sie versuchte zu antworten, stockte; damit konnte sie nicht richtig umgehen. Sie wußte nicht, was das bedeutete, wußte nicht, was sie wollte, wußte nicht, ob sie selbst etwas Ähnliches empfand. Sie entschied sich, einfach nicht darauf einzugehen.

»Du hast Inverness nach fünf Jahren ohne größere Probleme aufgespürt …«

»Er hat mich aufgespürt.«

Überrascht fragte Vangie: »Wie?«

»Das ist eines der vielen Dinge, die ich ihn fragen möchte, wenn wir uns wieder begegnen.«

»Glaubst du, er antwortet dir?«

»Wenn er mich vorher nicht schon umgebracht hat. Ich hab' nicht gemerkt, daß er einer der Killer war. Nicht das leiseste ungute Gefühl, keine plötzliche Abneigung – ich fand ihn *sympathisch.* Ich dachte, er wäre ein Cop, der seine Arbeit tut. Wenn er sich mir nicht ständig aufgedrängt hätte, hätte ich nie im Leben gemerkt, wer er ist.«

»Du meinst, er hat *gewollt,* daß du ihn wiedererkennst? Das entbehrt doch jeder Logik.«

»Nicht gewollt – er hat es *gebraucht.* Sobald ich wußte, wer er war, hatte er einen Grund, mich umzubringen. Dahinter steckt doch eine gewisse Logik, oder?«

»Der Mann ist ein professioneller Killer.«

»Er ist ein komplizierter Mensch«, sagte Dain, »und er hat zweimal daneben geschossen, als er versucht hat, mich umzubringen. Das macht ihm ziemlich zu schaffen.« Er schob die letzte Falle in den Leinensack und sagte schroff: »Aber trotzdem wird er diesmal keine dummen Fehler machen. Los, bringen wir die Dinger in den Wald und legen sie aus.«

Vangie nickte, packte den zweiten Sack und sagte dann unvermittelt: »Hör zu, Dain, das gestern nacht war bloß …«

»Bloß gestern nacht«, sagte Dain rasch. »Ich weiß. Aber …«

»Ja«, sagte sie. »Aber.«

Sie sahen sich beide um, als wollten sie diesen Ort und diesen Moment in ihrem Gedächtnis festhalten.

Dann gingen sie los und zogen die Leinensäcke hinter sich her.

Es war noch Tag, als sie auf den See hinausstakten, alle vier Männer in einem Boot, ihre ganze Ausrüstung außer ihren Waffen waren im Lager geblieben. Bis hierher waren sie mit dem Motor gefahren, dann hatten sie bis zum späten Nachmittag gewartet. Inverness startete den Außenborder nicht gleich.

»Den größten Teil der offenen Wasserfläche können wir mit dem Motor überqueren, aber die letzten drei Meilen müssen wir rudern. Der Überraschungseffekt und die Dunkelheit sind unsere besten Waffen.«

»Mein Gott, Inverness, sie tun ja immer noch, als würde das eine Art Krieg werden«, sagte Maxton. »Die Jungs und ich glauben, daß Dain tot ist und das Mädchen unbewaffnet ...«

Er mußte zu sprechen aufhören, weil Inverness den Motor angelassen hatte, um aufs offene Wasser hinauszufahren, und ihn nicht mehr hören konnte. Maxton fluchte leise vor sich hin.

Vangie war gerade damit fertig, an beiden Seiten der Tür eine Halterung aus Holzleisten festzunageln. Damit es mindestens eines wildgewordenen Hengsts bedurfte, um sie herauszureißen, hatte sie dafür Stifte mit Widerhaken benutzt. Dain schob einen eineinhalb Meter langen, fünf mal fünfzehn Zentimeter dicken Holzbalken in die Halterung. Dieser Riegel sollte verhindern, daß die Tür von innen aufgedrückt werden konnte.

»Paßt!« rief er aus.

Er zog Vangie mit seinem heilen Arm kurz an sich, dann nahm er den Balken wieder ab und trug ihn von der Veranda, um ihn unter einem Busch zu verstauen, wo er nicht zu sehen, aber leicht zugänglich war.

»Okay. Und jetzt, wo ist das Faß mit dem Teer, den dein Dad für die Netze genommen hat?«

Vangie deutete zum Waldrand. »Dort drüben. Aber was willst du mit einem Teerfaß anfangen?«

Sie gingen über die freie Fläche auf die Bäume hinter der Kuppe zu.

»Das weiß ich noch nicht«, sagte Dain. »Vielleicht gar nichts. Aber …«

Der altehrwürdige Gußeisenbottich, über zwei Meter im Durchmesser und einen Meter hoch, stand unter einer Platane am Rande der Kuppe. Er sah aus, als wäre er voll Wasser.

»Unter dem Regenwasser vom gestrigen Unwetter ist mindestens noch ein halber Meter Teer.«

Unter dem riesigen alten Monstrum gab es eine kleine Höhlung, in der man Feuer machen konnte, um den Teer zum Kochen zu bringen. Dain war begeistert.

»Wir schöpfen das Wasser ab und erhitzen den Teer. Wenn wir vielleicht …«

»Horch!«

Beide waren sofort still. Weit draußen auf der Marsch wurde ein ganz schwaches Moskitosirren vernehmbar, das augenblicklich verstummte.

»Ein Außenborder?«

»Ja. Dein Freund Inverness hat sich verschätzt, wie weit das Geräusch eines Motors auf dem Wasser trägt.«

»Wie weit sind sie weg?«

»Schätzungsweise drei Meilen. Den Rest werden sie vermutlich rudern, wenn es dunkel ist.«

»Also haben wir genügend Zeit, um alles vorzubereiten – wenn wir Glück haben.«

»Und wenn nicht«, sagte Vangie unvermutet und zitierte mit tieferer Stimme: »Bei meiner Ehr', mich kümmert's nicht, ein Mann nur einmal sterben kann; wir schulden Gott den Tod.« Sie schwieg. »Shakespeare«, fügte sie hinzu, um dann schallend loszulachen.

Er mußte selber lachen. »Habe ich … im Fieber …?«

»Ja.«

»Und du hast es dir gemerkt.«

»Es hat mir gefallen. Das mit ›wir schulden Gott den Tod‹ …«

»Na ja, siehst du, Maxton und Konsorten sind auch ein paar Tode schuldig«, sagte Dain hart.

Vangie fing an, mit einer alten Kaffeedose Wasser aus dem Bottich zu schöpfen, Dain machte sich daran, Reisig für das Feuer unter dem Faß zu sammeln. Plötzlich hielt Vangie inne und sah ihm zu, wie er einen großen Eichenast anschleppte.

»Dain. Ich will nicht sterben.«

»Ich auch nicht.« Er deutete auf den Sumpf hinaus. »Und die auch nicht.«

»Dann …«

»Dann müssen wir mehr nicht-sterben-wollen als die.«

29

Wieder brach die Dämmerung herein, und der Himmel leuchtete rot von sonnenuntergangsfarbigen Cumuluswolken. Hinter einer Kuppe, die sich flach aus der Marsch erhob, lief das Boot auf Grund, und ohne ein Geräusch glitt sein platter Bug über den Schlamm. Geduckt, damit sie im Schilf nicht zu sehen waren, stiegen die vier Männer aus dem Boot. Die letzte Meile war Trask mit dem Rudern drangewesen. Vorsichtig lockerte er seine Finger, beugte und streckte sie.

»Meine Fresse, was für Blasen!«

»Einer, der soviel wichst wie du, müßte das bißchen Rudern doch eigentlich abkönnen«, wieherte Nicky, der Handschuhe dabei gehabt hatte.

Maxton folgte Inverness, der auf den höchsten Punkt der Kuppe zukroch. Sie teilten das Schilf und spähten hindurch.

Hundert Meter weiter, auf einer Landzunge, stand die primitive Hütte. Vangie ging gerade auf sie zu, allein, sorglos, ohne Hast.

»Wenn wir ein Gewehr hätten, könnten wir sie von hier abknallen«, murmelte Maxton bedauernd.

»Sie vergessen Dain.«

»Was wollen Sie nur immer mit Ihrem Dain! Der liegt irgendwo tot im Sumpf.«

Inverness sah zu ihm hinüber, schüttelte den Kopf. »Sie sind ein Idiot, Maxton. Er ist irgendwo da drüben. Er wartet auf uns.«

»Und Sie sind total paranoid.« Maxton wälzte sich herum und lehnte sich mit dem Rücken gegen den abschüssigen Boden, als wäre es die Rückenlehne eines Stuhls. Er nahm eine Zigarette heraus, aber Inverness schüttelte den Kopf.

»Sie könnten den Rauch riechen.«

Achselzuckend und mit finsterem Gesicht steckte Maxton die Zigarette wieder weg.

»*Sie?* Sie fürchten sich vor einem Toten, Inverness. Warum haben Sie eigentlich seine Frau und seinen Sohn erschossen?«

»Weil ich dafür bezahlt wurde. Selbst heute noch übernehmen einige Großstadtcops am Wochenende Aufträge als Killer. Man macht ein, zwei Jobs im Jahr – gute Bezahlung, leichte Arbeit ...« Er lachte leise in sich hinein. »Normalerweise.«

»Sie sind ein ganz schön harter Brocken, was?«

Inverness sah ihn an. Maxton schaute als erster weg.

Dain kauerte etwa einen Meter von der Rückwand der Hütte entfernt auf dem Boden und machte sich mit einem kleinen Stemmeisen an einem Brett zu schaffen, als Vangie die Hütte betrat. Sie ließ die Tür auf; die Fenster standen bereits beide offen. Der große rote Benzintank des Flachboots stand auf dem Tisch.

»Ich kann sie spüren«, sagte Vangie. »So, wie ich dich gespürt habe, noch bevor du nach New Orleans gekommen bist. Bleib vom Fenster weg, falls sie ein Fernglas haben.«

Immer noch auf Knien richtete sich Dain leicht auf. »Wie lange noch?«

»Heute nacht werden wir Mond haben. Wenn sich nach Einbruch der Dunkelheit die erste Wolke vor ihn schiebt, werden sie kommen.«

»Dann laß uns zusehen, daß wir fertig werden.«

Er wandte sich wieder dem Brett zu, Vangie begann das Bettzeug abzuziehen und wie eine Lunte auszulegen. Unter quietschendem Protest hob Dain ein Ende der Bodendiele hoch. Vangie begann, die Matratzen auszuweiden und die Füllung aus getrocknetem Moos zu verstreuen. Dain nahm eine Decke und stopfte sie durch den Spalt im Boden.

Plötzlich hielt Vangie die Luft an. »Mein Gott, die Piroge! Wenn sie sie sehen, wissen sie ...«

»Ich hab' sie hinter die große Zypresse gezogen und mit Zweigen zugedeckt.« Er lachte leise. »Und ich hab' den Diplomatenkoffer hineingetan.«

Vangie wirbelte herum und sah in die Abstellkammer, wo sie den Koffer hinter ein paar Säcken versteckt hatte. Dann wurde sie plötzlich seltsam starr. Sie hob den Kopf, und ihre Nasenflügel blähten sich wie die eines verängstigten Pferds.

Sie sagte: »Es kann losgehen.«

»Okay. Mach die Fenster zu und bezieh deine Stellung. Sag mir Bescheid, wenn du so weit bist.«

Nachdem sie die Fenster geschlossen hatte, stand er auf, und einem unausgesprochenen gemeinsamen Bedürfnis nachgebend, umarmten sie sich.

Vangie sagte kleinlaut: »Viel Glück, Dain.«

»Viel Erfolg bei der Jagd, Vangie.«

Irgendwie schienen diese Worte unangemessen, insbesondere wenn sich herausstellen sollte, daß sie der einzige Nachruf waren, den sie bekommen würden; aber was gab es sonst schon viel zu sagen? Als er ihr hinterhersah, wie sie nach draußen ging und im Dunkel hinter der Hütte verschwand, sehnte sich alles in ihm danach, sie zurückzurufen. Aber dafür war es jetzt zu spät.

Über dem westlichen Horizont hing noch eine Spur von Sonnenuntergang, doch der Mond streckte bereits kalte Lichtfinger aus, als die vier Menschenjäger Lumpen um die Ruderdollen wickelten. Im Gegensatz zu Inverness stellten sich Nicky und Trask sehr ungeschickt an. Nicky stand frustriert auf.

»Können wir nicht diese blöde Taschenlampe anmachen? Ich kann absolut nichts …«

»*Still!*« zischte Inverness. »Nachts tragen Stimmen sehr weit.«

Er steckte ein Ruder in die Dolle und bewegte es probeweise hin und her. Es machte kein Geräusch. Er nickte und sah zum Himmel hoch. Wolken mit dicken

Silberrändern schoben sich vor den Mond und verdunkelten sein Licht.

»Diese Wolken geben uns zwanzig Minuten«, sagte er sehr leise. »Es kann losgehen.«

Jetzt, wo er von draußen nicht gesehen werden konnte, hatte Dain die Petroleumlampe auf dem Tisch stehen und goß in ihrem Schein Benzin über die Decken und aufgeschlitzten Matratzen, die Vangie verteilt hatte. Besonders gut tränkte er die Decke, die durch den Spalt im Boden gesteckt war. Auf Vangies dreifaches leises Klopfen hin ließ er den Druck aus der Lampe entweichen. In ihrem schwächer werdenden Licht schüttete er das restliche Benzin aus, ließ den Kanister fallen und ging zur Tür.

Als die Lampe erloschen war, huschte seine dunkle Silhouette durch die Tür und schloß sie hinter sich. Behende sprang er zu Boden, rannte über die offen daliegende Kuppe und hechtete, ohne stehenzubleiben, über die kleine Erhebung, hinter der er den Balken versteckt hatte.

Während er, hinter einem Busch verborgen, auf der Lauer lag, wurde er sich nach und nach des nächtlichen Lebens um ihn herum bewußt. Noch vor einer Woche hätte er nichts davon mitbekommen. Genau das war's! Marie hatte immer viel bewußter gelebt als er; wenn er in dieser Nacht sterben mußte, wußte er zumindest, daß er noch einmal ins Leben zurückgefunden hatte, bevor es zu Ende ging.

War es das Wissen um den Tod da draußen, das das Leben so kostbar machte? Blindes, drängendes, nicht unterzukriegendes Leben? Die Nacht war erfüllt vom Schreien, Pfeifen, Singen und Schnattern der Tiere. Zuerst kamen Flughörnchen aus verlassenen Spechtlöchern, um schrill schnatternd durch das Dunkel zu sausen. Dann schnürte ein Fuchs einen Meter an Dain vorbei, ohne zu merken, daß er dort vollkommen reglos auf der Lauer lag. Ein Gürteltier watschelte über die Lichtung. Vorsichtig einen Fuß vor den anderen setzend, stakte ein Hirsch leise platschend am Rand des Bayous entlang.

Eine große Ohreule schwebte durch den Wald. Sie segelte über die Baumwipfel, stieß auf den Bayou hinab, landete in einem Baum nahe der Inselspitze. Dain, dessen Augen sich inzwischen an die Dunkelheit gewöhnt hatten, folgte ihrem Flug, konnte ihre dunkle, gedrungene Gestalt im Wipfel des Baums ausmachen. Sie blickte finster um sich und stieß ihr charakteristisches *Hu, hu-u, hu, hu* aus.

Sie spähte aufs Wasser hinab, entdeckte mit ihren lichtstarken Augen die dunkle Form mit den vier geduckten Jägern darin. Direkt neben dem Rumpf des Flachboots sprang ein Fisch aus dem Wasser. Das Ruder knarzte leise, das Wasser gurgelte an den Planken, der Bug schmatzte im Schlamm.

Vier lautlose Gestalten stiegen aus dem Boot, verschmolzen mit den Schatten der Bäume. Lautlos ist ein relativer Begriff – ihr trampeliges Auftreten ließ das Leben ringsum verstummen. Unbemerkt von den vier Jägern flog die Eule davon. Nur Dain registrierte sie, als der Mond hinter den Wolken hervorkam und das Licht heller wurde.

Hinter ein paar Büsche geduckt, spähten die Angreifer über die inzwischen wieder in Mondlicht getauchte Lichtung zu der Hütte hinüber, die dunkel und friedlich dalag. Sie flüsterten verhalten, nur in Maxtons Stimme schwang unverhohlener Triumph mit.

»Sie hat nicht die leiseste Ahnung, daß wir hier sind!«

»Trotzdem, wir warten noch fünfzehn Minuten«, zischte Inverness. »Achten Sie auf die Tiere. Sie verraten einem immer, ob jemand in der Nähe ist. Haben Sie die Eule gesehen, die unsere Anwesenheit weitergemeldet hat? Wenn Dain hier irgendwo auf der Lauer liegt …«

Maxton kam aus der Hocke hoch und massierte sich die Knie.

»Wenn dieses Miststück einen Funken Verstand im Kopf hätte, wäre sie längst über alle Berge, zusammen mit meinen Bonds. Statt dessen ist sie allein da drinnen. Und schläft. Ich will sie mir jetzt gleich schnappen. Sie haben uns hergeführt, schön, dafür kriegen Sie Ihren Anteil. Aber jetzt, beim Angriff, übernehme ich das Kommando.«

»Ich gebe Ihnen von hier Feuerschutz«, sagte Inverness trocken.

»Einen Dreck werden Sie.« Er wandte sich an seine zwei stummen Killer. »Trask und ich, wir nehmen jeder ein Fenster. Nicky, Sie gehen durch die Tür. Und nicht vergessen: Sie muß lange genug leben, um uns zu sagen, wo die Bonds sind.«

»Was ist, wenn Dain in der Hütte ist? Was soll ich dann tun?«

»Ihn umbringen«, sagte Maxton. »Inverness, Sie übernehmen die Rückseite der ...«

»Ohne mich.«

»Dann wird aber auch aus Ihrem Anteil an den Bonds nichts, ist Ihnen das klar?«

»Sie haben es wohl noch immer nicht kapiert, was? Alles, was ich will, ist Dain – *tot*. Ich müßte ganz schön blöd sein, auf die Bonds zu verzichten, wenn er schon hinüber wäre.«

»Und wenn nicht?«

»Dann haben Sie ja vielleicht Glück und töten ihn für mich – oder verkrüppeln ihn zumindest noch ein bißchen weiter. Ich bin ganz sicher, daß ich ihn neulich erwischt habe. Und wenn er Sie umbringt, soll mir das auch recht sein.«

Maxton lachte bloß leise und wandte sich ab.

»Kommt der Feigling also doch noch zum Vorschein«, höhnte er. Dann sagte er zu Nicky: »Vergiß nicht – wir brauchen sie lebend, damit wir die Bonds von ihr kriegen.«

»Und um anschließend noch ein bißchen Spaß mit ihr haben zu können«, fügte Trask hinzu.

Die Pfähle, auf denen die Hütte stand, waren gerade hoch genug, daß Vangie rücklings darunter liegen konnte. Den Kopf hatte sie auf die Seite gedreht, damit sie etwas sehen konnte. Sie erstarrte, als draußen auf der mondbeschienenen Lichtung die Füße der drei Angreifer erschienen. Sie bezogen um die Hütte herum Stellung.

Mit gezogener Waffe näherte sich Nicky der Eingangstreppe, geduckt, angespannt, kampfbereit. Lautlos stieg er die Stufen hinauf und überquerte die Veranda. Eine zweite kleine Wolke schob sich vor den Mond, verdunkelte sein Licht, so daß einen Augenblick lang die Taschenlampe in seiner linken Hand aufleuchtete, um ihm den einfachen Eisenriegel zu zeigen.

Nicky riß die Tür auf und sprang brüllend durch die Öffnung, viertelte mit der Waffe den Raum.

Und dann ging alles ganz schnell. Es passierte praktisch in den fünf Sekunden, die seine Taschenlampe brauchte, um zu zeigen, daß der Raum leer war.

Dain kam bereits lautlos aus seinem Versteck im Gebüsch gerannt. Er schmetterte den Balken in die Halterung, die Vangie gebaut hatte, und verriegelte damit die Tür. Im selben Augenblick stürmte er auch schon wieder davon, um in Deckung zu gehen.

»*Jetzt!*« brüllte er.

Vangie hielt das bereits angerissene Streichholz an die Decke, die durch den Hüttenboden hing, und rollte sich weg von der sengenden Hitze, als das Benzin mit abruptem Fauchen Feuer fing.

Inverness, der sich bereits aus seinem Baumschattenversteck zu ihrem Flachboot zurückzog, das hinter ihm ans Ufer gezogen war, erhaschte noch einen flüchtigen Blick auf Dains dunkle Silhouette, die sich blitzschnell in den Schutz der Büsche zurückzog.

»Das sieht Dain ähnlich«, murmelte er. »Er hat tatsächlich auf uns gewartet.«

Das Innere der Hütte brannte bereits lichterloh. Nicky drosch mit dem Unterarm gegen die verriegelte Tür, aber sie gab nicht nach. Er ließ die Waffe sinken, trat ein paar Schritte zurück – und das Feuer schoß die benzingetränkte Zündschnur herauf und hüllte ihn ein.

Lichterloh brennend, schreiend, warf er sich immer und immer wieder gegen die Tür.

30

Die Tür der Hütte flog auf, die Halterungen rissen aus der Wand, herausgeschossen kam ein schreiender Feuerball. Nach innen gesaugte Luft verwandelte die Hütte schlagartig in eine riesige Fackel. Der Feuerball wälzte sich im Gras, hörte auf zu schreien, und als die Kugeln in seiner zu Boden gefallenen Waffe zu explodieren begannen, hörte er auch auf, sich zu bewegen.

Maxton kam mit der Waffe in der Hand um die Ecke der Hütte gerannt und lief, ohne sich um den brennenden Nicky zu kümmern, japsend vor Angst zu ihrem Boot. Unten am Wasser, im Mondschein, lief er dann wie ein Hund, dem gerade die ganze Familie im Auto davongefahren ist, hechelnd auf und ab. Das Boot war weg. Gerade, daß er Inverness noch draußen auf dem Wasser sehen konnte, wie er auf die offene Marsch hinausruderte.

»Inverness!« brüllte er. *»Um Himmels willen …«*

Inverness ruderte mit langen, zügigen Schlägen weiter. Völlig außer sich, rannte Maxton am Ufer auf und ab.

Vangie wälzte sich unter der riesigen Fackel heraus, in die sich die Hütte verwandelt hatte, sprang auf und lief auf dem Pfad, den ihr Papa durchs Unterholz geschlagen hatte, davon. Die brennende Hütte erleuchtete alles taghell, und am Rand der Lichtung rannte sie direkt in Trasks Arme.

»Hab' ich dich, du Luder!« keuchte er.

Sie zerkratzte ihm wie ihre Mutter das Gesicht, er wich taumelnd zurück und ließ sie los, so daß sie genügend Platz für einen hohen Tänzerinnenkick hatte, bei dem sie versuchte, mit dem Knie an die Nase zu kommen. Nur daß sein Unterleib im Weg war. Er stöhnte verzweifelt, und Vangie rannte in den Wald. Er feuerte einen Schuß ab, zielte trotz der Schmerzen tief, traf aber nicht. Weit vornübergebeugt und wild fluchend wankte er hinter ihr her.

Trotz seiner Panik hatte Maxton den Schuß gehört. Das nahm ihm etwas von seiner Angst, und er begann sich umzublicken. Und tatsächlich, zehn Meter weiter den Bayou rauf war Vangies Flachboot mit dem Bug nach vorn ans Ufer gezogen. Er trabte darauf zu, aber das schreiende Feueropfer aus der Hütte hatte ihm einen solchen Schock versetzt, daß seine Knie immer noch schlotterten.

Plötzlich prallte Dain wie ein diabolischer Lineman ächzend gegen ihn. Maxton landete flach auf dem Boden, seine Waffe flog in hohem Bogen davon.

Während er durch den Schlamm krabbelte, stemmte Dain seinen Fuß gegen den Bug des Flachboots und stieß es rückwärts ins tiefe Wasser hinaus. Mit der Waffe in der Hand richtete sich Maxton auf, aber Dain rannte bereits hakenschlagend davon. Maxton begann zu feuern. Er konnte von Glück sagen, daß der Lauf nicht mit Schlamm verstopft war. Noch zwei Schüsse, aber Dain war bereits im Gestrüpp verschwunden.

Maxton wirbelte zum Boot herum. Es wurde von der Strömung in derselben Richtung davongetragen, in der Inverness verschwunden war – um die Spitze der Insel herum. Er sah zu der Stelle zurück, wo Dain verschwunden war, dann wieder zum Boot hinaus.

Er hätte ins Wasser springen und hinterherschwimmen können – in seinem Fitneßclub in Chicago schwamm er drei Tage die Woche brav seine Bahnen. Aber was war, wenn Dain seine Piroge irgendwo versteckt hatte, ihm hinterherkam, ihm mit dem Paddel den Schädel einschlug? Im Wasser war er zu verwundbar, selbst mit der Pistole …

Im Gestrüpp hinter ihm raschelte es. Er wirbelte herum und feuerte noch einmal. Zucken und Krachen, dann plötzliche Stille. Fast widerstrebend schlich Maxton über die Lichtung, vorbei an den eingestürzten, wütend rotglühenden Überresten der Hütte und den schwarzen, häßlich verkohlten Überresten Nickys.

Sein gespannter und entsicherter sechsschüssiger Colt Airweight .38 Revolver war auf einen Schattenfleck gerichtet, in dem er Dain vermutete. Er fühlte sich wieder besser. Er hatte eine Waffe, Dain nicht. Trask hatte das kleine Luder offensichtlich angeschossen. Sie würde also nicht weit kommen. Er wußte nicht mehr, wie viele Schüsse er abgefeuert hatte, aber er hatte eine Handvoll Ersatzpatronen in der Tasche.

Ein paar Meter rechts von der Stelle, wo er Dain vermutete, bewegte sich die Spitze eines Busches. Ohne das leiseste Geräusch richtete er den Revolver dorthin.

»Dain?« rief er.

Der nächste Busch bewegte sich, ganz leicht, verstohlen. Vorsichtig ging Maxton darauf zu. Klar, eine der Kugeln hatte Dain getroffen, und jetzt versuchte er wegzukriechen. Aber Maxton brauchte Gewißheit.

»Vielleicht können wir uns einigen.«

Stille. Dann stürzte funkensprühend ein verkohlter Balken der Hütte ein. Maxton riß den Kopf herum, drehte ihn aber schnell wieder zurück. Ein dritter Busch bewegte sich. Schwach. Ja! Er ging in die Hocke, um besser zielen zu können.

Leise rief er: »Mir ging's von Anfang an nur um die Bonds!«

Keine Antwort.

»Das Mädchen will ich nicht. Nicht mehr.«

Natürlich wollte er sie nicht. Trask hatte sie ja schon. Die Spitze eines weiteren Busches bewegte sich ganz leicht. Er hob den Revolver.

Von Mondlicht gesprenkelt lag Dain auf dem Rücken unter den Büschen. In seiner heilen Hand hielt er eine lange Weidenrute, die gegen die Zweige eines drei

Meter entfernten Strauchs drückte. Im Gegensatz zu Maxton hatte er sich gemerkt, wie viele Schüsse Maxton abgefeuert hatte.

»Nur noch zwei, du Drecksack«, murmelte er in sich hinein.

Fast im selben Moment ertönte Maxtons Stimme wieder.

»Was sagen Sie dazu: Nicht Sie, nicht das Mädchen. Nur die Bonds!«

Statt eine Antwort zu geben, stieß Dain mit der Rute ganz fest gegen den Busch, und ganz dicht nebeneinander, fast wie ein einziger Schuß, schlugen dort, wo er hätte sein sollen, zwei Kugeln ins Gestrüpp. Er war bereits aufgesprungen und brach aus dem Unterholz hervor.

Maxton, fünf Meter entfernt, holte eine Handvoll Patronen aus der Tasche, um sie in die offene Trommel seines Revolvers zu schieben. Dains Ansturm riß ihn fast hintenüber, die Kugeln flogen in hohem Bogen davon. Aber er schlug mit der .38er zu – der Lauf traf Dains verletzte Schulter.

Dain schrie vor Schmerzen, zuckte zurück, stürzte, wälzte sich von Maxtons überraschend schnell und gemein zutretenden Füßen weg, kam genauso schnell wieder hoch, kampfbereit. Wie zwei Hunde, die nach einer Blöße des Gegners Ausschau halten, umkreisten sich die beiden Männer. Dain zog sich zurück, weg von den letzten glühenden Trümmern der ausgebrannten Hütte.

Maxton griff an.

Er war ein starker Gegner, und er hatte zwei gesunde Arme und einen Revolver zum Zuschlagen. Sie rangen miteinander, fielen hin, wälzten sich auf dem Boden, schlugen, traten, grabschten. Dain verließen rasch die Kräfte. Durch seinen verletzten Arm und die Notwendigkeit, seine Wunde vor Maxtons Schlägen zu schützen, war er stark behindert. Sein Verband war mit frischem Blut getränkt.

Es gelang ihm, sich loszureißen, aufzuspringen, sich auf eine kleine Anhöhe mit einer großen Platane dahinter zurückzuziehen. Er wankte. Wieder schlug Maxton mit dem schweren Revolver zu. Dain duckte sich, aber das Visier ratschte über seine Stirn. Blut lief in seine Augen. Maxton lachte.

»Jetzt mach' ich dich fertig, Dain.«

Er fintete zweimal, dann holte er weit aus und stürzte sich auf ihn. Aber Dain hechtete nach vorn, unter dem Schlag durch, und bekam mit seiner guten Hand Maxtons Hals zu fassen. Drückte mit letzter Kraft zu. Maxtons Augen traten vor. Der Revolver hämmerte auf Dains Rücken ein, aber weil sie Brust an Brust standen, lag wenig Kraft in seinen Schlägen.

Dann ließ sich Dain hintüber fallen, riß Maxton mit sich und winkelte gleichzeitig ein Bein über der Brust an, um Maxton mit dem Fuß in den Bauch zu treten. Als der schwere Mann auf ihn niederkam, schoß das Bein hoch. Maxtons eigener Schwung, gelenkt durch den Griff um seine Kehle und verstärkt durch die Katapultwirkung des Beins, ließ ihn in einem Salto über Dain hinwegsegeln.

Unter der ausladenden Krone der Platane stiegen aus den schwarzen, träge siedenden Tiefen des Teerbottichs schlappe Blasen auf. Dain ließ Maxtons Hals los, so daß dieser mit einem markerschütternden Schrei rücklings im blubbernden Teer landete. Ohne seinen längst nicht mehr zu gebrauchenden Revolver loszulassen, versuchte er sich hochzuziehen, freizukommen, aber er verbrannte bereits.

Ein paar ruckartige Bewegungen, begleitet von verzweifelten Schreien, bewirkten nichts weiter, als im Teer Wellen zu schlagen, die vom Rand des Fasses wieder auf ihn zurückgeworfen wurden. In wenigen Augenblicken war nur noch eine formlose, rauchende Masse von ihm übrig.

Dain bekam davon nichts mehr mit. Er war ohnmächtig geworden.

Vangie lehnte ungefähr fünf Meter neben dem Pfad durch den Wald keuchend an einem Baum. Hinter sich konnte sie die Geräusche von Trasks vermeintlich unauffälliger Verfolgung hören. Aber sie rührte sich nicht von der Stelle. Nicht weit von ihr entfernt blieb Trask stehen und horchte schwer atmend, ob seine fliehende Beute irgendwelche Geräusche machte. Sein Gesicht war von peitschenden Zweigen und Brombeerranken zerkratzt.

Als er sich mit dem Rücken der Hand, in der er die Waffe hielt, den Schweiß von der Stirn wischte, brach Vangie zehn Meter vor ihm scheinbar in wilder Panik aus ihrem Versteck hervor. Sie war bereits wieder verschwunden, als er schoß – er zielte immer noch tief, war immer noch bemüht, sie lebend zu erwischen. Er war ein guter Soldat, ein guter Söldner. Er hatte seine Macken, aber er wußte, wie man gehorchte.

Er trampelte hinter ihr her.

Aber inzwischen war es nicht mehr so einfach, denn der Mond stand tiefer, sein Licht war schwächer. Trash blieb stehen, horchte. Er wußte nicht, daß Vangie ein paar Meter vor ihm hinter einer Biegung des Wegs auf dem Boden hockte und ebenfalls lauschte. Sie hatte sich nur mit Mühe dazu bringen können, nicht wegzulaufen. Alles in ihr drängte sie zu fliehen, aber es gab nichts, vor dem sie fliehen konnte. Sie konnte ihn nicht hören. Nervös zog sie ihr großes Jagdmesser aus der Scheide, steckte es wieder zurück.

Es war so weit. Leben oder Tod. Sie fragte sich, wie es Dain wohl ging. Obwohl sie sich nicht sehen konnten, kämpften sie weiter im Duett. Sie hob einen Stein vom Boden auf, warf ihn nach kurzem Zögern in die Richtung, aus der sie gekommen war.

Trasks Kopf schnellte zu dem Lärm im Gestrüpp herum. Er hatte seine ganze Aufmerksamkeit in die falsche Richtung gelenkt, aber jetzt hatte er das kleine Luder!

Mit der Waffe in der Hand stürmte er um die Biegung des Weges.

Ein paar Meter dahinter kauerte Vangie mit einem angewinkelten Bein auf dem Boden und massierte sich mit schmerzverzerrtem Gesicht das Fußgelenk. Scheinbar überrascht schrie sie auf.

»Ich hab' deine Alten erledigt, und jetzt bist du dran!«

Er stürzte sich auf sie. Es gab kein Entkommen mehr. Trotzdem versuchte sie es. Sprang hoch, schrie auf, fiel hin, wälzte sich auf dem Boden, hielt sich das Fußgelenk, versuchte vergeblich von ihm wegzukrabbeln. Diesmal nicht. Er war über ihr …

Aber nur einen Meter von Vangie entfernt, im Schatten, wo sie kaum zu sehen war, befand sich eine von Papas Spannleinen – zweieinhalb Meter über dem Boden, wo Trask sie unmöglich sehen konnte, wenn er nicht gerade nach oben schaute. Statt der Haken hingen dort nun in Abständen von einem Meter die Bisamrattenfallen, die Vangie geölt hatte. Offen und einsatzbereit gespannt.

Trask, der brüllend losstürmte und bereits über seine wehrlose Beute triumphierte, rannte kopfvoran in eine der offenstehenden Fallen. Sie hatte ihn so raffiniert dorthin gelotst wie ein brütender Vogel, der einen gebrochenen Flügel vortäuscht, um einen Fuchs von seinem Nest wegzulocken.

Die starke Feder der Falle ließ die scharfen Stahlzacken mit einem häßlichen metallischen Knirschen in sein Gesicht schnappen. Er schrie und hüpfte, sprang und zuckte – und seine blindlings herumfuchtelnde Rechte, in der er den Revolver hielt, geriet in eine zweite Falle, die zuschnappte und ihm die Finger quetschte, sein Handgelenk durchbohrte. Die Waffe fiel zu Boden.

Mit geschmeidigen Beinen kam Vangie vom Boden hoch und direkt auf ihn zu, das große, blitzende Jagdmesser in beiden Händen, mit der Spitze nach unten, so, wie ein Mayapriester das Messer gehalten haben könnte, bevor er einem Menschenopfer die Brust aufschlitzte. *Das war er! Der Mann, der ihre Eltern umgebracht hatte!*

Ihr Gesicht war von Mordgier entstellt, sie stieß dem brüllenden Mann die Klinge von oben in den Bauch und schlitzte ihn ihm mit einer einzigen Bewegung auf, wie ein Jäger, der einen Hirsch ausweidet. Ein unartikulierter Schrei drang aus ihrem Mund, und eine Ladung heißes Blut spritzte ihr ins Gesicht, als sie, getragen von ihrem eigenen Schwung, an dem zappelnden, brüllenden Mann vorbeischoß.

Sie ließ das Messer fallen und wankte wie eine Betrunkene in den Wald hinein, bevor sie schluchzend zusammenbrach und zusammengekrümmt liegenblieb.

Zehn Jahre lang war ihr Leben ohne Sinn, ohne Bedeutung gewesen. Jetzt hatte sie zwei Menschen getötet. Sie hatte zwei Millionen Dollar gestohlen. Ihre Eltern waren ihretwegen tot, und sie hatte mit einem Messer um sie getrauert. Sie konnte nie mehr die sein, die sie diese letzten zehn Jahre gewesen war.

Sie weinte um die, die sie gewesen war, und um die, die sie geworden war. Sie weinte um Dain, um ihre Eltern, um Jimmy.

Um Trask weinte sie nicht.

Als sie sich schließlich ausgeweint hatte, verstummte sie. Nach einer Weile setzten die Geräusche der Waldtiere, der Vögel und Insekten wieder ein, erst zaghaft, dann zu einem triumphierenden, disharmonischen Chor anschwellend, der die ersten Anzeichen eines neu über dem Wald anbrechenden Tages begrüßte.

31

Quer über den Horizont verlief ein schwacher mattgoldener Schlitz. Alles darunter war eine kalte, graue Decke aus Bodennebel, aus der hier und da wie Wachposten große Zypressen hervorstanden. Aus dem Wald ragten nur die wolligen Wipfel der höchsten Bäume, dick eingemummten Köpfen ähnlich. Auf dem Bayou trieb ein Flachboot durch diese graue Welt, in der Luft und Wasser kaum voneinander zu unterscheiden waren. Gerade so, als glitte es durch einen Traum.

Abrupt richtete sich Inverness auf. Sah sich wie betäubt um. Spritzte sich Wasser ins Gesicht. Selbst die Spritzer hatten etwas Gedämpftes, Fernes, Traumartiges. Er begann zu rudern.

Vangie erschien am Anfang des Pfades durch den Wald. Mit hängenden Schultern schleppte sie sich voran, das Gesicht leer wie das einer Schlafwandlerin. Trasks Revolver baumelte am Abzugbügel an ihrer Hand. Die Gerüche des morgendlichen Sumpfs überlagerten das süßliche Aroma von gegrilltem Fleisch, nicht sonderlich angenehm. Sie schauderte, als sie merkte, was es war.

An dem immer noch warmen Rechteck aus Asche und verkohltem Holz vorbei, das die Hütte ihres Vaters gewesen war, humpelte Dain über die Lichtung auf sie zu. Er sah blaß aus, ausgezehrt, halb betäubt von den Schmerzen, und von seiner wieder aufgeplatzten Wunde blutverschmiert. Sie wußte, sie konnte nicht viel besser aussehen.

Einen Meter voneinander entfernt blieben sie stehen, ohne einander zu berühren. Schließlich streckte Vangie die Hand aus, um sie auf seinen unverletzten Arm zu legen. Erst in diesem Augenblick kamen sie zusammen, umarmten einander grimmig, nicht wie Liebende, sondern mit der Vertrautheit von Kriegern, die die Schlacht überlebt haben. Schließlich lösten sie sich wieder voneinander. Vangie erzitterte unter einem unkontrollierbaren Schauder, ähnlich dem plötzlich nachlassenden Keuchen nach einem hysterischen Anfall.

Zaghaft fragte sie: »Solltest du dich nicht um die anderen Typen kümmern?«

»Um welche anderen Typen?« fragte er im selben Ton zurück.

In ihrer Stimme war ungläubiges Staunen. »Es ist … vorbei? Wirklich vorbei?«

»Ja. Für dich ist alles vorbei.«

Ein letztes Schaudern durchlief sie. »Inverness?«

»Strategischer Rückzug. Der kommt wieder.«

Mit einer abrupten Geste deutete Vangie auf das, was sie im Wald an der Spannleine hatte hängen lassen. »Ich … ich … ich weiß nicht, ob ich … noch einmal …«

»Wenn ich schon aussteigen könnte, würde ich es auch nicht nochmal tun«, sagte er. »Und du *kannst* aussteigen. Du mußt aussteigen. Ich möchte auf keinen Fall, daß du nach allem, was passiert ist …«

Seine Stimme hatte sich verhärtet. Jetzt fügte er in milderem Ton hinzu: »Geh deine Toten begraben, Vangie.«

Langsam gingen sie zum Wasser hinunter, Dain hinkte, seinen heilen Arm hatte er, um sich zu stützen, um ihre Schultern gelegt.

»Kommst du allein zurecht?« fragte er.

Sie antwortete nicht.

»Bitte. Nimm die Bonds und sieh zu, daß du hier wegkommst.«

»Was anderes bleibt mir wohl nicht übrig«, sagte sie schließlich. »Wenn er zurückkommt, und ich noch da bin, muß er mich umbringen, oder nicht?« Zusammen mit dir, schien sie sagen zu wollen, auch wenn sie es nicht aussprach. »Aber wenn ich in die Zivilisation zurückkehre, mit einem schweren Schock, und wenn ich sage, ich war draußen in den Bayous campen, ich hab' nicht gewußt, daß meine Eltern ermordet worden sind, ich hab' nie etwas von dir gehört ... Dann kann mir nichts passieren.«

»Nimm den Revolver.«

»Ich hab' den Revolver.« Sie hielt ihn hoch. »Du hast die Piroge mit den Bonds drin versteckt. In einem Flachboot kann er mir nicht folgen, er muß den weiten Weg außen rum nehmen. Mach dir also um mich keine Sorgen.«

Könntest du dir nicht um mich Sorgen machen? dachte er. Nur ein bißchen? Er hatte zwar gewollt, daß sie sich aus dem Staub machte, hatte aber nicht wirklich damit gerechnet, daß sie es tun würde.

Der Morgen dämmerte, aber die Sonne war noch nicht durch den Nebel gedrungen. Auf der Rückseite der Insel, wo sich der Bayou einen Durchlaß gegraben hatte, glitt Inverness' Flachboot lautlos aus dem Nebel und lief mit einem leisen Wispern des Kiels auf schlammigen Grund. Mit fast unglaublicher Flinkheit verschwand Inverness über das Dollbord und im Gebüsch.

Rasch und vorsichtig ging er weiter, glitt von Dekkung zu Deckung, blieb oft stehen, um sich von den Vögeln sagen zu lassen, wer oder was sich vor ihm befand. Alle seine Sinne waren aufs äußerste angespannt, ein Jäger, ganz in seinem Element.

Als sie zum Wasser hinunterhumpelten, stellte Vangie schockiert fest, wie geschwächt Dain war. Wie sollte er es in diesem Zustand mit Inverness aufnehmen? Möglicherweise starb er bereits; er war zu schwer verletzt.

»Was willst du machen? Du kannst nicht einfach hier bleiben und auf ihn warten.«

»Er muß diese Sache endlich erledigen. Mich erledigen. Für ihn bin ich ein Alptraum, der auch nach dem Aufwachen nicht zu Ende ist.«

»Er hat deine Frau umgebracht, Dain«, sagte sie schonungslos. »Er wird Trask finden. Ich habe ihn mit dem Messer erledigt. Das dürfte ihn ein bißchen bremsen ...«

Dain nickte. »Das ist sein einziger schwacher Punkt als Killer. Und unsere einzige Chance.«

»Was? Ich weiß nicht, was du meinst.«

»Seine Fantasie. Er hat eine lebhafte Fantasie.«

»Wenn das deine Chance ist, dann nutze sie. Was willst du machen? Was hast du vor?«

»Ihn hinhalten, das habe ich vor.« Das war es nicht, was sie gemeint hatte. »Ich schinde so viel Zeit für dich raus, wie ich kann. Ich bin nicht stark genug, um es mit ihm aufzunehmen. Er ist zu sehr auf der Hut, als daß ich mich an ihn ranschleichen könnte, um ihm einen Hinterhalt zu legen. Ich bin mit der Wildnis hier nicht genügend vertraut. Deshalb ...«

»Deshalb mußt du dafür sorgen, daß er zu dir kommt.«

»Wenn er das tut, wie wird er es anstellen?«

»Im Schutz des Nebels. Er wird zur Rückseite der Insel rudern, sich zu Fuß durch den Wald vorarbeiten, wahrscheinlich auf Papas Fischerpfad ...«

Dain stieß ein kurzes, humorloses Lachen aus, und fing am Schluß zu husten an. »Der Mann ... der nicht ... stirbt ...«

Er hustete Blut. Sie wußte nicht, ob er Inverness meinte oder sich selbst. Sie konnte ihn in diesem Zustand nicht hierlassen, sie konnte nicht bei ihm bleiben, sie konnte ihn nicht mitnehmen.

Inverness erstarrte mitten im Schritt, eine Hand ausgestreckt, um einen Zweig beiseitezuschieben. Er hatte Vangies und Dains aufgebrachte Stimmen gehört, bloße Laute, von der Entfernung gedämpft und jeder

Verständlichkeit beraubt. Er begann, sich durch den Wald auf sie zuzuarbeiten. Als er auf den Pfad stieß, rannte er darauf weiter, weil er so leichter und schneller vorwärtskam.

Plötzlich blieb er mit entsetzter Miene wie angewurzelt stehen. Trasks ausgeweideter Körper, immer noch von den tödlichen Fallen gehalten, hatte die Spannleine aus Nylon nach unten gezogen, so daß er in einer Art groteskem Knicks vor ihm hing. Ein Arm wurde von einer Falle in Kopfhöhe gehalten, seine Beine waren zur gräßlichen Parodie des *plié* eines Ballettänzers überkreuzt. Er war ausgenommen worden. Und was sein Gesicht in der Falle anging …

Inverness war unfähig, den Blick abzuwenden, er zwängte sich an der Leiche vorbei, dann hatte er sie hinter sich. Sie hatten ganz schön zugelangt. Einer verbrannt, einer aufgeschlitzt. Kein zimperliches Pärchen. Er fragte sich, was sie mit Maxton angestellt hatten. Nicht, daß ihn das groß interessierte. Wer in dieser Welt überlebte, und zu denen gehörte er, der durfte nicht zimperlich sein.

Inzwischen mied er den gewundenen Pfad wieder und bahnte sich seinen Weg, so schnell er konnte, durch das dichte Gestrüpp. Er blieb ein zweites Mal stehen; in der Ferne war ein Schuß gefallen.

Was hatte das bloß wieder zu bedeuten? Das ergab keinerlei Sinn, es sei denn …

Er führte sich das Gemetzel an Trask wieder vor Augen. Wer das getan hatte, kannte keine Skrupel. Bonds im Wert von zwei Millionen … Nur noch Dain und sie übrig … Er war schon fast davon ausgegangen, er würde es mit ihnen beiden aufnehmen müssen, sie beide erledigen müssen, um die Bonds einzustecken … Aber vielleicht war nur noch einer übrig, den er ausschalten mußte …

Plötzlich sprintete er los; er brach, ohne sich um den Lärm zu kümmern, durch das Unterholz. Weit vor ihm waren zwei weitere Schüsse gefallen.

32

Zehn Minuten später hatte er den Waldrand erreicht und suchte die Lichtung ab. Die niedergebrannte Hütte war inzwischen nur noch ein Haufen verkohlter Trümmer. Dahinter das schwarze Etwas, das einmal Nicky gewesen war …

Er schlich am Rand der Lichtung entlang, sah das Teerbaby im Bottich. Der Mensch darin war vermutlich verbrannt, und wie bei den von den Lavamassen des Vesuv verschütteten Bewohnern des alten Pompeji war wahrscheinlich nur eine Form aus erkaltetem Teer von ihm übriggeblieben. Das mußte Maxton sein. Und Dain hatte das mit nur einem Arm bewerkstelligt.

Ein paar Minuten später teilte Inverness die Büsche unten am Wasser, um vorsichtig auf die Anlegestelle und die sich lichtende Nebelbank dahinter hinauszuspähen. Der Schlamm war von Fuß- und Kielspuren durchzogen. Nachdem er die Lage sondiert hatte, verließ er sein Versteck. Sah den Bayou hinauf, erstarrte.

Dort, wo Vangie Dain entdeckt hatte, als er in der Piroge auf das Fischercamp zugestakt war, stakte Vangie nun in der Piroge vom Fischercamp weg. Allein. Das Boot war nicht tief genug, daß sich Dain darin hätte verstecken können. Sie verschwand um eine Biegung des Bayous.

Allein. Und das hieß, entweder lauerte ihm Dain irgendwo auf – oder der Streit, den er gehört hatte, war nicht gespielt gewesen, die Schüsse echt, und Dain war …

Er wandte sich wieder der Anlegestelle zu, ging in die Hocke, studierte die Spuren. Er schnaubte, ein kaum hörbares Ausatmen. Direkt am Wasser war der zertrampelte Schlamm von Blutspritzern übersät. Frischen Blutspritzern, wie eine Berührung mit der Fingerspitze ergab.

Dann sah er am Wasser etwas aufblitzen. Ihm entfuhr ein überraschtes Geräusch. Er hob Trasks Revolver aus dem Schlamm. Roch an der Mündung. Sah sich rasch um, wie ein Tier, dann ließ er die Trommel herausschnappen. Zwei nicht abgefeuerte Kugeln. Mit verdutztem Gesicht drückte er die Trommel langsam wieder hinein.

Geduldig begann er erneut, den Boden abzusuchen, hielt aufmerksam nach allem Ausschau, was er beim ersten Mal übersehen haben könnte. Gab ein leises zufriedenes Brummen von sich, watete ein Stück ins Wasser hinaus. Da war etwas in den Schlamm getrampelt, etwas aus Papier. Er langte ins Wasser, zog es heraus.

Ein Bündel durchweichter, zertretener, schlammverschmierter Bearer Bonds. Er fuhr mit dem Daumen über ihre Ränder. Ein halbes Dutzend, jeder einzelne fünfundzwanzigtausend Dollar wert: hundertfünfzigtausend Dollar. Im Handgemenge fallengelassen. Wahrscheinlich, als die Schüsse fielen.

Sein Kopf war ständig in Bewegung, als er zurückging und die Büsche absuchte, die Bäume, den Bayou, das offene Wasser der Marschen … Mit einem unterdrückten Knurren warf er die Bonds weg und ging in die Hocke. Gleichzeitig riß er mit der Leichtigkeit langer Übung die .357 Magnum aus dem Holster an seiner rechten Hüfte.

Der Nebel hatte sich so weit gelichtet, daß er etwa fünfzig Meter vom Ufer entfernt Vangies Flachboot langsam davontreiben sah. Über das Dollbord hing einer von Dains Schuhen, gerade so, als läge Dain rücklings über die Sitze hingestreckt. Sein unverletzter Arm hing über die andere Seite des Boots, so daß vermutlich seine Hand, die Inverness allerdings nicht sehen konnte, ins Wasser getaucht war.

Ohne den Blick von dem treibenden Boot abzuwenden, steckte Inverness seine Magnum langsam wieder weg und ging noch langsamer in seine Jägerhocke.

Seine Körperhaltung war entspannt, aber in seinem Kopf arbeitete es fieberhaft. Dain. Tot? Alles deutete darauf hin, daß er es war – Blut, Bonds, Schußwaffe und die verschwundene Vangie. Bloß ... es war Dain. Der Mann, den er nicht umbringen konnte. Dain hatte ihr vertraut, und sie hatte ihn mit Trasks Revolver erschossen, ihn in das Boot gekippt und es davontreiben lassen, damit Inverness es sah und dadurch aufgehalten wurde.

Oder vielleicht auch nicht. Das würde sich zeigen.

Drei Stunden später war der Nebel weggebrannt, und strahlender Sonnenschein überflutete alles. Inverness kauerte noch immer im Gestrüpp am Ufer und spähte zu dem treibenden Boot hinaus. Inzwischen hatte er die Arme um die Knie geschlungen. Das Boot war ein gutes Stück weiter weg, aber inzwischen drehte es sich auf einem großen, trägen Wirbel ständig im Kreis. Dains unverletzte Hand hing tatsächlich ins Wasser, etwa bis zur Hälfte seines nackten Unterarms.

Richtig erkennen konnte er nur Dains Stiefel, etwas von seinem Kopfhaar und den ins Wasser hängenden Arm. Es war dieser Arm, der jeden Zweifel ausräumte, daß es Dain war, nicht bloß eine Attrappe aus Moos und Dains Kleidern.

Während der letzten drei Stunden hatte sich die Gestalt nicht gerührt.

Plötzlich faßte Inverness einen Entschluß, stand auf und trabte auf den Pfad durch den Wald zu. Eine halbe Stunde später erreichte er sein Flachboot, packte es am Bug, schob es in den Bayou hinaus und sprang hinein. Packte die Ruder, schwang den Bug herum und begann mit langen, zügigen Schlägen loszurudern. Einmal in Aktion, war er so schnell und sicher wie eh und je. Warum sollte er also nicht ...

Verdammt noch mal, jetzt würde er mit Dain abrechnen.

Es war Mittag, und deshalb gab es keinen Schatten. Dains Flachboot trieb immer noch auf dem Wirbel im Kreis. Inverness kam mit zügigen Schlägen um die Spitze der Insel gerudert. Gut zehn Meter von dem Boot entfernt, in dem Dain in der prallen Sonne lag, stützte er sich auf seine Ruder, so daß sein Boot langsam zu Stehen kam. Er saß einfach da und schaute. Wartete. War doch noch nicht so weit, um mit Dain abzurechnen.

Wenn Dain noch nicht tot war, sondern erst im Sterben lag, gaben ihm die Hitze und die Sonne den Rest. Das Warten konnte sich für Inverness nur lohnen.

Er wartete.

Wartete, bis die Sonne ihren Abstieg am westlichen Himmel angetreten hatte. Saß einfach nur da, auf der mittleren Sitzbank seines Boots, die Beine angewinkelt und die Arme um die Knie geschlungen. Aus der Nähe konnte er Dain blutig über den Sitz hängen sehen.

Genug.

Plötzlich riß Inverness seine .357 Magnum heraus, doch dann saß er weiter nur da, mit der Waffe in der Hand, die Hand auf den Oberschenkel gestützt, die Waffe auf nichts gerichtet. Er schrie: »Dain!«

Keine Reaktion. Mensch – oder Leiche? Er hob die Waffe und zielte, den Ellbogen auf ein angewinkeltes Knie gestützt. Zögerte. Dain war tot, das wußte er inzwischen, und er war im Begriff, auf eine Leiche zu schießen. Ihr den Fuß wegzuballern. Um zu sehen, ob sich der Mann nicht nur tot stellte. Aber wenn er auf die Leiche schoß, war das nicht irgendwie das Eingeständnis, daß Dain gewonnen hatte, sogar im Tode noch? Daß sogar seine *Leiche* Keith Inverness solche Angst einjagen konnte, daß er …

Mit plötzlicher Entschlossenheit zielte er noch einmal. Feuerte. Fünfzehn Zentimeter neben Dains Stiefel zersplitterte ein Stück Dollbord, als das schwere Geschoß einschlug. Dains Stiefel bewegte sich nicht.

Mit zufriedenem Gesicht ließ Inverness die schwere Waffe sinken. Er hatte den Test gemacht, ohne auf Dains Leiche zu schießen. Dain hatte nicht gewonnen. Keith Inverness hatte gewonnen. Denn so kaltblütig war niemand, daß er sich nicht bewegte, wenn fünfzehn Zentimeter neben seinem Fuß eine Kugel einschlug. Wenn er wußte, die nächste konnte ihm den Fuß wegreißen.

Trotzdem war da noch etwas, was er hinter sich bringen mußte. Und selbst das ... bereitete ihm Unbehagen. Er mußte Dains Leiche ins Wasser werfen, damit die Alligatoren sie sich schnappten. Spukte immer noch der Hauch eines Zweifels durch seinen Kopf?

»Verfluchte Scheiße, Dain«, wandte er sich ernst an die Leiche. »Selbst tot *nervst* du mich, du Scheißkerl.«

Er legte die Waffe neben sich auf den Sitz, nahm die Ruder und machte ein paar kräftige Schläge, so daß sein Boot unsanft gegen das von Dain stieß. Die Wucht des Zusammenstoßes ließ Dains Stiefel vom Dollbord rutschen. Aufgebracht schwärmte eine Wolke grünbäuchiger Fliegen von dem blutigen Schlamassel unter Dains schmutzverkrustetem Hemd hoch.

Inverness griff wieder nach seiner Waffe, aber eigentlich war es nur ein Reflex. Nur zu offensichtlich hatte er eine Leiche vor sich. Mit der Hand, in der er die Waffe hielt, stützte er sich auf das Dollbord von Dains Boot und beugte sich, auf seinem Sitz kniend, zu der Leiche hinüber, um ihr an der Halsschlagader den Puls zu fühlen.

Endlich hatte er diesen fünf Jahre alten Schatten von sich abgeschüttelt. Möglicherweise waren selbst die Bonds für ihn noch nicht verloren. Vangie mußte ihre Eltern begraben, die Trauerzeit hinter sich bringen. Und das hieß, sie mußte so lange im Cajun Country bleiben, daß es nicht komisch aussähe, wenn sie eines Tages spurlos verschwand ...

Vielleicht würde sie auch Selbstmord begehen ... sowas ließ sich ganz einfach arrangieren ...

Als sich seine Finger auf der Suche nach dem nicht vorhandenen Puls in die Seite von Dains Hals gruben, war er so in Gedanken versunken, daß er nicht merkte, wie Dains gesunder linker Arm, der auf der anderen Seite aus dem Boot hing, hochkam.

Mit eisernem Griff hielt er die riesige Wassermokassin direkt hinter dem Kopf gepackt. Das Maul wütend aufgerissen, zeigte die Schlange das leuchtende Weiß ihres Rachens. Ihre Giftzähne waren ausgefahren und bereit, zuzubeißen. Schier endlos wand und schlängelte sich der massive, zehn Zentimeter dicke und eineinhalb Meter lange Körper aus dem Wasser hoch.

Verdutzt über den Puls, mit dem er nicht gerechnet hatte, versuchte Inverness sich aufzurichten, um die Hand, in der er die Magnum hielt, so weit zu entlasten, daß er schießen konnte. Aber dafür war es längst zu spät. Denn Dain stieß bereits mit dem großen, rautenförmigen Kopf der Schlange nach Inverness' angespannten Hals mit den weit hervortretenden Adern.

Die schimmernden Giftzähne gruben sich in die Haut, die Giftsäcke pulsierten. Mit einem entsetzten Aufschrei zuckte Inverness so ruckartig vor der Schlange zurück, daß diese plötzlich nur noch von ihren Giftzähnen gehalten wurde, die sich tief in seinen Hals gebohrt hatten, und mit ihren ganzen eineinhalb Metern Länge in der Luft schwebte.

Um die Schlange mit beiden Händen packen und wegreißen zu können, warf Inverness den Revolver weg. Mit einem lauten Platschen schlug die Schlange aufs Wasser und schlängelte sich davon, während Inverness mit blutendem Hals auf den Sitz niedersank. Dain setzte sich im anderen Boot auf, um ihn mit kaltem Interesse zu beobachten.

»O Gott«, stieß Inverness hervor. »O mein Gott.«

»Ein sehr proteinhaltiges Gift«, sagte Dain, »das die Blutgefäße von innen heraus zerfrißt und zu schweren inneren Blutungen führt. Während wir uns hier unterhalten, verbluten Sie bereits innerlich.«

Inverness nahm sein Gesicht in die Hände und sprach durch seine gespreizten Finger. »Tut das weh. O Gott, tut das weh.«

»Das soll es auch. Um die für den Abbau des Gifts erforderlichen Antikörper zu produzieren, sind Ihre Lymphdrüsen bereits heftig angeschwollen, aber so viele Antikörper gibt es im menschlichen Organismus gar nicht. Ihr Puls wird immer schneller gehen, Ihre Pupillen werden sich weiten, bis das Licht zu schmerzen beginnt ...

Mit gehetztem Blick sah Inverness auf. Der Schweiß floß ihm in Strömen herunter. Er krächzte heiser: »Meine Lippen fühlen sich ganz taub an.«

Jetzt, wo es endlich so weit war, wo er tatsächlich einen der Killer sterben sah, gab sich Dain nicht mehr mit dem bloßen Überleben zufrieden. Er wollte alles erfahren. Wer. Wo. Vielleicht *ob* ... »Wer hat Sie beauftragt, mich und meine Familie zu töten, Inverness?«

»Pu ... Pucci ... Mario ... Pucci ...«

»Nein. Der Mittelsmann. Der andere Killer.«

Inverness versuchte zu schlucken. Hob eine Hand an seinen Hals, schwitzte wie ein Seekranker. Sein Gesicht war grauenerregend verzerrt. Seine Stimme gepreßt.

»Der ... hat mich angerufen, ich bin von New Orleans hochgeflogen. Der andere Mann wußte ... wo ... ich hatte ... Anweisung ... alle im Haus ... zu erledigen ... Hab' nicht gewußt ... eine Frau und ein Kind ...«

Sein Kopf sank auf seine Brust, aber Dain langte von Boot zu Boot, packte ihn an der Schulter, schüttelte ihn.

»Wer, Inverness? Wo?«

»Er hat mich letzte Woche wieder angerufen ... nach fünf Jahren ... fünf langen Jahren ... hat er mir gesagt, du bist hinter mir her ...« Seine Stimme wurde wieder schwächer. »Wollte ... daß ich ... dich erledige ...«

Inverness begann zu zucken, er verlor die Kontrolle über seinen Körper.

»*Wer?* Verdammt noch mal, wer sind die anderen beiden?«

Inverness hustete, daß es ihn halb zerriß. Aus seinem Mund sickerte Blut. Aber mit dem Tod hatte sich Trotz in seinen Blick geschlichen. Seine Lippen verzogen sich zu einem Grinsen.

»Du kannst mich mal, Dain ... einen Dreck ... wirst du ... von mir erfahren ... Der andere Killer ... wird dich ... fertigmachen ...« Er gab ein ersticktes Lachen von sich. »Wer zuletzt lacht ... lacht am ...«

Er verstummte, sackte in sich zusammen, verlor das Bewußtsein. Ohne die leiseste Regung zu zeigen, sah Dain auf ihn hinab. Schließlich sagte er: »Wirklich, Inverness? Tot bist doch *du!*«

Der Himmel war fahl, schwefelfarben. Das Wasser war ein Spiegel. Fünf Minuten später platschte Inverness in den Sumpf. Um seine Identifizierung zu erschweren, falls er je gefunden werden sollte, hatte ihm Dain Schlüssel, Brieftasche und Geld abgenommen.

Aller Wahrscheinlichkeit nach würde ihn noch vor Einbruch der Dunkelheit ein Alligator entdecken, ihn tief in den Schlamm drücken, ihn reifen lassen ...

Aber warum auch nicht? Inverness gefiel das bestimmt.

Hatte er den Sumpf hier nicht über alles geliebt?

V

SHENZIE

Sag nicht Frisco

DAS DÄMMERN DER
ZÜRNENDEN GOTTHEITEN

O Edelgeborener, weil du nicht in der Lage warst zu erkennen, wann sich der Lichtschein der friedlichen Gottheiten auf dich senkte, bist du auf deiner Wanderschaft hierher gelangt. Nun wird der Lichtschein der bluttrinkenden zürnenden Gottheiten aufsteigen.

DAS TIBETANISCHE TOTENBUCH

33

Acht Tage später, den Arm in einer schönen schwarzen Schlinge, trat Dain aus seinem Zimmer im Imperial Motel in Lafayette. Dort hatten Inverness und er übernachtet, bevor sie auf der Suche nach Vangie in den Sumpf aufgebrochen waren, und man hatte ihnen ihre Zimmer die ganze Zeit freigehalten. Er ging zu seinem Leihwagen, der direkt vor dem Zimmer stand, warf seine Reisetasche in den Kofferraum, ging zum angrenzenden Zimmer und kam mit Inverness' Tasche heraus. Er wuchtete auch sie in den Kofferraum, schlug den Deckel zu und entfernte sich in Richtung Rezeption.

Dort sah der Portier von seiner Buchführung auf, als Dain die Schlüssel für beide Zimmer auf den Schreibtisch legte.

»Mr. Inverness und ich reisen heute ab.«

»Selbstverständlich, Sir.« Der Portier suchte beide Rechnungen heraus, gab sie in den Computer ein, händigte sie Dain mit dem Endbetrag aus. »In der Rechnung sind auch Telefon- und Wäschereikosten enthalten.«

Dain machte das nur, weil er diese Sache gründlich zu Ende bringen wollte, ohne irgendwelche unerledigten Details. Er wollte nicht, daß in einer Woche, in einem Monat oder in einem Jahr jemand aufkreuzte und ihm Fragen stellte, die er schlecht beantworten konnte. Darum wollte er die ganze Angelegenheit ein für allemal zu Ende bringen. Fall erledigt, keine offenen Fragen mehr. Damit es später keine unangenehmen Überraschungen mehr gab.

Es war acht Tage her, seit er Inverness' Leiche in den Atchafalaya gekippt hatte. Die Namen des zweiten Killers und des Mannes, der den Mord in Auftrag gegeben hatte, hatte er mit in sein nasses Grab genommen. Auch gut. Aber konnte Dain das Ganze jetzt wirklich auf sich beruhen lassen? Suchte vielleicht der Tod immer noch nach ihm, obwohl er nicht mehr nach dem Tod suchte?

Natürlich konnte das sein. Die Toten waren tot, Blut war mit Blut vergolten. Dain würde nicht mehr für die Unterwelt arbeiten, würde sich nicht mehr in diesem Milieu aufhalten. Er würde gewissermaßen ganz neu anfangen. Sollte sich Doug Sherman wieder ganz aufs Bücherverkaufen konzentrieren, während er einer von der Sorte Privatdetektive wurde, die sich für keinen Klienten zu schade waren. Randy würde ihm helfen, sich Referenzen zu beschaffen …

Bloß um sich gegen unliebsame Überraschungen abzusichern, ging er die Rechnungen Posten für Posten durch, während der Portier im Hintergrund nervös herumstand. Ein Posten auf Inverness' Rechnung ließ ihn stutzen. Er starrte lange auf das Papier, dann faltete er die Belege zusammen und steckte sie in seine Brieftasche. Er hatte ein Gefühl, als hätte ihm jemand einen Stich mitten ins Herz versetzt.

»Scheint alles in Ordnung zu sein. Buchen Sie die Kosten für Mr. Inverness' Zimmer von der unterschriebenen Kreditkartenanweisung ab, die er bei Ihnen hinterlegt hat – ich zahle meins bar.«

Vom Motel fuhr Dain zu einem Autozubehörladen, kaufte eine Abschleppstange, fuhr zurück, parkte einen halben Block vom Motel entfernt, ging zu Fuß auf den Parkplatz, stieg in Inverness' Wagen, ohne daß der Portier ihn sah, und fuhr damit zu seinem Wagen.

Mit Inverness' Wagen im Schlepptau traf er am Nachmittag in New Orleans ein, fuhr zu einer Siedlung mit Sozialwohnungen nicht weit vom Superdome hinaus und ließ den Wagen dort am Straßenrand stehen. In der Gewißheit, daß der abgestellte Wagen spätestens bis Einbruch der Dunkelheit in irgendeiner Werkstatt verschwunden und bei Tagesanbruch nicht mehr wiederzuerkennen war, fuhr er zum New Orleans International Airport, um seinen Leihwagen abzugeben.

Er versuchte sich mit aller Macht davon abzubringen, an Vangie zu denken und sich den Kopf zu zerbrechen, wo sie sein oder was sie tun könnte. Sie hatte ihn wieder ins Leben zurückgeholt, indem sie ihn in ihren Körper aufgenommen hatte. Er hatte sich aufgemacht, ihr das Leben zu retten, und sie hatte seines gerettet. Sie stand mit beiden Beinen im Leben, sie *war* Leben.

Der Drang, nach ihr zu suchen, sein neues Leben um diese Vitalität herum aufzubauen, war fast unwiderstehlich, aber dazu hatte er kein Recht. Sie hatte selbst ein neues Leben, das sie aufbauen mußte, und sie hatte die Bonds, mit deren Hilfe sie das tun konnte. Ein neues Leben, in dem endgültig Schluß war mit dem Arschgewackle in billigen Stripclubs.

Auf dem Schild über der Uhr stand NEW ORLEANS INTERNATIONAL AIRPORT. Die Uhr stand auf 7:32. Dain hatte gerade bar bezahlt, und die attraktive blonde Frau in der blauen Uniform mit den kleinen silbernen Flügeln über der linken Brust gab ihm sein Ticket nach San Francisco. Sie hatte hübsche Grübchen und frech blitzende Augen.

»Ihr Flug geht in achtundzwanzig Minuten, Sir.«

Er ging durch die Detektoren, blieb auf dem Weg zu seinem Flugsteig an einer Reihe Telefonzellen stehen. Er hatte wie immer sein ledergebundenes *Tibetanisches Totenbuch* dabei, das er auf das Metallbord unter dem Telefon legte, während er wartete, daß jemand abhob.

»Douglas Sherman«, kam es aus dem Hörer.

»Dougie! Ich bin's, Dain.«

»Dain?« Er stockte. »Mein Gott, ich hab' mich schon gefragt ...«

»Ich komme heute abend zurück, fahre gleich in mein Loft.«

»Lief … alles glatt?« fragte Sherman vorsichtig.
»Eigentlich nicht. Ich habe die Flüchtigen gefunden, und ich habe die Bonds gefunden, aber … ich glaube nicht, daß wir unser Honorar von Mr. Maxton bekommen werden.«
Darauf trat eine lange Pause ein. »Maxton …«
»Wird unser Honorar nicht zahlen«, sagte Dain. »Ich bin auch einem der Herren aus Point Reyes begegnet. Ich erzähl' dir morgen früh alles im Buchladen.«
Er entfernte sich vom Telefon, kehrte dann noch einmal zurück. Ihm war klargeworden, daß er nicht mit dem Flughafenbus in die Stadt fahren wollte, wenn er nach Hause kam. Und er wollte Shenzie alles erzählen. Von so etwas wie Rache verstanden Katzen eine Menge.
Der Anruf war nur kurz.
»Randy? Ich bin's …«
»He, Mann, wo steckst du?« fragte Solomon mit seinem dröhnenden Organ. »Wieso hast du dich nicht …«
»Bin noch in New Orleans. Mein Flug geht in …« Dain sah auf die Uhr, »… elf Minuten.«
»Ich hol' dich am Flughafen ab.«
Dain gab ihm Flugnummer und Ankunftszeit durch, fügte dann hinzu: »Kannst du Shenzie auch mitbringen? Ich würde ihn …«
»Aber klar doch«, sagte Randy mit polterndem Lachen. »Er sitzt gerade bei mir auf der Couch und sieht fern.«

Von Dains Fensterplatz sah man auf mondversilberte Wolken tief unter dem Flugzeug hinaus. Sein Gesicht war müde und abgespannt. Er dachte, er wäre zu überdreht, um schlafen zu können, doch dann träumte er.
Er war in einer fremden Wohnung in einem feuchtheißen tropischen Land und benutzte seinen Computer, um die zu identifizieren, die er suchte. Er war nackt, troff vor Schweiß. In dreißig Sekunden hatte er sie,

dann würden ihm ihre Namen und ihre Aufenthaltsorte vom Bildschirm entgegenspringen ...

Er hörte Stimmen wie durch Stahlwolle.

Sie ... sie sind alle ... tot?

Ja. Wir sehen mal nach, ob er irgendwelche Unterlagen hier hat, einen Computer ... dann fackeln wir die Bude ab ...

Es gab ein lauten Knall und einen Lichtblitz, der Computer explodierte mit einem Puffen ätzend elektrischen Qualms. Ein Bein des Tisches knickte ein, und der ganze Computer rutschte auf den Boden. Er hatte Stunden im komplizierten Filigranmuster ihrer Spuren verbracht, und jetzt war alles weg, in Rauch aufgegangen.

Dain warf sich aufs Bett, Arme und Beine weit von sich gestreckt. An der gegenüberliegenden Wand hing ein Magritte, den er gut kannte. Die Badezimmertür ging auf. Vangie kam heraus, genauso nackt wie er in der alles umgebenden Hitze. Plötzlich hatte er einen riesigen Ständer, die größte Erektion seines Lebens.

Sie kletterte ins Bett und setzte sich rittlings auf ihn, sah erwartungsvoll auf ihn hinab, als sein Schwanz von dem erregenden Ausblick auf ihr dunkles Nest noch größer wurde. Mit köstlicher Langsamkeit ließ sie sich auf ihm nieder, spießte sich auf sein gewaltiges Glied. Ihr Körper nahm alles in sich auf, und sie begann sofort, ihn wie wild zu ficken, ekstatisch nach hinten gekrümmt. Sie sank bebend auf ihm zusammen, alles in wenigen Sekunden und lange bevor er kommen konnte.

Dann hob sie sich von seinem immer noch steifen Glied, drückte einen Kuß auf die angeschwollene Spitze, als küßte sie eine Rose, zwinkerte ihm lüstern zu und war verschwunden.

Mit einem breiten Grinsen auf den Lippen wartete Randy in der Ankunfthalle des SFO, während andere ankommende Fluggäste an ihnen vorbeiströmten. Er betrachtete Dain aufmerksam und lachte.

»Siehst aus, als hättest du einiges zu erzählen, Kumpel.«

Das tat er auf der Fahrt in die Stadt, Randy am Steuer, Dain neben ihm, und auf dem Rücksitz maunzte Shenzie in seinem Transportkoffer beleidigt, weil er so lange eingesperrt wurde.

»Wenn dieser Inverness bei der Polizei war, dann müßte ich doch rauskriegen können, mit wem er sich getroffen hat, als er hier war ...«

»Vor fünf Jahren? Und er ist sicher nicht als Polizist hergekommen.«

Aufmerksamkeit heischend miaute Shenzie wieder. Dain langte mit seinem heilen Arm über die Rücklehne, um den Koffer aufzumachen und seine Hand hineinzustecken.

»Mann, laß ihn bloß nicht im Auto raus!« warnte ihn Solomon. »Das hab' ich auf der Fahrt hierher getan. Er hätte mir fast das Ohr abgerissen.«

Dain nickte und nahm seine Hand vom Koffer. Links von ihnen waren die Lichter der kleinen Stadt Brisbane wie Spielzeugsterne über die Ostflanke des San Bruno Mountain verstreut; rechts vor ihnen, hinter einem Meeresarm der Bay, lag die fahle, unbeleuchtete Fläche des Candlestick Park.

»Das einzige, was du mir noch nicht erzählt hast, ist: Was ist aus den Bonds geworden?«

»Die hat Vangie behalten. Sie hat ja auch teuer genug dafür bezahlt.« Er fügte hinzu: »Und was ich dir auch nicht erzählt habe, ich glaube, ich weiß, wer den Mordanschlag auf mich vermittelt hat.«

Mit wild funkelnden Augen warf Randy einen Blick zu ihm herüber. »Dann kaufen wir uns dieses Schwein doch.«

Dain schüttelte den Kopf. »Ich hab' keine Lust, noch länger weiterzumachen, Randy. Ich hab' das alles so satt ...«

»Sieh dich bloß mal wieder an, Herrgott noch mal! Hast du in diesen fünf Jahren überhaupt nichts gelernt?

Im Moment siehst du zwar so geschafft aus, als würdest du nicht mal eine Dose Katzenfutter aufkriegen, aber dieses Schwein, egal, wer es ist, wird dich nicht in Ruhe lassen, Eddie. Er denkt bestimmt, er hat keine andere Wahl. Warum sagst du nicht einfach mir, wer es ist, und wo er ist, und dann fährst du einfach nach Hause und legst dich schlafen. Und wenn du wieder aufwachst ...«

»Das geht nicht, Randy. Ich bin ja nicht mal sicher, ob er's wirklich war. Ich habe da nur so einen Verdacht. Und ich packe es einfach nicht mehr, noch jemanden auf einen bloßen Verdacht hin umzubringen.«

Randys Gesicht war gespannt, seine Haut und seine Augen glänzten.

»Laß mich mit diesem Wichser reden, dann kriegen wir schon raus, ob er's war. Denk dran, was letztes Mal passiert ist, als du alles allein machen wolltest.«

»Das war nur, weil ich die Finger nicht von einem Fall lassen wollte. Diesmal mache ich schon einen Rückzieher, bevor es überhaupt losgeht.«

Randy seufzte verärgert. »Kommt mir alles irgendwie bekannt vor. Aber jetzt hör mal zu, Kumpel, ich will damit ja nur sagen, du machst im Moment einfach einen ziemlich geschafften Eindruck. In ein paar Tagen, wenn du dich wieder etwas erholt hast, sieht alles gleich ganz anders aus. Dann setzen wir uns in aller Ruhe zusammen ...«

»Ich will nicht mehr weitermachen, Randy. Und dabei bleibt's.«

Und dabei blieb es auch, als Randy vom Freeway abbog und durch die nachtstillen South-of-Market-Straßen in Richtung Embarcadero weiterfuhr. Er hielt vor Dains dunklem, baufälligem Pier.

»Außerdem täusche ich mich wahrscheinlich«, sagte Dain.

»Das heißt doch nur, du denkst, du hast recht.«

Randy schüttelte den Kopf und stieg aus, um die

Reisetasche vom Rücksitz zu nehmen, während Dain den Transportkoffer mit Shenzie holte. Als Randys Schlußlichter verschwunden waren, schloß Dain die kleine Tür neben dem großen Eingangstor auf, ging nach drinnen und stellte den Transportkoffer mit Shenzie in den offenen Lastenaufzug, um dann wieder nach draußen zu gehen und seine Reisetasche zu holen.

Holpernd fuhr der quietschende Aufzug nach oben. Dain drückte auf den Schalter für die Flurbeleuchtung, dann öffnete er den Sicherungskasten, um eine Sicherung herauszuschrauben. Die Tatsache, daß er nur einen Arm zur Verfügung hatte, erschwerte diese Handgriffe und machte intensiveres Nachdenken erforderlich. Außerdem hatte er keine Lust, sie zu machen.

Er mußte zweimal gehen, um Tasche, Katze und *Tibetanisches Totenbuch* an die große Stahltür seines Loft zu bringen. Er legte das Buch auf die Tasche, holte die Schlüssel heraus, hielt inne.

»Wie stehen die Chancen, Kater?« fragte er leise.

Shenzie miaute, ebenfalls leise.

»So schlecht, hm?«

Lautlos schloß Dain die Tür auf, öffnete sie einen spärlichen Zentimeter in das dahinterliegende Dunkel. Holte tief Luft. Riß dann die Tür weit auf und hechtete dicht über dem Boden schräg nach drinnen, um sofort aus dem Schimmer des Flurlichts zu kommen.

Fast gleichzeitig explodierten drei Schüsse aus dem Dunkel.

Dains Stimme sagte: »Eigentlich hatte ich gehofft, du würdest nicht hier sein, aber ... nur für den Fall ...«

Zwei weitere Schüsse pfiffen in die Richtung, aus der seine Stimme zu kommen schien, prallten aber nur von der Wand ab. Hektisch wurde der Lichtschalter gedrückt.

»Ich hab' die Sicherung rausgeschraubt, Dougie-Baby«, sagte Dain.

Darauf trat eine lange Pause ein, bevor Sherman sagte: »Woher ... weißt du, daß ... ich ...«

»Deine Geheimnummer stand auf Inverness' Telefonrechnung im Motel in Lafayette.«

Der Strahl einer Taschenlampe stach durch die Dunkelheit, in die Richtung, aus der Dains Stimme gekommen zu sein schien. Er fiel nur auf Bodybuildinggeräte. Ein flaches Fünf-Pfund-Gewicht segelte wie eine Frisbeescheibe den Lichtstrahl entlang. Es ertönte ein dumpfer Schlag, ein Schrei; die Taschenlampe fiel zu Boden und erlosch.

Dains Stimme sagte kalt und unnachsichtig: »Ich hab' nachgesehen, weil er jemand angerufen haben muß, der ebenfalls mit Maxton in Verbindung stand, weil uns Maxton sonst nicht in den Sumpf hätte folgen können. Ich dachte mir zwar schon, daß es niemand aus New Orleans gewesen sein kann, aber daß du es wärst, hätte ich mir nicht träumen lassen. Aber sobald ich es wußte und in Ruhe über alles nachgedacht hatte, fand ich es absolut einleuchtend. Wenn du bloß heute abend nicht …

Noch ein Mündungsblitz, noch eine wirkungslos vorbeipfeifende Kugel. Sherman war nur eine dunkle Silhouette vor dem Licht, die erst in die eine Richtung schnellte, dann in die andere, die Waffe von sich gestreckt und krampfhaft bemüht, Dains Stimme zu lokalisieren.

»Wer wäre besser geeignet gewesen als du, mich die ganze Zeit im Auge zu behalten – mein Gott, ich hab' dich ja sogar darum gebeten. Mein Mittelsmann! Genauso, wie du vorher die ganze Zeit Puccis Mittelsmann warst. Du bist sogar mit Inverness in Verbindung geblieben – du warst sehr vorsichtig, Dougie …«

Wieder fiel ein Schuß. Dain lachte von anderswoher.

»Als ich dir sagte, ich würde nach New Orleans fliegen, bist du in Panik geraten und hast ihn angerufen. Du hast gehofft, er würde mich umbringen, aber zur Sicherheit hast du auch noch Maxton eingeschaltet. Und was ist jetzt aus Maxton geworden, Dougie? Ich habe ihn bei lebendigem Leib in einem Bottich mit heißem Teer gekocht.«

Die Hand, in der Sherman die Waffe hielt, zeichnete sich scherenschnittartig vor dem Licht ab, das durch die Tür fiel. Mit einem Karatehieb brach ihm Dains Handkante das Handgelenk. Sherman schrie auf, ließ die Waffe fallen. Vornübergebeugt und in Panik wie ein vom Feuer eingeschlossenes Pferd, zog er sich geduckt aus dem Licht zurück. Er umklammerte sein gebrochenes Handgelenk.

»Inverness starb an einem Schlangenbiß ... Kein schöner Tod. Die letzten Minuten Todeskampf, wenn man das Unvermeidliche kommen spürt ...«

»Kannst du das denn nicht verstehen, ich ... ich hatte *Angst,* als du nach New Orleans geflogen bist ...«

»Ja, Dougie«, sagte Dain leise, »hab' ruhig Angst.«

Plötzlich ertönten rasche Schritte. Sherman brach aus dem Dunkel hervor und rannte durch die Tür und den Gang hinunter. Wie hatte er bloß auf die Idee kommen können, es könnte ganz lustig werden, seinen eigenen zahmen Tiger in den Schwanz zu kneifen? Er hatte sich eingeredet, es könnte auf keinen Fall schaden, sich über jeden Schritt Dains auf dem laufenden zu halten, falls er bei seinen Nachforschungen der Wahrheit zu nahe kam.

Und dann war er auf eine Spur gestoßen und ...

Sherman hatte den Aufzug betreten und packte das Seil, mit dem sich die untere Türhälfte nach oben und die obere nach unten ziehen ließ. Doch Dain stemmte seinen Fuß auf die untere. Er hatte das ledergebundene *Tibetanische Totenbuch* von seiner Reisetasche genommen.

»Dain ... bitte ... nach all den Jahren ...«

»Du hast in New Orleans einen Killer auf mich angesetzt – nach all den Jahren. Du hast mir aus Chicago Maxton und seine Gorillas hinterhergehetzt – nach all den Jahren. Du hast mir hier im Dunkel aufgelauert, um mich umzubringen – nach all den Jahren.«

»Geld ...«

»Ja, das liebe Geld. Inverness hat gesagt, letztlich läuft es immer aufs Geld hinaus. Genau darum ist es doch von Anfang an gegangen, oder nicht? Du hattest Original-Magrittes, verdammt noch mal! So viel Geld verdient man bloß mit Bücherverkaufen nicht. Ich war wirklich ganz schön naiv und blöd. Du warst Puccis Drogenverteiler für ganz Nordkalifornien, stimmt's? Die ganze Zeit?«

»Dain, bitte glaub mir ...«

»Den Auftrag, mich umzubringen, hat nicht Pucci erteilt – das warst du!« Dain kam auf ihn zu. »Er hatte nichts zu befürchten – aber du! Wußte er überhaupt was von mir?«

»Natürlich, er ... er hat doch angeordnet ...«

»Du hast angeordnet.«

»Hab' ich nicht ... Ich hätte doch nie Marie und den Jungen ...«

Plötzlich schrie Dain los: *»Inverness hat gesagt, sein Auftrag lautete, alle in der Hütte umzubringen!«*

Auch Sherman schrie: *»Dain!«*

Aber Dain stand jetzt ganz dicht vor ihm, ragte über ihm auf, wirkte noch furchteinflößender, weil er in einem ganz vernünftigem, fast ruhigen Ton sprach, der überhaupt nicht zu der Anspannung in seinem Gesicht und seinem Körper paßte.

»Du wußtest, daß nur wir drei in der Hütte sein würden, Doug. Und du hast ihnen gesagt, sie sollen uns alle umbringen.«

»Bitte! Dain! Um Himmels willen, hab' doch Erbarmen ...«

Wie ein Krieger hielt Dain seinen Arm quer vor seinen Oberkörper und schlug dann mit dem schmalen, harten Buchrücken zu wie mit einem Schwert. Aber er zielte nicht auf Sherman. Bei der Kampfkunstausbildung hatte er gelernt, einen Punkt anzuvisieren, der sich etwa dreißig Zentimeter hinter dem eigentlichen Ziel befand.

Mit einem unschicken Geräusch traf der Buchrücken Sherman seitlich am Hals. Schwer atmend wandte sich Dain von dem toten Fleisch ab, das zusammengesunken in der Ecke des Aufzugs lag.

»Da hast du dein Erbarmen, Doug«, sagte er.

Shenzie begann zu miauen, und Dains finsterer Gesichtsausdruck verflog. Er schraubte die Sicherung wieder ein und schloß den Deckel des Sicherungskastens, bevor er wieder den Flur hinunterging.

»So, jetzt kommst du erst mal aus deinem Koffer, Shenz.«

Er trug Shenzie in das Loft, machte das Licht an – und plötzlich begannen ihm alle möglichen Satz- und Gedankenfetzen aus den letzten paar Stunden ungebeten durch den Kopf zu schießen. Fragen. Antworten. Wahrscheinlichkeiten. Unausweichlichkeiten.

Ein zusammenhängendes Ganzes.

Lange saß er mit dem ungeöffneten Transportkoffer neben sich auf dem Bett. Dann durchlief ihn plötzlich ein heftiger Schauder.

Klar. Der Mittelsmann hatte sofort versucht, ihn unschädlich zu machen. Warum sollte sich dann der Killer mehr Zeit lassen?

Er schüttelte sich, griff zu Shenzie in den Transportkoffer. Streichelte seinen flauschigen kleinen Kopf. Stupste ihn am Kinn, kraulte ihn am Hals. Trotzdem kein Schnurren, natürlich nicht, aber wenigstens protestierte Shenzie lautstark, als er die Hand zurückzog.

»Gleich darfst du raus, Kater«, versprach er. »Nur noch ein kurzer Anruf.«

Dain holte Moe Wexler, das Elektronikgenie, von einer TV-Realityshow weg, ließ sich ein paar Tips von ihm geben und bat ihn schließlich um einen kleinen Gefallen. Moe seufzte und sagte, er müßte mitten in der Nacht in seinen Laden fahren, und das würde Dain eine hübsche Stange Geld kosten, und Dain sagte, das ginge schon in Ordnung, er hätte genug, und er würde sich mit Moe dort treffen.

Was als nächstes kam, würde schwierig und gefährlich werden. Aber wenn er sich schon aus dieser Welt verabschieden müßte, dachte Dain, dann wenigstens in guter Gesellschaft. Shenzie hatte immer schon Ingenieur werden wollen, und nun bekäme er Gelegenheit zu sehen, wie man ein kniffliges technisches Problem löste.

Vor allem, wenn Dain die Bombe im wahrsten Sinn des Wortes hochgehen ließ …

In den Elf-Uhr-Nachrichten erfuhr der Killer, daß er nichts mehr zu befürchten hatte. Am Hafen von San Francisco hatte eine Explosion ein Pier zerstört. Zum Glück war gleich nebenan eine Feuerwache gewesen, so daß der Brand gelöscht werden konnte, bevor das Feuer auf die angrenzenden Häuser übergriff.

In den Trümmern war eine nicht identifizierte Leiche gefunden worden. Zur Stunde durchsuchten Feuerwehr und Polizei den Schutt nach Hinweisen auf die Identität des Toten und auf die Ursache der Explosion …

Mit einem Druck auf die Fernbedienung schaltete der Killer den Fernseher aus, und als er sich schlafen legte, fühlte er sich zum ersten Mal seit fünf Jahren total sicher und mit sich selbst im reinen.

34

Es war einer dieser seltenen Sommermorgen in San Francisco, ohne Nebel und mit strahlendem Sonnenschein. Pfeifend und voller Elan hüpfte Randy Solomon die Eingangstreppe seines schön restaurierten viktorianischen Hauses in der Buchanan hinunter. Er wandte sich bergab in Richtung Fell, zu seinem einen halben Block weiter geparkten Wagen.

Auf dem Gehsteig stand Dain und wartete auf ihn. Keine Schlinge heute morgen; er hatte beide Arme frei. Geschockt blieb Solomon stehen.

Dain sagte bloß: »Der andere Killer warst du.«

Sein Gesicht war müde und abgespannt; eine weitere schlaflose Nacht. Randy hatte sich wieder gefangen; seine Miene strahlte gelassen. Er spreizte die Arme vom Körper ab.

»Bist du etwa so hinterfotzig, daß du ein Mikro am Körper trägst, Dain?«

Dain breitete die Arme aus, um sich abtasten zu lassen. »Der Arzt hat gesagt, ich kann die Schlinge weglassen, und das habe ich getan, mehr nicht.«

»Also kein Mikro.« Randy lachte sein polterndes Lachen. »Nur wir zwei, *mano a mano,* wie?«

»So in etwa«, sagte Dain. »Immerhin hab' ich fünf Jahre lang nach dir gesucht.«

Randy nickte.

»Der ganze Aufwand hat nichts gebracht. Klar war ich der zweite Killer. Wer hätte es denn sonst sein sollen? Ich warte schon fünf Jahre drauf, daß bei dir endlich der Groschen fällt. Als du gestern abend gesagt hast, daß Inverness die Polizei hier besucht hat, dachte ich, du wüßtest alles.«

»Das war aber nicht der Fall«, sagte Dain. Da war nichts mehr von der Wut und dem Haß, den er am

Abend zuvor bei Sherman gezeigt hatte. Nur eine seltsame Traurigkeit. »Du hast recht, eigentlich hätte ich es mir denken können müssen. Es lag ja fast auf der Hand – zwei Killercops, die zusammenarbeiten. Du wußtest den Weg zur Hütte – ich habe ihn dir selbst beschrieben. Inverness hatte von Sherman die Anweisung – uns alle umzubringen.«

Randy lachte sein *basso profundo*-Lachen, breitete die Hände aus.

»Hab' dir doch immer gesagt, daß ich den guten, alten Dougie nicht ausstehen kann. Wo soll er seine Informationen schon hergekriegt haben, die ganze Scheiße, wo doch er und ich die ganze Zeit …«

»Du hast schon vorher für ihn gearbeitet.« Das war mehr eine Frage als eine Feststellung. »Um dein Haus abbezahlen zu können.«

»Ein paar Mal«, gab Randy zu. »Ein Job vor Ort erspart einem lange Reisen am Wochenende.«

»Du hast auch Grimes mit seinem Boot in die Luft gejagt.«

Randy lachte leise in sich hinein. »Trägst du auch wirklich kein Mikro, Mann? So, wie du dich anstrengst, mir die ganzen Geständnisse rauszukitzeln?«

»Kein Mikro«, sagte Dain. »Ich versuche nur, dich zu verstehen.«

Plötzlich war Randy gereizt. Er sah sich auf der frühmorgendlichen Straße um. Aus keinem der Häuser des Blocks war jemand gekommen. Kein Auto fuhr vom Randstein los. Randy war immer als einer der ersten im Dienst gewesen. Ein pflichtbewußter Polizist.

»Was gibt's da groß zu verstehen? Leute umzubringen ist die einfachste Möglichkeit, die ich kenne, um zu einer gescheiten Rente zu kommen.« Er machte eine weitausholende Handbewegung, die sich auf die ganze Stadt bezog. »Ich meine, sie bringen sich doch Tag für Tag gegenseitig um – im Streit darüber, was für eine Fernsehsendung sie ansehen oder an welcher Ecke sie Crack verkaufen.«

»Aber … aber ich war dein *Freund.* Du warst mit Marie befreundet. Du warst mit Albie befreundet. Du warst sogar mit Shenzie …«

»Mit einem Kater kann man nicht befreundet sein, Mann.«

»Aber du hättest doch bloß …«

»Du wolltest einfach keine Ruhe geben. Ich hatte den Unfall auf Grimes' Boot inszeniert, und du hast deine Nase immer tiefer in das Ganze reingesteckt. Darum haben Sherman und ich beschlossen …« Er brach ab, sagte: »Das war doch Dougies Leiche, die sie in deinem Loft gefunden haben, oder?«

Dain nickte. »Ich hab' ihn gestern abend von New Orleans angerufen, hab' ihm gesagt, ich würde nach Hause fliegen und in mein Loft fahren. Ich wollte an sich nichts tun, aber ich wollte *Gewißheit* haben, so oder so.« Plötzlich zitierte er: »An deiner Stelle würde ich den Tod einer Menge anderer Leute planen.« Er sah Randys verständnislosen Blick. »Das hast du damals im Krankenhaus zu meinem Arzt gesagt. Was von mir damals noch am Leben war, hat es gehört … Es war die ganzen Jahre über mein einziger Antrieb …«

Randy zuckte mit den Achseln. »Daran kann ich mich nicht mehr erinnern.« Dann wirkte er plötzlich wieder angespannt, mit einem Anflug von Wut. »Aber du hättest damals besser hinhören sollen, Sherlock. Ich hab' gesagt, was *ich* tun würde. Ich. Nicht du. Meine Fresse, du warst doch damals bloß so ein lächerlicher Schachfreak.«

»Das bin ich immer noch«, sagte Dain und meinte es auch. »Mit dem Leben spielen, mit der Rache spielen … Wer außer dir könnte die zweite Wanze in Farnsworths Telefon angebracht haben? Ich hab' dir nie was von den Bonds erzählt, aber du hast mich gestern abend auf der Fahrt vom Flughafen nach ihnen gefragt, und ich hab' *immer* noch nicht geschaltet …«

»Ja. Körperlich hast du dich total auf Vordermann gebracht, dich auf den Krieg vorbereitet, aber hier oben«, er tippte sich an die Stirn, »und hier«, er schlug mit der Faust gegen seinen Waschbrettbauch, »bist du immer noch eine miese, kleine Flasche.«

Seine Wut ging mit ihm durch, er legte die Hand auf Dains Brust und stieß ihn ein paar Schritte von sich. Dain wich widerstandslos zurück. Randy nickte, als sähe er sich in seiner Vermutung bestätigt.

»Du weißt, ich hab' deinen beschissenen Sohn umgebracht, du weißt, ich hab' geholfen, deine beschissene Frau umzubringen, du weißt, ich wollte dich und deinen beschissenen Kater in die Luft jagen. Und was machst du? Du *denkst* über das Ganze *nach,* und dann kommst du her und stellst mich zur Rede.«

Er wirbelte herum, deutete auf das Flachdach eines viktorianischen Hauses auf der anderen Straßenseite.

»Warum bist du nicht da oben, verdammte Scheiße, mit einem Gewehr, und bringst das Fadenkreuz mit meiner Brust zur Deckung?«

Er stieß Dain wieder, diesmal fester. Dain wich noch ein paar Schritte zurück, versuchte noch immer nicht, sich zu wehren.

»Weil du eine miese Flasche bist, genau wie früher.« Er lachte schallend. »Einen Dreck hast du rausgefunden. Und Beweise hast du erst recht keine.« Plötzlich wurde er neugierig. »Der Grund, warum du schließlich doch auf den Trichter gekommen bist, das waren doch Doug und ich?«

»Er und eine Telefonrechnung. Du und die Frage nach den Bonds. Irgendwann hat es plötzlich klick gemacht. Und dann noch, was du für einen Schreck gekriegt hast, als ich Shenzie im Auto aus dem Transportkoffer nehmen wollte. Also hab' ich oben im Loft nachgesehen, und tatsächlich – von seinem Halsband lief ein Draht zu einem Stück Plastiksprengstoff in seinem Koffer, in dem ein Zünder verborgen war. Wenn ich Shenzie rausgenommen hätte …«

»Deshalb hast du das Loft hochgehen lassen. Weil du dachtest, ich würde es in den Nachrichten sehen und glauben, du wärst endlich erledigt. Aber in Wirklichkeit hat dir der gute Dougie in deiner Wohnung aufgelauert, um dich zu wegzunieten, bevor du ihm was tun konntest, und er ist versehentlich mit in die Luft geflogen. Du bist ganz schön clever Sherlock. Aber nicht clever genug. Weil du nicht *entschlossen* genug bist, dich wirklich zu rächen. Du willst mich zu Tode quatschen. Bloß stirbt man davon nicht.«

»Ich war schon so weit, daß ich mich nicht mehr rächen wollte«, sagte Dain. »Ich wollte das Ganze schon bei Doug auf sich beruhen lassen, sogar nachdem ich erfahren hatte, daß er alles veranlaßt hatte. Aber er wollte keine Ruhe geben. Genau wie ich vor fünf Jahren. Und das ist ihm zum Verhängnis geworden, genau wie mir vor fünf Jahren.«

Randy wollte schon an Dain vorbei und zu seinem Wagen gehen, überlegte es sich dann aber doch noch einmal anders.

»Ich hab' dir doch schon gestern abend im Auto gesagt, daß er das Ganze nicht einfach auf sich beruhen lassen kann. Und genausowenig kann ich die Sache auf sich beruhen lassen. Solange du noch lebst, bin ich meines Lebens nicht sicher. Bloß, der Unterschied zwischen dir und mir ist, Sherlock – ich weiß, daß die Leute davon sterben, daß sie jemand umbringt. Ich werde dich nicht zu Tode quatschen.«

»Was wirst du dann tun?« fragte Dain mit seltsam ausdrucksloser Stimme.

»Ich werde dir Zeit lassen. Du sollst ruhig deinen Spaß dabei haben und dich ständig fragen, wann es endlich so weit ist. Und dann, eines Tages, wenn du langsam denkst, ich hätte das Ganze vergessen, drehst du dich um und *wumm!* weg bist du. Kein Mensch wird mich verdächtigen, weil nämlich alle Welt weiß, daß ich dein bester Freund bin. Ich werde sogar auf deiner Beerdigung flennen.«

Er lachte wieder sein dröhnendes Lachen, ging unbeschwert die Straße hinunter und über den Grasstreifen zu seinem Auto, wechselte auf die Fahrerseite hinüber und schloß auf, öffnete die Tür. Dain bückte sich, um etwas aufzuheben, das er zwischen ein paar Baumwurzeln, wo man es nicht sehen konnte, auf den Boden gelegt hatte. Dann stand er einfach da, hielt es in der Hand und beobachtete, wie Solomon in seinen Wagen stieg.

Als Randy sich ans Steuer setzte, warf er aus alter Polizistengewohnheit einen Blick auf den Rücksitz. Und erstarrte. Auf dem Sitz hinter ihm stand Shenzies Transportkoffer, mit einer großen roten Satinschleife drum. Darauf leuchtete in goldenen Buchstaben: VON EINEM FREUND. MIAU.

»*Nein!*« schrie er.

Mit angstverzerrtem Gesicht versuchte er aus dem Wagen zu kommen, bevor Dain auf den Knopf der Fernsteuerung drückte. Moe Wexler hatte fast die ganze Nacht gebraucht, um sie auf den Zünder in dem Plastiksprengstoff einzustellen, den Randy in Shenzies Koffer versteckt hatte.

Randy schaffte es nicht.

Mit einem gewaltigen Zischen und einer Stichflamme flog er mitsamt seinem Auto in die Luft. Schwarzer Rauch stieg in den klaren Sommermorgen hoch. Dain stand bloß mit Tränen im Gesicht da.

»Du drehst dich um, Randy, und *wumm!*« sagte er mit leiser, trauriger Stimme, »weg bist du.« Er ging die Straße hinunter und murmelte: »Kein Mensch wird mich verdächtigen. Ich war sein bester Freund. Ich werde sogar auf seiner Beerdigung flennen ...«

Zaghaft wagten sich die ersten vorsichtigen Beobachter mit verdutzten Gesichtern aus ihren Häusern, aber Dain war längst verschwunden.

Aus Gewohnheit ging er zum Hintereingang des kleinen Bungalow in Mill Valley. Er wollte gerade die Tür aufschließen, doch dann blieb er mit dem Schlüssel in der Hand wie angewurzelt stehen. Es war nicht abgeschlossen. Aber er hatte die Tür abgeschlossen, als er Shenzie am Abend zuvor hiergelassen hatte, um zu Moe Wexlers Laden in die Stadt zu fahren. Und Shenzie war ihn nicht wie üblich begrüßen gekommen …

Alptraum. Ein dritter Killer war im Haus, noch jemand, den er umbringen mußte … immer und immer wieder noch ein Mörder, den er ermorden mußte … Und der eiserne Klammergriff der Vergangenheit um sein Herz würde sich nie lockern, er würde nie sterben und wiedergeboren werden können …

Ein Diplomatenkoffer war achtlos auf den Küchentisch gestellt worden. Ein Koffer, der ihm seltsam bekannt vorkam …

Lautlos ging Dain darauf zu und öffnete ihn – wenn er sich täuschte, wenn es noch eine Bombe war, dann war jetzt der Augenblick gekommen, sich zu verabschieden. Er hatte nichts mehr im Leben, woran ihm etwas lag …

Keine Bombe. Es waren tatsächlich die Bearer Bonds, mit denen alles angefangen hatte – und mit denen alles aufhörte.

Lautlos ging Dain durch das kleine Haus, das er so gut kannte. Vangie lag in dem großen Lehnsessel gegenüber der Couch und schlief, ihr wildes, schönes Gesicht entspannt wie das eines Kindes. Dain spürte, wie sein Herz einen Sprung machte, als er sie ansah.

Etwas in seinem Leben, woran ihm etwas lag.

Shenzie schlief auf ihrer Brust.

Lautlos ging Dain auf das schlafende Paar zu, schob seinen Finger unter Shenzies Hals. Er schnurrte im Schlaf, ganz regelmäßig, wie ein kleines Motorboot. Von Dains Berührung wachte er auf, sah mit seinen großen Kulleraugen zu ihm hoch, streckte sich, knetete mit seinen kleinen Vorderpfoten Vangies Pullover, und schloß die Augen wieder, ohne sich weiter um Dains Anwesenheit zu kümmern.

Die kleinen Pfoten weckten Vangie. Genau wie der Kater sah sie lange zu Dain hoch, ohne sich zu bewegen oder zu sprechen. Schließlich setzte sie sich auf und hielt Shenzie mit dem Kopf in ihrem Schoß.

»Hast du nicht gesagt, dein Kater schnurrt nicht?«

»Fünf Jahre lang nicht.«

Sie tippte gegen das Namensschild an Shenzies Halsband.

»Shenzie. Ein komischer Name.«

»Das bedeutet verrückt in Suaheli. Obwohl es das nicht ganz trifft. Es geht mehr in die Richtung von komisch – schräg, versponnen, ungebärdig. So war er schon immer – stößt einem die Teetasse von der Couchlehne, nur um zu sehen, wie man reagiert, schläft auf dem Fernseher, weil es dort so schön warm ist, schnurrt fünf Jahre lang nicht mehr …«

Vangie stand auf, drehte sich um und setzte Shenzie auf den Sessel. Sie blieb vor Dain stehen und sah zu ihm hoch. Sie berührten einander nicht.

»Ich bin durchs Schlafzimmerfenster reingekommen – der Riegel war locker.« Sie machte eine rasche Handbewegung. Sie trug Jeans, Pullover und Wanderstiefel. »Du bist mir nichts schuldig, Dain, ich erwarte nichts von dir, aber ich möchte die Bonds der Frau zurückgeben, der sie gehören, und ich weiß nicht, wie, deshalb wollte ich dich fragen …«

»Eddie«, sagte Dain.

»Eddie?«

»Ich heiße Eddie. Dain ist mein Nachname.« Er hob sie hoch und trug sie ins Schlafzimmer. Plötzlich hatte er eine heftige Erektion, wie er sie bei Marie immer in den unmöglichsten Momenten bekommen hatte, und wie er sie in seinem Traum im Flugzeug gehabt hatte. »Wir müssen unbedingt nach diesem lockeren Fensterriegel sehen.«

Beim ersten Mal kamen sie genau gleichzeitig, und beide stöhnten laut, als es so weit war. Und dann weinten sie, echte Tränen, weil beide endlich ihre schmerzlichen Verluste loslassen konnten.

Dain wachte allein im Bett auf, reckte sich genüßlich, tastete automatisch nach Shenzies kleinem Kopf auf dem Kissen neben sich. Shenzie war nicht da. Die Mittagssonne, die durch die Zweige der Fichte vor dem Fenster fiel, machte das Schlafzimmer zu einer grünen Höhle, ähnlich dem Schlafzimmer in seinem Traum. Er konnte Kaffee riechen. New Orleans Kaffee, dick und mit viel Zichorien drin.

Alles kam zu ihm zurück, alles, von Anfang bis Ende.

Er schlüpfte in seine Unterhose und ging barfuß ins Wohnzimmer. Mit einer Kaffeetasse in der Hand saß Vangie auf dem Sofa und studierte die abgebrochene Partie Schach auf dem Couchtisch, die Dain fünf Jahre lang nicht hatte wegstellen können.

Als er hereinkam, sah sie auf. Sie hatte eines seiner Hemden an, das ihr fast bis an die Knie reichte.

»Dieses Spiel hat mir mein *pa-père* beigebracht«, sagte sie, »mein Großvater. Ist das eines der Schachprobleme, von denen er immer erzählt hat?«

»Nein«, sagte Dain. »Das ist nur eine abgebrochene Partie ...«

Mit merklichem Zögern zog er sich einen Stuhl heran und setzte sich ihr gegenüber. Er beugte sich vor, studierte das Brett.

»Etwas kam dazwischen, und Marie und ich hatten keine Gelegenheit mehr, sie zu Ende zu spielen.«

Vangie machte einen Zug. Dain erwiderte. Mit einem leisen Plumps landete Shenzie auf der Ecke des Couchtisches und verfolgte das Spiel aufmerksam. Sein schwarzer Schwanz mit der weißen Spitze war lose um eines der Tischbeine geschlungen.

»Er hätte gern Hände«, sagte Vangie.

»Damit er Ingenieur werden kann, wenn er groß ist«, sagte Dain.

»Schach«, sagte Vangie.

Lange studierten die drei aufmerksam das Brett; Dain auf der Suche nach einer Möglichkeit, einem Matt zu entgehen. Dann streckte Shenzie eine zarte schwarzweiße Pfote aus und stieß eine von Dains Figuren um. Den König.

Vangie und er lachten gemeinsam. Er hatte ein Gefühl, als käme er nach langer, langer Zeit aus einer kalten, grünen Tiefe, in die nie ein Lichtstrahl vordrang, an die Oberfläche eines sonnenüberfluteten Meeres hoch.

Um zu feiern, was sie gefunden hatten, gingen sie wieder ins Schlafzimmer. Während sie feierten, legte sich Shenzie mitten auf dem Schachbrett schlafen, und die Figuren, die er umgestoßen hatte, lagen wie Miniaturgrabsteine über den Tisch verstreut.